고 물 과
보 물

고 물 과
보 물

윤 준 호

2 0 세 기 브 랜 드 에 관 한 명 상

ㄴㄴ〉〈ㄷㄴ

20세기 브랜드를
21세기 청년들에 바칩니다

일본의 저명한 비평가 가라타니 고진이 이런 말을 했습니다. "이제 성장은 그만해도 괜찮지 않을까, 지금이야말로 작은 것이 아름답다^{Small is beautiful}는 사고가 필요한 때가 아닐까." 두어 해 전, 국내 어느 신문이 마련한 신년 대담 자리에서의 발언이었습니다.

말할 것도 없이 '너무 빨리, 너무 높이, 너무 멀리 와 있는' 사람들에 관한 지적과 경고였습니다. 비단 어느 몇 국가와 국민에 국한된 이야기도 아닐 터인데, 유독 우리한테 더 아프게 들리는 까닭은 무엇일까요.

대한민국은 '너무 빨리'에 걸립니다. 세계 최빈국 대열을 벗어나 제법 잘사는 나라 대접을 받게 되기까지 반백 년도 걸리지 않은 나라니까요. 그런데 우리는 그 엄청난 속성速成의 성취감에 젖지도, 행복감에 취하지도 못하고 있습니다.

자신의 식사가 얼마나 별난 것이었는지 사진까지 찍어가며 자랑하는 친구에게 그만큼 행복한 시간이었느냐 물으면 쉽게 답을 못합니다. 전화기가 신체의 일부처럼 되어서 동서남북 통하지 않는 곳이 없다며 신기해하던 선배가 소통이 되지 않는 세상이라고 목소리를 높입니다. 눈뜨면 문자메시지를 찍어 날리고 쉼 없이 메일을 주고받는 젊은이가 외롭다고 눈물짓습니다.

얻은 만큼 잃은 까닭입니다. 아니, 획득한 것보다 상실한 것이 더 많아서입니다. 분명한 것은 오늘 우리가 갖게 된 것들보다 놓쳐버린 것들의 값어치가 훨씬 더 크다는 사실이지요. 새로이 얻어 가진 것들이야 창고 가득히 쌓아놓고 쓸 만큼 풍족하지만, 잃어버린 것들은 이제 박물관에나 가야 만날 수 있습니다.

문득 돌아보세요. 보이지 않는 것들이 하나둘이 아닐 것입니다. "아, 그래 그것…… 그것……" 손을 뻗으면 잡히던 것들이 수소문을 하여도 만나기가 어렵습니다. 부재와 결핍의 아쉬움과 안타까움이 이내 그리움으로 바뀌는 대상들이 이제 열 손가락을 거푸 접었다 펴도 남을 것입니다.

이쯤에서 세상에 내놓은 지 십 년쯤 되는 책을 조금 더 늘리고 보태서 다시 펴내는 까닭을 밝혀야겠습니다. 아니, 이 증보판 발간의 배경이나 동기를 늘어놓는 대신 제가 만나길 희망하는 이 책의 독자들을 호명하는 쪽이 더 쉬울 것 같군요.

도깨비방망이를 들고 사는 것처럼 편리한 세월인데, 마음의 어느 구석은 불편한 어른들이 읽어주신다면 고맙겠습니다. 눈부신 기술과 휘황한 과학이 날마다 신상품들을 낳아주는데도, 늘 불만인 소비자들이 무엇을 더 원하는지를 알고 싶은 광고인이나 마케터들에게 힌트가 될 수 있다면 그것도 글쓴이의 보람이겠습니다. 시대의 격차, 세대의 간극으로 윗세대와 불화를 겪는 소년소녀들이나 청춘들이 아무 쪽이라도 펼쳐 읽다가 부모님이나 선생님을 이해할 수 있게 된다면 엄청난 기쁨이겠습니다.

될 수 있으면 어리고 젊은 벗들의 손에 많이 들릴 수 있으면 좋겠습니다. 생각도 물건도 처음부터 새로운 것은 하나도 없음을, 그들이 확인해주기를 바라는 까닭입니다. 해묵은 것, 때 전 것들이 그렇게 너절하고 고약한 것만은 아님을 알게 되기를, 선입견이나 고정관념을 떨치고 가까이 품어보기를! 당부하고 싶어서입니다. 때를 벗기고, 먼지를 떨어내다보면 고물古物과 보물寶物은 처음부터 샴쌍둥이였음을 절로 깨닫게 될 것이라 믿기 때문입니다.

그런 점에서 생각해볼 만한 문제가 하나 있습니다. '어째서 세계 최고의 디자인과 최첨단 기술의 실마리는 영국에서 발견되는가. 뉴욕이 아니고 파리가 아니고, 어째서 그 지독한 전통과 보수의 영토에서 눈부신 새것이 탄생하는가. 거미줄투성이 고성古城에서 어떻게 당대 최고의 모더니티가 생산되는가.'

이 책을 만들어주신 분들께 드리는 인사말도 같은 방식으로 해야겠군요. 기억의 창고에서 먼지를 뽀얗게 쓰고, 이름조차 잊혀가던 물건을 오늘 이처럼 어여쁜 새것으로 부활시켜준 여러분.

고맙습니다.

2015년 봄, 목멱산 기슭에서
남산옹南山翁

그것들이 말했다

이삿짐 트럭이 길모퉁이를 돌아간다. 제일 끝까지 남아 손을 흔들던 이웃집 할머니가 텅 빈 집을 들여다보며 혀를 찬다. 두고 간 것들이 많아서다. 흘리고 간 것들이 많아서다. 구시렁구시렁 혼잣말을 한다. 쓸 만한 물건을 헌신짝처럼 팽개치고 가버렸다고. 머지않아 그립고 아쉬워질 것이라고.

젊은이들의 만류에도 불구하고 할머니는 그 낡고 추레한 물건들 혹은 허섭스레기와 한나절을 보낸다. 할머니는 그 물건들과 잘 아는 사이다. 말도 잘 통한다. 당연히 할머니 눈에는 버릴 것도 없고 버리고 싶은 것도 없다. 죽어버린 벽시계도 살려내고 싶고, 무너진 서랍장도 일으켜세우고 싶다.

그래봐야 아들 며느리 손에 다시 버려질 것임을 알면서도 할머니는 굳이 집으로 가져갈 것들을 골라낸다. 그것들이 새것이었던 때를 잊을 수 없기 때문이다. 이사 간 사람의 어머니가 새댁이었던 날을 기억하기 때문이다. 물건 하나하나에 깃든 한 시절의 땀과 눈물을 알기 때문이다.

잊혀가는 물건들이 나에게 말을 시켰다. 그것들이 애처로운 표정으로 먼저 아는 체를 하며 말을 건네 오는데 어찌 외면하겠는가. 반색을 하면서 우리집과 이웃의 옛 사연을 풀어놓는데 어찌 밀쳐버리겠는가. 어머니 아버지의 젊은 날을 말하고, 내 어린 날들을 이야기하는데 어찌 몰라라 하겠는가.

세상에 말 못하는 물건은 없다. 조금만 관심을 가져주면 수다스러울 정도로 떠들어댄다. 어떤 물건은 시를 쓰고 어떤 물건은 소설을 쓴다. 어떤 물건은 유행가를 부르고 어떤 물건은 신세타령을 한다. 어떤 물건은 사진첩을 펼치며 너스레를 떨고 어떤 물건은 영사기를 돌린다. 어떤 물건은 그저 웃기만 하고 어떤 물건은 울기부터 한다.

제 이야기부터 들어달라고 다투어 손을 드는 물건들에 귀를 기울여 받아 적다보니 한 권의 책이 되었다. 광고 전문지『광고정보』덕택이다. 인내심을 가지고 실어주신 분들과 애정으로 읽어주신 분들, 그리고 책이 되게 해준 분들께 감사드린다.

이제는 말없이 숨어 있는 물건들 차례다. 선승처럼 묵언중이거나 피의자처럼 묵비권을 행사하고 있는 물건들.

나를 기억하는 물건들에 이 책을 바친다. 20세기에 바친다.

2005년 4월 우면산 아래에서
윤준호

8
—

7
—

9
—

일러두기
본문에 실려 있는 상표명은 되도록 출고 당시의 명명을 따르고자 하였습니다.

1

ABC 포 마 드

1

삶이 그대를 속일지라도
슬퍼하거나 노하지 마라!
설움의 날을 참고 견디면
기쁨의 날이 오리니.

마음은 미래에 사는 것,
오늘은 언제나 슬픈 것
모든 것은 한순간에 지나가는 것,
지나간 것은 또다시 그리워지는 것을.

— 푸시킨, 「삶이 그대를 속일지라도」 중에서

우리나라 국민 열에 예닐곱은 이 시를 압니다. 그중에 일고여덟은 줄줄
외웁니다. 전문을 다 외우진 못한다 해도 첫머리는 자연스럽게 읊어댑니
다. 이 시와 우리의 친숙함은 「진달래꽃」이나 「국화 옆에서」 못지않습니
다. 덩달아 그 시인의 이름도 김소월, 서정주만큼이나 유명합니다.

신기한 일이지요. 이백여 년 전에 살다 간 먼 나라의 국민 시인이 이 땅에서 그리 유명해졌으니 말입니다. 정확한 연유를 대긴 어렵습니다만, 그만큼 즐겨 읽은 까닭입니다. 눈에 익은 까닭입니다.

저 수덕사나 해인사 같은 산사를 돌아내려오는 길, 기념품 가게 옆엔 으레 털보 아저씨가 빨갛게 달궈진 인두로 송판松板에 그 구절을 쓰고 앉아 있었습니다. 뿐입니까. 동네 거울 가게에 가면 액자에 그것이 적혀 있었고, 식당에 가면 목각木刻의 그것이 있었습니다.

누구나 쉽게 공감하고 감동할 만큼 쉬운 내용이어서 사람들은 저마다 자신의 인생에 구절구절을 대입해보며 고개를 끄덕이곤 하였지요. "삶이 그대를 속일지라도"란 구절은 특히 가슴에 와 닿는 대목이었습니다. 마치 우리의 구전口傳가요 〈사노라면〉의 노랫말처럼 고단한 이들의 어깨를 정겹게 토닥여주었습니다.

남녀 누구나 좋아하는 시입니다만, 아무래도 그것은 남자들과 훨씬 더 가까웠습니다. 여자들이 드나드는 장소보다는 남자들의 전용 공간에서 더 많이 눈에 띄던 까닭입니다.

'인내'나 '하면 된다'와 함께, '면허증'이나 '영업허가증'과 함께, 초가삼간에 물레방아 도는 그림이나 새끼돼지들이 어미돼지의 젖을 물고 꿀꿀거리는 그림과 함께, 마젤란이나 콜럼버스의 배를 닮은 범선帆船이 대양大洋을 떠가는 그림과 함께.

알랭 들롱이나 찰턴 헤스턴 혹은 엘비스 프레슬리의 사진과 함께, 문희, 남정임, 윤정희 그 여배우 트로이카나 육감적인 포즈의 모델들이 어린 손님들의 가슴을 쿵쾅거리게 만들던 달력과 함께, 면도는 얼마 드라이는 얼마 따위의 '조발 요금표'와 함께.

그곳에 가면 향기가 있었습니다. 냄새가 있었습니다. 담임선생님이 우리 곁을 스쳐지날 때마다 야릇하게 풍겨오던 향기가 있었습니다. 주로 명절 때나 볼 수 있던 모습입니다만, 가끔씩 신사복을 차려입은 아버지의 몸에서도 나던 향기였습니다. 아버지의 몸에 밴 땀내와 술냄새, 담배 냄새를 단번에 지워주던 향기였습니다.

2

70년대 초 마을 청년들 몇이서 새마을 농민복을 쫙쫙 다림질해서 입고 머리에 포마드 기름 바르고 십 리 길 버스 정류장까지 가던 모습이 아직도 눈에 선하다. 그날 그렇게 차려입고 간 이유는 읍내에 들어온 유명 가수들의 공연 때문이었다. 장터 국밥집 아주머니는 "김새나라(세레나)랑 남진이랑 모두 온다 카더라" 하면서, 안동이 생기고 나서 그만(그만한—인용자) 사람들이 모여든 건 처음이라고 했다.

　　　　　　　　　　　　—권정생, 「더이상 낮아질 수 없는 사람들」 중에서

딱히 머리 손질을 할 이유도 필요도 없는 어른들이 포마드 냄새를 풍기는 날이면 무엇인가 흥미로운 일이 일어나고 있다거나, 곧 일어날 것이란 예감이 주변 사람들을 설레게 했습니다.

아니나 다를까. 그런 날엔 삼촌이 숙모가 될 여자를 데리고 나타났습니다. 온 식구가 함께 기차를 타고 나들이를 하는 일이 생겼습니다. 중국집에 가서 자장면이나 탕수육을 배터지게 먹게 되었습니다.

이즈음에야 머리에 무엇인가를 바르고 칠하지 않는 이가 오히려 드물어졌습니다만, 'ABC포마드'가 절정의 인기를 구가하던 1960년대 전후만 하여도 그것은 멋쟁이의 전유물이거나 특별한 날임을 알리는 시그널이었습니다.

그것은 요즘 문자로 '나 요즘 잘나간다'는 표시였으며, 영화배우 허장강의 허풍을 생각나게 만드는 물건이었습니다. '인천 앞바다에 배가 들어왔다'거나, 귀인이 올 거라는 뉴스였습니다.

하지만 대개의 사람들에겐 장밋빛 환상의 다른 이름이었습니다. '럭키 서울'의 징표였으며, 시골 사람들에겐 '나도야 간다'며 서울행 기차를 타게 하던 '서울의 향기'였습니다. 머리에 반지르르 기름을 발라 곱게 빗어 넘긴 모습이란 '국회의원 달력'과 유명 가수들의 리사이틀 포스터 속에서나 익숙한 것이었기 때문입니다. 그렇기에 아버지나 삼촌이나 이웃 아저씨의 포마드 바른 머리를 보는 일은 북쪽의 김정일이나 일본의 고이즈미 총리가 포마드를 바른 것을 상상하는 일만큼이나 낯설고 신기했습니다.

부모님께 받은 신체발부를 목숨처럼 중히 여기며 동백기름으로 머리칼을 쓸어올리던 조선조 이후 이 땅의 사내들에겐 최고의 몸치장이었습니다. '단발령斷髮令'이 남자들의 머리에 근대성을 부여했다면, 'ABC포마드'는 '모더니티'를 더해주었습니다

알파벳의 ABC로 보자면 현대적 남성미의 출발점이었으며, 그 의미^{All Best Cosmetics}로 보자면 전쟁으로 헝클어진 용모에 대한 최대한의 예의였습니다.

3

그 상표가 돌아왔습니다. '포마드'로 대표되던 이름, 'ABC'가 헤어 크림, 헤어 젤, 헤어 토닉 등의 모발 종합 브랜드로 부활한 것입니다. 태어난 지 오십여 년, 사라진 지 삼십여 년 만의 일입니다. 메이커가 그만큼이나 그 이름에 애정과 자부심을 가진 까닭일 테지요. 아무려나 반가운 일입니다.

'낡았다' '촌스럽다'는 이유만으로 사라져가는 것투성이인 세상에 다시 돌아오는 것도 있다는 사실이 자못 신기하기조차 합니다. 추억의 브랜드를 다시 보는 반가움과 신기함은, 박물관의 옛 물건에서 느껴지는 감흥과도 흡사합니다.

청자엔 고려의 하늘빛이 어리고, 백자 항아리엔 조선 도공의 낯빛이 비치듯 우리가 기억하는 브랜드에는 우리가 알던 많은 사람들이 보이는 까닭입니다. 브랜드 안에는 사람이 살고 있습니다. 어떤 물건에는 어린 시절의 내가 보이고, 어떤 물건에는 시집오기 전의 어머니가 보입니다. 어떤 청량음료의 상표는 중학교 동창 아무개의 얼굴과 겹쳐지기도 하고, 어떤 껌 이름 하나는 떠나간 옛 애인을 생각나게 하기도 하지요.

'ABC포마드'는 젊은 날의 아버지와 담임선생님과 삼촌을 불러옵니다. 이웃에 살던 종씨宗氏 아저씨를 불러다줍니다. 그분들과 함께 머리를 깎던 이발소로 데려다줍니다. 이제는 아주 깊은 산골 마을이나 아직도 오일장이 서는 시골 장터에서나 더러 만날 수 있는 이발소지요.

있다고 해야 옛적 그 모습은 아닙니다만, 비슷한 데만 보여도 저는 차를 세우고 싶어집니다. 들어가 머리를 깎고 싶어집니다. 세월에 밀리고 유행에 치여 무엇인가 사라져간다는 것은 어느 나라 사람들에게나 섭섭하고 안타까운 일인 것 같습니다. 얼마 전 어느 신문에 실린 외신을 통해 미국의 이발소 사정도 우리의 그것과 별반 다르지 않다는 것을 알게 되었지요.

1970년대만 해도 미국 전역에 3만 3000여 개나 되던 이발소가 올 들어 8000개밖에 남지 않았다는 것입니다. 이발소가 그렇게 급격히 사양길에 접어든 이유는 우리와 마찬가지로 남성들이 주로 미용사에게 머리를 맡기기 때문이랍니다.

급기야 그런 현상이 못내 아쉬운 사람들이 나서서 이발소를 지키자는 운동까지 벌이고 있다는군요. 아마도 그런 캠페인의 열렬한 동조자일 것만 같은 한 사람의 '이발소 예찬론'은 우리에게도 커다란 공감을 줍니다.

"적어도 20달러쯤 하는 미용실보다 값도 싸고(이곳은 12달러), 면도도 할 수 있어 좋다. 하지만 무엇보다 이곳에 오면 옛적에 아버지가 다른 손님들과 노래도 부르고 왁자지껄하게 정치 이야기도 하고, 그러면 나는 대기 의자에 앉아 〈형사 가제트〉 만화를 보던 추억들이 생각나서 좋다."

어른들이 자신을 속이는 '삶'을 목소리 높여 성토하고, 슬퍼하거나 성내며 머리를 깎기도 하고, 한 번만 더 속아보자며 염색을 하고 머리를 감던 곳. 청년들이 기쁨의 날을 예감하며 드라이를 하고 포마드를 바르던 곳. 아이들이 남자를 배우고, 사나이의 길을 읽던 곳.

〈절망은 없다〉는 라디오 프로그램이 흘러나오던 곳. 그곳에 가고 싶어집니다. 그곳의 'ABC포마드' 향기가 그리워집니다.

가정 표양 말

1

말하고 글쓰는 것을 보면 그 사람을 알 수 있습니다. 사람됨은 물론이거니와 나이까지 알 수 있습니다. 습관처럼 즐겨 쓰는 단어, 무심코 흘러나오는 표현 속에 그가 몇 살이나 먹은 사람인지를 말해주는 단서들이 숨어 있으니까요. 같은 상황을 두고 어떤 단어를 사용하는지를 찬찬히 살펴보면 상대방이 자신보다 윗사람인지 아랫사람인지 아니면 동년배인지를 쉽게 가늠할 수 있지요. 세대가 다르다면 같은 뜻의 말도 다르게 읽고 씁니다.

말하는 사람은 잘 몰라도 듣는 사람은 금세 알아차립니다. 제 경우만 해도 이런 일들이 흔합니다. "빙산은 전체 크기의 '8분지分之 7'이 물속에 잠겨 있다"고 말하면 학생들은 웃습니다. '8분의 7'을 어째서 '8분지 7'이라 할까 자못 궁금하고 신기하다는 표정으로 웃습니다.

'커피숍'이나 '카페'를 '찻집'이나 '다방'이라고 하면 더 재미있다고 웃습니다. 그런 말들 중에 하나가 '쪽'입니다. 대부분의 제 또래 사람들이 그렇듯이 저는 아직도 '32쪽'보다는 '32페이지'가 더 자연스럽습니다. '쪽'이 '페이지'보다 훨씬 예쁘고 정겨운 우리말이라는 것을 모르지 않지만, 수십 년간 굳어진 언어습관이라서 쉽게 고쳐지질 않습니다.

그러나 언젠가는 달라지겠지요. '쪽'이라고 말하는 사람의 '쪽수'가 압도적으로 많아지면 '쪽팔려서'라도 '페이지'라는 말을 쓰지 않게 되겠지요. '쪽'? '쪽'은 '면面'입니다. '얼굴'이지요. 그렇다면 '몇 쪽이냐'는 질문은 그 책이 보여주는 몇번째 얼굴이냐를 묻는 것과 다르지 않을 것입니다.

마찬가지로 많은 사람을 좀 점잖지 못하게 가리킬 때 쓰는 '쪽수가 많다'는 표현 역시 아마도 '얼굴이 많다'는 뜻에서 나온 것이지 싶습니다. 그런데 저는 이 대목에서 엉뚱한 의심이 생깁니다. '쪽수'란 얼굴이 아니라 '발足'의 숫자를 의미하는 것은 아닐까 하는 생각이 그것입니다.

동시에, 제 어머니가 제게 즐겨 하시던 잔소리가 떠오릅니다. "사람은 머리와 신발이 단정해야 한다. 그 둘만 보아도 그가 어떤 사람인지 알아차릴 수가 있지. 다른 것은 몰라도 머리와 신발은 늘 깨끗하게 손질을 하고 다녀라." 틀린 말은 아닌 것 같습니다.

사람을 아래위로 훑어볼 때를 생각해보십시오. 우리들의 눈길은 결국 머리와 신발을 오가지 않던가요. '쪽(얼굴)'과 '족足' 사이를 오가는 시선의 수직 이동. 그것은 '이 얼굴의 주인이 어디서 온 사람일까'를 생각하는 일인지 모릅니다. 그러니까 신발을 보겠지요. 신발에서 이력서履歷書를 보는 것입니다.

'이력'이란 것이 무엇입니까. 신발을 끌고 온 자국, 걸어온 길의 기록 아닙니까. 스스로 생애를 끝내려는 사람이 신발을 벗어놓고 강물로 뛰어드는 것도 더이상 자신의 얼굴을 누구 앞에까지 끌고 가지 않겠다는 표현일 것입니다. 사람을 탈것에 비긴다면 차고에 들어가는 버스나 기차가 '이 차는 더이상 운행하지 않습니다'라 쓰인 푯말을 보이는 것과 다르지 않을 것입니다.

2

죽은 사람 이야기를 꺼낸 까닭일까요. 초상집 문상객들의 벗어놓은 신발들이 떠오르고 식구가 많은 집의 신발장이 떠오릅니다. 현관에 어지러이 벗어놓은 구두와 운동화와 슬리퍼가 보입니다. 그 신발 임자들의 양말이 보입니다. 빨랫줄에 널린 색색의 양말들이 보입니다. 신발에서, 양말에서 사람의 얼굴이 보입니다. 한 가정이 보입니다.

'가정'은 신발들이 모여서 쉬는 곳입니다. 학교로 일터로 헤어졌던 가족들이 돌아와 한 지붕 아래 신발을 벗어놓는 곳입니다. 양말도 벗고 맨발이 되는 곳입니다. 밖에서 묻혀 온 먼지도 씻어내고 화장도 지워버리고 맨얼굴이 되는 곳입니다. 맨얼굴 맨발로 함께 밥을 먹는 곳입니다.

저녁나절의 현관은 업무가 끝나는 시간의 버스 회사 차고를 닮았습니다. 일찌감치 하루 일과를 정리하는 차도 있지만 아직은 길에 있는 차가 더 많습니다. 모두 모이려면 밤이 늦어야 합니다. 가족들마다 노선이 다르기 때문입니다. 운행 거리가 다르기 때문입니다.

가장 늦는 사람은 아무래도 아버지입니다. 가장 멀리 갔던 사람이니까요. 제일 많은 짐을 부리고 또 가장 무거운 짐을 지고 돌아오는 사람이니까요.

지상에는

아홉 켤레의 신발.

아니 현관에는 아니 들깐에는

아니 어느 시인의 가정에는

알전등이 켜질 무렵을

문수文數가 다른 아홉 켤레의 신발을.

내 신발은

십구 문 반十九文半.

눈과 얼음의 길을 걸어

그들 옆에 벗으면

육 문 삼의 코가 납작한

귀염둥아 귀염둥아

우리 막내둥아.

미소하는 내 얼굴을 보아라.

얼음과 눈으로 벽을 짜올린

여기는

지상.

연민한 삶의 길이여.

내 신발은 십구 문 반.

—박목월,「가정」중에서

아버지의 신발은 십구 문 반. 턱없이 큰 사이즈이긴 하지만 그것이 사실인가 아닌가를 따질 필요는 없습니다. 아홉 식구의 양식을 져 나르는 사람이니까요. 아홉 켤레의 신발과 양말을 사 날라야 하는 사람이니까요. 얼음과 눈으로 벽을 짜올린 지상의 굴욕과 굶주림과 추위는 당신이 혼자 짊어지려는 사람이니까요.

동규, 문규, 신규…… 그 강아지 같은 것들의 발이 시리면 아버지의 가슴이 시립니다. 그것들의 양말에 구멍이 나면 아버지의 가슴에도 구멍이 납니다. 물론, 어머니의 마음은 더 아팠지요.

그래서 어머니는 밤새 아홉 식구의 떨어진 양말을 기웠습니다. 가난한 세월을 기웠습니다. 그러나 어머니는 아무도 원망하지 않았습니다. 자신의 처지를 한탄하지도 않았습니다. 어머니의 바느질은 어쩌면 수선이 아니라 생산이었는지도 모릅니다. 구멍나고 떨어진 양말은 어머니의 디자인으로 날마다 새것이 되었으니까요. 그것은 '어머니표' 양말이었습니다. '가정표양말'이었습니다.

3

이제 양말은 멀쩡한데, 가정이 해어지고 있습니다. 가정에 구멍이 생기고 가족이 떨어집니다. 아버지들은 더이상 아이들의 시린 발을 걱정하지 않고 어머니들은 더이상 양말을 꿰매지 않습니다.

누구 한 사람이 양말을 빨거나 챙기기를 강요한다면 그 이유만으로도 그 가족은 해체될지도 모릅니다. 분명한 것은, 양말은 이제 네 것 내 것이 분명히 구분되어야 하는 물건이란 것입니다. 빨랫줄에 매달린 양말들이 이웃집 가족의 숫자를 말해주던 시대는 지난 것 같습니다.

하얀 양말을 신는 사람을 멋쟁이로 생각하던 한 시절이 떠오릅니다. 검은 바지와 검은 구두 사이에 눈부시게 하얀 양말을 드러내 보이던 시절 말입니다. '보스턴 레드 삭스'의 빨간 양말을 생각나게 할 만큼 튀는 세월이었지요.

그럼에도 불구하고 저는 그래도 그때가 '순정의 연대年代'였다는 생각을 지우기 어렵습니다.(하얀 양말은 어쩌면 타임캡슐에 묻었어야 할 물건인지도 모릅니다. 아마도 묻었겠지요.) 형, 누나, 엄마, 아빠, 할아버지, 할머니…… 모두가 그렇게 똑같은 양말을 신는 시절이 또 올 리는 만무하니까요.

예전엔 아이들의 양말과 어른들의 양말이 혼동되곤 했지만 요즘은 절대로 그런 일이 일어날 수가 없습니다. 가족이 아홉이면 아홉 가지 상표가 빨랫줄에 흔들리니까요. 그러면 '가정표'는 어디로 가는 걸까요. 저와 함께 공부하는 학생들에게 카피라이팅 실습 과제의 테마를 '가족과 가정'으로 주었더니 참으로 다양한 광고 아이디어들이 나오더군요. 주로 '가정표양말' 시대가 갔음을 보여주는 생각들이었습니다. 예를 들면 이런 카피.

"올해 나이 59세. 이봉주 선수는 아직도 대한민국 국가대표입니다. 그보다 젊은 마라톤 선수는 없기 때문입니다." 요즘과 같은 저출산 추세가 지속된다면 올림픽 대표 선수 찾기도 어려워질 것이라는 이야기지요. 그럴법한 이야기입니다.

눈을 감으니, 출발선상에서 스파이크 끈을 고쳐 매고 있는 이봉주 선수가 보입니다. 흰 양말을 신었습니다. 아내가 챙겨준 양말입니다. '가정표' 양말입니다.

갓 표바늘

1

구름이 끼고 바람이 불던 1888년 3월 어느 날에 나는 제물포 항구에 내렸다. 나지막한 언덕의 헐벗고 뾰족한 능선을 배경으로 삼은 돌투성이의 해안으로 눈길을 돌렸다. 단조로운 경치를 깰 나무 한 그루 없고 겨우 위안이 될 만한 것이라곤 군데군데 하얗게 덮인 눈뿐이었다.

모래밭 대신에 냄새나고 끈적거리는 삭막한 개펄이 해안을 따라 길게 펼쳐져 있었다. 예나 이제나 그곳에는 선창이 없어 찬물때에라도 배를 바로 댈 수가 없었기 때문에 우리는 쪽배를 타고 해안으로 다가갔다. 그때 험상궂고 야릇하게 생긴 남자들이 이상한 말로 소리치면서 우리를 조사하려고 언덕에서 급히 내려왔다.

— 릴리어스 호턴 언더우드, 『언더우드 부인의 조선생활』 중에서

언더우드 부인? 예. 그렇습니다. 선교사로서, 명문 사립대학의 설립자로서 우리 귀에 무척 친숙한 이름, 바로 그 '호러스 그랜트 언더우드'(우리식 이름으론 '원두우') 씨의 부인입니다. '원한경-원일한-원한광'으로 4대째 이어지는 신촌 원元씨 집안의 증조할머니지요.

위의 글은 그녀가 이 땅에 첫발을 내딛던 날의 이야기입니다(『언더우드 부인의 조선생활―상투잽이와 함께 보낸 십오년 세월Fifteen Years Among The Top-Knots』, 뿌리깊은 나무, 1984). 물론, 백 년도 훨씬 넘은 일이지요.

얼마나 불안하고 초조했을까요. 언제 옷을 갈아입었는지 분간하기도 어려울 만큼 꾀죄죄한 사람들, 눈길 가닿는 곳마다 쓸쓸하고 삭막한 풍경들. 자신의 고향 마을처럼 '숲과 교회가 있는 언덕'을 상상하고 온 것은 아니었겠지만 생각보다 훨씬 더 실망스러운 모습에 벽안碧眼의 이 처녀는 기가 질렸을지도 모릅니다. 살아가야 할 이 땅의 세월이 두렵기조차 했을지도 모릅니다.

아득한 이방異邦에서 마음의 위안이 될 만한 나무 한 그루나 집 한 채 찾을 수 없다는 것은 여간 절망적인 일이 아니지요. 고향 뒷동산의 참나무를 닮은 거목이 그윽한 눈으로 자신을 내려다본다거나, 친구네 이층집을 생각나게 하는 양옥집 한 채가 언덕 위로 올려다 보일 때 거기서 나그네는 한없는 위안을 얻을 것입니다.

다행히 그날의 언더우드 부인에게도 그런 장면 하나쯤은 있었을 것입니다. 그 무렵 제물포는 개항開港, 1883의 증표가 하나둘 늘어가고 있던 시절이라서 양풍洋風의 집 보기도 그리 어렵진 않았을 테니까요. 적어도 세 나라―일본1883, 청나라1884, 영국1884―의 영사관 건물이 보였을 것입니다.

어느 방향인가에서는 '세창양행世昌洋行' 사택1884이 눈에 들어왔겠지요. 지금의 자유공원 맥아더 장군 동상이 서 있는 자리에 있던 이 나라 최초의 서양식 주택 말입니다.

2

세창양행. 여명기 우리 역사에서 퍽이나 커다란 의미를 갖는 상호입니다. '우리나라 최초의 기록' 중에 서너 가지가 그 이름 하나에 매달려 있으니까요. 앞에 든 사택 건물이 최초의 양식 주택이고, 1886년을 한국광고사의 원년으로 삼게 한 광고 '덕상(德商, 독일 상인) 세창양행의 고백'이 우리 근대 광고의 효시인 것은 널리 알려진 사실이지요.

'최초'는 그들의 무역 품목들 가운데에도 많습니다. 대표적인 물건이 성냥과 바늘. 그 최초의 성냥과 바늘이 첫선을 보인 곳, 인천은 당연히 그것들의 고향이 되었습니다. 호두를 처음 들여온 천안 광덕사가 호두의 본적지가 되고, 벼의 시배지 김포가 좋은 쌀 산지의 대명사가 된 것처럼 말입니다.

그런 연유로 인천은 '성냥과 바늘'의 도시가 된 것입니다. 생각해보십시오. 얼마나 많은 사람들이 인천 사람들을 볼 때면 '성냥 공장'을 떠올렸는가 말입니다. 아니 땐 굴뚝에 연기가 나겠습니까. '인천에 성냥 공장……'으로 시작되는 노래가 그렇게 오랫동안 남자들의 입에 오르내린 일이나, 거리의 장사꾼들이 '인천시 만석동에 자리잡고 있는……' 운운하면서 바늘 쌈지를 꺼내들던 것에도 다 그만한 내력이 있었던 것이지요.

'직수입 판매점 동복공同福公(수입상, 말하자면 사장님의 별호가 아닐까요)'이라 광고주 이름을 적고 '인천 지나정支那町(차이나타운) 14번지'라 주소를 밝힌 옛날 신문(동아일보, 1932.11.22) 광고 하나가 그런 추측을 사실로 확인시켜줍니다. 바늘의 역사가 인천에서 시작되었음을 보여주는 것이지요.

'원조세창입표양침元祖世昌笠票洋針'이란 헤드라인의 광고입니다. 옮기자면 '원조 세창 갓표바늘'. 군이 '원조'를 강조한다는 것은 그만큼 '짝퉁'이 많았다는 이야기 아니겠습니까. 그렇다면 인천은 바늘 공장 천지였음 또한 짐작하기 어렵지 않지요. 성냥 공장의 사연도 비슷하지 않겠습니까.

3

'갓표바늘'. 제품 포장을 들여다보니 갓笠 쓴 사람이 그려져 있습니다. 노인입니다. 한때 아이의 그림도 함께 보이던 그 디자인입니다. 그 모습이 이 회사의 첫번째 광고 카피의 한 구절을 생각나게 합니다. "아이나 노인이 와도 속이지 않겠다"는 부분 말입니다.

그 신념을 의도적으로 시각화하려던 것일까요. 그게 아니라면, 바늘 쌈지에 보이는 노인과 아이의 그림은 의도를 짐작하기가 어려워집니다. 물론 세창양행의 친절과 정직을 마냥 고맙고 아름답게 볼 수만은 없는 일이지요. 역사 이래, 열강의 약소국 침탈을 위한 베이스캠프에는 으레 그렇게 다정다감한 사람들을 포진시켜서, 자신들이 얼마나 점잖고 상냥한 사람인지를 알리려 했던 것이 상례常例니까요.

속셈이야 어쨌건 간에 독일과 한국 두 나라 외교사의 첫 페이지를 쓰려면 세창양행부터 이야기하는 것이 순서임을 부인할 사람은 아무도 없습니다. 한편으로 생각하면 이렇습니다. 물건에 무슨 정략이나 이념이 들었겠습니까. 백성들한테야 무슨 복잡한 산수가 있었겠습니까.

청나라에서 온 물건도 신기하기 짝이 없는데 그보다 열 곱절 백 곱절은 먼 나라에서 온 상품들이 얼마나 놀랍게 보였을까요. 부녀자들의 반가움은 말할 나위도 없었을 것입니다. '부러지지 않고 녹슬지 않는 바늘'이 왔으니! 조선 순조 때 사람 '유씨 부인'(요즘도 교과서에 그분의 글이 나오는지 모르겠습니다만)이 보았으면 어째서 이제 왔느냐고 한탄했을 물건이지요.

시동생이 북경에서 사다 준 바늘 하나를 이십칠 년이나 애지중지 다루다가 어느 날 '자끈동' 부러지자 그 섭섭하고 안타까운 마음을 제문祭文 형식으로 지어낸 「조침문弔針文」의 지은이 그 사람 말입니다. 그녀가 조금만 더 있다가 세상에 나왔으면 '갓표바늘'을 소재로 더 멋진 규방閨房 문학작품을 만들어냈을지 누가 압니까.

따지고 보면 이 땅의 여인네들은 모두 유씨 부인입니다. 어머니들의 옷고름엔 바늘이 떠날 날이 없었거든요. 옷감이란 것들이 하나같이 약해빠진 것들이라서 툭하면 해지고 떨어지는데다, 웬만한 집은 식구가 열 두엇은 족히 되었으니까요.

시어머니 저고리 동정 달고, 시누이 치맛단 고치고, 서방님 바지 손보고, 큰애 교복 단추 달고, 막내 양말 꿰매고, 당신 버선 깁고…… 식구들이 모두 잠든 밤, 호롱불 밑에서 혼곤한 몸에 쏟아지는 잠을 쫓으며 바느질로 새벽을 맞는 일이 허다했습니다. 보통 집들이 그러했으니, 바느질로 입에 풀칠을 하고 사는 여인네들의 일상이야 말할 것도 없었지요. 이른바 삯바느질로 오남매 육남매 대학 공부시키고, 시집 장가 다 보낸 어머니들.

옛날 선비들이 학문에 쏟은 공력과 세월을 이야기할 때, 벼룻돌 몇 개나 바닥을 냈는가를 자랑스레 내세웠다지요. 이 땅의 어머니들은 몇 개의 바늘이 부러지고 뭉툭해져야 고생이 끝났던 걸까요. 몇 개의 골무가 닳고 구멍이 나야 조금은 편안한 세월을 만날 수 있었던 걸까요.

유씨 부인의 「조침문」은 그렇게 동고동락을 함께한 물건에 대한 뜨거운 감회의 표현이니, 행여 누가 그것을 야단스런 말잔치라고 깎아내릴 수 있겠습니까.

아깝다 바늘이여, 어여쁘다 바늘이여, 너는 미묘한 품질品質과 특별한 재치才致를 가졌으니, 물중物中의 명물名物이요, 철중鐵中의 쟁쟁錚錚이라, 민첩하고 날래기는 백대百代의 협객이요, 굳세고 곧기는 만고萬古의 충절忠節이라. 추호秋毫같은 부리는 말하는 듯하고, 뚜렷한 귀는 소리를 듣는 듯한지라.

능라綾羅와 비단에 난봉鸞鳳과 공작을 수놓을 제, 그 민첩하고 신기함은 귀신이 돕는듯하니, 어찌 인력人力이 미칠 바리오.

고바우

1

'오징어' '맹꽁이' '송아지'…… 유치원생들이나 초등학교 저학년 아이들로부터 흔히 들을 수 있는 별명들입니다. 왜 그렇게 부르는지를 물으면 뻔한 대답이 돌아옵니다. "승철이 별명이 어째서 '오징어'냐 하면요, 걔가 오吳씨거든요."

더 물어볼 필요도 없습니다. '맹꽁이'는 '맹孟'씨, '송아지'는 '송宋'씨에 틀림없을 테니까요. 그걸 유머감각이라 해야 할지, 아니면 어휘 구사력이나 연상 능력이라 해야 할지 모르겠습니다만, 분명한 것은 그 정도가 그 또래들의 수준이란 것이지요.

성姓만 갖고 놀려먹는 것도 아닙니다. 이름 석 자 중에 좀 별난 자字가 있다 싶으면 그것에다 머리를 붙이거나 꼬리를 늘여서 찧고 까붑니다. 제 주변에만 해도 '낙규'란 이름 덕분에 '낙지'라 불리고, '정일'이라서 '정어리'라 불렸던 기억을 가진 사람이 있습니다.

학년이 올라가고 나이가 들면서 별명의 유희도 조금씩 복잡한 구조를 갖게 됩니다. '영일'이니까 '빵 하나(01)'라 부르고, '구룡포'가 고향이니까 '과메기'라고 부릅니다.

제 동창 중엔 '랭거지'도 있고, '프라바블리'도 있습니다. 둘 다 영어 시간에 얻은 별명이지요. 한 친구는 '랭귀지language'란 단어를 참 희한하게도 못 읽고, 또 한 친구는 '프라버블리probably'의 악센트를 첫 음절에 넣지 못해 생긴 이름입니다(영어 선생님한테 많이도 맞았지요). 이쯤 되면 설명을 듣지 않고는 그가 왜 그런 이름으로 불리는지를 짐작하기도 어려워집니다.

그런가 하면 처음 듣는 사람도 그가 어떤 사람인지를 대번에 알아차리게 만드는 '별호別號' 둘이 있습니다. 생김새나 성격, 태도를 짐작게 하고, 말투나 행동 양식까지 떠오르게 하는 이름들입니다. 선승禪僧들이 흔히 '물건'이라 부르는 인간의 '포장과 내용'을 한마디로 요약하는 이름들이지요. 본래는 고유명사지만 이젠 보통명사가 된 것들입니다. 그런 점에서 그것들은 얼마나 훌륭한 브랜드인지요!

'벽창호' '옹고집' '돈키호테' '카사노바' '홍길동' '놀부' '돌쇠' '변강쇠' '김삿갓' '심청이' '춘향이'…… 따지고 보면 그것들이나 미원, 박카스 따위의 저명한 브랜드가 다를 바 없다는 생각이 듭니다. 앞의 것들은 소설이나 드라마에서 말하는 이른바 '전형적 인물'의 훌륭한 샘플이고, 뒤의 것들은 어떤 제품 카테고리의 통칭通稱이니까요.

해서 우리는 세상의 모든 못된 자들을 편의상 '놀부'로 몰아세우길 좋아하고, 세상의 모든 드링크제를 편리하게도 '박카스'라 부르며 넘어갑니다. 아, 아버지가 지어준 본명이 있지만 아무도 그 이름을 불러주지 않고, 상표에 적힌 그대로 불리지 못하는 존재들의 슬픔이여.

나이로 보자면 '놀부'나 '변강쇠'에 비할 수 없을 만큼 어린 이름이지만, 유명세로 보자면 결코 그에 못지않은 이름들이 있습니다. '고바우 영감'

'왈순 아지매' '두꺼비' '까투리 여사' '나대로 선생'…… 이런 사람들입니다. 물론 그이들 모두가 '놀부'나 '춘향'처럼 우리네 가슴에 들어와 어떤 사람을 형용하는 데 대단히 편리한 상징이 된다거나 우리네 정서 속에 움직일 수 없는 스타일을 구축한 것은 아닙니다.

그러나 그중에 몇은 '옹고집' 영감이나 '벽창호'씨와 인기 순위를 다툴 만큼 스타가 되었던 이들입니다. 요즘은 어쩌들 지내시는지 소식도 알 수 없게 되었습니다만, 몇 년 전까지만 해도 날마다 마주치는 반가운 얼굴들이었지요. '고바우 영감' '두꺼비', 그리고 '왈순 아지매'.

2

'고바우 영감'과 '두꺼비' 선생과 '왈순 아지매'는 묘하게도 동갑입니다. 셋 다 1955년생. 이른바 '쌍팔년(단기 4288년)생'입니다. 전후戰後의 베이비붐처럼 각종 신문잡지들이 우후죽순으로 고개를 쳐들 무렵이었다는 것과 무관한 일이 아니겠지요. 어쨌거나 그 수선스럽던 시절에 그들은 이미 많은 세월을 살아온 어른으로 태어났습니다.

몽당연필을 닮은 뭉툭한 체구에 안경을 코끝에 걸친 사람, 꼭 한 가닥의 머리카락으로 기분이 어떤지를 알 수 있는 사람. '고바우 영감'의 첫 모습은 두루마기 차림이었습니다. 중절모를 갖춰 쓰고, 단장短杖을 짚은 중년 신사였지요. 체형도 복장도 여러 차례 변했습니다. 통통한 모습이었다가 홀쭉한 몸이었다가, 모자를 썼다가 벗었다가 했습니다.

'고바우'는 한마디로 우리들의 아바타였습니다. 권력에 눌리고 불의에

밟힐 때, 우리도 밟히면 '꿈틀'할 줄 아는 사람임을 표현해주었습니다. '봄은 기다리지 않아도 오고, 기다림마저 잃었을 때도 온다'는 어느 시인의 시구를 믿고 싶었던 우리들의 자화상이었습니다.

대통령 주변 사람들의 위세를 '똥통'으로 희화화하고, 혁명정부의 철권을 '엿장수 마음'으로 비틀어 숨막히는 세상에 그나마 후련한 숨을 토하게 하던 우리들 마음의 우상이었습니다.

물경 1만 4139회를 연재하여 세계 최장수 신문만화의 기록을 세우고 역사 속으로 사라지기까지 '고바우'는 언필칭 우리 현대사의 중요한 증인이었음에 틀림없습니다.

어느 대통령은 '고바우'의 김성환 화백더러 미국으로 이민을 가는 것이 어떻겠느냐는 제안을 해 불편한 심기를 노골적으로 드러내기도 했다지요. 아무려나 '고바우 반세기'는 고맙고 대단한 일입니다. 신문에 만화가 없다는 것은 양팔저울에 추가 없는 것과도 비슷한 일일지도 모르니까요. 어디까지 진실인지, 누가 옳은 사람인지, 누가 우리 편인지를 시사만화가처럼 보기 좋게 가려내주는 이가 또 있던가요?

3

대표를 뽑으라면 단연 '고바우 영감'이지만 '두꺼비'와 '야로씨', 그리고 '왈순 아지매'의 생애라고 그만 못한 것은 결코 아닐 것입니다. 실타래 같은 세상사를 그야말로 쾌도난마의 예지로 수십 년간 하루하루의 가치를 매겨온 사람들이니까요.

그 일이 얼마나 지난한 일이며, 피를 말리는 일인가는 고등법원의 어떤 판례 하나로 쉽게 확인됩니다. 1994년에 타계한 「두꺼비」의 안의섭(1924~1994) 화백 가족들이 제출한 '스트레스 및 과로에 따른 업무상 재해 보상 인정'을 요구하는 소송의 매듭을 짓는 판결문입니다.

"마감 시간이 지나면 자유 시간을 가질 수 있다는 이유로 보상금 지급을 거부하였지만, 시사만화는 언론 매체와 여론을 수렴해 고심 끝에 그리는 것인 만큼 근무시간과 상관없이 스트레스가 극심한 업무다."

왜 아니겠습니까? 이른바 '크리에이터' 혹은 '작가'란 직종의 단점은 '노동과 휴식'이 분리되지 않는다는 것이지요. 「두꺼비」나 「야로씨」의 산고産苦는 눈치 빠른 독자들의 눈에도 그대로 읽혔습니다. '오늘 만화는 작가 사정으로 쉽니다'란 안내문 같은 것을 볼 때면 더욱 그랬습니다. 작가가 쉬고 있는 곳이 어딜까를 생각하게 되고, 혹시 '남산(중앙정보부)'은 아닐까 하는 생각이 이어지기 때문이었습니다.

그런 생각 끝에 지난 신문을 뒤적이다보면 틀림없이 이런 만화가 있습니다. 주인공이 산으로 올라가는 그림입니다. 산꼭대기에 올라서서 손나팔을 만들고 어딘가를 향해 외치는 장면입니다. "잘 먹고 잘살아라!"

따님이 아버지의 일하는 모습을 '나오지 않는 치약을 눌러 짜는' 것에 비유했다는 정운경 화백의 「왈순 아지매」는 가부장적 권위가 엄존하던 시절에 여자를 주인공으로 등장시켰다는 점에서 눈을 끌었습니다. 이 골목 저 골목으로 남의 집 문패를 기웃대며 온종일을 헤매도 떠오르지 않던 이름이 집에 와 있었다지요.

모델은 바로 사촌 형수의 친구. 괄괄한 성격, 시원시원한 말투가 인상적인 그 아줌마를 보는 순간 '바로 이 사람이다' 싶더랍니다. 이름을 알아보니 이월선李月仙. 뒷날 라면 이름이 되기도 한 '왈순'이란 이름이 탄생하는 순간이었습니다.

'주인공 이름만 붙여놓으면 소설 다 쓴 것 같다'는 어떤 소설가의 고백도 있습니다만, 만화 주인공이야말로 그런 것 같습니다. 이름 지어놓고 얼굴만 그려놓으면, 그 인물이 스스로 세상 구석구석을 찾아다니며 살아가는 것이 아닐까 하는 생각이 듭니다.

정말 그렇지 않았던가요? 우리와 함께 살아온 그 이름들을 하나하나 떠올려보십시오. 우리와 함께 울고 웃고 노래하고 춤추던 그 사람들. '고바우 영감' '두꺼비' '왈순 아지매' '야로씨'……

공병우 타자기

1

〈아담이 눈뜰 때〉(감독 김호선)라는 영화가 있습니다. 내놓는 작품마다 문제와 화제를 낳곤 하던 장정일의 소설을 원작으로 둔 영화지요. 흔한 문자로 '청소년의 고독과 방황, 그리고 좌절'에 관한 이야기입니다. 영화는 이렇게 시작되지요.

신scene 1. 프롤로그(타자기 자판을 두드리는 손)
(리드미컬하게 타자기 자판을 두드리는 남자 열 손가락. 둔탁하게 이어지는 타이프라이터 소리와 함께 하얀 종이에 찍혀지는 글자들)
아담: (내레이션) 내 나이 열아홉 살. 그때 내가 가지고 싶었던 것은 타자기와 뭉크 화집. 그리고 카세트 라디오에 연결하여 음악을 들을 수 있는 턴테이블이었다. 단지 그것들만이 내가 이 세상으로부터 얻고자 하는 전부의 것이었다.

타자기와 뭉크 화집과 턴테이블. 우리들의 슬픈 주인공 아담은 그 세 가지 물건을 왜 그토록 간절히 갖고 싶어한 걸까요. 열아홉 살의 눈과 귀는 그토록 그리운 것이 많기 때문일 것입니다. 열아홉 살의 가슴은 쏟아내고 싶은 것이 많아서일 것입니다.

그렇기에 그 나이쯤엔 귀도 눈도 손도 입도 바빠지게 마련이지요. 요즘 젊은이들도 그렇지 않습니까. 스포츠 신문을 보고 있거나 만화책이라도 보고 있지 그냥 쉬고 있는 눈이 있던가요. 이어폰이 꽂혀 있지 않은 젊은이의 귀가 있던가요. 전화를 걸고 있거나 그도 저도 아니면 핸드폰의 문자판이라도 쉼 없이 두들기고 있지 그냥 놀고 있는 손가락이 있던가요.

자기 몸뚱이에 붙은 어떤 감각기관도 한가하게 놓아두지 않는다면 그는 아직 젊은 사람입니다. 동시다발적으로 보고 듣고 만지고 먹고 마시고 떠들고 외치고 두드려댈 수 있다면 그것은 신체의 엔진이 그만큼 싱싱하다는 증거일 것입니다.

욕구는 복잡하기 그지없는데 해결책은 빠하니까 애꿎은 제 몸뚱이만 들볶을 수밖에요. 열아홉 살 그 피 끓는 젊음의 욕구를 신체적 증상에 비유하자면 '허기虛飢'와 '요의尿意'가 동시에 일어나는 경우와 비슷한 것이 아닐까 싶습니다. 한편으론 배가 고파 죽겠는데, 한쪽으론 화장실이 가고 싶은 상태 말입니다.

먹고 싶은 생각과 배출하고 싶은 욕구가 공존하는 현상이라고 말할 수도 있겠지요. 몸안으로 받아들일 것도 많고 몸밖으로 내몰 것도 많은 나이, 열아홉 살은 세상과 끊임없이 교신하는 일을 통해 목표에 다가서려는 시절입니다. 그 교신의 목적은 무엇보다 스스로의 정체성을 확인하려는데 있지요. 그 본능적 욕구가 아담으로 하여금 여류 화가의 누드모델이 되게 하고 오디오 가게 주인의 동성애 상대가 되는 일조차 마다하지 않게 만듭니다. '타자기와 뭉크 화집과 턴테이블'을 위하여. 그중에서도 타자기에 대한 집착은 특히 집요합니다.

그는 시인을 꿈꾸는 젊은이였습니다.

2

타자기란 물건에도 나이가 있다면 그것 역시 열아홉 살일 것만 같습니다. 좌충우돌 이마를 들이받으며 글자를 찍어냄으로써 제 존재 가치를 증명해 보여야 하는 모습이 그렇고, 그만큼의 상처가 일기처럼 남는다는 점에서 그렇습니다.

컴퓨터가 주도면밀한 성인成人이라면 타자기는 요령부득의 순정과 문학청년을 닮았습니다. 멈칫멈칫 수줍어하는 모습이나, 실수가 많지만 솔직하게 인정하고 미안해할 줄 아는 마음이 그렇습니다. 컴퓨터는 많은 것을 기억해내려 애쓰고 보이지 않는 세상까지 아는 체하느라 분주하지만, 타자기는 타고난 대로의 자신을 숨김없이 드러낼 뿐 결코 잘난 체하는 법이 없습니다.

할 수 있는 일만을 충실히 해냅니다. 그런 점에서 타자기의 노동은 원고지 칸을 채우는 펜의 그것과 별반 다를 것이 없습니다. 타자기의 글쇠는 종이를 두드려대는 동시에 쓰는 이의 가슴을 두드려댑니다. 신심信心이 깊은 종교인들에게 '일자일배一字一拜'가 있다면, 타자기에는 '일타일사一打一思'쯤의 미덕이 있습니다.

타자기는 사람을 넘어서려 하거나 이기려들지 않습니다. 타자기의 글쇠들은 문선공文選工의 손끝에 불려 나오는 활자들처럼 주인의 명령에 따라 고분고분 줄을 섭니다. 선생님의 구령에 맞춰 국민체조를 하는 소년들처럼 질서정연하게 팔다리를 움직입니다. 그것들은 어쩌면 공사장 감독의 명령에 따라 일사불란하게 삽질을 하거나 곡괭이를 내리찍는 인부들을 닮기도 했습니다.

그런 점에서 타자기의 업태業態는 막노동이거나 건설업입니다. 그럼에도 불구하고 이 땅의 한 시절에 살던 사람들은 타자기 소리 요란한 일터에서 일하는 사람을 참 부러워했습니다. 타자기 역시 삽과 곡괭이나 다를 것 없는 연장임에도 대개의 젊은이들은 그쪽을 선택하고 싶어했습니다.

상고商高에서는 타자 과목이 주산이나 부기 못지않게 중요한 과목에 들었으며, 군대 가서 삽이나 곡괭이를 잡고 싶지 않은 젊은이들은 학원엘 다니며 타자를 배웠습니다. 라디오 드라마에서 건설 현장을 그려내려면 여러 가지 소리가 필요했으나 사무실을 설명하는 데엔 타자기 소리 하나로 충분했습니다.

도시 풍경을 그려내는 데 역시 둘도 없는 효과음sound effect이었지요. 전쟁의 상처를 하루바삐 씻어내려는 '재건再建'의 깃발이 나부끼던 시절을 생각나게 하는 〈럭키 서울〉이란 노래 가사 그대로였습니다.

"타이프 소리로 해가 저무는 빌딩가에서는 웃음이 솟네 (……) S, E, O, U, L. 럭―키 서울."

그러나 타자기가 보여주는 풍경이 그렇게 아름답고 씩씩한 것만은 아니었습니다. 타자기가 땅을 파고 공장을 세울 때 어떤 타자기는 누군가를 앞에 놓고 책상을 치며 고함을 질러대고 있었습니다.

신^{scene} 73. 취조실. (아침)

(재빠르게 건반을 날아다니는 손가락의 움직임이 현란하다. 아무 소리도 들리지 않는 가운데, 어두운 갓등 아래서 은선이 무어라고 취조에 응하고 있다. 기계적인 풍경으로 묻고, 조서를 타이핑하는 수사관. 은선의 얼굴은 몰라보게 초췌하다.)

운동권 대학생인 아담의 여자친구가 경찰에 연행되어 조사를 받는 장면입니다. 일제강점기, 면서기의 펜 끝이 어디로 흐르느냐에 따라 욕을 보기도 하고 험한 꼴을 면하기도 했던 것처럼 타자기가 무슨 글자를 찍어내느냐에 따라 한 젊은이의 인생행로가 달라지기도 했습니다. 그럴 때 타자기를 두드리는 사람들은 앞에 앉은 사람에게 대개 이렇게 묻곤 했지요.
"호적에 빨간줄 올리고 싶어?"

3

1867년 미국의 숄스란 사람이 발명한 타자기의 특허권을 거액에 사들인 레밍턴 사가 재봉틀과 총기^{銃器}를 만들던 회사라는 것은 자못 흥미로운 일입니다. 재봉틀과 총기. 한쪽은 잇고 붙이는 물건인데, 한쪽은 찢고 떼어놓는 물건입니다. 한쪽은 순정과 평화인데, 한쪽은 공포와 전율입니다.

우리 현대사에서 타자기가 맡았던 역할이 꼭 그 재봉틀과 총기의 그것이 아니었던가 싶습니다. 연애편지를 쓰는 타자기가 있었고, 포고문을 찍어내는 타자기가 있었습니다. 시인이나 소설가에겐 '꿈꾸는 재봉틀'이었지만 저 4·19나 5·16의 사람들에겐 '혁명의 기관총'이었습니다.

그럼에도 불구하고 이 땅의 타자기는 '글쓰는 피아노'라는 별명이 의미하는 바처럼 그 아름다운 본성을 온몸으로 보여주었습니다. 이렇게 말할 때 우리가 기억해야 하는 이름이 있습니다.

한글을 지독하게 사랑한 안과 의사로 저승에까지 타자기를 들고 갔을 사람, 온갖 조롱과 핍박 속에도 세종대왕 못지않은 신념 하나로 세상과 맞서 싸운 아웃사이더 공병우 박사가 그 사람입니다. 평생을 열아홉 살 청년의 기개로 살다간 사람이지요.

'언더우드' '레밍턴' '스미스 코로나'…… 바다를 건너온 그런 상표들이 이 땅의 정신을 찍어내고 있을 때 거의 고군분투에 가깝게 세상의 무지와 외로운 싸움을 벌이던 사람입니다. 그가 1950년에 고안해낸 이른바 세벌식 타자기의 등장이 우리 한글 기계화의 시작인 동시에 우리 타자기 역사의 본격적인 서막이었음을 부인할 사람은 아무도 없습니다.

지금 우리가 쓰는 컴퓨터 키보드의 자판이 타자기의 그것에서 그대로 이식된 것임을 모르는 사람 또한 없을 것입니다. 그렇다면 그는 우리 한글 타자기의 아버지입니다. 나아가 그 이름 석 자는 한글의 오늘을 있게 한 위대한 브랜드로 기억되어야 마땅할 것입니다.

젊은이 여러분, 이분께 경의를 표하십시오. 그대들이 한글 자판을 떡 주무르듯 할 수 있게 해준 분입니다. 한글을 쓰는 젊은 영혼이 국제열차처럼 질주하게 만들어준 분입니다.

오늘도 성난 타자기처럼

질주하는 국제열차에

나의

젊음은 실려가고

        —김경린, 「국제열차는 타자기처럼」중에서

금성라디오

1

제게는 좀 좋지 않은 버릇이 하나 있습니다. 빈손으론 화장실을 못 간다는 것입니다. 읽을거리를 손에 쥐지 못하면 일을 보기가 어려운 까닭입니다.

언젠가 신문을 찾느라 강아지 모양으로 종종거리는 저를 보고 눈치를 챈 친구가 딱하다는 듯이 말했습니다. "이 사람아 바쁜데 한 가지 일이나 얼른 보고 와." 그렇게 말하는 친구는 컴퓨터 자판을 두드리며 담배 한 대를 막 피워 물던 참이었습니다.

저는 친구의 입에 물린 담배를 냉큼 뽑아들며 이렇게 말했습니다. "한 가지 일이나 해. 담배는 내가 피워줄 테니." 그러자 이 친구는 주머니를 뒤적이더니 한술 더 뜨는 것이었습니다. "껌도 하나 줄까?" 글머리가 그리 점잖지 못하지요. 허나, 제가 가끔 떠올리는 생각들 중엔 그렇게 싱거운 것들이 참 많습니다. 대표적인 것이 이런 문제입니다. '사람은 같은 시간 같은 장소에서 몇 가지 일이나 한꺼번에 해결할 수 있을까' 하는 의문이지요.

앞서 얘기한 화장실 사연에 비춰보면 네댓 가지 일은 동시에 해결할 수 있는 것 같습니다. 그러나 우리네 인생에서 일어나는 일들이 어디 그렇게 녹록하고 가벼운 일들뿐이라야지요. 대부분은 양손에 들고 저울질을 해도 쉽사리 가늠이 안 될 만큼 무게가 엇비슷한 일들 아닙니까. 그래서 늘 이런 고민이 생겨나지요. "어느 걸 먼저 해야 하나?" "어딜 먼저 가야 하나?" "누굴 먼저 만나야 하나?"

여기에 노래 하나가 있습니다. 복잡다단하기 그지없는 사람살이의 고민을 아주 정겹고 구수하게 그려낸 노래, 장사익의 '삼식이'입니다.

소낙비는 내리구요
허리띠는 풀렸구요
업은 애기 보채구요
광주리는 이었구요
소코팽이 놓치구요
논의 뚝은 터지구요
치마 폭은 밟히구요
시어머니 부르구요
똥오줌은 마렵구요
......

2

금성라디오는 1959년생입니다만, 나이 두어 살은 참으로 억울하게 먹었습니다. 몇 년 동안은 세상 구경도 못하고 창고 속에서 잠만 자는 신세였으니까요. 환영과 축복 속에 태어난 물건은 못 되었던 것 같습니다. 아무도 그 물건에 귀기울여줄 만한 형편이 아니었고, 여유도 없었기 때문입니다. 시절 탓이기도 했지요. 라디오는 군사정부의 '사치품 단속령' 목록에 들 만큼 엄한 통제를 받던 물건이었으니까요.

그러나 군사정부는 죽었던 라디오를 다시 살아나게 한 은인이기도 했습니다. 혁명 홍보에 더없이 훌륭한 도구가 될 수 있다는 점이 라디오의 환생을 도운 것입니다. '미디어는 인간의 연장延長'이라고 한 마셜 맥루한 식으로 말하자면 라디오는 엄청난 '거인'의 역할을 했다고 할 수 있습니다. 라디오가 아니었다면 군사정부는 6·25 때 북의 군대가 그랬듯이 완장과 깃발과 손나팔로 전국을 도는 수밖에 없었을 테니까요.

어쨌거나 그때는 누구랄 것 없이 한가로이 남의 이야기에 정신을 쏟을 사람이 없었습니다. 민생고民生苦를 해결하는 일이 급선무였기에 어디에고 한눈을 팔 새가 없었습니다. 먹고 입는 것이 아니면 어떤 것에도 관심을 둘 겨를이 없었습니다.

소낙비도 피해야 하고, 허리띠도 조여야 하고, 아이도 얼러야 했지만 그보다는 머리에 인 광주리가 중요하고, 논에 터진 둑을 살피는 일이 급했습니다. 삽이나 괭이를 짚고 서서 저녁놀을 바라볼 시간이 없었습니다. 짐을 내려놓고 신작로 가에서 담배 한 대 빼어 물 시간이 없었습니다.

다행히 라디오는 아무의 시간도 빼앗지 않았습니다. 그 공화국이 막을 내리던 시절까지 쓰이던 표어 중의 하나인 '일하면서 싸우고, 싸우면서 건설하자'에서 읽히는 미덕처럼 일하면서 듣고, 들으면서 일할 수 있다는 매력이 라디오에는 있었던 것입니다.

'라디오는 내 친구'라는 표현이 정말 꼭 들어맞는 시절은 정작 그 무렵이었던 것 같습니다. '증산, 수출, 건설'의 일터, 이를테면 마산수출자유지역이나 구미공단, 구로공단 혹은 청계천 봉제 공장에서 라디오는 고단한 친구들의 벗이 되어주었습니다. 샛별을 보고 나온 사람들의 새마을 사업장에서 그랬고, 늦도록 공부하는 학생들의 창가에서 그랬습니다.

한 동네를 통틀어 겨우 한두 대가 고작인 TV가 자신들과는 아무 상관도 없는 별천지를 그려 보이고 있을 때, 라디오는 그래도 자신들과 관계가 깊거나 엇비슷한 세상의 소식을 전해주었습니다. 외지에 나간 아들딸의 편지처럼 반갑고 정겨운 목소리가 들어 있기도 했습니다.

군청 네거리 전파사 앞이나 역전 다방에 가지 않아도 엊그제 바다를 건너온 서양 노래를 들을 수 있었습니다. 남진이나 나훈아의 쇼를 보러 가지 않아도 새로 나온 유행가를 익힐 수 있었습니다. 한결같이 신성일, 엄앵란 정도의 미남 미녀일 것 같은 연속극의 목소리들은 듣는 이들로 하여금 저마다의 가슴속에 스크린 하나씩을 장만하게 했습니다. 라디오는 정말 '마음속의 극장' 바로 그것이었습니다.

여름날 미장원 앞을 지나다보면 열린 문틈으로 라디오 연속극을 듣는 아주머니나 누나들의 이런 소리가 곧잘 들렸습니다. "저런 죽일 년이 있나. 처자식이 멀쩡히 있는 남자를……" 연속극에 푹 빠져서 자신이 극중 인물이라도 되어버린 듯한 말투였습니다. 만일 그것이 TV 드라마였다면 손님의 머리는 엉망이 되었을지도 모릅니다. 미용사의 가위는 어쩌면 손님의 귀를 자르고 있었을지도 모릅니다.

그러나 그런 일은 없었습니다. 그 지독한 몰입도 일에는 아무런 방해가 되지 않았다는 것입니다. 눈은 귀를 업신여길 때가 있는지 몰라도, 귀가 눈을 가로막고 나서는 경우는 드문 것 같습니다.

3

라디오는 시간의 파수꾼이었으며, 새로운 약속과 희망의 메신저였습니다. 〈아차부인 재치부인〉이나 〈즐거운 우리집〉 같은 아침 드라마의 시그널 뮤직은 등굣길이나 출근길이 지각인지 아닌지를 일러주었습니다. 행복이란 어떤 증상인가를 알려주고, 그 사랑스러운 병균을 집집마다 전염시켰습니다.

〈김삿갓 북한방랑기〉는 점심시간이 가까워졌다는 것을, 〈어린이 시간〉은 하루가 저물고 있다는 것을 알려주었습니다. 〈전설 따라 삼천리〉는 터무니없는 옛날과 그래도 리얼리티가 충만한 현대의 차이를 극명하게 보여주었습니다.

정거장 근처에 사는 사람들에게 새벽 기차 소리가 시계 노릇을 해주었다면, 금성라디오는 그 어둡던 시절에 이름 그대로 샛별의 등대 노릇을 해주었습니다. 물론 어느 집의 라디오 소리가 온 동네 사람들이 무엇을 해야 할 것인가를 일러주는 군령軍令과도 같았던 것도 사실입니다만, 그것이야 어디 라디오란 기계를 탓할 일이겠습니까.

감춰지고 숨겨지는 일들이 더 많았던 시절이었지만, 그나마 라디오라도 있어 어둡고 칙칙한 풍경 너머로 스며드는 희미한 빛이라도 감지할 수 있었던 것이지요. '명랑한 가정마다 금성라듸오(1962. 3)'라거나 '즐거움을 실어오고 피로를 실어가는 금성트란지스타(1963. 5)'라고 말하고 있는 신문광고 헤드라인이 그 시절 금성라디오의 역할을 잘 말해줍니다.

그러나 한편으론 이런 우울한 상상이 일어나기도 합니다. 금세 잡힐 것 같이 좋아가보지만, 다가가면 다시 저만큼 달아나는 '즐거움'의 한없는 가벼움과 혼신의 힘으로 한 시절의 어둠을 밀쳐내려던 '피로'의 중량이 과연 대등한 가치로 교환될 수 있었던가 하는 의구심이 그것입니다. 온몸으로 시대를 밀고 간 시인, 김수영의 시 한 편이 그런 시대의 풍경을 비교적 소상히 짐작하게 해줍니다.

금성라디오 A504를 맑게 개인 가을날
일수로 사들여 온 것처럼
500원인가를 깎아서 일수로 사들여 온 것처럼
그만큼 손쉽게
내 몸과 내 노래는 타락했다

헌 기계는 가게로 가게에 있던 기계는
옆에 새로 난 쌀가게로 타락해가고
어제는 카시미롱이 들은 새 이불이
어젯밤에는 새책이
오늘 오후에는 새 라디오가 승격해 들어왔다

아내는 이런 어려운 일들을 어렵지 않게 해치운다
결단은 이제 여자의 것이다

나를 죽이는 여자의 유희다

아이놈은 라디오를 보더니

왜 새 수련장은 안 사왔느냐고 대들지만

— 김수영, 「금성라디오」 전문

　새로운 가재도구가 하나 들어오면 묵은 것은 자리를 내주고, 그 새로운 것 또한 더 새로운 것이 승격되어 들어오면 어김없이 나앉아야 한다는, 지극히 평범한 이 진술의 의미는 무엇일까요. 저는 그것에서 문명의 몰염치나 무례함을 읽고 싶습니다. 저 라디오의 미덕인 '일하면서, 공부하면서, 밭을 갈면서…… 하면서…… 하면서'의 동반同伴이 아닌, 축출과 용도 폐기의 비정함 따위 말입니다. 그런 이유에서 저는 날이 갈수록 라디오야말로 참 아름다운 물건이란 생각이 듭니다.

　컴퓨터처럼, 아니 인터넷처럼 몸과 마음을 송두리째 바치길 강요하는 기계가 아니라, 하고 싶은 일은 무엇이든 하면서 들어도 좋다고 말하는 그 겸손하고 따뜻한 배려가 그렇게 고마울 수 없기 때문입니다.

2

나훈아

1

은행이나 동사무소 같은 곳에 비치된 각종 서식의 견양見樣에서 가장 빈번히 눈에 띄는 이름은 단연 '홍길동'일 것입니다. 왜 하필 그 이름일까요. 그보다 훨씬 더 유명하거나 인상적인 인물들도 많은데 말입니다. 이를테면 '이순신'도 있고, '이몽룡'도 있으며, '김홍도'도 있지 않습니까. 여자도 부지기수. '황진이'도 있고 '민자영(명성황후)'도 있으며 '나혜석'도 있습니다.

그럼에도 불구하고 한국인을 대표하는 이름의 샘플은 굳이 '홍길동'입니다. 그만큼 친숙하다는 뜻이겠지요. 어디서나 부담 없이 빌려다 쓸 만큼 만만한 이름이기 때문이기도 할 것입니다.

상상해보십시오. 어느 날 광화문 네거리에 '홍길동' 그가 나타난다면 어떤 풍경이 펼쳐질까요. 남녀노소 누구나 반색을 하고 모여들 것입니다. 다투어 손을 잡고 싶어할 것입니다. 사인을 해달라거나 사진을 함께 찍자고 할 것입니다. 그러면 그는 귀찮아하는 기색 하나 없이 팬들이 하자는 대로 할 것입니다.

그런데 충무공이나 명성황후라도 그럴까요. 김홍도나 나혜석이라도 그럴까요. 이런 경우 우리는 대개 그를 향해 우르르 모여들기보다는 오히려 한 걸음씩 물러서기 쉬울 것입니다. 그에게 말을 걸기보다는 쭈뼛거리며 삼삼오오 모여 서서 수군대기 십상일 것입니다.

사진을 함께 찍자거나 포즈를 취해달라는 주문 따위는 엄두도 내지 못하지요. 그저 힐끔거리며 지나가는 이들이 더 많을 것입니다. 유명인 중에는 반가워 인사를 나누고픈 상대가 있고, 그저 "아무개를 실제로 봤다"는 자랑거리의 대상이 될 뿐인 사람들이 있습니다. 홍길동은 전자일 것입니다.

어느 한쪽으로 기울거나 치우치지 않은 이름이어서 장삼이사를 대표할 만한 사람입니다. 그 명성은 충무공과 다르지 않으나, 그 친숙함은 저 〈아기공룡 둘리〉에 나오는 '고길동'씨의 그것과도 다르지 않을 것입니다. 민중의 친구라는 점에서 '장길산'이나 '임꺽정'과도 비교될 수 있겠으나, 그들의 이름엔 홍길동이 주는 부드러운 울림이 없습니다.

우리가 떠올리는 홍길동의 얼굴엔 '꽃미남'의 미소를 닮은 잔잔한 웃음이 있습니다. 가요계에서 그런 이름을 찾으라면 아마도 20세기 최고의 트로트 가수 '나훈아'씨가 아닐는지요.

이름 석 자가 한 시절의 대명사가 되었지만 이웃집 아저씨처럼 생각되는 사람. 밤무대와 나이트클럽에 수많은 가짜들이 자신의 흉내를 내며 살아도 낄낄 웃어넘기는 사람. 하여, 천지사방에 숱한 분신分身을 가지고 있는 사람. 누구 못지않은 카리스마의 소유자이면서도 논두렁에서 만난 농부처럼 속없이 웃는 사람. 찢어진 청바지에 민소매 티셔츠로는 아직 늙지 않았음을 자랑하고, 수염은 길러서 연륜의 무게를 과시하는 사람.

남인수와 태진아 혹은 심수봉 사이에서, 고복수와 서태지 사이에서 가요 반세기의 추雛가 되는 사람.(남인수는 그가 가장 존경한 선배 가수. 태진 아는 남진의 '진珍' 자와 나훈아의 '아兒' 자를 따서 이름을 지은 후배. 심수봉에 게 그는 말 그대로 산파産婆!)

2

아버지를 이해할 것만 같은 밤,
남인수와 고복수의 팬이던 아버지는
내 사춘기의 송창식을 끝내 인정하지 않으셨다
그런 아버지를 이해할 것만 같은 밤,
나는 또 누구를 인정하지 못하는 것일까
나부턴 열린 마음으로 살고 싶었다
이 순간까지도 나는, 서태지와 아이들
그 알 수 없는 중얼거림을 즐기려고 애써왔다

― 진이정, 「애수의 소야곡」 중에서

가수나 노래를 이야기할 때만큼 세대 간의 불화가 아주 구체적인 형태로 드러나게 되는 경우도 드물지요. 이를테면 아이들은 '아버지의 노래는 참 구리다'며 웃고, 어른들은 젊은이들의 노래를 손가락질하며 '그게 노래냐'며 웃습니다.

아니, 서로의 음악 캠프를 적진처럼 깎아내리거나 비웃습니다. 그 정도로 성이 차지 않은 남인수와 송창식은 끝내 삿대질을 하고, 고복수와 서태지는 멱살을 잡습니다. 그 싸움의 끝은 뻔합니다. 아버지는 남인수의 어깨를 두드리며 그 자리를 떠나고, 아들은 서태지를 얼싸안으며 오디오의 볼륨을 높입니다. 화해란 거의 불가능한 일입니다.

편을 가르는 데에 노래만큼 이상적인 코드도 드뭅니다. 동시대를 살았다는, 동지로서의 세월을 입증하는 데에 노래만큼 확실한 증거도 없습니다. 〈애수의 소야곡〉이든 〈난 알아요〉든 어떤 노래를 알거나 따라 부르지 못하는 것은 움직일 수 없는 '알리바이'임에 틀림없지요. 거꾸로 말하자면 한 시절의 노래는 한 세대를 구성하는 수십 혹은 수백만 명의 가슴이나 모자에 붙은 비표秘標나 모표帽標 구실을 합니다.

한 집단을 동일한 공간으로 일시에 모여들게 한다는 점에서 혁명의 깃발과도 다름없습니다. 어떤 집단의 의식이나 행동을 지배하는 중요한 상징이 된다는 점에서 세상의 모든 노래는 군가軍歌나 교가校歌를 닮았는지도 모릅니다. 그 노래를 따라 부르는 집단의 크기에 따라 노래의 순위와 가수의 등급이 매겨지지 않던가요.

듣는 데 성별의 울타리가 없고, 부르는 데 노소의 경계가 없다면 그 노래의 주인공은 필시 국민 가수의 반열에 오른 사람일 것입니다. 그 가수의 이름은 노소동락老少同樂의 브랜드요, 남녀공용의 상표일 것입니다.

나훈아씨가 그렇습니다.

3
그는 정말 홍길동을 닮았습니다. 어린 나이에 세상과 맞서 싸워 이겼다는 점에서 그렇고(고2 때 〈천리길〉로 데뷔), 조선 팔도에 그 그림자가 미치지 않은 데가 없다는 점에서 그렇습니다. 하나를 들으면 열을 통했다는 홍길동처럼 그는 못하는 것이 없었지요.

남진씨가 그와 함께 전성기를 구가했습니다만, 작사 작곡까지 손수 해내는 그의 주체할 수 없는 에너지를 따라잡기엔 역부족이었지요. 그것이 나훈아라는 이름의 홍길동이 지금껏 인기를 누리게 만든 까닭이기도 합니다.

한번은 누군가 그에게 국회의원 출마를 권했던 모양입니다. 거절의 변이 또한 홍길동 같습니다. "〈사랑은 눈물의 씨앗〉은 누가 부르라꼬?" 황제에게 국회의원을 하라니 성에 찼겠습니까. 홍길동에게 벼슬아치가 되지 않겠느냐는 주문이 귀에 들렸을 리 없지요.

출마를 했더라면 어렵지 않게 당선되었을 것이라는 게 그의 정치적 상품성에 침을 흘리던 사람들의 이야기입니다. 조금 과장하자면 대통령 후보로도 손색이 없을 것이라는 계산. 어떻게?

"이 세상에 하나밖에 둘도 없는 내 여인아……" 그 유명한 '꺾기'와 사내다운 미소 하나만으로도 아줌마들의 천만 표쯤은 문제없을 것이라는 설명입니다. "아무도 찾지 않는 바람 부는 언덕에 이름 모를 잡초야……" 그 절절하게 와 닿는 한 소절 한 소절에 스스로를 잡초라고 부르고 싶은 인생들의 환호가 터져나오며 1500만 표쯤은 가볍게 모아질 것이란 허풍입니다. 그것만 해도 2500만 표!

젊은이 표도 적지 않게 얻을 수 있을 것이랍니다. 찢어진 청바지에 땀에 흠뻑 젖은 '쫄티'. 그것이 나훈아란 상표의 브랜드 파워, 이름값 아니겠습니까. 그래서 그의 열성팬들은 그에게 '국민 가수'라는 칭호를 붙이는 것을 싫어합니다. 국민 가수는 너무나 흔하다는 것이 그 이유입니다. 그래서 그들은 이렇게 요구합니다. "나훈아는 '국보 가수'라고 불러달라."

낙타표 문화연필

1

지금은 많이 달라졌습니다만, 제가 우리 조국에 대해 느끼는 실망감은 대체로 아주 사소한 일들에서 비롯되곤 하였습니다. 가령, 가구나 가전제품 따위에 박힌 나사못이 헐거워져 조이려는데 그냥 빙빙 돌기만 할 뿐 나오지도 들어가지도 않을 때 저는 조국에 대해 실망을 금치 못했습니다. 더구나 나사못의 골이 아예 뭉개져 빼낼 수도 없고 들이밀 수도 없을 때 그 낭패감이란! 한술 더 떠서 드라이버의 날이 뭉개져버릴 때 그것은 우리 공산품에 대한 실망의 차원을 넘어 절망과 분노로 바뀌었습니다.

"나사못 하나, 드라이버 하나 옳게 만들지 못하면서 무엇을 하겠다는 것인가!" 그처럼 속상하고 화나는 일의 가장 오랜 기억은 아마도 초등학교 시절일 것입니다. 시험지에 이름 석 자를 다 쓰기도 전에 연필심이 부러질 때, 투덜거리며 다시 깎아서 두어 문제 풀다보면 또다시 부러질 때. 틀리게 쓴 답을 고치느라 연필 머리에 달린 지우개로 지우는데 이번에는 시험지가 찢어질 때. 그럴 때면 이렇게 볼 부은 소리를 하곤 했지요.

"우리나라는 연필도 제대로 만들지 못하나!" 주로 필기구에 관한, 황당하고도 불유쾌한 기억들은 중고등학교 시절이라고 해서 다르지 않습니다.

새로 산 볼펜인데 아무리 긁적거려봐도 나오지 않을 때. 그렇게 나오지 않던 볼펜의 내용물이 교복 주머니 속에서 한꺼번에 쏟아져나왔을 때. 몇 번이나 고쳐썼는지 모를 만큼 정성을 다한 연애편지 위에 눈곱만하게 내려앉은 잉크 덩이들이 여기저기 지저분한 얼룩을 만들고 있을 때.

그런 날에 볼펜을 내던지며 하던 말이 있었습니다. "국산은 이렇다니까!" 왜 그랬을까요. 어째서 그 무렵의 필기구는 그 모양이었을까요. 무엇보다 자식들 잘 가르치는 일이 중요하다고 믿던 나라의 어른들이 어째서 변변한 연필 하나, 종이 한 장 만드는 일은 그리 소홀했을까요.

학생의 연필이나 볼펜은 농부의 호미나 쟁기와 다를 바 없고 군인의 총칼이나 다름없다며, '필경筆耕'이란 표현으로 글쓰고 공부하는 일을 치켜세우면서 그것이야말로 미래를 기약하는 '백 년 농사'임을 강조하던 나라에서 말입니다. 물론 그 답을 몰라서 묻는 것은 아닙니다.

'백 년 농사'보다는 '일 년 농사'가 더 급한 문제였음을 모르는 바 아닙니다. "그래서 어쩌란 말이냐, 그것밖에 없는데…… 없는데……" 당신들이 더 안타깝고 답답하다는 표정으로 '없는 나라'의 자식들을 바라보던 그 어른들의 심정을 모르는 것도 아닙니다. 그렇다고 해서 제 어릴 때에 비하면 하늘만큼 땅만큼 좋아진 제 자식들의 필기구가 샘이 나서도 아닙니다. 그저 그 궁핍했던 시절에 대한 하릴없는 투정일 뿐이지요.

아직도 남아 있는 어린 날, 어린 마음의 상처를 엄살 섞어가며 그냥 어루만지고 싶어진 까닭이지요.

2

아이가
답안 쓰기에 실패한 연필로
오늘은 내가 시를 쓴다.
(……)
연필을 깎는다.
나와 같은 시인은
한 편의 시를 쓰기 위하여
그리고 어린 학생들은
하나의 수학 공식을 풀기 위하여.
연필을 깎는다.
비록 그들과 나는
전혀 세계가 다르지만
날카롭게 연필 끝을 다듬는
이 감정의 통일
정신의 집중
비로소 나의 연필 끝에서
살아나는 생명의 선율.
그 창조의 긴장과 황홀
(……)
연필을 깎는다.

― 박목월, 「목탄화木炭畵」 중에서

대학노트에 연필로 시를 쓰던 시인답게 연필이 있는 풍경을 참 아름답게도 그려내고 있습니다. 한 자루의 연필로 이 땅의 사람들이 지나온 한 시대가 얼마나 진지한 '열정과 도취'의 시간이었는지를 보여줍니다. 우리가 지나온 한 시절 곧 학창시절이 얼마나 창조적인 '긴장과 황홀'의 시간이었는지를 말해줍니다.

그랬습니다. 연필을 잡는 시간은 '몰입'의 시간이었습니다. 무엇인가를 골똘히 생각하고, 사람과 사물 혹은 오늘의 문제 또는 내일의 희망과 커뮤니케이션하는 시간이었습니다. 말하자면 지금 우리가 컴퓨터에 내주는 시간이었습니다. 그 시간 속에서 우리는 잃어버린 자신을 만나기도 했고, 누군가를 그리워하기도 했습니다. 지나간 하루를 반성하기도 하고, 앞일을 설계하기도 했습니다.

아이는 아이대로, 어른은 어른대로 연필에 침을 발라가며 자기 앞에 놓인 생의 문제들을 풀어갔습니다. 요즘 같으면 버려지기 십상일 몽당연필이나마 정성껏 깎고 다듬었습니다. 볼펜 깍지를 끼워가며 연필의 수명을 늘려갔습니다. 동아연필로, 문화연필로 글을 쓰고 그림을 그렸습니다. 설계도면을 만들고, 장부 정리를 했습니다. 문제를 풀고, 숙제를 했습니다. 일기를 쓰고, 편지를 썼습니다.

볼펜의 나이는 연필보다 열예닐곱쯤 아래입니다. 연필이 '해방둥이'(1946년 대전에서 처음 생산됨)라면, 볼펜은 해방둥이들의 또다른 이름이기도 한 '4·19세대'나 '한글세대'(1963년 모나미 153 탄생)쯤 될 것입니다. 그러고 보니 볼펜의 등장은 정말 세대에 어울리게 혁명적인 사건이었습니다.

'붓과 먹'에서 별로 발전했다고 할 것이 없는 '펜대와 잉크'의 불편함을 단번에 해소시켜낸 물건이었으니까요. 하지만 '펜대와 잉크'의 역사는 그 뒤로도 꽤 오랫동안 지속되었지요. 아니, 볼펜이 처음부터 환영을 받은 물건은 아니었다는 표현이 옳을지도 모르겠군요. 한동안은 볼펜으로 글씨를 배우면 글씨가 올바로 되지 않는다 하여 학생들은 볼펜을 쓰지 못하게 하기도 했지요.

펜촉으로 잉크를 찍어서 쓰거나 만년필로 쓴 것이라야 문서로서의 권위를 인정받던 시대였습니다. 그러나 그것은 어쩌면 수구파守舊派의 시대착오적인 저항에 불과했는지도 모를 일입니다. 아니라면 우리의 학생들은 아직도 책가방에 잉크병을 넣어가지고 다닐 것이며, 주민등록초본 한 통을 떼려면 두꺼운 돋보기를 쓴 늙은 서기가 펜대에 잉크를 찍어 글씨를 쓰는 광경을 지루하게 지켜보고 서 있어야 할 것입니다.

물론 그런 상상조차도 컴퓨터란 물건이 등장하지 않았어야 가능한 것입니다만.

3

이젠 하루종일 연필과 볼펜을 찾아들지 않아도 별로 아쉬울 게 없는 세상입니다. 그런데 저는 그게 참 안타깝습니다. 일제, 미제 뺨치게 멋지고 훌륭한 연필과 볼펜이 문구점 가득히 쌓이게 되니까, 20세기 필기구의 세월이 가고 있다는 사실과 그것을 쓸 일도 적어지고 쓸 사람도 줄어들고 있다는 사실이 말입니다.

그래서일까요. 제 머릿속에는 다음과 같은 의문들이 꼬리를 뭅니다. '손으로 쓴다는 행위는 친다거나 두드린다거나 입력한다는 행위와 어떤 차이가 있는 것일까. 아직도 굳이 펜으로 소설을 쓰는 작가가 적지 않다는 것과 세계적인 크리에이터들의 아이디어 스케치는 아직도 손으로hand-writing 이뤄지고 있다는 것은 무엇을 말하는 것일까. 워드프로세서로 수십 쪽의 보고서를 작성한 사람이 내용은 절반도 기억해내지 못하는 이유는 뭘까. 스스로도 적확히 수용하고 감당하기 어려웠을 내용의 기사들을 다른 사람들에게 마구 찍어 날리는 용기는 어디서 나오는 걸까. 그것을 용기라 해야 할까…… 육필肉筆은 결국 사라져버리고 마는 걸까.'

이 역시 수구파의 시대착오적인 저항에다 기우임에 틀림없을 것 같습니다만, 저 같은 '느림보'는 문득문득 쓸쓸해집니다. '살 만하게 되니 죽는다'고, 컴퓨터 모니터에 사막으로 돌아가는 '낙타'의 슬픈 등허리가 보입니다. 경기가 끝난 야구장 스코어보드의 숫자처럼 흐려져가는 '153'이 보입니다.

분명한 것은 이제 다음과 같은 광경은 머지않아 상상하기도 어려워질 것이라는 사실입니다. 볼펜이나 만년필을 타고 흐르는 잉크가 마치 영혼이 혈관을 타고 손끝으로 흘러내리는 것처럼 느껴지는 전율.

철호는 물속에 잠긴 두 손을 물끄러미 내려다보고 있었다. 펜대에 시달린 오른손 장지 첫 마디에 콩알만한 못이 박혔다.

그 못에서 파란 명주실 같은 것이 사르르 물속으로 풀려났다.

잉크, 그것은 잠시 대야 밑바닥을 기다 말고 사뿐히 위로 떠올라 안개처럼 연하게 피어서 사방으로 번져나갔다.

—이범선, 「오발탄」 중에서

눈표냉장고

1

유교식 전통상례에 '유월장跆月葬'이란 것이 있습니다. 죽은 달을 포함해서 석 달째 되는 달에 장례를 지내는 것이지요. 곧, 이번 달에 숨을 거두었다면 다음다음 달에 땅에 묻는다는 이야기입니다. 최소한 30일 이상이 걸리는 일입니다. 그러나 그 정도는 약과입니다.

중국의 옛 기록엔 '7월장, 5월장, 3월장'까지 보입니다. 차례대로 설명하자면 '황제가 눈을 감으면 일곱 달 만에, 왕이나 제후가 세상을 등지면 다섯 달 만에, 대부가 떠나면 그 달은 치지 않고 석 달째 되는 달'에 장사를 지낸다는 것입니다.

우리네 일반적 장례법인 '3일장'에 비하면 참으로 기나긴 통과의례가 아닐 수 없습니다. 이즈음에도 간혹 신기한 뉴스거리로 등장하는 유월장도 기가 막힌데 말입니다. 그 정도 일이라도 '우리 시대 마지막 유월장'이라거나 '최후의 유림장儒林葬' 따위의 근엄한 제목이 붙어서 세상 사람들 눈을 끌고도 남는 기사가 되지 않던가요.

그런데 이상도 하지요. 그 '최후'니 '마지막'이니 하는 수식어는 제가 보고 들은 것만도 한두 차례가 아니거든요. 아마 앞으로도 계속 있을 것 같습니다. 그러나 제가 정작 궁금한 것은 왜 그렇게 오랫동안 죽음의 의례를 행하느냐 하는 것이 아닙니다. 장의葬儀 기간이 그렇게 길 수밖에 없었던 이유쯤이야 쉽게 짐작할 수 있으니까요.

교통이 오늘날 같지 않던 시절이니 부음訃音을 전하는 데만도 만만치 않은 날들이 필요했을 것입니다. 소식을 들은 이들이 빈소까지 도착하는 데엔 또 얼마나 많은 시간이 걸렸겠습니까. 게다가 의례나 절차에 관한 법규는 여간 까다로웠습니까? 오죽하면 상복을 입는 문제로 당쟁이 벌어지고 사화士禍가 일어났겠습니까.

상상하기 어려운 것은 시신의 보관입니다. 죽은 이를 어떻게 수십 일 동안 모셨느냐 하는 것이지요. 부패 방지의 기술도, 냉장이나 냉동의 과학도 시원치 않았을 텐데 말입니다. 물론 요즘도 몇백 년쯤 전의 '미라'가 종종 발견되어 우리를 놀라게 합니다만, 그것하고는 좀 다른 문제일 것입니다. 지상과 지하는 온도도 습도도 하늘과 땅 차이니까요. 엄연히 다르지요. 오뉴월 염천炎天의 초상집과 땅속 깊은 곳 음택陰宅의 날씨는!

궁금하지 않습니까. 그 옛날 유체遺體를 안치하던 방식, 될 수 있으면 살아 있던 날의 모습 그대로 보내드리려 했을 그 극진한 이별의 예법이. 지상의 삶을 한시라도 더 연장해드리고 싶어했을 기술과 지혜가.

조금이라도 더 살아 숨쉬게 하거나, 살아 있는 것과 다를 바 없는 상태로 유지하려는 마음. 바로 그 마음에서 예술도 나오고 기술도 생기지요. 새삼스러울 것도 없는 이야기입니다만, 이집트어의 '조각가'란 말이 '오래 살아 있도록 하는 자'의 뜻을 갖는다는 것은 예술가가 불멸과 영생의 기술자였음을 말해줍니다. 기술이 예술과 동의어임을 확인시켜줍니다.

2

인간이 생명 연장을 꿈꾸려면 다른 생물들의 목숨 정도는 마음대로 할 수 있어야 합니다. 아니, 더 정직하게 말하자면 인간 이외의 것들은 인간을 위해 늘 최상의 상태로 살아 있거나 죽어야 합니다. 냉장고란 물건의 탄생 배경에도 결국 그렇게 음험한 인간의 탐욕이 숨어 있습니다.

그것은 '인간의 생명이 언제나 역동적일 수 있으려면 먹거리 또한 그러해야 한다'는 믿음이기도 합니다. 죽어서 축 늘어진 것이 아니라 살아서 펄펄 뛰는 것이 몸안에 들어가야 '기운생동氣韻生動'의 삶이 약속된다는 것이지요.

그렇기에 냉장고 안의 식품을 죽은 것이라 생각하는 사람은 아무도 없습니다. 며칠 전에 죽은 생선을 여전히 살아 숨쉬는 것이라 여기며 칼질을 하고, 일주일 전에 죽어서 깡통 속에 들어간 물고기라도 산 것이나 진배없다고 믿고 먹지요. 그만큼 신선한 것들만 골라서 먹기에 인간은 저 갠지스 강의 독수리나 까마귀 혹은 하이에나와 다를 수 있다고 자부하는지도 모릅니다. 결국 먹는 것의 품질로 '삶의 질質'을 이야기하고 싶은 것이지요.

인간이 망가진 음식을 먹지 않는 동물이 된 것은 아무래도 소금 덕분일 것입니다. 오랜 옛날 소금이 봉급(salary는 salt에서 나왔습니다)으로 지급되었을 만큼 가치 있는 재화였던 것도 그것이 지닌 '가미加味'의 효능 때문만은 아니었을 것입니다. 멀리 나간 가족이 돌아올 때까지 먹거리의 싱싱함이 달아나지 않게 해주는 방부제로서의 효용가치가 더 컸던 까닭일지도 모릅니다.

그렇게 먼 옛날을 이야기할 것도 없습니다. 조선시대 한겨울의 한강에서 떼어낸 얼음을 동빙고나 서빙고에 갈무리해두었다가 궁중 대소사에 꺼내 쓰고 정이품 이상 신하들에게 나눠주던 일도 소금의 힘 아니었으면 어려웠을 것입니다.

조선시대 냉장고뿐이었겠습니까. 중국에는 이미 2500년 전에 '얼음 창고'를 사용했다는 기록이 남아 있고, 경주에는 우리 신라의 것이 아직도 실물로 남아 있지요. 그렇게 오래된 냉장고들의 신선도를 지킨 것도 다름 아닌 소금이었을 것입니다. 지금의 냉매冷媒와 다를 바 없는 역할이지요. 말하자면 요즘 냉장고의 '프레온 가스' 말입니다.

'에테르'가 세계 최초의 냉장고(1862)를 탄생시키고, '암모니아'가 냉장고의 크기를 대폭 줄여놓았다면(1876) 인간의 음식이 변치 않고 상하지 않게 해준 결정적 요소는 역시 프레온가스.

그것은 '20세기의 소금'입니다. 아니, 어쩌면 '인공의 눈과 얼음'이라 해도 좋을 것입니다. 우연일까요. 우리나라 최초의 냉장고 이름은 '눈표'입니다. '금성 눈표냉장고'. 1965년생이니 국산 냉장고의 나이도 이제 오십이 넘어갑니다.

3

냉장고의 등장은 여름에 내리는 눈만큼이나 경이로운 일이었습니다. '여름철 얼음 구경'은 설탕 바른 고드름처럼 싱겁기 짝이 없는 '아스께끼(아이스케이크)' 아니면 새끼줄에 매달려 수박 한 통을 따라온 얼음 한덩어리가 고작이던 시절이었으니까요.

'눈표냉장고'는 부엌과 밥상의 개벽을 불러왔습니다. 시들고 죽어가는 것들의 목숨을 다만 며칠이라도 연장시켜주던 우물 냉장고의 시대가 끝났음을 알려주었습니다. 절이고 삭히고…… 간장 된장 고추장의 힘을 빌리고…… 석 달 열흘을 널어 말리고. 시간의 '자연법'에나 의지하던 식생활의 봉건주의가 끝났음을 가르쳐주었습니다.

시어 꼬부라진 김치가 식초와 형, 아우를 다툴 일이 없게 만들었습니다. 비린 것이라야 새우젓이나 고등어자반이 전부이던 산골 사람들도 바다에서 온 생물生物을 만날 수 있게 해주었습니다. 그 시절 냉장고를 집 떠나온 나그네의 잠자리에 비유하자면, 부뚜막이나 찬장에서 새우잠을 청하던 식품들로 하여금 호텔을 만나게 한 격이었습니다.

세월이 가면서 부작용도 따라왔습니다. 식품들이 갈수록 나태해지고 오만방자해진 것입니다. 몇 달이 지나도록 멀쩡히 살아 숨쉬고 있다며 어깨를 으쓱거리는 것들이 생겨납니다. 그래봤자 죽은 목숨들이 살아 있는 것 행세를 하면서 밖으로 나올 줄을 모릅니다.

믿었던 냉장고에서 곯고 병든 물건이 생깁니다. 출신과 근본을 알 수 없는 것들까지 떼로 몰려와 누가 누군지조차 알 수 없게 됩니다. 급기야 냉장고는 혼란과 타락의 온상이 되어갑니다. 그렇게 되었을 때 그 안에는 생일도 나이도 없습니다. 차례도 없고 위아래도 없습니다. 질서도 없고 계절도 없습니다. 삶과 죽음의 갈림길만 있습니다. 식탁이 아니면 쓰레기장 행行입니다.

그렇습니다. 냉장고는 밭을 떠난 채소와 물을 떠난 물고기가 몇 날 며칠이 지나도록 생기를 잃지 않는 '생명의 마술'만 보여준 것이 아닙니다. '과

잉 소비'의 못된 쾌락까지 가르쳐주었습니다.

생각해보십시오. 신성한 음식물이 허섭스레기와 함께 버려지기 시작한 때가 언제였는지 말입니다. 두말할 것도 없이 이 나라에 냉장고 없는 집이 없게 되던 시절부터입니다.

제가 존경해 마지않는 어떤 분의 얼굴이 떠오르는군요. 직접 뵙게 될 때는 물론이고 생각만 해도 저 자신이 한없이 부끄럽고 왜소한 존재로 느껴지게 하는 분입니다. 우리가 얼마나 많이 먹고 입는가에 대해 진지한 반성과 성찰을 주문하는 분입니다.

집에서도 밥그릇 국그릇 대신 식판을 사용하고, 식당에서 사용하고 난 냅킨 한 장도 소중히 접어 주머니에 넣는 분입니다. 그분이 이번엔 냉장고를 치웠답니다. 상상할 수 있으십니까, 냉장고가 없는 생활! 저는 흉내낼 자신도 없습니다.

그렇게 하실 수 있는 분 손들어보십시오. 우리는 지금 너 나 할 것 없이 '눈표냉장고' 그 순수 시대에서 너무 멀리 와 있는 것입니다.

닭 표 간 장

1

오랜 세월 남북이 갈라져 사는 동안 우리 겨레의 언어생활에도 금이 많이 갔습니다. 말의 금이면서 생각의 금입니다. 살림살이는 물론 사물을 대하는 태도나 사고의 관점까지 크게 벌어진 까닭이지요. 하여, 똑같은 나무를 앞에 두고 남북이 다르게 부릅니다.

'플라타너스'라 하면 저쪽이 못 알아듣고, '방울나무'라 하면 우리가 못 알아듣습니다. 우리는 서양에서 들어온 이름 그대로 쓰고 있는데, 저쪽 사람들은 그 나무 열매의 생김새를 두고 그렇게 부르는 것입니다.

통일이 되어 국어사전을 새로 만들게 되면 실로 엄청난 분량의 어휘를 더 얹어야 할 판입니다. 언어는 생활수준이나 관습의 차이까지 그대로 담아내게 마련이어서, 남북간 언어의 '이질화異質化'는 아마도 점점 더 가속화될 것이고 상이한 어휘의 수도 그만큼 늘어갈 것임에 틀림없습니다.

서로의 말만 듣고선 이해나 상상이 쉽지 않은 표현들도 점점 많아지겠지요. 그 대표적인 예로, 제게는 이 단어가 가장 먼저 떠오릅니다. 음식 쓰레기! 북한 사람들이 그 말을 들으면 어떤 반응을 보일까요. 고개를 갸우뚱거리며 이것저것 정신없이 캐물을지도 모릅니다.

음식 다음에 어째서 '쓰레기'란 말이 따라붙게 되었는지, 실제로 음식이 쓰레기처럼 마구 버려지는지, 언제부터 그런 말을 쓰게 되었는지, 공연한 허풍은 아닌지, 특정 부류의 사람들에게 국한된 표현은 아닌지.

정말! 언제부터 우리가 그런 말을 쓰게 되었을까요? 아무것도 버릴 것 없던 시절이 엊그제 같은데 말입니다. 누가 감히 그 상극의 단어 둘을 하나로 묶어놓았을까요. 사주도 궁합도 맞을 리 없는 커플이 어떻게 그런 '악연惡緣의 동거'를 시작케 되었을까요. 음식이 버려지는 유일한 경로는 입을 통해 사람의 몸속으로 들었다가 '해우소解憂所'로 보내지는 것! 그 '진정한 음식 쓰레기' 또한 아무데나 버려지지 않았습니다. 그것은 다시 우리의 일용할 양식이 튼실하게 자랄 수 있도록 하는 '대지의 에너지'가 되어야 했으니까요.

그게 언제 일입니까. 그리 오래전도 아닙니다. 적지 않은 사람들이 '김치 한 가지'를 놓고 밥을 먹던 시절이었습니다. 수사修辭가 아니라 실제로 '간장 한 가지'가 달랑 놓여 있던 밥상도 많았습니다. 그렇기만 하여도 하느님이었습니다. 더 어려운 시절이거나 더 어려운 사람들은 수도승처럼 소금에 밥을 뭉쳐 먹었습니다. 그보다도 못한 사람에 비긴다면, 그것도 '꿀떡'이었음은 물론입니다.

'김치 한 가지'는 조금 쓸쓸해 보일 뿐이지만 '소금 한 가지'는 좀 비장해 보인다고 할 때, 이 말은 막막한 느낌으로 다가옵니다. '손가락 빨게 생겼다'는 말. 외상값을 독촉받거나 자신이 상대방보다 더 가련해 보이고 싶을 때면 우리는 종종 '손가락'을 빨곤 하지 않습니까. 말로만 그러는 것인데도 여간 절박하게, 그리고 가엾게 들리는 것이 아닙니다.

그러나 간장은 '빈말'도 '과장'도 아닙니다. '간장 한 가지'는 모든 것을 대변합니다. 그것은 무無에 가까운 '빈한貧寒'의 상징인 동시에 더 바랄 것 없는 '무욕無慾'의 기호입니다. 간장 한 종지와 밥 한 그릇은 우리네 식탁의 가장 심플한 표정입니다. 아니, 우리네 밥상의 가장 소박한 얼굴입니다.

물론 간장 한 종지가 최고의 반찬일 때도 있습니다. 갓 지어낸 쌀밥이 있고 질 좋은 김이나 계란 혹은 마가린이 있다면 다른 반찬은 생각도 나지 않을 것입니다. 그것에 절인 게장이 있다거나, 잘 삭인 고추가 있다면 간장은 빈자貧者의 미학이 아니라 탐욕을 불러옵니다. 반드시 '과식過食'을 초래하니까요.

맛의 세계에도 '심플한 매력'을 이기는 유혹은 없는 것 같습니다. 이 노래를 기억하십니까?

"닭이 운다 꼬끼오/ 집집마다 꼬끼오/ 맛을 낼 땐 닭표간장/ 꼭 낀다고 꼬끼오." 한때는 "다 같이 돌자 동네 한 바퀴……" 같은 동요들보다 몇 곱절 더 어린이들의 사랑을 받던 CM송이지요. 진로의 '야야야…… 차차차……' 광고로 유명한 만화가 신동헌의 '애니메이션 기법'의 커머셜에 맞춰 불린 곡이었습니다. 3절까지 있었는데, 2, 3절은 신라의 향가처럼 어디 묻혀 있는지 알 길이 없답니다.

1970년대 전반까지도 활발히 불리던 노래답게 '닭표간장'의 가사는 '새마을운동'의 아침 풍경을 생각나게 합니다. 거창하게 차려 먹을 것도 물론 없지만, 조반쯤은 간단히 해결하고 일하러 가자는 분위기에 꼭 맞는 노래 아닙니까. 지붕 위에 올라가 힘껏 울어대는 새벽닭이 보이고, 도마에 부엌 칼 또드락거리는 소리가 들리지 않습니까.

어른 아이 할 것 없이 아침 일찍 일어나는 것이 최고의 미덕이던 시절, 사람들은 네 일과 내 일을 가리지 않았습니다. 어느 집 일이든, 무슨 일이든 팔 걷어붙이고 나서야 직성이 풀렸습니다. 부지런히 서로 돕지 않으면 결코 잘사는 나라가 될 수 없다는 새마을의 이념이 국민 모두를 움직이고 있을 때였으니까요.

'닭표간장'의 노랫말엔 새벽닭의 '근면함'에 대한 예찬이 있습니다. 긴 밤의 잠을 자기가 깨우겠다는 '자조'의 정신이 있고, '협동 정신'이 있습니다. 온 동네 닭이란 닭들이 한마음으로 울어 모든 사람들을 일시에 일으켜 세우니까요. 그러고 보니 '꼭 낀다고 꼬끼오'의 사회학은 새마을운동의 그것과 참으로 많이 닮았다는 생각이 듭니다.

이왕 건강부회의 글쓰기가 되어버렸으니 박정희 대통령의 카리스마는 간장에서 나왔다는 이야기까지 해야겠습니다. 두루 알다시피 그의 출생은 애당초 환영받을 만한 것이 못 되었습니다. 찢어지게 가난한 살림살이에 입만 자꾸 늘어나는 형국이 꼭 흥부네를 닮았던 집안이었으니까요.

하여, 그의 어머니는 뱃속의 아이를 지우려고 별 묘방을 다 썼다지요. 그중에 하나가 '간장'을 잔뜩 퍼먹으면 아이가 떨어진다는 것. 그의 어머니는 지체하지 않고 그리 했다고 합니다. 그럼에도 불구하고 박정희는 세상에 나왔지요. 그 독한 조선간장 속에서 두 눈을 부릅뜨고 나왔지요.

한국인들의 저력을 이야기할 때 우리는 습관처럼 고추장의 위력을 들춰냅니다만 간장의 힘도 만만치 않을 것입니다. 왜간장 아니 진간장 말고 국간장 아니 조선간장의 힘 말입니다. 고추장이 한국인을 맵고 차지게 한다면, 간장은 우리를 대차고 옹골차게 만들어내는 것이 아닐까요.

간장과 고추장이 우리의 어머니 아버지처럼 그렇게 우리를 키운다는 점을 들어 누가 조선간장을 의인화해보란다면 저는 탤런트 김용림씨의 용모를 빌려오겠습니다. 그분이 조선간장입니다.

2

> 항아리 물에 얇은 살얼음이 끼는 입동立冬
> 아침에 집밖에 내놓은 벤자민 화분 두개가
> 저녁에 나가니 행방이 묘연하다
> 누군가 병색 짙은 벤자민을 쏟아놓고 화분만 쏙 빼 가져간 것.
> 간장 달이는 냄새가 진동하는 저녁이다
> 아직도 간장을 달여 먹다니!
> 그렇게 제 생을 달이고 있는 자도
> 한둘쯤은 있을 터
>
> ─장석주, 「간장 달이는 냄새가 진동하는 저녁」 중에서

'제 생을 달여' 제 새끼들에게 먹이는 존재가 바로 이 땅의 어머니가 아니고 누구겠습니까. 가만히 생각해보십시오. 어머니에게선 언제나 간장 달이는 냄새가 나지 않던가요. '샘표'가 '닭표'가 아무리 간장을 잘 달여 우리 어머니의 역할을 했다 하나, 20세기의 우리를 키운 것은 아무래도 장독대에 놓인 간장독의 그것이었습니다.

소금물에 담근 메주를 장독에 넣어 봉하고, 백 일을 기다려 체를 받쳐

거른 후 달여서 만드는 그 물건이었습니다. '달이는 것'은 참고 기다리는 것. 우리 역사의 첫 어머니인 웅녀께서 쑥과 마늘로 어둠 속 백 날을 기다려 이 강산의 새벽을 열었듯이, 우리는 된장과 고추장과 간장만으로 백 년을 견뎠습니다.

하늘과 땅이 나눠주시는 대로 흘리지 않고 먹고 남김없이 마셨습니다. 적어도 인간의 먹거리 속에선 쓰레기 하나 만들지 않았습니다. 땅에 떨어지면 물에 씻어 먹었으며, 간장이건 된장이건 마지막 한 방울 한 숟갈까지 핥았습니다. 물론 없어서 그러기도 했지만, 꼭 그래서만은 아니었습니다.

그것은 어머니에 대한 예의였습니다. 어머니가 자신의 생애를 달여서 우리에게 주듯이, 천지만물이 제 목숨을 달여 우리에게 바치는 것에 대한 지극한 공경의 표시였습니다. 간장 이야기가 '닭표간장'을 거쳐 다시 '음식 쓰레기'로 돌아왔습니다.

아무려나, '음식 쓰레기'란 단어는 하루빨리 없어져야 할 말입니다.

당원

1

저처럼 때 많은 사람이 과분하게도, 참으로 투명한 영혼의 소유자를 가까이에 두고 살았습니다. 이 풍진세상의 한 귀퉁이를 동심으로 쓸고 닦아서 거기 오롯한 생각의 뜰을 장만해놓고는 세상 사람 다 불러모으던 사람입니다. 오십이 넘도록 소년의 눈망울을 가졌던 사람, 이름을 물으면 "채송화 채, 봉숭아 봉, 정채봉"이라 답하던 사람.

그렇습니다. 십여 년 전 세상을 떠난 동화작가 그 사람입니다. 저는 그의 길지 않은 생애를 떠올릴 때면 언제나 '고생고생하다가 살만 하니까 죽더라'는 어른들의 말을 실감하곤 합니다. 그의 삶과 죽음이 그랬지요.

엄마 얼굴도 모르고(그의 어머니는 열여덟에 그를 낳고 스무 살에 하늘로 갔습니다) 할머니 손에 자라난 바닷가 소년이 세상이 알아주는 작가가 되도록 겪은 세월의 풍파를 어찌 다 말로 할 수 있겠습니까. 더군다나 그저 가난한 이야기꾼에 불과하던 초년의 고생이야!

그 신산스런 날들의 춥고 고단함을 간단하게 요약해주는 에피소드가 하나 있습니다. 몸뚱이뿐이던 신혼 시절, 어느 날인가는 갓난애의 분유가 떨어졌더랍니다. 당연히 분유 살 돈도 없었지요. 궁리 끝에, 미음을 아주 묽게 쑤어서 분유 대신 먹이기로 했답니다. 그러나 그것도 생각처럼 쉽지 않았습니다. 그도 그럴 것이 분유에 길들여진 아이의 입에 그 멀건 쌀죽이 맞을 리 없던 것이지요.

설탕 같은 것이 있다면 단맛을 좀 내보련만, 언감생심! 그러나 궁하면 통한다고 떠오르는 물건이 있더랍니다. '당원'! 주머니를 톡톡 터니까 그것 하나 값이 되더랍니다. 그것을 사다 타 먹이니 잘 먹더라는 이야기지요.(그것을 먹고 자란 아이가 벌써 장가를 갔으니 정말 잠깐 새에 한 세월이 갔다는 생각이 듭니다.)

'당원糖原'. 알약 형태의 '사카린나트륨'이었습니다. 줄여서 사카린! 당도가 설탕의 몇백 배나 되는 물건이었지요. 요즘도 적지 않은 곳에 쓰이는 인공감미료 '뉴슈가' '신화당' 따위의 제품들 역시 당원의 사촌쯤 되는 것들로 모두 사카린 집안입니다. 그렇지만 예나 지금이나 눈에 잘 띄는 물건도 아니고 해서 누구에게나 친숙한 제품은 아니지요. 아니, 음식맛으로는 친숙하지만 그 맛이 그 물건에서 나오는 것인 줄은 잘 모르는 사람들이 많기 때문입니다. 말하자면 우리들의 '혀舌'와는 친하지만 눈으로는 좀 낯선 사이지요.

생각보다 많이 쓰입니다. 단무지, 뻥튀기, 붕어빵, 삶은 옥수수, 물김치…… 또 있습니다. 소주의 쓴맛 뒤에 숨어 있는 그 맛. 술꾼들이 소주를 마시며 '오늘은 유별나게 술이 달다'라고 말할 때는 대개 그 쓴맛 뒤에 숨어 있던 단맛이 앞으로 뛰쳐나오는 때이기 쉽습니다.

인공감미료 '당원'은 마치 몰락한 수구 정당의 당원黨員처럼 어느 구석엔가 죽은 듯 도사리고 있다가 문득 앞으로 나서며 세월의 진행을 가로막거나 살짝 되돌려놓고는 자취를 감춰버립니다.

식생활이란 것이 그저 쓸쓸하고 무덤덤할 뿐이던 시절, 우리로 하여금 맛의 황홀경을 경험하게 하던 물건, 당원. 식품마다 갖가지 달콤한 옷을 두 겹 세 겹 껴입고 있는 이 야단스런 '당의糖衣'의 시대에도 그 물건이 단순 소박한 맛의 성채를 견고히 지키고 있다는 것은 자못 신기한 일이 아닐 수 없습니다.

2
하늘나라에 가 계시는
엄마가
하루 휴가를 얻어 오신다면
아니 아니 아니 아니
반나절 반시간도 안 된다면
단 5분
그래, 5분만 온대도 나는
원이 없겠다

얼른 엄마 품속에 들어가
엄마와 눈맞춤을 하고
젖가슴을 만지고
그리고 한 번만이라도

엄마!

하고 소리내어 불러보고

숨겨놓은 세상사 중

딱 한 가지 억울했던

그 일을 일러바치고

엉엉 울겠다

—정채봉, 「엄마가 휴가를 나온다면」 전문

이 나이든 소년은 이제 그토록 그리던 어머니와 함께 살고 있을 것입니다. 어머니 젖가슴에서 풍기는 단내를 맡으며 갖은 어리광을 다 부릴 것입니다. 엄마 없는 하늘 아래서 살던 시절이 얼마나 힘겹고 외로운 날들이었는지를 강조하며 이승에서의 일을 낱낱이 들추고 있겠지요.

"그날따라 얼마나 추웠는지 몰라요. 그 녀석이 패주고 싶도록 미웠지요. 혼자 걷는 고갯길이 무척이나 무서웠어요…… 하도 배가 고프니까 하늘이 노랗게 보이던데요……"

응석과 투정을 섞어 일러바칠 일이 하나둘이 아닐 것입니다. 워낙 춥고 허기진 시절이었던데다가 어머니가 없는 아이였으니 온몸이 오그라드는 사연이 얼마나 많았겠습니까. 한껏 웅크린 몸에 땟국이 흘렀겠지요. 군침을 삼키며 바라보던 음식의 풍경이 하나둘이었겠습니까. 수숫대나 잘근잘근 씹어대고 찔레꽃, 아카시아 꽃잎이나 따먹었겠지요. 냇가의 얼음이나 깨먹고 처마 밑의 고드름이나 따먹었겠지요. 지금쯤은 어머니께 먹고 싶던 것을 줄줄이 주워섬기고 있을지도 모릅니다. 모락모락 김이 오르는 찐

빵, 학교 앞 노점의 국화빵과 달고나, 커다란 유리 항아리 속의 알사탕, 여름날의 빙수나 아이스케이크……

3

그 무렵의 식욕은 어쩌면 허기를 가리기 위한 것인 동시에 무언가 '단맛'을 좀 보고 싶다는 욕구가 아니었나 싶습니다. 우리 음식이 본디부터 그런 것은 아닙니다만, 워낙 갖춰 먹기 어려운 살림이라 그저 짜거나 맵지 않으면 싱거운 것 일색이었으니까요. 텁텁하지 않으면 시거나 떫은 것 천지였으니까요.

여염집의 밥상과 스님들 상차림이 별반 다를 것도 없던 시절이었습니다. 재료 자체에서 우러나는 천연의 미각을 받아들이고 주부의 손맛을 기대할 뿐 그 밖의 맛을 더한다는 것은 기대하기 어려운 일이었습니다. 말하자면 통조림 같은 데서 흔히 눈에 띄던 '가미加味'란 말이 자극하는 식욕을 해결할 수 있는 집은 드물었다는 것이지요.

좀 별난 맛이 기대되는 풍경 앞에서 아이들의 혀는 늘 뱀의 혓바닥처럼 날름거리기 일쑤였습니다. 감미로운 유혹 앞에서 아이들은 한없이 무력할 수밖에 없었습니다. 엿가락 하나에도 금세 비굴해졌으며, 사이다 한 모금을 놓고도 쉽게 고집을 꺾었습니다.

'유혹'이란 단어는 어째서 항상 '달콤한'이란 수식어를 앞세우고 다니는가를 생각하게 하는 장면들이지요. 단맛의 유혹은 어른들에게도 예외가 아니었던 모양입니다. 설탕은 고급 선물의 품목일 정도로 아무나 맛볼 수 있는 것이 아니던 1966년, 어느 기업은 이른바 '사카린 밀수 사건'이란 이름의 홍역을 치릅니다. 사카린 수십 톤을 공장 건설용 자재로 꾸며 들여와 판매하려다 들통이 난 것이지요.

보통 사람들에게야 설탕은 있어도 그만 없어도 그만인 물건이었지만, 사카린은 달랐습니다. 공장이나 업소는 물론 가정집에서도 사카린은 설탕 역할을 톡톡히 하고 있었기 때문입니다. 사카린 한 숟갈이 10만 리터의 물을 달게 만들 수 있다는 그 가공할 파워에 저렴한 가격. 누가 사카린을 사랑하지 않을 수 있었겠습니까.

툭하면 인체에 해가 있다느니 없다느니 논쟁에 휘말리면서도 좀체 제자리를 잃지 않는 걸 보면 사카린에는 분명히 설탕이 대신하기 어려운 매력이 있는 모양입니다. 아니, 사카린의 등장은 아스피린의 탄생만큼이나 대단한 것인지도 모릅니다.

오, 화학의 위대함이여!(존스홉킨스 대학 화학 교수 렘센 박사가 1897년 어느 날 유기화학반응 실험을 마치고 집에 돌아와 빵을 먹는데, 빵이 평소보다 엄청나게 달게 느껴지더랍니다. 혹시 하는 마음에 손을 핥아보니, 꿀맛. 실험하던 손에 남은 그 성분이 바로 단맛의 비밀. 그것이 사카린!)

화학이 '단, 짠, 신, 쓴' 맛 가운데 맨 앞의 미각으로 하여금 호화 연회장이나 고급 레스토랑 식탁에서만 깨어나는 것이 아니란 걸 깨닫게 해주었습니다. 허름한 선술집의 어묵 꼬치, 후미진 골목길의 간식거리에서 그 맛을 느끼게 해주었습니다. 쥐치포에도 솜사탕에도 그 맛이 스미게 했습니다. 좌판에서도 리어카에서도 경험할 수 있게 해주었습니다.

갈잎나무 이파리 다 떨어진 절 길

일주문 앞

비닐 천막을 친 노점에서

젊은 스님이

꼬치 오뎅을 사 먹는다

귀영하는 사병처럼 서둘러

국물까지 후루룩 마신다

―김광규, 「일주문 앞」 중에서

　저 스님이 꼬치 오뎅 하나를 먹고 국물까지 훌훌 마시고 있는 포장마차에 가고 싶어집니다. 그 스님 곁에서 떡볶이를 먹고 싶어집니다. 그 욕구의 한가운데에 사카린이 있습니다. 당원이 있습니다. 정채봉 형과 같이 가서 단맛이 나는 소주도 한잔 곁들이면서, 승태(정채봉의 장남)가 먹은 미음 속의 당원 이야기를 하고 싶어집니다.

　당원 만세, 사카린 만세!

대구 사과

1

'사오정 시리즈'란 우스갯소리가 유행한 적이 있었지요. 남의 말을 잘못 알아듣고 전혀 엉뚱한 대답을 하거나 터무니없는 행동을 보이는 사람들을 소재로 한 유머였습니다. 기성세대의 일방통행적 사고나 보수 세력의 시대착오적인 태도에 대한 신세대의 반발 심리에서 비롯된 언어의 유희였지요. 아무튼 그 '동문서답'의 퍼레이드와 '동음이의어'의 카니발이 우리를 웃게 만든 것은 사실입니다만, 그다지 기분좋은 농담은 아니었던 것으로 기억됩니다.

한동안 잊었던 그를 만났습니다. '서유기' 속으로 돌아갔나 했더니 '사오정'은 아직도 불쑥불쑥 얼굴을 내밀며 우리를 웃기고 있습니다. 인터넷에 들어가 '사과'라는 검색어를 입력했더니 '대구 사과'만 나오는 게 아니라 '정부政府의 사과'도 함께 따라 나왔습니다. 과수원 가는 길인 줄 알았는데 면사무소가 나온 격입니다. 그럴 때 인터넷은 사오정입니다. 그가 가르쳐준 웹 페이지들은 사오정 시리즈입니다.

라디오 방송에서 '애플 데이apple day'라고 하길래 컴퓨터 세일인가 했더니 아니었습니다. 그럼 사과 축제가 벌어지는 날인가 했더니 아니었습니다. 친구나 연인에게 '사과謝過'하는 날이었습니다. 누군가에게 미안한 마음이 남아 있거나 잘못한 일이 있어 '사과'를 하고 싶다면 이날을 놓치지 말고 그 사람에게 '사과'를 선물란 이야기였습니다.

"……빨가면 사과, 사과는 맛있어……"의 그 사과로 "심심甚深한 사과……"의 뜻을 전하란 것이었습니다. 사오정 시리즈의 '썰렁함'이 연상되어 다소 황당한 감이 없지 않았으나 그 속뜻의 아름다움에 이내 동의를 표하게 되는 독특한 제안이었습니다. 그렇지요. '사과'하는 마음은 '사과'를 선물하는 만큼이나 아름답지요.

지워버리려던 우정이, 시들해져가던 사랑이 한마디 사과로, 아니 한 알의 사과로 살아난다면 얼마나 다행스런 일입니까. 하지만 믿고 싶지 않은 '사과'도 있습니다. 일그러진 마음으로 '사과 상자'를 주고받는 사람들의 '사과'입니다. 그들의 사과는 『백설공주』에 나오는 사과처럼 독이 든 사과와 다르지 않기 때문입니다. 사과를 건네는 그들의 표정을 보면 못된 왕비의 야릇한 표정이 생각나는 까닭입니다. 잘못했다고 빌면서 내놓는 사과 또한 입에 발린 것일 때가 많기 때문입니다.

사과는 못된 사람들에게도 인기가 높습니다. 아니, 정확히 말하자면 그들이 좋아하는 것은 사과보다는 사과 상자인 것 같습니다. 그들은 사과보다 사과 상자 속에 대신 들어가 앉은 내용물을 더 좋아하는 것 같습니다.

사과 상자를 주고받지 않으면 되는 일이 없는 모양입니다. 그렇지 않다면 우리가 그렇게 자주 TV나 신문을 통해 그들의 사과를 받을 일이 생겨나겠습니까.

2

제 어린 시절만 해도 사과는 진심 어린 마음의 선물이었습니다. 겨울바람에 코트 깃을 치켜세우며 사과 한 짝을 들고 가는 어른들의 얼굴은 밝았고, 발걸음은 퍽 씩씩해 보였습니다. 대문을 열며 부하 직원이나 제자를 맞아들이는 직장 상사나 선생님의 얼굴은 손님을 맞는 반가움 하나만으로도 밝고 환했습니다.

사과 상자는 사과 상자이기 때문에 고마운 선물이었습니다. 주로 얇은 송판으로 짜인 그 나무 궤짝을 열고 왕겨를 걷으면 빨간 사과 알들이 그것을 들고 온 사람들의 마음처럼 수줍게 얼굴을 내보였지요. 대구 사과였습니다. 경부선 차창에 기대어 한참을 자다가 눈을 뜨면, 상인들이 바구니나 그물에 담긴 사과를 들고 올라와 기차가 대구에 도착했음을 알게 하던 그것이었습니다.

'소사 복숭아' '나주 배'와 함께 이 나라 3대 과실의 하나로 불리던 물건이었습니다. 그 시절의 대구 사과 한 짝은 사랑과 우정과 존경과 예의를 뜻하는 '말없는 말'이었습니다.

그의 눈에는
실오라기도 밧줄로 뵈는가.
사과 꾸러미를 꾸려 들고
밤에 찾아왔다.
그의 눈에는 박목월도 밧줄로 뵈는가.
수척한 얼굴이

큰절을 하고,

밥만 먹을 수 있다면

아무데고……

(……)

제자 한 사람 끌어올리지 못하는

검은 물결에

누가 밧줄을 던져주나.

울부짖는 아우성

나는 밧줄이 못 되나.

어질고 총명한 청년이 파선破船하는데

내게 가져온 사과를

누가 먹어다오.

—박목월, 「명함名街」 중에서

시인에게 일자리를 부탁하러 찾아온 제자의 핏기 없는 얼굴이 떠오릅
니다. 삶의 연민이 눈물겹습니다. 사회적 권력과는 거리가 먼 스승의 투명
한 자괴감이 사도師道의 진면목을 보여주는 다큐멘터리 필름을 보는 것처
럼 선명합니다. 예나 지금이나 선생님들이 겪는 커다란 고통 중의 하나는
자신이 가르친 제자의 자리가 세상에 없음을 보는 일일 것입니다.

추천서를 써주면서도 스승은 영 자신이 없습니다. '직장마다 든든한 철
문'을 열기엔 '시인의 명함'이 너무나 무력한 것임을 알기 때문입니다. 하
직 인사를 하고 일어서는 제자의 손을 잡는 자신의 손이 나약하기 그지없

는 것임을 알기 때문입니다. 아, 자신의 눈앞에서 '난파선'이 되어가는 제자를 끌어당기지 못하는 스승의 안타까움이여.

사과 꾸러미만 나오지 않았어도 이 시가 그렇게 슬프진 않을 것입니다. 이 시의 여운이 그렇게 오래 남아 가슴을 울리진 않을 것입니다. "이 '어질고 총명한 청년'이 '내게 가져온 사과'를 누가 먹어다오!"

그렇게 외치는 스승의 목소리는 차라리 절규에 가깝습니다. 그것은 제자에 대한 미안함을 넘어 '충심의 사과謝過'가 됩니다. 젊은이가 들고 온 사과 꾸러미가 말하는 간절함과 그것의 순정이 스승의 가슴에 사무친 까닭입니다. 대구 사과였을 것입니다.

3

그것은 최고의 브랜드였습니다. 바다를 건너온 파인애플 통조림이나 그 유명한 오렌지주스 상표와 비겨도 뒤지지 않을 이 나라 과일의 '지존至尊'이었습니다. 물론 '산지産地 이름은 특정인에게 독점시킬 수 없다'는 지금의 상표등록 기준으로 보자면 '대구 사과'란 이름만으로 상표 대접을 받을 수는 없지요.

그러나 그것은 명실상부한 '넘버원 브랜드'였습니다. 어디서 온 사과냐고 물었을 때 '대구에서 온 것이요'라고 말하면 이 나라 사람 누구나 엄지손가락을 들어 보이던 '국가대표 사과'였습니다. 대개의 전통적 브랜드들이 그렇듯이 대구 사과의 명성 또한 산업화, 도시화의 격랑과 경쟁 브랜드들의 발호跋扈에 쓸리고 밀리어 적잖이 쇠잔해졌습니다.

그러나 오늘 우리가 먹는 사과맛의 내력과 기준이 그 땅에 뿌리를 두고 있음을 부인할 사람은 없을 것입니다. 과일맛이 청량음료의 그것처럼 하루아침에 바뀔 수는 없는 것이니까요. 그래서일까요. 능금빛의 홍조를 띠던 이 나라 처녀들의 뺨도 날이 갈수록 희어져만 갑니다.

문득 사과밭에 가고 싶어집니다. 대구가 아니어도 좋습니다. 예산이든 충주든 영주든 밀양이든, 사과를 닮은 사람들의 얼굴이 보고 싶어집니다. 이를테면 이런 풍경이 그리운 것입니다.

마음씨 고운
사과밭 주인의 집은
햇빛 홀로
온 밭을 지키며
파수把守를 본다

잘 익은 사과 속의
까만 씨앗 같은
딸이 삼자매三姉妹

아침이면
세 개의 창 너머로
눈부신 해바라기를
피워 올리고

한 손엔 성경

다른 손엔 호미를 든

사과밭 주인은

오늘도 세상의 끝에 서서

한 그루 사과나무를 심으러

밭으로 간다

—홍윤숙, 「사과밭 주인의 집」 중에서

동춘서커스단

1

'봄 춘春' 자만큼 기기묘묘한 감정과 극단적 정서를 동시에 불러일으키는 글자도 드뭅니다. '춘', 그는 봄철의 날씨처럼 천변만화千變萬化의 표정을 가졌습니다. 잔뜩 눌렸던 용수철이 튀어오르고, 한껏 움츠렸던 개구리가 뒷다리를 차고 오르는 경쾌함인가 하면 '봄날은 간다'의 서글픔입니다.

나른한 웃음인가 하면, 아련한 눈물입니다. 왁자하게 웃고 떠드는 술자리의 도도한 취흥인가 하면, 울보 술꾼 하나가 모두를 눈물짓게 만들 때의 그 쓸쓸한 여운입니다. 봄은 복사꽃 만발한 무릉도원을 떠오르게도 하지만, 꽃보다 아름답다는 사람살이가 꽃보다 나을 것도 없음을 새삼스레 깨우쳐줍니다. 봄을 기다리지 않고 떠나는 사람들과 다시 봄을 맞는 사람들의 빛과 그늘을 보여줍니다.

인생이 게임이라면 새로 찾아드는 봄빛은 다시 시작하는reset 한판입니다. 노름꾼이라면 새판에 끼느냐 마느냐, 프로야구 선수라면 새로운 시즌에 들어가느냐 마느냐의 문제와 직면하게 되는 때입니다. 진력이 나거나 염증이 난 사람들은 게임 판을 아주 떠납니다만, 대부분의 사람들은 이번 판엔 뭔가 좀 달라지겠지 하는 설렘과 흥분으로 새로운 시즌에 들어갑니다.

일장춘몽의 덧없음 위에 다시 입춘대길의 성채를 세웁니다. 그 미련한 관성이 세월을 밀고 갑니다. 농부 춘삼이가 씨를 뿌리게 하고, 선반공 춘식이가 기계에 기름을 치게 합니다. 신발 가게 춘성이가 진열장에 쌓인 먼지를 털게 하고, 순댓국집 춘자 아줌마가 다시 가게 문을 열게 합니다.

봄날은 아주 짧아서 해가 솟았나 하면 지고 있고, 꽃이 피었나 싶으면 지고 없습니다. 잠깐 한눈을 파는 사이에 일 년이 후딱 가버립니다. 그러나 어찌 보면 봄은 짧아서 아름다운지도 모릅니다. 우리가 과거를 돌아보거나 추억에 젖기 위해 찬란한 봄날이 몇 번 왔다 갔는가를 헤아리는 것 또한 그 짧았던 순간에 대한 미련 아닐까요.

2

'동춘東春'이란 이름의 지난날을 돌아보는 일 역시 '봄날의 풍경'을 더듬는 일입니다. '동춘서커스단'. 우리나라 서커스의 서막과도 같은 동춘의 첫봄은 1925년이었습니다. 일본 서커스 단원으로 활동하던 '박동춘'이란 이가 서른 명쯤의 조선 사람들을 모아 '동춘서커스단'을 일으켜세운 것이지요.

그리고 반백 년 가깝게 '찬란한 슬픔의 봄'이 있었습니다. 잘나가던 시절이 있었습니다. '동춘'을 거쳐 나가서 정말 잘나가는 인물이 된 이름들만 해도 하나둘이 아닙니다. 황해, 백설희, 허장강, 구봉서, 서영춘, 배삼룡, 이주일, 심철호, 백금녀, 남철, 남성남, 장항선, 정훈희…… 이 땅의 연예계를 주름잡으며 대중문화의 중심에 섰던 이들입니다. 그들이 '동춘'의 화려했던 봄날을 말해줍니다. '동춘'의 세월이 어떻게 흘러왔는지를 보여줍니다.

그 시절의 서커스단은 요즘 식으로 말하자면 '토털 엔터테인먼트'를 꿈꾸는 종합예술집단이었습니다. 최근 들어 부쩍 더 주가를 높이고 있는 악극樂劇이 있고 코미디가 있었으며, 마술이 있고 쇼가 있었습니다. 뮤지컬에서 연극, 무용, 개그 콘서트까지 없는 게 없었습니다. 서커스단은 움직이는 방송국이었습니다.

그러나 중심은 역시 서커스였지요. 너 나 할 것 없이 몸뚱이 하나가 전 재산이던 시절, 몸 하나로 할 수 있는 일은 생각보다 많았습니다. 그네 타기, 외줄 타기, 나무의자 네 개를 하나씩 쌓아올리며 물구나무 서기, 외줄에서 한 발로 중심잡기, 사람을 태운 대나무를 한쪽 어깨에 올리고 중심잡기…… 몸이 상품이었습니다. 무기였습니다.

어디서 그런 용기가 나는 걸까요. 깨지고, 찢기고, 터지고, 부러지고, 피 흘리는 것쯤은 아랑곳없이, 고작해야 150cm의 작은 소녀가 허공을 날아오릅니다. 외발자전거를 타며 불방망이 세 개를 돌려받습니다. 그 놀라운 광경에 관객들은 마른 손가락으로 자꾸만 눈을 씻습니다.

도저히 불가능할 것만 같은 일들이 피나는 훈련을 통해 현실이 되었습니다. 고난도 묘기일수록 더 많은 박수가 쏟아지고, 박수 소리는 다시 밥이 되었습니다. 생각이 여기 이르면 '인간 역시 동물의 하나'란 사실이 실감나게 깨우쳐집니다. 인간의 육신도 사자의 그것이나 코끼리의 그것 못지않은 야성이 꿈틀거린다는 사실을 서커스가 보여줍니다.

몸 하나로 온갖 삶의 모순과 맞서 싸우는 그 용기와 자신의 몸을 기계처럼 길들여낸 그 놀라운 성취도에 어른들은 아낌없는 박수를 보냈고, 아이들은 입을 쩍 벌렸습니다.

덕분에 '동춘'은 1970년대 초반만 해도 꽃피는 시절이었습니다. 전속 단원들만 250여 명이 넘을 정도로 대가족이었으니까요. 돈을 가마니에 쓸어담았다는 전설을 굳이 끌어다대지 않아도 서커스와 '동춘'의 인기는 대단한 것임에 틀림없었습니다.

그 시절이 어떤 시절입니까. 허버트 강이나 박종팔, 홍수환 같은 권투 선수와 김일, 장영철, 천규덕 같은 프로레슬링 선수들이 장안의 화제를 집중시킬 무렵 아닙니까. 권투와 레슬링, 그리고 서커스. 2002년의 한국 축구처럼 온 국민을 열광시키던 이 세 가지의 공통점이 저는 자못 흥미롭습니다.

그것은 결국 온몸으로 세상을 밀고 나가는 일, 슬픔과 가난이라는 연료로 인생이라는 로켓을 쏘아올리는 일, 슬픈 만큼 아름답던 이 땅의 봄 풍경이었습니다.

3

'동춘'에 새로운 봄날이 열릴 모양입니다. 아직은 미미하나마 회춘回春의 기미가 여기저기 보입니다. '동춘과 서커스'에 대한 세상 사람들의 관심도 조금씩 늘어가고, 머지않아 78년간의 떠돌이 생활을 마감하게 해줄 상설 전용 극장도 생긴답니다. 아울러 현대화, 세계화를 도모하는 여러 가지 플

랜이 마련되고 있다는 소식입니다.

'동춘'은 말합니다. "새천년, 동춘의 캐치프레이즈는 세계 속의 동춘입니다. 70년 전통의 노하우로 세계무대를 공략하기 위해 동춘은 중국팀을 영입하였고, 현재 합동 공연을 하면서 서로 다른 스타일의 재주를 접목해가고 있습니다. 앞으로 세계 각국의 유명 서커스단과 교류하면서 세계 최고의 서커스로 도약할 것을 약속드립니다. 동춘의 공연은 더이상 애처로운 향수의 대상이 아닙니다. 인간 한계를 초월하면서 기상천외한 묘기로 기쁨과 감동을 드릴 수 있도록 노력하겠습니다."(www.circus.co.kr)

그런데 무슨 이유일까요. 그렇게 밝아지는 '동춘'의 표정이 마냥 반갑지만은 않으니 말입니다. 고정관념 때문일 것입니다. '곡마단' '곡예사'란 말에 스며 있는 저 '남사당男寺黨'패의 애잔한 정한情恨 같은 것을 잃게 되는 일이 두려운 것입니다.

김동리나 이효석의 소설 혹은 임권택의 영화가 떠올라서입니다. '곡마단 트럼펫 소리에 탑이 더 높아진다'던 어떤 시의 첫머리가 생각나고, 저 유명한 영화 〈길La Strada〉이 떠오르는 까닭입니다. '젤소미나'의 눈물 젖은 얼굴이 떠오르는 까닭입니다. 다음과 같은 가요가 떠오르기 때문입니다.

줄을 타며 행복했지 춤을 추면 신이 났지
손풍금을 울리면서 사랑 노래 불렀었지
공 굴리며 좋아했지 노래하면 즐거웠지
흰 분칠에 빨간 코로 사랑 얘기 들려줬지
영원히 사랑하자 맹세했었지

죽어도 변치 말자 언약했었지
울어봐도 소용없고 후회해도 소용없는
어릿광대의 서글픈 사랑
줄을 타며 행복했지 춤을 추면 신이 났지
손풍금을 울리면서 사랑 노래 불렀었지

— 박경애, 〈곡예사의 첫사랑〉(1978년 국제가요제)

얼어붙었던 땅에 따스한 봄볕이 찾아드는 것은 좋은 일입니다만, 그 봄의 끝에 남아도는 누군가의 서글픈 사랑 이야기를 듣는 것은 참으로 가슴 아픈 일입니다. 곡예사의 첫사랑 이야기도 그렇고, 곡마단 구경을 갔다가 정분이 난 처녀총각의 이야기도 그렇습니다.

그런데, 이것은 또 무슨 악마적 심성일까요. 세상의 모든 사랑이 잘되었으면 좋겠다고 하면서도, 헤어지고 망가지는 사랑 이야기에 귀가 더 솔깃해지니 말입니다. '동춘'의 봄이 어서 왔으면 하는 바람과, 겨울이 더 길었으면 하는 이율배반의 원망이 한꺼번에 일어나는 것도 바로 그런 이유에서일 것입니다.

참으로 철없는 관객의 한심한 이기심을 꾸짖어주시길!

락 희 치 약

1

청록파靑鹿派로 유명한 박목월 시인이 세상을 떠나고 얼마 되지 않아서의 일입니다. 어느 신문에 그 목월 시인에 관한 인상적인 칼럼 한 편이 실립니다. 어떤 의사가 쓴 것이었지요. 그는 목월 시인이 단골로 다니던 치과의 의사, 말하자면 주치의 같은 사람이었던 걸로 기억됩니다. 요약하자면 이런 내용이었습니다.

"우리는 훌륭한 시인 한 사람을 떠나보냈다. 나는 문학에는 문외한이라 그의 시 세계를 설명할 자신은 없지만, 나는 그를 안다. 그가 왜 그토록 섬약한 시들만을 남기고 갔는지를 안다. 그는 치아가 부실한 사람이었다. 치아가 좋지 않으니 그 큰 덩치를 유지하는 데 만족스런 섭생攝生 또한 불가능하였을 것이다. 잔병치레가 심했을 것은 빤한 일. 육신이 편치 않으니 세상을 바라보는 태도 역시 강건함과는 거리가 생길 수밖에 없지 않았겠는가."

그의 지적이 100퍼센트 옳은지 아닌지는 알 수 없습니다. 그러나 그 전문가다운 논리의 전개는 읽는 이로 하여금 절로 고개를 끄덕이게 만듭니다. '건강한 신체에 건강한 정신이 깃든다'는 진부한 격언의 의미가 더욱 빛나 보이게 하고, 건강이 한 작가의 인생관이나 세계관까지 좌우한다는 사실이 퍽이나 새삼스런 소리로 들리게 합니다.

왜 아니 그렇겠습니까. 치아가 기운을 잃으면 육신을 지탱하는 '에너지의 물류物流'에 심각한 차질이 빚어지지요. 치아의 중요성은 저 부산항 컨테이너 부두의 거대한 크레인에 비교해도 좋고, 그 존재 가치는 '화물연대'의 그것에 견주어도 손색이 없을 것입니다.

당해본 사람은 압니다. 사랑니 하나가 얼마나 거대한 권력을 행사하는가를. 어금니 하나가 제 자리를 지키지 않을 때 그것이 얼마나 엄청난 공백인가를. 하여, 우리는 우리네 육체의 관문關門인 그 성곽城郭의 일이라면 아무리 작은 일에도 촉각을 곤두세우지 않을 수 없습니다. 성곽을 이루는 돌덩이들의 기분이 어떤지, 여닫히는 문루門樓의 상태가 어떤지 수시로 점검하고 확인하지 않으면 호미로 막을 일을 가래로 막는 사단이 일어나곤 하니까요.

어떤 치아는 제대로 대우를 해주지 않는다며 매사에 트집을 잡고 늘어질지도 모릅니다. 느릿느릿 태업怠業을 할지도 모릅니다. 사과 한 쪽을 먹는 데에 한나절이 걸리게 할 수도 있습니다. 김치에 나물 반찬이 전부인 밥상을 물리고도 이쑤시개를 찾게 할 수도 있습니다.

상황이 더 나빠진다면 파업. 그런 경우는 말할 것도 없고, '준법 투쟁'만 벌어져도 온몸은 정신을 차리지 못합니다. 맥을 놓아버리게 됩니다. 파국을 경험하고 싶지 않다면 아침저녁으로 살피고 어루만져야 합니다. 아니, 수시로 애정을 표시해야 합니다.

'닦고 조이고 기름 쳐야' 합니다. 그렇게 해야만 그 직장의 '산업 평화'는 유지되지요. 그렇지 않은 사용자라면 어떤 불행한 결과가 일어나도 그것은 전적으로 그의 책임이 될 것입니다.

2

이 땅의 사람들이 그 간단한 이치를 깨닫고 실천하기까지는 퍽이나 오랜 세월이 걸렸습니다. 무슨 특별한 날이거나 나들이가 있는 날이 아니면 이를 닦는 일쯤은 무시하던 사람들이었으니까요. 본받을 만한 사람도 경쟁자도 없었습니다. 복동이의 이나 갑분이의 이가 다를 바 없으니 누구처럼 하얀 치아를 갖고 싶다거나 누구처럼 향기로운 입내를 풍기고 싶다는 꿈이 있을 수 없었던 것은 당연했습니다.

그런 꿈이 생겨난 것은 1954년. 락희화학이 이뤄낸 '튜브형 치약의 국산화 성공'에서부터 비롯된 일입니다. 본격적인 생산, 시판은 그 이듬해부터 이뤄졌습니다만, 이를 계기로 옛 글이나 그림 속의 '단순호치丹脣皓齒(붉은 입술, 흰 이)'는 수사修辭를 넘어 현실에서 추구할 수 있는 아름다움의 기준이 될 수 있었습니다.

락희치약. 메이커 이름이 '락희樂喜'였고 상표는 본디 'LUCKY'였으나 저는 군이 '락희치약'으로 부르고 싶습니다. 별로 즐거울 일 없던 사람들에게 자신의 아름다움을 가꾸는 사소한 즐거움(樂)을 일러준 물건이요, 그 작은 즐거움이 새로운 기쁨(喜)일 수도 있음을 가르쳐준 이름이었으니까요. 그 즐거움과 기쁨을 어디 '럭키'라는 서양 말 한마디에 제대로 담아낼 수 있겠습니까.

그 무렵에도 치약이란 물건이 아주 없었던 것은 아닙니다. 열이면 아홉의 사람들에게 소금이 치약을 대신하던 시절이었지만, 바다를 건너온 치약의 인기가 이미 만만치 않았음을 확인시키는 분명한 증거가 있습니다.

'미제와 똑같은 럭키치약'이란 광고 헤드라인과 '락희치약'이 삼 년 만에 미제 '콜게이트 치약'을 누르고 당당히 치약의 대명사가 되었다는 사실이 그것입니다. 물론 그보다 훨씬 오래전에도 '누런 이, 냄새나는 이'를 겨냥하며 활발한 광고 활동을 펴던 브랜드가 있었습니다.

1928년경의 동아일보에 많은 양의 광고물이 눈에 띄는 '스모가 치마齒磨'라는 상표입니다. 요즘 광고의 기준으로 보아도 별로 흠잡을 데가 없을 만큼 심플한 일러스트에 간결한 카피가 돋보이는 훌륭한 캠페인입니다.『한국광고사』(신인섭 저, 나남, 1986)에 의하면 그 무렵의 일본 광고계에서 가장 빼어난 카피라이터 카타오카 토시로의 시리즈 광고로서 광고 작품집을 만들어 팔 만큼 유명한 것이었다고 합니다. 카피만으로 이뤄진 것도 있지요.

"스모가는 주로 끽연가喫煙家의 치마齒磨(치약)입니다. 그러므로 스모가를 사용하면 치아의 검은 진이 쏙 빠집니다. 그런데 끽연가가 아닐지라도 어느 분의 치아든지 희고 깨끗하게 합니다. 스모가는 과도의 끽연으로 하여 생기는 입병! 냄새! 식욕부진! 그것을 막아 구강口腔을 언제든지 청정한 상태로 만듭니다. 스모가의 분말은 적당히 윤습潤濕합니다. 그것은 무용無用한 산란散亂을 막기 위한 것입니다. 일인일관一人一罐의 사용량은 약 1개월이 넘습니다. 그 이상의 소비는 남비濫費입니다."(필자가 오늘의 맞춤법으로 고치고 구두점을 찍음.)

분말로 된 치약이어서 쉽게 날아가버리는 불편도 있었던 모양입니다.

그래서인지 그런 염려를 없애기 위해 촉촉하게 습기를 머금게 했노라고 쓰고 있습니다. 그 분말을 어디다 묻혀서 닦았는지는 모르겠습니다만, 어떻게든 마구 문질러댔음에 틀림이 없을 것 같습니다. 굳이 '치마'란 표현을 쓴 것을 보면 오늘날까지도 치약의 주성분을 이루고 있는 연마제^{研磨劑}의 역할에 크게 기대던 제품이었던 것 같습니다.

인상적인 대목은 1인분이 한 캔^罐인데 그 이상 쓰는 것은 낭비라고 일러 주는 부분입니다. 솔직한 커뮤니케이션의 힘을 믿는 카피라이터의 지상한 배려로 읽힙니다.

3

제 선배 중엔 정말 어려운 환경에서 대학을 다니느라 그야말로 칫솔 하나만 달랑 꽂고 다니던 사람이 있었습니다. 언제 어느 집에 가서 고단한 몸을 누이게 될지 자신도 알 수 없던 생활이었으니까요. '동가식서가숙^{東家食西家宿}'은 마치 그를 위해 있는 성어^{成語} 같았습니다.

그 시절의 궁금증 하나. 다 얻어먹고 다 빌려 써도 어째서 칫솔만은 그럴 수 없는 걸까 하는 것이었습니다. 저는 그것이 소금이 치약을 대신하던 시대는 이제 멀리 사라져버렸음을 의미하는 증표일 것이라고 생각했지요.

제가 어렸을 때만 하여도 칫솔은 꼭 챙겨야만 하는 물건이 아니었습니다. 친척집에 다니러 가든, 여행을 가든 칫솔을 빠뜨리고 온 것을 요즘처럼 속상하던 사람은 그리 많지 않았습니다. 고운 것이든, 굵은 것이든 소금 한줌 얻어 문대는 일로 양치질은 간단히 해결되었기 때문입니다.

그러던 세월을 '락희치약'이 오늘날처럼 번거롭고도 불편한(?) 세월로 바꿔놓기 시작했습니다. 그리고 오십여 년. 그 단순하고 소박한 '즐거움과 기쁨'은 이제 참으로 복잡한 얼굴을 갖게 되었습니다. 소금과 락희치약의 자리를 밀고 들어온 갖가지 효능의 약용 치약들과 전동칫솔을 포함한 첨단기능의 위생용품들…… 찬찬히 뜯어보면 하나하나가 다 편리하고 의미 있는 물건들입니다만, 과연 우리네 치아가 그런 것들 모두를 원하고 있는 걸까 하는 의구심이 슬며시 고개를 드는 것은 무슨 까닭일까요.

하여, 자꾸만 그리워집니다. 친구의 하숙집 마당 펌프 가에 나뒹굴던 찌그러진 세숫대야의 날들. 이른 아침 햇살에 빛나던 하얀 소금 양재기와 저것도 짜내면 나올까 싶게 껍데기만 창백하던 '락희치약'의 시간들.

3
—

명 랑

1

'제주에서 고민녀가' '목포에서 독신남이' '대전 하숙생 올림'…… 흘러 간 옛날의 대중잡지를 뒤적이다보면 흔히 눈에 띄는 이름들입니다. 누구 에게도 털어놓기 어려운 걱정거리들을 진지하게 들어주고 상담해주는 코 너에 자신의 고민을 올려놓고 '어찌 하오리까'식으로 길을 묻는 사람들이 지요.『청춘』『로맨스』『아리랑』『야담』『사건과 실화』『명랑』등이 그런 잡 지들이었습니다.

잡지뿐만이 아니었습니다. 라디오 방송에도 여러 종류의 인생 상담실 이 있었지요. 누가 더 불쌍하고 막막한가, 누가 더 기구한 운명인가 시합 이라도 하는 것처럼 딱한 사람들의 가엾고 안타까운 사연들이 모여들던 프로그램들이었습니다. 주로 사회 저명인사들이 카운슬러의 역할을 맡곤 했지요.

그 시절의 일화 한 토막. 한 양가집 외동딸이 사랑해선 안 될 사람을 사 랑하게 되었던 모양입니다. 번듯한 집안에서 곱게 자라 명문 대학을 나온 그녀가 자식이 딸린 홀아비를 사랑하게 된 것입니다. 밤잠을 이루지 못하 고 고민하던 그 처녀가 용기를 내어 문을 두드린 곳이 라디오의 인생 상담실이었지요. 사정이 이만저만한데 어쩌면 좋겠느냐고 편지를 보낸 것입니다.

그에 대한 한 여류 명사의 답변인즉, '사랑한다면 그까짓 것이 뭐가 문제냐. 용기를 내라. 자신 있게 밀고 나가라'는 것이었습니다. 그날 저녁 처녀는 어머니가 상담한 고민의 주인공이 바로 자신임을 털어놓으며 결혼을 허락해달라고 말합니다. 그러나 어머니는 대경실색, 귀담아들을 생각도 하지 않습니다.

처녀는 어머니에게 대듭니다. 하지만 어머니의 대답은 바뀌지 않습니다. "그게 네 이야기라면 안 돼! 내 딸이라면 안 돼!" 소리를 지르던 어머니는 끝내 머리를 싸매고 드러누웠을 것입니다. 가슴이 답답하고, 골치가 지끈거려서 견딜 수가 없었겠지요. 다른 사람의 길을 찾아주던 사람이 자신의 길조차 캄캄해지는 느낌을 받았을 것이고요.

그런 날의 딸아이는 자식이 아니라 심각한 골칫거리입니다. 견딜 수 없는 두통입니다. 그런데 '병 주고 약 주는 격'으로 딸아이가 쟁반에 냉수 한 컵과 약봉지를 들고 와서 내밉니다. 두통약입니다. '뇌신'이거나 '명랑'입니다.

'명랑明朗'. 이 유치할 정도로 직접적인 표현의 브랜드가 20세기의 한 시절 이 나라 사람들의 몸과 마음이 도달하고자 했던 행복한 삶의 경계 하나를 보여줍니다. 통제와 억압에 짓눌린 소시민들이 꿈꾸던 쾌락의 소박한 풍경들을 보여줍니다.

그것은 〈유쾌한 청백전〉이나 〈명랑운동회〉가 가져다주던 일요일 아침나절의 즐거움 비슷한 것이었습니다. 변웅전 아나운서가 흘리던 그 헐거운 웃음소리에서도 느껴지던 일상의 나른함이거나 삶의 싱거움이었습니다.

웃을 수 없는 날의 간지럼 같은 것이었습니다.

대중잡지 『명랑』이나 두통약 '명랑'이 데려다주는 세상은 창경원 밤 벚꽃놀이처럼 문득 현기증이 나기도 했습니다. 조국이 얼마나 눈부시게 발전하고 있는가를 종합적으로 보여주던 영화 〈꽃피는 팔도강산〉 속의 김희갑, 황정순처럼 멀미를 느끼기도 했습니다.

어른들의 명랑이야 그다지 맑고 투명한 것이 아니어도, 아이들의 명랑은 눈이 부시고 찬란했습니다. 그럴 밖에요. '명랑'은 원래부터 아이들의 용어가 아니었던가요. 생활기록부의 '명랑, 쾌활……'의 명랑에서부터 명랑 만화, 명랑 소설에 이르기까지 말입니다.

어린이나 청소년들의 '명랑'에 무슨 이유가 붙겠습니까. 그 '명랑'에 무슨 셈이 필요하겠습니까.

2

청소년들의 '명랑' 시대를 설명하는 데에 『얄개전』만한 유명 브랜드도 드뭅니다. 아니, 대표 브랜드라고 해야 옳을 것입니다. 6·25 직후 『학원』이란 청소년 잡지에 연재된 이후로 통산 백만 권은 족히 팔린 대형 베스트셀러니까요. 영화로 만들어진 것만도 몇 번입니까. 중학교 2학년생 안성기가 나온 작품(1965)에서 이승현이 주연한 〈고교 얄개〉(1976)까지, 또 '여자 얄개'라 할 수 있는 〈남궁동자〉(1977)까지 얄개의 붐은 삼십여 년이나 이어졌습니다.

1979년엔 작가 조흔파씨까지 서울우유 TV 광고에 출연했으니 『얄개전』

은 명실상부하게 한 세대를 풍미한 작품이라 할 수 있지요. 어쨌거나 우리의 주인공 얄개, 본명 나두수군은 1970년대 이전에 성장기를 보낸 모든 이들의 친구였습니다. 지금이라도 중고등학교 시절 앨범 어느 구석에서 튀어나올 것만 같은 이름이지요.

그만큼 그의 일거수일투족은 청소년기의 우리들을 빼다박았습니다. 아니, 천재적인 악동 얄개의 활극은 고스란히 우리들의 교과서 노릇을 해주었습니다. 초등학교 시절 만화책 속의 땡이와 방개가 그랬고, 소년 잡지 속의 꺼벙이와 꺼실이가 그랬듯이 말입니다. TV 속의 타잔이 골목골목을 아이들의 정글로 만들고, 만화영화 속의 황금박쥐가 아이들 모두를 망토를 걸친 정의의 사도로 만들었듯이 말입니다. 얄개는 일찍이 우리들의 학교를 〈개그콘서트〉의 '봉숭아 학당'으로 만들었습니다.

그럼 '봉숭아 학당'은 앞으로 또 무엇을 만들까요. 〈명랑소녀 성공기〉는? 장나라는?

3

그녀가 치마 춤으로 손을 집어넣는다. 그녀의 손에 공단으로 만들어진 작은 주머니가 달려 나온다. 그녀는 처진 눈꺼풀을 치켜올리며 조심스럽게 약봉지를 펼친다. 오각형으로 접힌 약 종이를 한 겹 한 겹 펼칠 때마다 하얀 가루가 하늘하늘 피어오른다. 방안에는 종이 바스락거리는 소리와 그녀의 가릉거리는 숨소리만 나직하다. 나는 움직이지 않고 그녀를 훔쳐본다. 그녀의 눈은 개구리나 고양이의 것처럼 움직임에 반응한다. 내가 움직이지 않는 한 그녀에게 나는 그저 풍경의 일부일 뿐이다. 그녀는 다 펼친 종이를 대각선으로 접어 가루를 한데 모아 입에 털어넣는다. 약 종이를 손톱 끝으로 탁탁 치는 소리를 들으면 내 눈은 저절로 찡그려지고 입안에는 쓴 침이 고인다.

―천운영, 「명랑」 중에서

이 젊은 작가가 그리고 있는 투약投藥의 광경은 제 어린 시절의 기억 속에서도 선명한 것의 하나입니다. 어머니가 약 종이를 손톱 끝으로 탁탁 치는 소리를 들으면 내 눈은 저절로 찡그려지고 입안에는 쓴 침이 고였지요. 어떤 때엔 그보다 한술 더 떴습니다. 학교에서 돌아와 방문을 열었을 때 방안에 구르는 약봉지와 예의 그 대각선으로 접힌 약 종이만 눈에 들어와도 조금 전까지 '얄개'였던 나는 이내 풀이 죽었습니다. '엄마는 오늘도 명랑하지 못하구나. 무엇 때문에 엄마의 얼굴은 맑고 밝지 못한 걸까.'

그녀가 먹은 가루는 명랑이다. 명랑은 진통제다. 명랑 백 포들이 상자 겉면에는 두통을 비롯한 관절통, 인후통 등 열여섯 가지 통증과 오한, 발열시 효능이 있다고 적혀 있다. 하루 2회, 복용 간격은 여섯 시간 이상으로 한도를 두고 있지만 그녀는 명랑이 설탕 가루라도 되는 것처럼 시도 때도 없이 털어넣는다. 그녀가 먹은 것은 약이 아니라 방부제인지도 모른다.

―앞의 소설

언제나 명랑하게 살 수 있다는 것은 참으로 크나큰 축복입니다. 꾹꾹 눌러야 될 통증도 없고, 참고 견뎌야 할 발열이나 오한이 없다는 사실만으로도 그는 행복한 사람입니다. 습관적으로 털어넣어야 할 약봉지가 몸 가까이 없다면 누군가에게 고맙다는 인사를 해야 할 사람입니다. 하루하루가 '명랑한 날'일 수 있다면 그는 부러울 것 없는 사람입니다. 가슴이나 골이 썩을 이유가 없어서 '명랑'이란 방부제가 필요 없다면!

그러나 온전히 '명랑한 날'을 만나기란 그리 쉽지 않습니다. 『얄개전』이나 만화책 혹은 인터넷 유머를 끼고 온종일 생각 없이 키들거린다고 명랑한 날은 아니지요.

'명랑한 사람'은 태어나거나 길들여질 수 있는지 모르지만 '명랑한 날'이나 '명랑한 세상'은 혼자서 혹은 몇이서 만들 수 있는 것은 아니지 싶습니다. 그렇기에 그렇게 많은 표어들에 단골로 등장하는 표현이 '너도 나도 ○○하여 명랑○○ 이룩하자' 아닐까요.

명랑. 그것은 이름 그대로 맑고 투명한 세상을 여는 최고의 영약靈藥인 것입니다.

문교 흑판

1

이런 선생이 있었습니다. 수업 시간이면 칠판 가운데 금 하나를 쫙 내리 그어놓고는 한쪽에는 그림을 그리고, 반대쪽에는 시를 쓰던 젊은 선생이 있었습니다. 국어선생이라면 말도 안 합니다. 수학이나 물리를 가르치는 교사였습니다. 방정식이나 미적분 문제는 풀지 않고 꿈같은 이야기나 풀어놓던 이과理科 선생이었습니다. 인천중학교와 서울고등학교에서 교편을 잡던 사람이었지요.

시인 조병화(1921~2003) 선생이 그 사람입니다. 베레모에 파이프 담배로 기억되는 우리 시대 마지막 로맨티스트, 마흔여덟 권의 시집을 포함하여 백삼십여 권에 이르는 저서를 남긴 사람. 그림 솜씨도 예사롭지 않아서 몇 번의 개인 전시회를 열고 화집도 여러 권 펴낸 사람. 쉽지만 가볍지 않고, 소박하지만 비루하지 않으며, 나직한 목소리지만 가슴 깊은 곳을 울리는 시의 주인으로 선남선녀의 마음을 사로잡던 사람. 타고났다고 해도 좋을 만큼 나이브한 감성으로 수많은 젊은이들의 문학적 감수성을 흔들어놓던 사람.

그 청년 교사가 까까머리 학생들을 앉혀놓고 칠판 아니 흑판黑板에 쓰던 시는 어떤 것이었을까요. 인천의 중학교 교실이었다면 아무래도 바다 이야기가 나오지 않았을까요. 해조음海潮音 가득한 시와 갈매기 소리가 들리는 그림을 칠판 가득 옮겨놓았을 것입니다. 이를테면, 이런 시와 수평선이 보이는 풍경화.

바다엔
소라
저만이 외롭답니다

허무한 희망에
몹시도 쓸쓸해지면
소라는 슬며시
물속이 그립답니다

해와 달이 지나갈수록
소라의 꿈도
바닷물에 굳어간답니다

큰 바다 기슭엔
온종일
소라
저만이 외롭답니다

칠흑의 바탕에 쓰인 백묵 글씨들이 밤바다 위의 갈매기처럼 슬펐겠지요. 해방 공간의 암울한 사회상이 이 가녀린 지식인의 가슴을 사정없이 후벼파는 세월이었을 것입니다. 파인 자국마다 고독과 슬픔과 허무와 존재와 숙명 따위 관념어들이 자리를 잡았겠지요. 그런 그에게 교실은 훌륭한 존재의 이유였을 것입니다.

칠판은 젊은 영혼이 꿈꾸는 광장이었을 것입니다. 제 정신의 안테나에 걸리는 그 광장의 이름은 '문교 흑판'입니다. 그 무렵부터 수십 년 동안 이 나라 교육 상품의 대명사가 되다시피 한 물건이지요. '문교 분필'과 함께.

2

'문교 흑판'은 죽었습니다. 물론 그 물건을 만들던 회사야 아직도 건재해서 분필, 파스텔 등 갖가지 교육용 도구들을 만들고 있습니다만 흑판은 죽었습니다. 저의 중학교 시절만 해도 영어책에서 '블랙보드blackboard'라 나오던 그 물건이 요즘은 없습니다.

검은 칠을 한 판板은 없습니다. 짙은 녹색 아니면 백색의 판입니다. 화이트보드white-board라 불리는 것이지요. 그러고 보니, 고작 반세기 남짓한 세월 동안 검은색이 흰색이 되었군요. 흑판과 부부지간이랄 수 있는 '백묵白墨'도 죽었습니다. 이제 와서 이야기지만 백묵이란 물건은 이름부터가 얼마나 지독한 모순 덩어리인지요.

'하얀(白) 먹(墨)'. 그러나 그것은 '빨간 백묵' '파란 백묵'에다 대면 약과입니다. 하얀 먹인데 빨간색? 어쨌거나 백묵은 죽고 '분필粉筆'이 남았지요. 그러나 그 분필 역시 여생이 그리 길 것 같지는 않습니다. 칠판이 죽으면 그도 따라 죽어야 할 테니까요.

하루가 다르게 새로운 교육 기자재들이 교실로 들어오는 모습을 보면서 칠판과 분필은 참으로 많은 생각을 할 것입니다. 원망스러운 것들이 하나둘이 아닐 테지요. 전자 칠판, 빔 프로젝터, 실물화상기, OHP, TV, VCR…… 칠판 하나만 있으면 교실이 되던 시절을 떠올릴 것입니다. 초롱초롱한 눈망울들이 자신의 얼굴만을 뚫어져라 쳐다보던 세월을 생각할 것입니다.

부산 피난 시절의 천막 교실이나 소설 속의 장면을 그리워할지도 모릅니다. 이를테면 심훈의 「상록수」에 나오는 이런 풍경.

"첫해에는 아이들을 잔뜩 모아는 놨어도 가르칠 장소가 없어서 큰 은행나무 밑에다 널판대기에 먹칠을 한 걸 칠판이라고 기대어놓고 공석이나 가마니를 깔고는 밤 깊도록 이슬을 맞아가면서 가르치기를 시작했는데……"

아니면 아직도 오랫동안 그런 역할을 수행해야 할 저 중국의 산골 학교나 인도의 외진 동네 노천 교실에 매달린 칠판의 운명을 은근히 부러워하는 것은 아닐까요. 차라리, 이란과 이라크 국경 마을을 넘나드는 쿠르드족 떠돌이 교사(?)들의 서글픈 삶을 그린 영화 〈칠판〉의 세상으로 가고 싶을지도 모릅니다.

"구구단 배우세요." "글을 가르쳐드립니다." 그렇게 외치며 칠판을 등에 지고 이 마을 저 마을로 글이나 셈을 배울 사람을 찾아다니는 그들의 생명과도 같은 물건이고 싶을지도 모른다는 것이지요. 폭격을 만나면 방패가 되고, 아픈 사람을 위해서는 들것이 되고, 부러진 팔을 받쳐주는 부목이 되고, 헤어지는 여자에게 건넬 위자료가 되기도 하는 칠판.

칠판은 그 딱한 떠돌이 선생의 모든 것이면서, 주인공의 운명과 삶의 극한을 버티며 목숨을 이어가는 주변 인물들을 이어주는 데 더없이 귀중한 소도구가 되어줍니다. 제휴와 소통의 채널이 되어줍니다.

사실 우리의 칠판도 다르지 않았지요. 세상없어도 가르치고 배우는 것은 멈출 수 없다는 신념이 아니었으면 오늘 이 땅에 무엇이 있겠습니까. 칠판이 다리(橋)가 되어 세상의 모든 지식이 우리들 머릿속으로 건너오지 않았다면 어떻게 오늘의 우리가 있겠습니까.

3

딱히 만들어 팔 것도 많지 않던 시절, 학교보다 훌륭한 공장은 없었습니다. 땅을 파도 별다른 것이 나올 리 없는 이 나라에 교실보다 가치 있는 광산은 없었습니다.

흑판만큼 고마운 기계, 백묵만큼 고마운 원료도 드물었습니다. 흑판과 백묵. 그 '검은 판'이 기계가 되고 '하얀 가루'가 원료가 되어 지구상 어디에 내놓아도 뒤지지 않을 물건이 만들어졌습니다. 밤낮없이 생산되어 나왔습니다.

그리고 한 세월이 흐른 뒤에 '유대인'과 견주어지는 명품이 나왔습니다. 세계시장을 움직이는 '한국인'이란 이름의 일류 브랜드가 만들어진 것입니다. 선생님들의 공로가 무엇보다 컸지요. 그 분필 가루 허연 손들이 '메이드 인 코리아'의 두뇌를 만들었습니다. 심장을 만들었습니다.

건설 현장의 일꾼들이 횟가루를 마셔가면서 길을 닦고 건물을 세울 때, 광부들이 석탄가루를 마셔가면서 우리들의 밥과 국을 끓일 에너지를 캘 때 그분들은 백색 먼지 속에서 목청을 돋우셨지요. "배워서 얻을 것 말고는 우리에게 무슨 힘이 또 있는가, 배워야 산다! 아는 것이 힘이다!"

그런 점에서, 오랜 세월 이 땅의 교육을 담당해온 문교부는 어쩌면 그 시절의 건설부나 상공부와 다름없는 일을 해온 부처였는지도 모릅니다. 사람의 길을 닦고, 사람의 자원을 캐는 일을 관장하던 곳이었으니까요. 사람의 공장과 시장의 설비를 걱정하고 상품의 판로를 논의하던 곳이었으니까요.

물론 어려웠습니다. 그늘도 많고 절망도 많았지요. 누군가 이 땅의 미래를 물어올 때 '슈어sure'라고 말할 수 있는 사람은 많지 않았지요. '메이비maybe'가 많았지요.

〈천막교실, 가마니 위에 비는
내리고〉

우리는 고무신으로 찝차를
만들었다. 미군 찝차가

달려왔다 네가
내리고.

미군들이 쑤왈거리다가 메이비,
하고 떠나고. 그리하여 너는
메이비가 되었다.
미제 껌을 씹는 메이비. 종아리 맞는
메이비.

흑판에 밀감을 냅다 던지는
메이비. 으깨진 조각을 주으려고
아이들은 밀려 닥치고.
그 뒤에, 허리에 손을 얹고 섰는
미군 같은 메이비.

—장영수, 「메이비」 중에서

박 가 분

1

어떤 학자는 서양 사람의 성씨에서 광고의 기원을 읽어냅니다. 성씨는 본디 자신의 일을 널리 알리기 위해 붙여진 명칭이었을 것이라는 추론에서 시작된 생각입니다. 이를테면 대장장이란 뜻의 스미스Smith나 화살 만드는 이를 가리키는 애로스미스Arrowsmith처럼 말이지요. 가만히 생각해보면 영 틀린 추측은 아닌 것 같습니다. 빵장수를 떠올리게 만드는 베이커 씨도 있고, 양복점 주인을 생각나게 하는 테일러 씨도 있으니까요.

조금 비약하자면 한 개인의 성씨가 그대로 한 기업의 이름이나 상표의 이름이 된 셈입니다. 따지고 보면 지극히 당연한 이야기인지도 모릅니다. 작자나 주인공의 이름만큼 훌륭한 작명作名의 모티브도 없다는 것은 동서고금의 역사가 증명하고 있으니까요.

『돈키호테』나 『파우스트』 같은 책 제목, 〈모나리자〉나 〈차이코프스키 1번〉 같은 작품 제목이 그렇습니다. '에밀 졸라 거리'라거나 '충무로' '세종로'란 가로의 명칭이 그렇습니다. '카네기홀'이나 '퐁피두 센터'처럼 건물의 이름이 그렇습니다. '웬디스 햄버거' '포드 자동차'…… 기업이나 상품의 이름이 그렇습니다.

세계적인 광고회사들의 상호만 보아도 대부분 사람 이름입니다. 세상에, 광고인들이 누굽니까. 작명이나 의미 부여의 선수라고 자임하는 사람들이란 말이지요. 그런 사람들이 기껏 자신들의 회사 이름은 그렇게 싱겁게 지어 쓰는 이유는 무엇일까요. 그렇게 싱거운 이름을 갖고서도 싱겁기는커녕 맵고 짜고 쓰고 신맛을 능란하게 구사하며 세계의 광고 식탁을 사로잡는 까닭은 무엇일까요.

제가 생각하는 답은 이렇습니다. '사람의 이름'만큼 힘있고 극명한 의미를 지닌 명사도 드물다는 것입니다. 제아무리 기가 막히게 짜맞춰진 이름도 평범하고 촌스러운 사람 이름만 못하다는 얘기지요. 인명人名을 내세운다는 것은 좀 거칠게 말해서 '인격'을 걸고, '목숨'을 걸겠다는 의미에 다름 아니니까요. 광고 세상이야말로 사람을 빼면 아무것도 남을 것이 없는 곳, 사람이 기계요, 공장 아닙니까. 사람 이름이 그 기계의 이름이 되는 건 너무도 자연스런 일 같습니다.

이제 이 땅에도 그런 이름들이 많이 생겨나고 있는 것을 봅니다. 빵집, 설렁탕집, 칼국숫집 간판들에서 성씨가 읽히고, 출판, 디자인, 패션, 광고, 컴퓨터 등 다양한 업종의 기업들이 이름 석 자를 내걸고 있는 게 보입니다. 아무려나 반갑고 미더운 일입니다. 그만큼 자신의 일에 자긍심을 갖고 품질에 명예를 걸겠다는 사람들이 늘고 있다는 뜻이라고 봐도 좋겠지요.

그런 이름들을 볼 때마다 저는 우리나라 사람들이 약속을 하거나, 신념에 찬 주장을 할 때 맹세의 뜻으로 쓰는 표현이 생각납니다. "아니면, 내가 성姓을 간다."

2

목숨과도 바꿀 수 있을 만큼 존엄한 성씨와 이름을 상표에 넣어 쓴 국내 최초의 사람은 아마 이분일 것 같습니다. 박승직朴承稷. 삼 대째 이어 내려오는 기업으로서, 우리나라에서 가장 오래된 회사로 손꼽히는 어느 대기업 사주社主의 할아버지가 되는 어른이지요. 1896년 종로 배오개 네거리에 '박승직 상점'이란 상호를 걸고 포목 장사를 하던 분입니다.

이 상표를 말하면 더 친근하게 느껴지는 분이지요. 1920년 무렵 우리나라 최초의 화장품으로 선을 보인 박가분朴家粉. 그 '박가朴家' 역시 바로 이분의 박씨 집안을 일컫는 것입니다. 박씨네가 만든 화장품이란 뜻이지요. 그런데 박가분을 만들어낸 이는 정작 박씨가 아닙니다. '정씨'였지요. 그 박씨 집안의 며느리 정정숙이란 여인입니다. 요즘 식으로 말하자면 아이디어에서 상품 개발까지 도맡았던 분인데요. 바깥 분 못지않게 비범한 사업가적 기질을 타고난 여성이었던 모양입니다.

그래서 저는 이 '박가분'이란 상표를 떠올릴 때마다 엉뚱한 상상력이 발동하곤 합니다. '정씨분鄭氏粉'이라고 했으면 어땠을까 하는 생각이 그것입니다. 물론 부녀자의 성이나 이름이 담장 밖으로 나돌기 어렵던 시절이었다는 점에서 터무니없는 생각이고, 기업주의 브랜드를 쓴 것이니 따지고 보면 그리 이상할 것도 없는 일입니다.

그럼에도 불구하고 저는 아쉬움을 느낍니다. 이 땅의 여인들은 왜 그리 오랜 세월 자신들의 이름조차 당당하게 내세울 수 없었을까. 제 생각으론 그것이 꼭 시대 탓만은 아니었던 것 같습니다. 자신의 이름은 제쳐두고 지아비나 자식의 그것이 더 빛나길 바라는 우리 여인네들의 애틋한 마음 씀

씀이도 한몫했던 것은 아닐까 하는 생각이 들기 때문입니다.

언젠가 어느 절 구경을 갔다가 돌아 나오던 길의 일입니다. 함께 간 친구가 제게 물었습니다. "우리나라 불교 신자들의 대부분은 여자들이라고 들었는데, 그렇지만도 않은 것 같은데." 무슨 소리인가 의아해하는 제게 친구는 덧붙였습니다. "저기 좀 보게. 저기 쓰인 이름들 말이야. 저거 다 이 절에 시주한 사람 이름들 아닌가." 그렇게 말하며 친구가 가리킨 것은 절에 가면 흔히 눈에 띄는 중창불사를 위한 기왓장 무더기였습니다.

가까이 다가가서 기와 한 장, 한 장마다에 흰 페인트로 쓰인 이름들을 들여다보았습니다. 친구의 말처럼 대개는 남자 이름이었지요. 친구의 의문은 거기서 생겨난 모양이었습니다.

저는 그 딱한 친구에게 이렇게 말해주었습니다. "이 사람아, 자네 어머님께서 여기 기도하러 오신다면 누구의 복을 빌고 가시겠나? 자네 집사람 같으면 또 누가 잘되게 해달라고 하겠나?"

누구겠습니까. 그 어떤 여인도 자신의 이름은 꺼내볼 생각조차 하지 않을 것입니다. 그것이 이 땅의 아내들, 그리고 어머니들의 한결같은 성정이니까요.

또 있습니다. 가족과 함께 제부도에 갔을 때입니다. 참으로 장엄한 서해의 낙조를 바라보며, 조개를 구워먹고 돌아왔는데요. 즐비하게 늘어선 조개구이집의 이름들이 재미있었습니다. 만수네, 지영이네, 영복이네, 민지네……

그 이름의 주인들이 누구인지는 묻지 않아도 알 수 있었지요. 그길로 그 동네 초등학교 운동장에 가서 그 이름 하나하나를 소리쳐 부르면 그 아이들 모두의 얼굴을 볼 수 있었을 것입니다. 그 실명實名들 속에는 외지에서 찾아온 겨울 손님들의 몸과 마음을 녹여주고도 남을 따스함이 있었습니다.

3

우리나라 관허1호 화장품으로, 삼십여 명의 종업원이 필요할 정도로 인기를 누리기도 했다는 박가분. '경성부 연지동 270번지'에 살던 한 여인네의 이야기가 전설처럼 느껴지기도 하는 것은, 그 언저리에 아들의 호를 딴연강홀이 들어서 있기 때문만은 아닐 것입니다. 그 기업이 재계 순위 10위쯤을 차지할 만큼 커다란 회사가 되었기 때문만도 아닙니다.

박가분을 삼천리 방방곡곡에 유통시키던 사람들의 이름이 함께 떠오르는 까닭입니다. 그들의 이름은 방물장수입니다. 소위 보부상褓負商들의 한 무리로 보상褓商, 곧 봇짐장수를 뜻하는 사람들입니다. 이들은 주로 장터를 중심으로 장사를 다녔습니다만, 여자 행상의 경우는 집집을 찾아다니며 물건을 팔기도 했지요.

댕기, 족집게, 참빗, 비녀 따위가 주된 취급 품목이었던 이들의 보따리 속에서 박가분은 아주 빛나는 상품이었을 것입니다. 하여, 일제 화장품에 밀려 박가분이 자취를 감추게 될 때까지 방물장수와 박가분은 한 시절 서로에게 행복한 '상생相生'의 이름이었던 것 같습니다. 박가분의 명성이 방물장수들을 즐겁게 했다면, 방물장수의 상도商道는 박가분을 베스트셀러가 되게 만들었으니까요.

말이 나왔으니 말이지만, 방물장수가 그저 떠돌이 혹은 뜨내기 행상이었다고만 생각하면 잘못입니다. 철저한 신용본위信用本位로 항상 '고객 만족'을 앞세우던 사람들이었기 때문입니다. 1851년에 만들어진 보부상 조직 문서에는 그들의 철저한 상인 정신을 읽을 수 있는 규약들이 여럿 보입니다.

'물건을 억지로 판매하는 자는 볼기 30대를 친다. / 불의를 저지른 자는 볼기 30대를 친다. / 언어가 공손하지 않은 자는 볼기 30대를 친다' 등이 그 것이지요. 방물장수는 고객을 찾아다니는 이름이었지만, 고객이 이제나 저제나 하고 기다리는 이름이기도 했을 것입니다. 약속은 틀림없이 지키는 아무개의 아내였으며, 아무개의 어머니였을 테니 말입니다.

상인이기에 앞서 이름 석 자가 부끄럽지 않은 삶을 살아가려고 했던 사람들이 아니었을까 싶기도 합니다. 신경림 시인의 시 「목계장터」에 보이는 아래와 같은 구절이 그리 쓸쓸하게만 느껴지지 않는 까닭도 바로 그런 연유에서일 것입니다.

하늘은 날더러 구름이 되라 하고
땅은 날더러 바람이 되라 하네
청룡 흑룡 흩어져 비 개인 나루
잡초나 일깨우는 잔바람이 되라네
뱃길이라 서울 사흘 목계나루에
아흐레 나흘 찾아 박가분 파는
가을볕도 서러운 방물장수 되라네
(……)

반달표 스타킹

1

나혜석, 윤심덕, 김일엽…… 이른바 '신여성'을 대표하는 이들입니다. 여자의 몸으로 외국 유학까지 가서 신식 교육을 받았대서 선망의 대상이었던 사람들, 통념을 깨는 언행과 사회 활동으로 그 일거수일투족이 나라 안의 이목을 집중시키던 여인네들이었지요.

그러나 어찌 보면 그들이 과연 부러워할 만한 인생의 주인공들이었을까 하는 의구심 또한 떨치기 어렵습니다. 아름다웠던 생의 햇살 저쪽엔 슬픔의 그늘 또한 짙었고, 화려했던 날들은 어처구니없이 짧았으며 쓸쓸한 정한情恨의 날들은 터무니없이 길었기 때문입니다.

제 몸, 제 정신이 아닌 채로 생을 마친 사람, 연인과 함께 바다에 몸을 던져 현해탄을 독한 사랑의 무덤으로 만든 사람, 덧없는 삶의 부질없는 꿈을 산사의 바람에 실어 보낸 사람.

그들을 생각하는 끝자리에 또 한 여인의 얼굴이 포개집니다. 전설이 되어버린 무용가 최승희가 그 사람입니다. 그런데 이상도 하지요. 앞의 세 사람은 이름으로 떠오를 뿐인데, 최승희 그녀는 어째서 얼굴이 먼저 생각나는 걸까요.

그것은 그녀의 얼굴을 익히 보아온 까닭일 것입니다. 앞의 세 사람이 변변한 사진 한 장 찾기가 어려운 데 비해, 그녀의 사진 자료는 비교적 풍부하게 남아 있습니다. 그렇기에 그녀의 사진 자료 전시회만 해도 두어 차례가 열렸고, 그녀의 생애를 평전 형식으로 묶어낸 책에도 다양한 사진이 들어가 있는 것일 테지요.

최승희는 미인입니다. 요즘 식으로 말하자면 '얼짱'입니다. 동시에 '몸짱'입니다. 중학생 시절에 그녀의 무용 공연을 보고 그 흥분과 감격을 누를 길 없어서 뛰는 가슴으로 사진을 사서 안고 돌아온 기억이 있다는 사람도 있습니다. 최승희 평전『춤추는 최승희』의 저자 정병호가 그 사람이지요. 그는 말합니다. 그녀에게 반하고, 그 춤에 반해서 벌어진 입이 한동안 다 물어지질 않더라고 말입니다. 자신도 모르게 이런 찬사가 저절로 흘러나오더라고 말입니다. "어쩌면 사람이 저렇게 아름다울까! 저렇게 아름다운 예술이 있을까!"

상상해보십시오. 그 시절, 그런 미인이 빛나는 보석과 구슬로 이어진 액세서리 몇 줄만 걸친 채 반라半裸의 몸으로 춤을 추는데 어떤 관객의 넋이 나가지 않았겠습니까.

뉴욕, 브뤼셀, 칸, 암스테르담, 헤이그…… 지구촌 곳곳을 갈채 속에 돌아온 춤사위인데 어느 누가 찬탄하지 않았겠습니까. 파리 공연에서는 피카소, 마티스, 장 콕토, 로맹 롤랑 등 내로라하는 예술인들을 놀라게 한 솜씨였습니다. 그녀의 유명세는 한 살 아래였던 손기정 선수에 버금가는 것이었습니다. 한마디로 그녀는 우리나라 여성 최초의 '월드 스타'였습니다.

2

위낙 출중한 미모의 소유자라서 그렇기도 하겠지만, 춤 하나로 세계를 휘어잡은 조선 여자의 얼굴과 몸이기에 사진 속 그녀의 모습과 포즈는 여간 인상적인 것이 아닙니다. 아니 '고혹적'이라 해야 더 솔직한 표현일 것입니다.

'세계의 무희'가 된 '반도半島의 무희' 최승희의 미모와 재능은 그녀로 하여금 광고나 패션모델로도 저 섬나라 전체와 조선 팔도를 쩡쩡 울리게 만들었습니다. 사진 속 그녀는 요즘 잣대로 보아도 전혀 초라하거나 촌스러워 보이지 않습니다.

오히려 범접할 수 없는 기품과 '섹시하다'는 표현 정도론 설명되지 않는 묘한 매력까지 느껴집니다. 특히 땅을 박차고 날아오를 듯이 도약하는 장면 속의 미끈한 다리의 실루엣이 그렇습니다. 각선미! 훗날 남편과 함께 북으로 가서 한동안 왕성한 활동을 하다가 1967년 이후 행적이 묘연해진 최승희가 일제강점기에 누리던 '몸의 자유'를 이 땅의 보통 여자들이 제 맘대로 향유하게 되기까지는 퍽이나 오랜 세월이 걸렸습니다.

그동안의 사연들을 늘어놓자면 한이 없지요. 치마를 입혀서 다리를 드러내놓게 한다 하여 딸자식들은 학교에도 보내지 않던 답답한 시절로부터 '미니스커트'의 열풍(1968)을 경범죄란 이름으로 화급히 눌러 끄던 그 갑갑한 세월까지 말입니다.

1970년대만 해도 크게 다른 세월은 아니었던 것 같습니다. 우리나라 최초의 광고회사 '오리콤' 사사社史를 통해 그 무렵의 광고 이야기를 읽다보면 흥미로운 증언 하나가 눈길을 끕니다. '반달표 스타킹'. 바로 그 제품의 광고를 '오리콤'이 맡아서 하던 시절의 기록입니다.

그 기록에 의하면, 1965년 유영산업이 내놓은 '반달표 스타킹'은 우리나라 스타킹 산업의 신호탄 같은 것이었답니다. 그런데, 자못 흥미로운 사실 하나는 그 무렵 스타킹광고의 비주얼이 모두 일러스트 일색이었다는 것입니다. 그 까닭은 이렇습니다.

속옷 광고에 섣불리 모델을 사용하다가 시비가 걸리면 여간 골치 아픈 것이 아니어서 말썽의 소지가 많은 사진보다는 그림을 즐겨 사용했다는 것이지요. '실물實物'이 나오면 그것은 외설猥褻'로 판정받기 일쑤였다니 그럴 만도 했겠다는 생각이 듭니다.

스타킹 광고가 그런 억압을 감내하던 시절이었으니, 실제 여성 생활의 숨죽인 풍경이야 더 캐물어 무엇하겠습니까. 아무려나, 스타킹이나 란제리가 걸어온 길을 살피는 일은 마치 피임약이나 생리 용품의 역사를 훑어보는 것과 같은 의미가 있습니다. 여성이 기를 펴고, '여권女權'이 날개를 달게 된 저간의 배경과 사연을 살피는 일과 다르지 않을 테니까요.

3

반달표 스타킹의 1971년도 광고엔 '젊음과 미의 상징'이란 브랜드 슬로건이 붙어 있는 게 보입니다. 여학생용 스타킹 광고입니다. 아마도 그 당시 스타킹의 가장 중요한 소비자는 그들이었을 것입니다.

'하니 스타킹'이란 이름도 보이고 '차밍 스타킹' '팬티/판탈롱 스타킹'이란 로고 타입도 눈에 들어옵니다. 학생용 제품 광고답게 단정한 여고생

모델이 보입니다. 수줍게 웃고 있는 그 얼굴에서 풋풋한 소녀의 꿈이 읽힙니다.

그 얼굴이 미국 시인 존. C. 랜섬의 「파랑 아가씨Blue Girls」를 생각나게 합니다. 갓 입학한 새내기 여학생들의 젊음과 아름다움을 찬탄하며, 그들에게 그 금쪽같은 시간을 모쪼록 소중히 쓰도록 당부하는 내용의 시입니다.

마지막 연이 재미있습니다. 여자의 젊은 날이 얼마나 빨리 스러져버리는지를 마냥 팔랑거리는 아가씨들에게 참으로 진지하게 가르쳐주고 싶어하는 대목입니다.

실화 한 토막을 들려주겠다.
무서운 독설가 여인을 나는 안다.
푸른 눈동자는 퇴락하여 희부예진 눈,

퇴색한 모든 완벽,
그러나 그녀가 너희 누구보다도
아름다웠던 적이 그리 오래지도 않단다.

눈 깜짝할 사이에 '세일러복'과 '까만 스타킹', 그리고 '오리표 운동화'의 세월이 가고 '돌체 앤 가바나Dolce & Gabbana' '피시 넷fish-net'이나 '샤넬'로고가 프린트된 스타킹을 신어도 빛나기 어려운 시간이 참으로 빨리도 옵니다. 꽃무늬가 들어간 스타킹을 신어도 보고, 반짝이가 들어 있거나 광택이 눈부신 패션 스타킹까지 연신 신고 벗어보지만 수십 년을 걷거나 서 있던 다리는 불투명 타이즈를 신은 것처럼 그저 무겁기만 할 뿐입니다.

마침내 최후통첩을 고하노니!
스타킹이여
오늘은 내가 집어줄 줄 알고 기다리는 너
올이 풀린 줄도 모르고 양말 통에 앉아 있는 너
내 다리에 감겨 따스한 온기를 내뿜을 꿈에 젖어 있는 너

— 강은교, 「스타킹에게 고함」 중에서

우리나라 여자들은 평생 몇 켤레의 스타킹을 신을까요. 반달표의 시절만 하더라도 일회용 소모품에 불과하던 물건이 이제는 액세서리의 차원으로 올라섰다지요. 명품 바람은 스타킹에까지 불어와서 한 켤레에 십수만 원 하는 물건도 있다지요.

'최승희의 세월'에서 참 멀리도 왔습니다. '반달표의 세상'에서 언제 여기까지 왔는지 모르겠습니다.

범 표 운 동 화

1

〈천국의 아이들Children of Heaven〉이란 영화를 보았습니다. 장면마다 가슴을 저미는 감동이 있었습니다. 시종 눈물이 날 지경으로 아름다운 영화였습니다. 제가 좋아하는 스타일의 영화라서 저만 그런가 하고 인터넷에 올라온 관객들의 영화평을 뒤져보았습니다. 대부분 제 소감과 크게 다르지 않은 것들이었습니다.

물론 시큰둥한 반응들도 더러 있었지요. 청소년들의 의견으로 보이는 그 글들은 대개 뭐 이렇게 시시한 이야기가 영화가 되었는가를 따지고 있거나, 지루하기 짝이 없는 영화라고 하품 섞인 표정을 보이고 있었습니다.

중학생인 아들애의 생각이 궁금했습니다. 그 영화를 어떻게 보느냐는 애비의 물음에 녀석은 이렇게 대답하더군요. "슬펐어요. 이란의 현실이 꼭 우리나라 옛날이야기 같던데요. 못살던 시절요."

네까짓 녀석이 그 시절을 얼마나 안다고 '못살던 시절' 운운하느냐고 말꼬리를 잡자 자신을 너무 무시한다는 듯이 볼멘소리를 하더군요. 그러면서 덧붙이는 질문 하나. "그런데, 아빠. 그 영화가 해피엔딩인가요, 아닌가요?"

햄버거나 할리우드 문법에 익숙한 녀석이고 보면 당연한 질문이었지만, 제법 속이 있는 질문이기도 했습니다. 영화를 보신 분들은 잘 아시겠습니다만, 이야기는 아주 간단하지요. 한마디로 운동화 한 켤레를 통해 그려낸 가난한 날의 초상이라고 할까요.

누이의 해진 운동화를 기워가지고 돌아오는 길에 식료품 가게에 들른 오빠는 엄마가 사 오라는 감자를 고르느라 운동화가 고물장수의 리어카에 실려가는 걸 알지 못합니다. 잃어버린 것이지요.

눈앞이 캄캄한 일이었습니다. 빤한 집안 형편에 새 운동화를 사달라는 것은 언감생심! 어린 오누이가 고심 끝에 생각해낸 방법은 오빠의 낡아빠진 운동화를 함께 나누어 신는 것이었습니다. 오전반인 누이가 뒤도 돌아보지 않고 학교에서 돌아오면 골목 끝에 나와 목을 빼고 기다리던 오후반인 오빠는 그걸 받아 신고 쏜살같이 학교로 달렸습니다.

잃어버린 운동화를 신고 있는 아이를 발견했지만, 더 불쌍한 집 아이인 걸 알고는 돌려달라는 말조차 꺼내지 못합니다. 누이동생을 기다리다 번번이 지각을 하게 되는 오빠. 운동화가 오빠를 퇴학의 위기로까지 몰아세웁니다.

그러던 어느 날, 오빠는 빅뉴스를 듣게 됩니다. 운동화가 3등 상품으로 내걸린 '어린이 마라톤 대회'가 열린다는 소식이지요. 3등 상품은 반드시 자신의 것이어야 한다며 곡절 끝에 출전한 오빠는 누이의 소망을 안고 온 힘을 다해 달립니다.

그러나 불행히도(?) 일등. 운동화를 놓치고 맙니다. 카메라가 낙심천만인 오빠의 풀죽은 모습을 잡으며 영화는 끝날 채비를 합니다. 바로 그 무렴, 어렵사리 번 돈으로 새 운동화 한 켤레를 사서 들고 집으로 달려오는 아버지의 자전거가 보입니다.

당연히 그 운동화를 신고 뛸 듯이 기뻐하는 아이의 표정까지 보이겠지 싶었는데, 그런 기대를 여지없이 뭉개고 영화는 끝납니다. 제 아들애의 '해피엔딩인가, 아닌가' 하는 질문은 그래서 나온 것이지요.

아들 녀석 말처럼 영화 속의 운동화는 제가 겪은 한 시절의 비슷한 장면들을 고스란히 떠올리게 해주었습니다.

2

생각나십니까. 타이어표, 기차표, 말표, 범표, 오리표 따위의 상표로 떠오르는 고무신과 운동화의 시절. 저와 비슷한 연배의 사람들이면 말표, 범표의 기억이 가장 선명할 것입니다. 그런데 저는 아직도 궁금합니다. 왜 그 수많은 동물 중에 하필 말과 범이 상표가 되었을까?

그런 궁금증은 저로 하여금 터무니없는 추측을 낳게 만들기도 합니다. 범표나 말표는 맹호부대나 백마부대와 관계가 있지 않을까 하는 생각이 그것이지요. 물론 말도 되지 않는 억측입니다만, 억지로 갖다붙이면 그럴듯한 추리일 수도 있겠다는 생각으로 저 혼자 피식 웃곤 합니다.

그 시절이 어떤 시절이었습니까. 백마처럼 '신속'해야 했으며, 맹호처럼 '용맹무쌍'해야 하던 시절 아니었던가요. 한마디로 전투 정신 내지는 군인 정신이 필요했던 세상이었습니다. 그 시절 꼬맹이들이라면 범표나 말표 운동화를 신고 "아느냐 그 이름 맹호부대 용사들아"나 "달려간다 백마는 월남 땅으로"라는 파월 장병들의 군가를 동요처럼 따라 부르며 골목을 누볐을 것입니다.

또 어느 날인가는 '타이거 마스크' '황금박쥐' '우주소년 아톰' 혹은 '요괴인간'이 그려진 만화 슈즈를 신고 그 정의의 투사를 일컫는 이름들이 자신들의 이름이기나 한 것처럼 온 동네를 시끄럽게 하기도 했을 것입니다. 그렇다고 해서 그런 운동화들이 그 시절의 보편적인 브랜드였다는 이야기는 아닙니다.

그렇기는커녕 많은 어린이들에겐 그저 꿈의 상표일 뿐이었지요. 1인당 국민소득이 252달러(1970년도)에 불과하던 시절이었으니까요. 월남치마가 유행하던 세상에 어떤 여가수가 미니스커트를 입고 나타나서 나라 안의 이목을 집중시키던 시절이었습니다. 대다수의 사람들은 여전히 검거나 흰 고무신을 꿰고 있었지요.

먹고사는 일이 급선무인데 무엇을 입고 무엇을 신어야 자신이 더 돋보이고 개성적으로 보일까를 염두에 둔다는 것은 백일몽에 불과했습니다. 학교 운동장에서는 까만 고무신짝이 축구공보다 더 높이 날아올랐습니다. 더운 여름날의 하굣길, 고무신은 물가에서는 배가 되고, 모래톱에선 트럭이 되며 아이들의 장난감 노릇을 해주었습니다.

그렇게 놀다가 신발 한 짝이라도 잃게 되면 보통 일이 아니었습니다. 적어도 며칠은 맨발로 학교에 갈 각오를 하거나, 그렇지 않으면 밤늦도록 잃어버린 신발을 찾아 헤매지 않으면 안 되었습니다.

새 신을 장만하려면 장날이 돌아와야 하고, 그전에 어머니 아버지께 된통 호통을 들어야 하니까요. 학교 신발장에 벗어놓은 신발이 온데간데없이 사라지는 일이 곧잘 생겨나던 이유도 바로 그런 까닭이었을 것입니다.

3

자동차가 검은빛 일색이었듯이 고무신도 까만 것이 대부분이었습니다. 디자인의 개념도 없었고, 그런 것을 따질 사람도, 따질 겨를도 없었습니다. 신발의 크기조차 밀리미터로 따지지 않았습니다. 19문 반, 10문 7 하고 문수文數를 대면 그 신발이 내 발에 맞겠군 하는 식이었습니다.

어쩌면 발에다 신발을 맞추는 것이 아니라 신발에 발을 맞추어 신던 시절이었는지도 모릅니다. 마치 저 영화 속의 어린 누이 '자라'가 오빠 '알리'의 신발에 자신의 발을 꿰어 맞추듯이 말입니다.

생각해보면 오늘날의 우리는 그 고무신이나 운동화 덕에 여기까지 왔는지도 모릅니다. 땀에 젖어 미끌거리는 고무신을 철퍼덕거리며 달려온 덕택에, 저 알리의 운동화처럼 낡고 추레한 운동화를 신고 숨차게 학교로 달려간 까닭에 우리는 불과 한 세대 만에 국민소득 몇백 달러에서 1만 달러로 성장할 수 있었던 것은 아닐는지요.

따지고 보면 정말 그랬습니다. 무엇이 '메이드 인 코리아Made in Korea'를 만들었습니까. 신발은 우리나라를 일으켜세우는 데 가장 중요한 토대가 되었던 수출 드라이브 정책에 효자 노릇을 톡톡히 했습니다. 자동차 광고에서 신발이 비유의 그릇이 되고, 신발 광고에서 자동차가 아이디어의 모티브가 되기도 하듯이, 저 1970년대의 신발 수출은 결국 자동차 수출로 이어졌지요.

〈천국의 아이들〉의 감독 마지드 마지디Majid Majidy는 자신의 영화에 이런 헌사를 넣었더군요. '이 영화를 내 아버지, 할머니, 그리고 내 어린 시절에 바친다.' 그러고 보니 유난히 크고 맑아서 얼굴의 반은 눈인 것 같은 그 소년의 눈에 비치는 건 감독의 어린 시절이었습니다.

그 영화가 다시 한번 제게 가르쳐주고 있습니다. 빼거나 보태지 않고, 있는 그대로를 카메라에 담아낸다는 일이 얼마나 값진 수사법인가를 깨닫게 합니다. 그 깨달음은 다시, 우리는 얼마나 쉽게 잊어버리는가, 간직해야 할 것들을 얼마나 쉽게 기억 저편으로 밀쳐내는가 하는 물음으로 되돌아옵니다.

그것은 말표 고무신이나 범표 운동화의 세월은 왜 저렇게 아름다운 이야기로 엮어서 간직되지 못하는가 하는 질문이 되기도 합니다. 그 질문에 대한 답은 아무리 하찮은 물건 속에도 아버지나 할머니의 명찰처럼 지나간 세월의 이름표처럼 기억되고 간수되어야 할 것이 있음을 잊지 말아야 한다는 것이 아닐까요.

TV 광고에 지난 세월 모두를 걸었던 커머셜의 거장 윤석태 감독이 광고영상박물관에 남은 생애를 걸려는 이유를 짐작해봅니다.

베 스 타 나 볼

1

덩치가 큰 사람들은 가끔 공연한 손해를 봅니다. 시비가 붙어도 편을 들어주는 사람이 적고, 다소 억울하다 싶은 일을 당해도 자신을 약자나 피해자로 보아주는 사람이 많지 않습니다.

작은 사람과 싸움을 해도 그렇고 경쟁을 해도 그렇습니다. "덩치 큰 사람이 참게." "큰 사람이 져줘야지."

누구나 그럴 수밖에 없는 상황인데도 '덩칫값도 못한다' 하고, 당연히 그럴 수밖에 없는 행동을 해도 비겁한 사람 취급을 받습니다. 단체생활에서는 대표로 벌을 받기 일쑤고, 남보다 쉽게 눈에 띄어서 먼저 맞는 매의 임자가 될 때도 허다합니다.

체격이 큰 사람들은 상대방 혹은 주변 사람들의 편견이나 고정관념을 흔들어놓지 않아야 합니다. 그들은 곰살궂어도 안 되고, 꼼꼼하거나 자상해도 곤란합니다. 보통 사람의 곱절은 힘이 세야 하며 불의를 보면 참지 못하는 슈퍼맨이어야 합니다. 위험 앞에서도 의연해야 하고 공포 앞에서도 당당해야 합니다.

무서운 광경을 보아도 소스라치게 놀라면 안 되고, 어려운 일 앞에서도 머뭇머뭇하면 안 됩니다. 울어도 안 되고 눈물을 보여도 안 됩니다. 음식을 가려도 안 되고 건강을 챙기거나 몸을 사려도 안 됩니다. '덩치에 어울리지 않게'라는 말보다는 '역시!'라는 말을 들을 수 있어야 합니다.

아플 수도 없습니다. 몸이 크니까 아픈 데도 더 많으면 많았지 적지는 않을 텐데 아프다고 하면 곧이듣지 않습니다. "코끼리만한 사람이 아프긴 어디가 아파." 웬만한 상처나 통증의 호소는 엄살로 비치기 십상입니다. 그럴 때 코끼리는 외롭고 슬퍼집니다. 자신의 커다란 몸뚱이가 싫어집니다.

그렇게 알아주는 사람 하나 없는데 무슨 말을 해도 들어주고 믿어주는 사람이 있습니다. 어머니입니다. 세상의 모든 어머니 눈에는 환갑이 넘은 아들도 어린아이처럼 보입니다. 덩치가 남산만한 자식이 감기 기운이 조금 있다 해도 어머니는 걱정이 태산입니다. 강호동의 어머니도 오랜만에 아들을 보면 이렇게 말할 것입니다. "꼴이 왜 그러냐. 눈이 움푹한 게 얼굴이 반쪽이로구나."

어머니는 자식의 속까지 보지만 대개의 사람들은 겉만 보고 많은 것을 평가하려 합니다. 그래서 어떤 이는 생긴 것만으로 조조라 불리기도 하고, 몸집만으로 항우가 되기도 합니다. 임꺽정을 서림이로 오해하기도 하고 서림이를 임꺽정으로 잘못 보기도 합니다. 여자들도 마찬가지지요. 콩쥐와 팥쥐가 뒤바뀌는 경우도 있고 춘향이와 향단이가 헷갈리는 일도 있습니다.

몸이란 놈은 주인의 허락도 없이 제멋대로 자기소개를 해치웁니다. 결혼한 여자인데도 은근슬쩍 처녀라 말하고 국회의원인데 짐꾼이라고 말합니다. 옷이 몸을 거들고 나서면 사정은 더욱 복잡해집니다. 흰 가운을 입고 나란히 서 있으면 이발사와 의사의 구분이 어렵습니다. 예비군복을 입으면 세상 모든 남자들은 동물적 욕구에 충실한 존재가 됩니다. 옷이 사람을 만듭니다.

만든다는 말엔 꾸민다는 뜻이 포함되지요. 공작工作의 의미입니다. '옷이 날개'란 말도 있지 않습니까. 옷이 사람을 몰라보게 꾸며놓는다는 말이지요. 얼굴이나 몸매가 신분 상승을 하려면 옷의 도움 없이는 불가능하다는 말일 수도 있습니다.

그러나 요즘은 꼭 그렇지도 않은 것 같습니다. 얼굴과 몸매만 돋보이면 어떤 옷을 걸쳐도 멋지게 봐주는 세상. 육체가 날개인 세월 같습니다. 그래서 그렇게 극성스럽게들 얼굴과 몸매의 공작에 여념이 없는 것이겠지요. 타고난 몸을 딴판으로 만들고 싶어 안달이겠지요.

하기야 어느 시대인들 달랐겠습니까. 누군들 모두가 선망하는 디자인의 육체를 갖고 싶지 않겠습니까. 몸의 생김새 때문에 오해를 받거나 사회적으로 제값을 받고 싶지 않은 사람이 어디 있겠습니까.

2

요즘 젊은이들이 들으면 거짓말이라고 할지도 모르겠습니다만, 이 땅의 어느 시절엔 '살찌는 약'이 있었습니다. 광고도 있었습니다. TV 커머셜도 있었고, 극장용 애니메이션 광고도 있었습니다. 앞의 것은 이런 내용입니다.

해수욕장 풍경이 보입니다. 비키니 차림의 한 아가씨에 반한 두 사나이가 차례로 유혹의 휘파람을 붑니다. 휘파람 소리에 놀란 아가씨가 뒤를 돌아봅니다. 볼품없는 가슴에 힘을 불어넣으며 폼을 잡는 한 사나이를 발견하는 해변의 미녀. 한심하다는 듯이 콧방귀를 뀌고 돌아섭니다. 이번엔 다른 친구가 휘파람을 붑니다. 우람한 체격입니다. 만족스런 미소를 보내는 여인. 그렇게 눈이 맞은 남녀는 바다로 뛰어들고, 혼자 남은 남자는 저울에 올라앉아서 한숨을 쉽니다. 클로즈업되는 저울의 눈금, 45킬로그램. 이어서 근육질 친구의 호탕하게 웃는 얼굴 오버랩. 카피는 "누구나 부러워하는 이 풍만한 체격. 말라서 고민이라면 먹어서 살찌게 하는 약, 베스타나볼."

사실입니다. 요즘 같으면 부러움의 대상이어야 할 만큼 날씬하고 호리호리한 사람이 업신여김을 당하던 때가 있었습니다. 대개 '삐삐'나 '갈비씨'란 별명으로 놀림을 받던 사람들이었지요. 그런 사람들은 흔히 '피죽도 한 그릇 못 얻어먹은' 상相, '궁기窮氣가 흐르는 사람', 혹은 '빈貧티가 나는 인물'로 폄하되었습니다.

그러니 그 광고 속의 사내는 얼마나 가여운 인생입니까. 절대 빈곤의 세월이라서 모두가 마른 사람들인데 그 축에도 들지 못하는 말라깽이는 얼마나 살이 찌고 싶겠습니까. 그것이 얼마나 이루기 어려운 소망이면 약으로라도 해결해보라고 권유를 하겠습니까.

3

'베스타나볼' 광고는 그 무렵의 공동체 구성원에 대한 사회적 시선과 관점을 잘 보여줍니다. 베스타나볼의 TV 광고를 '피서지에서 생긴 일' 같은 애정영화라 한다면, 극장용 광고는 한편의 '사회극socio-drama'이라 할 수 있지요.

으리으리한 호텔 앞에 멋진 세단 승용차가 와서 멈춥니다. 문지기가 문을 열자 한 사내가 내립니다. 머리가 벗어지고 배가 불뚝 나온 뚱보입니다. 문지기가 허리를 굽혀 인사합니다. "어서 오십시오. 사장님!" 뚱보가 당황스러워하면서 뒤따라 내린 사내를 쳐다봅니다. 깡마른 체격의 그 사내가 불쾌한 표정을 짓습니다. 사실은 그가 사장이고, 뚱보는 비서입니다. '살찌는 약, 베스타나볼'이란 자막이 뜹니다.

이 광고에는 사장이면 사장답게 살집이 좀 있어야 하지 않겠느냐는 힐문이 들어있습니다. 뚱뚱하고 배가 나온 사람을 보면 누구나 이렇게 생각하던 시절이었으니까요. "아, 저 사람은 부자인가보다." "굉장히 높은 사람일 거야."

조금 엉뚱한 상상 하나를 보태본다면 그 시절은 무엇이든 큰 것을 선망하던 때가 아니었나 하는 생각이 듭니다. 왕만두, 왕사탕, 왕갈비…… 어떤 것이든 양volume이 우선이었습니다. 늘 부족하고 무엇이나 모자랐으니까요. 쓰레기 생산량을 늘리려 해도 재료가 부족했지요('쓰레기를 줄입시다'의 영어 표현 'Don't waste wastes'가 생각나는군요). 쓰레기가 될 음식도 없었고, 군살이 될 영양분도 없었습니다.

그럼에도 불구하고 사회가 요구하는 인물 규격에 대한 주문은 엄격했습니다. 사람을 보되 '틀frame'을 먼저 보았습니다. 국회의원을 뽑는 데에도 벽보 속의 사진만 뜯어보면 끝이던 사람들이 적지 않았습니다. "공화당 사람이 인물이 낫군. 신민당 후보는 소도둑놈처럼 생겨서 국회의원감이 아냐." 어린아이를 보고도 이렇게 말했습니다. "그 녀석 이마가 번듯한 게 이다음에 한자리 해먹겠다."

그것은 얼굴 이야기이면서 체모體貌에 관한 평가였습니다. 장관, 사장, 장군, 맏사위, 종부宗婦…… 어떤 사람을 고르든 시키든 그 이름에 가장 잘 어울리는 몸의 소유자를 찾아내려고 애를 썼으니까요. 어떤 역할이든 대부분은 이런 소리를 들어야 합격권에 들었습니다. "그 사람 풍채 한번 좋다." "참 복스러운 인상이군."

약을 먹고서라도 살 한번 쪄보고 싶어했던 그 시절. 그렇지만 그 사람들을 함부로 흉볼 수는 없습니다. 약을 먹어가며 살을 빼보려는 요즘 사람들을 무턱대고 나무랄 수 없듯이 말입니다. 몸은 어쩌면 한 사회의 공동소유일지도 모릅니다. 적어도 자기 혼자만이 소유권을 주장할 수는 있는 것은 아니지 싶습니다.

몸이 놀랬다

내가 그를 하인으로 부린 탓이다

새경도 주지 않았다

몇십 년 만에

제 끼에 밥 먹고

제때에 잠자고

제때에 일어났다

몸이 눈떴다

(어머니께서 다녀가셨다)

— 정진규, 「몸시詩 66 — 병원에서」 전문

비둘기호

1

이별의 풍경 중에서 가장 애틋하고 아름다운 것은 역시 부두의 이별입니다. 그것은 공항의 그것처럼 떠나는 사람의 모습을 일순에 놓쳐버릴 염려가 없어서 좋습니다. 고속버스 터미널처럼 황황히 서둘 일이 없어서 좋습니다. 떠나는 이는 뱃전에 올라 오래도록 손수건을 흔들고, 보내는 이는 수평선 너머로 떠나는 이의 모습을 하염없이 바라볼 수 있어서 좋습니다.

충분히 슬퍼하거나 안타까워할 수 있어서 좋습니다. 연락선은 천천히, 아주 천천히 미끄러져가기 때문입니다. 그만은 못하지만, 정거장의 이별 또한 마찬가지 이유로 아름답습니다. 출발하는 기차는 마치 사람처럼 차마 떨어지지 않는 걸음을 느릿느릿 떼어놓습니다.

차창에 바짝 붙어앉은 사람의 시선과 잰걸음으로 따라붙는 사람의 눈길이 서로를 쓸고 보듬을 시간을 줍니다. 눈물에 젖은 얼굴이나마 서로를 바라보며 헤어질 수 있게 해줍니다. 결국은 뿌리치고 갑니다만, 눈빛으로라도 매달려보게 만들어줍니다.

잘 있거라 나는 간다 이별의 말도 없이
떠나가는 새벽열차 대전발 0시 50분
세상은 잠이 들어 고요한 이 밤
나만이 소리치며 울 줄이야
아아아아 붙잡아도 뿌리치는 목포행 완행열차

— 김부해 작사·최치수 작곡, 〈대전 블루스〉 중에서

기차는 그만큼의 아량이 있습니다. 너무나 많은 이별을 보아온 까닭입니다. 헤어지는 사람들의 심사를 너무도 잘 헤아리는 까닭입니다. 행여 마음이 변하여 떠나지 않으려는 사람들을 위해 뛰어내려도 괜찮을 만한 속도로 움직입니다. 보내는 사람이 도저히 못 보내겠다고, 함께 가야겠다고 결심이 서면 냅다 뛰어올라도 좋을 만한 속도로 움직입니다.

물론 기차가 이별하는 사람들의 교통수단만은 아닙니다. 그러나 어딘가로 떠나자면 무엇인가를 남기고 가게 마련. 이별과 다를 바 없는 일이지요. 출발이란 말도 익숙한 날들, 또는 그런 세상과의 격리를 가리키는 다른 말 아닙니까.

대전발 0시 50분 열차로 목포를 향해 떠난다는 것은 대전이란 공간과의 이별, 대전에서 지낸 0시 49분 59초까지라는 시간과의 이별을 뜻합니다. 이별과 출발은 그렇게 동전의 앞뒷면처럼 붙어 지냅니다. 새해가 밝았다는 것은 우리는 이제 어젯밤과, 아니 지나간 해와 영영 헤어져버렸음을 낙관적으로 확인시키는 표현일지도 모릅니다.

정동진으로 가는 '해맞이 열차'는 그래서 그렇게 인기가 있는 것이겠요. 기차는 그렇게 기막힌 헤어짐과 새로운 만남의 기약을 참으로 진지하고도 아름답게 주선해줍니다.

그러나 기차라 해서 모두가 다 그런 것은 아니지요. 이 좁은 국토를 더 비좁게 만들면서 지상의 비행기처럼 달리고 있는 KTX에게도 '철마鐵馬'라는 이름의 기차가 갖고 있던 그런 따뜻한 가슴이 있는지 모르겠습니다.

새마을호와 무궁화호도 갖기 어렵던 마음인데 말입니다.

2

기차의 미덕은 아마도 '비둘기호'의 퇴장(2000년 11월)과 함께 사라져버린 것 같습니다. 한 사람의 손님이 있어도 멈춰 서고, 역무원 하나 없어도 정거장 푯말이 있는 곳이면 쉬어가던 비둘기. 어디로 갔을까요. 높은 하늘로 비상하기보다는 낮은 곳에서 사람들과의 친구 노릇을 더 즐기던 그 비둘기떼는.

일등의 자리를 마다하고 삼등 열차로 내려앉아서 민초民草들과 고락을 함께하던 그 사랑과 평화의 사도들은!(비둘기호란 명칭이 원래는 1967년 경부선 특급열차의 이름으로 지어졌다는 사실은 퍽 아이로니컬합니다.) 아무려나, 이제 그 비둘기를 추억하는 일은 마치 저 김광섭 시인의 「성북동 비둘기」를 읽는 것처럼 쓸쓸한 일만 같습니다.

"예전에는 사람을 성자聖者처럼 보고/ 사람 가까이/ 사람과 같이 사랑하고/ 사람과 같이 평화를 즐기던/ 사랑과 평화의 새 비둘기는/ 이제 산도 잃고 사람도 잃고/ 사랑과 평화의 사상까지/ 낳지 못하는 쫓기는 새가 되었다.”

독수리처럼 날렵하지도 못하고, 공작새처럼 화려하지도 못한 비둘기를 생각하는 일은 결국 속도에 관한 성찰이 됩니다. 그 성찰은 과속과 질주가 우리로 하여금 얼마나 많은 것을 잃고 놓쳐버리게 하는가를 살필 수 있게 합니다. 다음의 시는 속도가 얼마나 치명적인 손실에 이르는 병인가를 느끼게 합니다. 슬며시 주머니를 만져보고, 지갑을 뒤져보게 합니다. 지상에는 금전으로 셈할 수 없는 재화가 얼마나 많은가를 깨닫게 합니다.

> 급행열차를 놓친 것은 잘된 일이다
> 조그만 간이역의 늙은 역무원
> 바람에 흔들리는 노오란 들국화
> 애틋이 숨어 있는 쓸쓸한 아름다움
> 하마터면 나 모를 뻔하였지
>
> ─ 허영자, 「완행열차」 중에서

비둘기호는 초행의 나그네에게도 별 시시콜콜한 것까지 빼놓지 않고 챙겨주곤 했습니다. 어느 마을에 장이 섰는지를 일러주고, 정거장 화단에 피어난 맨드라미나 채송화 혹은 샐비어를 오래오래 바라볼 수 있게 해주었습니다. 정거장 이름표를 들여다보며, 어째서 이런 이름이 붙었으며 어떤 이야기를 품고 있는 것일까를 생각하게 했습니다.

3

'증산-별어곡-선평-정선-나전-여량-구절리'. 이 땅의 마지막 비둘기
호 열차가 날마다 만나고 헤어지던 땅 이름들입니다. 정선선旌善線의 정거
장 이름들이지요. 그렇습니다. 비둘기호는 승객이 세 사람, 네 사람이어도
좋다며 정선 아라리의 고장 그 깊고 아름다운 골짜기를 어슬렁어슬렁 오
갔습니다. 사람으로 치자면 팔자걸음으로 뒷짐지고 다녔습니다.

정선아라리를 부르며 다녔습니다. 여량餘糧에 들어서면 아우라지 뱃사
공의 노래를 따라 불렀습니다. 정거장 이름 좀 보세요. 이를테면 '별어곡別
於谷' 군이 옮기자면 '이별의 골짜기'쯤 될 것입니다. 얼마나 진저리쳐지게
아름다운 이름입니까.

지명이 아름답기로 말하자면, 비둘기호가 송정리에서 저녁놀 장엄한 너
른 들판을 거쳐 목포를 향해 달리던 철길 언저리를 빼놓기 어렵습니다. '나
주-다시-고막원-학교-무안-몽탄-명산-일로……' 그 가운데서도 오줌이
찔끔 나오게 고운 이름은 '학교'와 '몽탄'입니다.

'학교鶴橋'는 이름 그대로 '학 다리', '몽탄夢灘'은 '꿈 여울'이란 뜻이지요.
동화 속 마을 같지 않습니까. 무작정 내려서 고샅길을 걷다보면 쌍무지개
라도 보게 될 것만 같고요.

그럼에도 불구하고 세상은 이제 사람들을 그런 한가한 몽상에 빠지게
내버려두지 않을 모양입니다. 움직일 수 없는 사실은 이제 더이상 햇살 눈
부신 비둘기호 창가에 앉아 졸고 있을 수 없다는 것이지요. 이 땅의 방방곡
곡을 돋보기로 들여다보려면 자전거를 타고 배낭여행을 하거나, 걸어다니
는 길밖에 없다는 것이지요.

경부선 차창 밖으로 장에 나온 외할머니가 눈에 띄어도 어린이는 기차가 서는 군청이 있는 도시까지 갔다가 되돌아올 수밖에 없습니다. 기차는 이제 더이상 효도를 하지 않습니다. 청첩을 받고 길을 나선 늙으신 부모님들을 아들딸 대신 잔칫집이나 초상집까지 모시고 다니지 않습니다.

눈앞에서 헤엄치는 고래를 발견한 젊은이가 가까운 역에서 내리려 해도 기차를 세워주지 않습니다. 기찻길만 생각한다면 외갓집도 잔칫집도 초상집도 동해도 자꾸만 멀어지는 셈입니다.

술 마시고 노래하고 춤을 춰봐도
가슴에는 하나 가득 슬픔뿐이네
무엇을 할 것인가 둘러보아도
보이는 건 모두가 돌아앉았네
자 떠나자 동해 바다로
삼등 삼등 완행열차 기차를 타고

— 최인호 작사·송창식 작곡, 〈고래사냥〉 중에서

가버리고 없으니 더 보고 싶지 않습니까. 고래까지 잡아오던 비둘기였으니까요.

뿌리깊은 나무

1

1980년, 신군부의 강압적 조치로 문을 닫게 되거나 자신들의 신념 혹은 정체성과는 무관한 방향의 행로를 걷게 된 언론사는 방송국과 신문사만이 아니었습니다. 많은 잡지들이 피해를 입었지요. 잡지계도 쑥밭이 된 것입니다.

비유하자면, 가지를 잘린 나무도 있었고 허리가 부러져 힘없이 주저앉은 나무도 있었습니다. 오래된 나무도 있었고 이제 막 물이 오르기 시작하는 것들도 있었습니다. 입바른 소리만 골라 하는 잡지도 있었고 어떤 사람들의 아픈 대목만 골라서 들쑤시는 책도 있었습니다. 그 책도 『문학과지성』 『창작과비평』만큼이나 골치 아픈 책으로 여겨졌던 것일까요. 조금은 별난 잡지 『뿌리깊은 나무』(이하, 『뿌리……』)가 쓰러진 것도 그때였습니다.

1976년생이었으니 고작 다섯 살. 거목이 되고 싶었던 나무가 시절을 잘못 만나서 그토록 짧은 생애를 기록하고 문을 닫은 것입니다. 그럼에도 불구하고 요절한 천재 시인처럼, 자살한 인기 가수처럼 쉽게 잊히지 않는 이름입니다. 잊히기는커녕 이 나라 잡지 역사에 굵직한 획 하나를 그은 책으로, 출판이나 잡지를 공부하는 학생들의 의미 있는 연구 대상으로 끊임없이 반추되는 이름이지요.

『뿌리……』는 사람들의 눈을 놀라게 했습니다. 교과서를 빼곤 한결같이 세로쓰기 일색이던 시절, 그것은 처음 보는 편집 형태의 읽을거리였습니다. 잡지 최초의 가로쓰기. 그것은 혁명이었지요. 왕조시대 이래 붓글씨로 줄줄 내려쓰던 기록의 습관이 한 시대의 소실점 너머로 사라지고 있음을 의미하는 일이었습니다. 수직의 세월이 아니라 수평의 시대가 오고 있음을 예감케 하는 사건이었습니다.

녹두장군에 대한 일본 헌병의 취조 기록인 「전봉준 공초全琫準供草」나 독립지사들의 재판 기록 또는 민초들의 징용 문서 같은 것들로 떠오르는 시간들과 오늘의 시간을 명확히 구분해주는 일이었습니다.

아무려나, 순한문 아니면 일본 글자와 한자 혹은 한글과 한자가 뒤섞인 책들의 시기를 지나온 사람들에게 한글로만 된 이 잡지는 당혹스러울 만큼 놀라운 물건이었습니다. 신문 잡지는 물론 이 땅의 모든 읽을거리는 십중팔구 국한문혼용이었으니까요. 광고 역시 예외가 아니었습니다. 제약, 가전, 자동차…… 어떤 광고든지 중요한 단어는 모두 한자로 쓰였습니다.

어느 대기업은 토씨만 빼고는 모조리 한자로 카피를 쓰는 것으로 유명했지요. 그런 시절이었으니 한자에 자신이 없는 이들에게 이 잡지는 복음서처럼 보였을 것입니다. 머지않아서 말과 글의 세상이 완전히 뒤집히고 말 것이라는 황홀한 믿음을 갖게 했을 것입니다.

얼마나 행복했을까요. 그들에게 이 잡지는 어쩌면 보리 한 톨 섞이지 않은 하얀 쌀밥처럼 보였을지도 모를 일입니다. 그러나 이 잡지의 가치는 그런 데에만 있는 것이 아니었습니다. 칭찬받아 마땅한 대목은 이 책의 편집

방식이나 스타일보다는 책을 만드는 이들의 남다른 생각과 정성이었지요. '이 땅에 살기'가 어떤 의미를 갖는 일인지, 사람살이의 진정성이 어디 있는 일인지를 찾아 나선 길라잡이 두 사람의 진지한 탐색과 성찰의 태도였지요.

『뿌리……』의 독특함은 생각의 카메라가 발견한 앵글, 아니 '한창기'와 '윤구병'이라는 렌즈가 잡아낸 마음의 풍경에 있었습니다.

2

한창기(1936~1997). 그는 판소리의 고장 보성 사람답게 우리 것의 소중함을 아는 사람이었던 것 같습니다. 남의 나라 말(영어)솜씨로 남의 나라 책(브리태니커 백과사전)을 팔아 성공한 인생이었으나 모은 돈은 제 나라 사람들의 삶을 가꾸는 데에 쓰여야 한다고 생각한 사람이었던 모양입니다.

쉬운 일이 아닙니다. 부자라는 이유 하나로 저 성북동 간송미술관이나 한남동 삼성미술관 리움leeum'의 주인이 될 수 있는 것은 아니니까요. 그는 돈을 쓰되 가치 있게 쓸 줄 아는 사람이었다지요.

언필칭 돈을 '정승처럼 쓰는' 법을 알았던 사람이라고 할까요. 어쨌든 그가 관심을 두었던 '돈 쓰기'의 영역은 그 시절 일반적 기준의 그것과는 상당한 거리가 있었던 모양입니다. 그의 관심사는 주로 우리 문화의 효용과 가치 그리고 가능성을 깊이 이해하고 거기에 대한 자신의 신념을 펼쳐 나가는 데에 집중되었던 것이지요.

'뿌리깊은 나무'는 우리 문화의 바탕이 토박이 문화라고 믿습니다. 또 이 토박이 문화가 얄팍한 숨은 가치를 펼치어 우리의 살갗에 맞닿지 않은 고급문화의 그늘에서 시들지도 않고 이 시대를 휩쓰는 대중문화에 치이지도 않으면서, 변화가 주는 진보와 조화롭게 만나야만 우리 문화가 더 싱싱하게 뻗는다고 생각합니다.

—『뿌리깊은 나무』 창간사(1976) 중에서

『뿌리……』는 단순한 잡지의 차원을 넘어 새로운 정신적 의제agenda의 제시를 통해 이 땅의 삶과 꿈의 울타리를 넓혀보려던 일종의 '무브먼트 movement'적인 성격을 지녔다고 볼 수도 있을 것입니다. 쏟아져들어오는 서양의 지식과 문물을 걸러낼 변변한 필터도 없고 잣대도 없던 시절, 『뿌리……』에 보이는 다양한 '생활의 발견'은 우리 사회가 안고 있는 편견과 선입견 같은 것들을 보기 좋게 흔들어놓았지요.

추정컨대, 그런 도발은 한창기씨의 단독 범행이 아니었음이 분명해 보입니다. 그렇습니다. 한씨의 곁에는 젊고 유능한 철학자 윤구병씨가 있었던 것입니다.

남들은 침을 흘리는 대학교수직도 마다하고 지금은 산골짜기의 농부로 살아가는 그 사람 말입니다. 모던한 잡지의 편집실이나 대학 강단보다는 아무래도 흙과 풀과 별의 친구가 되는 것이 더 잘 어울리는 그의 성정이 그 책에 고스란히 배어들었을 것입니다.

저는 그이의 사람됨과 『뿌리……』의 이미지가 무척 많이 닮았다고 생각합니다. 경박한 컬러사진이기보다는 기품이 살아 있는 흑백사진으로 남고 싫어하는 조선 소나무가 함께 떠오르는 것도 그런 이유에서일 것입니다. 아니면 지금 그가 살고 있는 변산반도 곰소나 채석강, 혹은 내소사 그 무채색 하늘과 땅이 생각나기 때문인지도 모릅니다.

3

『뿌리……』는 된장 냄새를 구린내쯤으로 여기는 사람들에게 우리 전통문화도 잘만 갈고 닦아서 광택을 내면 서양 것 못지않게 세련된 것임을 일깨워주었습니다. '숨어사는 외톨박이' 시리즈 같은 기사를 통해 민중의 삶이 지니는 역동성을 들추어내면서 사람의 일에 하찮은 것과 뜻 없는 일이 있을 수 없음을 보여주었습니다.

시퍼런 생각의 날을 세워서, 으레 눌리고 감춰지고 따돌려지던 일과 사람들에 과감한 조명을 들이대기도 했습니다. 바로 그런 사람 '대동여지도의 김정호'에 바치겠다는 마음으로 엮어낸 『한국의 발견』이라는 팔도지리지는 앞으로도 쉽게 만들어질 수 있는 물건이 아니지요. 국토에 대한 관념의 사진틀을 집어던지고 우리네 삶의 진경眞境을 찾아 실존의 아름다움을 노래한 것은 온당한 평가를 받아야 할 일입니다.

무슨 일이나 그렇듯이, 남다른 발상과 그것의 실천엔 일종의 용기가 필요합니다. 그들의 광고가 그랬지요. 부고訃告에서나 쓰던 검은색의 굵다란 테를 자신들의 책 광고에 쓴 일은 (지금이야 별것 아닌 것처럼 보이지만) 어지간한 '결단적 사고'로는 불가능했을 것입니다.

그대로가 광고 헤드라인이기도 했던 기사 제목들 또한 번번이 뜨거운 화제의 대상이 되곤 했습니다. 대표적인 것이 '여자가 어째서 사람대접을 받아야 하나'! 생각해보십시오. 이 나라 여성들의 대다수가 아직은 자신의 이름 석 자보다는 '미스 김'이나 '예산댁' 또는 '공순이' '식순이'로 불리던 시절에 그런 광고가 얼마나 커다란 사회적 반향을 감수할 각오로 쓰였겠는지 말입니다.

거칠게 말해서, 『뿌리……』의 관심은 주로 숨어 있는 것, 잘 드러나지 않는 것에 있었던 모양입니다. 그것은 쉽게 눈에 띄지 않을 수밖에 없는 우리 사회 기층에 대한 반성적 인식과 변화를 향한 각성이기도 했을 것입니다. 여성과 하층민으로 대표되는 그들이 얼마나 커다란 힘의 원천인가에 주목한 것이라고 말해도 좋을 것입니다. 그것은 다름 아닌 '뿌리'와 '샘'을 생각하는 일이었습니다.

뿌리깊은 나무는 바람에 아니 움직이므로 꽃도 좋고 열매도 많나니
샘이 깊은 물은 가뭄에 아니 그치므로 냇물을 이뤄 바다에 가나니

—『용비어천가』제2장

잡지 『뿌리……』와 그 정신을 고스란히 계승한 『샘이 깊은 물』이란 제호題號가 매력적인 까닭도 둘 모두 멈춰 있는 정물靜物이 아니라 끊임없이 솟아나고 나아가는 생물生物이란 데 있지 않을까요. 그 태態가 진행형이란 데에 있는 것 아닐까요.

나무가 아름다운 것은 한자리에 가만히 서 있어도 끊임없이 손이나 몸을 흔들어 제 존재와 이웃들과의 관계를 확인시키기 때문일 것입니다. 샘

물이 사랑스러운 것은 긴 강으로 큰 바다로 나아가며 눈에 밟히는 천하 만
물을 빠짐없이 적시려는 꿈과 사랑이 있기 때문일 것입니다.

4

산 토 닌

1

겨울방학이 끝나면 담임인 여선생은 중국인 거리에 사는 아이들을 불러 학교 숙직실로 데리고 갔다. 그리고 숙직실 부엌 바닥에 웃통을 벗겨 엎드리게 하고는 미지근한 물을 사정없이 끼었었다. 귀 뒤, 목덜미, 발가락, 손톱 사이까지 탄가루가 없는 것을 확인하고서야 왕소름이 돋은 등허리를 찰싹찰싹 때리는 것으로 검사를 끝냈다. 우리는 킬킬대며 살비듬이 푸르르 떨어지는 내의를 머리부터 뒤집어썼다.

봄이 되자 나는 3학년이 되었다. 오전반이었기 때문에 한낮인 거리를 치옥이와 나는 어깨동무를 하고 천천히 걸어 집으로 돌아오고 있었다.

나는 커서 미용사가 될 거야.

삼거리의 미장원을 지날 때 치옥이가 노오란 목소리로 말했다.

회충약을 먹는 날이니 아침을 굶고 와야 해요. 선생의 지시대로 치옥이도 나도 빈속이었다.

공복감 때문일까, 산토닌을 먹었기 때문일까, 해인초 끓이는 냄새 때문일까. 햇빛도, 지나다니는 사람들의 얼굴도, 치마 밑으로 펄럭이며 기어드는 사나운 봄바람도 모두 노오랬다.

이 소설 속의 '치옥이와 나'는 이제 몇 살이나 되었을까요. 적어도 쉰은 넘었을 것입니다. 열 살 무렵에 '노오란 하늘빛'을 경험했다면, 그녀의 집 어딘가엔 이제 누렇게 변해버린 초등학교 졸업 앨범이 버려도 가져갈 사람 없는 세계문학전집과 함께 매캐한 먼지를 쓰고 있겠지요.

일찍 결혼한 사람이라면 성년이 된 자식들을 두었을 것입니다. 영화 〈고양이를 부탁해〉에 나오는 태희, 혜주, 지영이 걔네들만한 아이들 말입니다. 아니면, 비류와 온조 같은 쌍둥이 자매를 두었을 수도 있겠군요. 아무려나, 제 생각엔 그녀들이 아직도 그 동네에 살고 있을 것만 같습니다. 1호선 전철의 종착점인 인천역에 내리면 똑바로 올려다보이는 고갯마루에 말입니다.

이젠 번듯한 '패루牌樓'를 세우고, '원조 자장면'을 먹으러 오라며 관광객을 손짓하고 있는 우리나라 최초의 '차이나타운' 말입니다. 아니면 〈고양이를 부탁해〉에 빈번히 비치는 만석동 언저리에 살고 있는지도 모르지요.

아, '괭이부리'라고 말하면 더 쉽겠군요. 한때 베스트셀러로 큰 인기를 누린 책 『괭이부리말 아이들』의 괭이부리가 바로 그곳의 다른 이름이니까요. 원래는 섬猫島이었는데 개항이 되면서 육지가 된 곳입니다. 멧부리가 꼭 고양이처럼 생겼대서 그렇게 불렀다지요.

괭이부리의 저녁놀은 인천 팔경의 하나로 꼽힐 만큼 아름다웠다고 합니다만, 지금은 소나무 대신 공장 굴뚝이 숲을 이루고 있을 뿐입니다. 영화 속의 길 잃은 새끼고양이 티티의 앞날처럼, 고양이를 부탁하는 처녀애들의 혼란스런 스무 살처럼 노란 하늘이 있을 뿐입니다.

가난한 동네의 하늘은 노랗습니다. 초등학교 3학년 '치옥이와 나'의 하늘이 그랬고, 제가 다닌 고등학교 옥상 위에서 내려다보던 만석동 부두의 하늘이 그랬습니다. 그 하늘은 약을 먹어도 노랬고, 먹지 않아도 노랬습니다. 할머니가 약이라며 권하시던 담배 한 모금을 빨았을 때처럼 노랬습니다. 하늘만 노랗게 변하는 것이 아니라 안색도 노랗게 바뀌었습니다.

배가 고파도 그랬고, 배가 아파도 그랬습니다.

2

아이들이 배가 아프다고 하면 어른들은 대뜸 이렇게 받았습니다. "횟배로구나!" 횟배. 뱃속에 회충이 요동을 쳐서 그렇다는 것이었습니다.

하긴 달리 이유를 짚을 만한 대목도 없었습니다. 체하거나 얹힐 만큼 먹을 것도 없었고, 뱃속이 놀랄 만한 것을 먹을 기회도 없었으니까요. 그렇게 별 볼 일도 없는 뱃속에 뺏어 먹을 게 뭐 있다고 똬리를 틀고 앉아 있었는지 회충도 참 미련한 놈이란 생각이 듭니다.

미래를 짊어질 아이들의 참을 수 없는 고통을 보다 못한 정부가 나섰습니다. 기생충 검사를 위해 채변採便 봉투를 거두어 가고, 그것을 토대로 대대적인 '기생충 박멸 작전'이 실시되었습니다. 그런 날의 학교는 보건소와 다름없었고, 교실은 약국이었습니다.

"너는 회충, 요충!" "너는 회충, 편충!" 국가의 판정에 따른 선고에 이어 각각의 형량刑量이 정해졌습니다. "너는 삼십 알, 너는 오십 알!" 다소의 차이는 있었으나 대부분 한 움큼씩의 구충제를 받아먹어야 했습니다. 아, 그 이름 '산토닌^{Santonin}'!

문제는 다음날이었습니다. 그 시절의 '쥐잡기'가 그랬듯이 정부는 '구충 작전'의 전과^{戰果}를 즉각 확인하고 싶어했습니다. 몇 마리가 나왔는지 보고를 해야 했지요.

요즘의 구충제는 '딱 한 알, 딱 한 번'에 온갖 기생충을 귀신도 모르게 쓸어버립니다만, 그 시절의 약들은 생포만 해놓고 나 몰라라 하는 약들이 대부분이었습니다. 당연히 그 흉측한 몰골의 기생충들이 원형 그대로 내 몸을 빠져나가는 광경을 목격하면서 그것들의 수효까지를 헤아릴 수 있었지요.

거리의 약장수들은 그 실물^{實物}의 힘을 이용하여 마음 약한 부모들을 꼼짝 못하게 만들었습니다. 가령 엄청나게 큰 회충이 들어 있는 유리병을 치켜들어 보이며 이렇게 겁을 주곤 했지요.

"자, 이런 놈이 아이들 몸속에 들어 있다고 생각해보십시오. 무섭지 않습니까. 최악의 경우엔 목숨까지 위협할 수 있습니다." 그런 말을 듣고 주머니에서 돈을 꺼내지 않을 부모가 있었을까요.

어쨌거나, 그 시절 이 땅의 기생충은 퍽이나 당당하게 살았습니다. 빌붙어 사는 기생충^{寄生蟲} 주제에 주인의 눈치도 아니 보고, 두 다리 쭉 뻗고 살았던 것이지요. 한마디로 '괜찮은' 셋방살이였습니다. 늙은 약이라 얕보인 걸까요. 1849년에 화이자^{Pfizer}가 만든 구충제 '산토닌' 당의정의 위력도 그들에겐 뭐 그리 두려울 것도 없었던 모양이었습니다.

3

반갑지 않은 소식 하나를 들었습니다. 기생충, 그것들이 돌아오고 있답니다. 회충, 편충, 십이지장충처럼 좀 뻔뻔스럽긴 하지만 그래도 극악무도하지는 않은 옛날의 그놈들은 사라지고 있는데, 정말로 무시무시한 것들은 여전히 살아남아서 점점 더 기승을 부리고 있다는 것입니다.

이를테면 간암을 유발하는 '간흡충(간디스토마)', 어린이의 5~10퍼센트가 감염되었다는 '요충' 등이 대표적인 예랍니다. 특기할 만한 사실은 그 가공할 기생충들의 면면을 보면 희한한 방법으로 건강을 챙기는 사람들과 동물의 유별난 부위를 밝히는 사람들을 노리는 놈들이 대부분이란 것입니다.

뱀이나 개구리를 생식할 때 따라오는 '고충' '서울주걱흡충', 멧돼지를 조심해야 하는 '선모충', 민물고기 회를 경계해야 하는 '광절열두조충', 바다 생선회에 숨어올 수도 있는 '고래회충'…… 탐욕은 새로운 기생충의 온실입니다. 냄새 진동하는 곳에 파리가 끓듯이 욕심 그득한 뱃속에 기생충이 알을 낳습니다.

어찌 보면 요즘의 우리가 '횟배'에 휘발유를 마시기도 했던 예전 사람들보다 더 미련한 사람들인지도 모릅니다. '니코틴'으로 횟배를 다스리려던 「날개」의 작가 이상李箱보다 더 이상異常한 행동을 하는 사람들인지도 모릅니다. 의학이 경고합니다. 기생충 중에는 집주인을 아주 다른 세상으로 보내버리는 악질도 많다고 말입니다.

이제 '산토닌'의 성화 따위에 순순히 물러날 만큼 순진한 기생충은 없답니다. 마치 감기 바이러스가 갈수록 내성을 키우고, 예측 불가능한 코드의 변종으로 모습을 바꿔감으로써 현대의학의 체면을 구겨놓는 것처럼 기생충도 날이 갈수록 교활해져가는 모양입니다.

그러니 어쩌겠습니까. 세상 사람 모두가 먹는 음식이 아니거든 먹지 말 것이며, 수상한 음식이거든 멀리 밀쳐버리는 것이 상책일 것입니다. '최후의 만찬'이 될 수도 있으니까요. 얼굴만 노래지는 것이 아니라 옷 색깔도 그렇게 변할지 모르니까요.

한방韓方에서 탁월한 구충 효과를 인정받는 비자榧子나 해인초海人草 정도로도 능히 다스릴 수 있는 기생충이라면 잠깐씩 뱃속에다 길러보는 것도 재미있을지 모르겠군요. 누렇게 변해가는 흑백사진 속의 유년의 하늘을 불러오고 싶다면 말입니다.

토요일이어서 오전 수업뿐이었다. 회충약을 먹는 날이니 아침은 굶고 와요. 배가 부른 회충은 약을 받아먹지 않아요.

사람들은 이제는 집을 훨씬 덜 지었으나 해인초 끓이는 냄새는 빠지지 않는 염색 물감처럼 공기를 노랗게 착색시키고 있었다. 햇빛이 노랗게 끓는 거리에, 자주 멈춰 서서 침을 뱉으며 나는 중얼거렸다.

회충이 지랄을 하나봐.

—앞의 소설

삼강하드 혹은 쮸쮸바

1

시 한 편을 읽다가 뜬금없이 이런 생각을 하게 되었습니다. '여름이면 사람들은 둘 중에 하나가 된다. 태양을 먹는 사람이거나 태양의 먹잇감. 나도 한때 전자였으나 이젠 명백히 후자다.' 저로 하여금 그런 생각에 이르게 만든 시가 여기 있습니다. 먹는 사람과 먹히는 사람 그 양쪽이 아주 잘 보이는 여름날의 삽화입니다.

> 한 꼬마가 아이스케키를 쭉쭉 빨면서
> 땡볕 속을 걸어온다
> 두 뺨이 햇볕을 쭉쭉 빨아먹는다
> 팔과 종아리가 햇볕을 쭉쭉 빨아먹는다
> 송사리떼처럼 햇볕을 쪼아먹으려 솟구치는 피톨들
>
> ─황인숙, 「아, 해가 나를」 중에서

어른은 태양의 밥이지만 어린이는 당당한 맞수입니다. 어린이의 장난기와 호기심 그리고 모험 정신은 식욕에서도 그대로 드러납니다. 어른의 양식이 고작 밥과 나물, 고기와 술인데 비해 아이들은 먹지 못하는 것이 없습니다.

그래서 아이들은 '하늘 향해 두 팔 벌린 나무들같이(강소천 작사, 나운영 곡, 〈어린이 노래〉)' 햇볕까지 먹고 삽니다. 벌겋게 달아오른 두 뺨, 검게 그을린 팔뚝과 종아리, 온몸으로 해를 먹습니다. 그렇기에, 여름날의 아이들은 온몸이 불덩어리입니다. 밖에서 돌아온 아이들 몸에선 단내가 날 지경이지요. 해서, 어른들은 아이들이 가까이 오는 것을 싫어합니다.

땀과 흙먼지로 뒤범벅인 아이들의 얼굴을 쳐다보면 더 더워지기 때문입니다. 당장 씻으라고 성화를 해대지만, 아이들은 들은 척도 하지 않습니다. 뉘 집 개가 짖느냐고 찬장이나 뒤질 뿐이지요. 부엌을 다 뒤져봐도 별것이 없는지 찬물만 한 바가지 벌컥벌컥 들이켭니다.

그것으로 성에 차지 않는지 손을 내밉니다. 부모가 기분 좋은 날이라면 그 손바닥에 동전 두어 개가 얹히겠지만 대개는 허탕입니다. 방학 숙제는 안 하고 놀기만 한다며 꾸중이나 듣기 십상이지요. 다행히 얻었다면 그것은 '께끼(아이스케이크)나 하드' 값이 됩니다.

아이스케키. 그저 시원하다는 것 말고는 맛을 설명하기 어려운 물건이었지요. 아니 너무나 '복잡 미묘'해서 한마디로 형언할 수 없는 맛이었는지도 모릅니다. 누가 이런 이야기를 하더군요. 아이스케키의 맛은 한 가지지만 막대기의 맛은 세 가지나 된다고 말입니다.

'아이스케키맛, 막대기맛, 손 땟국맛.' 싱거운 소리라고 구겨버릴 수도 있지만, 가만가만 생각해보면 틀린 말이 아니라는 생각이 듭니다. 특히 '손 땟국맛'! 그 표현의 리얼리티는 가히 다큐멘터리 사진의 그것에 견줄 만합니다.

2

새카만 손, 새카만 얼굴로 아이스케키 막대기를 오래도록 핥던 아이들은 햇볕을 먹고 자라서 이젠 어른이 되었겠지요. 미당 서정주식으로 말하자면 '그들을 키운 것은 팔 할이 햇볕'이라 해야 할 것입니다. 그렇게 뜨거운 광합성의 여름들이 다 지나면 아이는 아이의 허물을 벗고 어른이 되었지요.

어른이 되고 나면 맨몸으로 태양과 맞서는 것이 싫어집니다. 아니 두려워집니다. 해에게 잡아먹히지 않으려고 기를 쓰게 됩니다. 뙤약볕에 발각되지 않으려고 그늘만 골라 다닙니다. 선글라스를 쓰고 챙이 넓은 모자를 씁니다. 양산을 씁니다. '선크림'을 바릅니다. 겁이 많은 사람들은 긴소매 옷도 마다하지 않습니다. 그러나 아무리 그렇게 중무장을 하고 나서봐야 어른들은 태양의 적수가 되질 못합니다.

햇볕을 두려워하거나 싫어하는 눈치가 보이는 사람일수록 집요하게 따라다니며 괴롭힙니다. 뙤약볕 아래서 한나절 공을 차고 새카맣게 그을린 얼굴로 산과 들을 쏘다니던 소년 전사戰士, 이글거리는 태양 아래 온몸을 내맡기고 살갗을 굽던 청년 투사의 시절이 가면 태양 앞에 무력하기 짝이 없는 어른의 시간이 시작됩니다. 해에게 무릎을 꿇는 그 순간부터지요.

태양은 청춘의 수분과 탄력을 전리품으로 거둬갑니다. 세월의 패자에겐 주름진 얼굴과 늘어진 피부가 남을 뿐입니다. 그러고 보니 생명을 키우고 거두는 것 모두가 태양의 과업이군요. 수많은 목숨들에게 무상無償의 에너지를 제공하고, 빌려주었던 자연의 힘을 환수還收하는 일까지 모두 태양의 몫이군요.

태양과 맞서 싸우려면 물의 힘을 빌려야 했습니다. 그래서 운동장 끝이나 공원 한구석의 수돗가는 언제나 몸이 뜨거운 아이들로 시끄러웠지요. 뱃속 가득 물이 출렁거려야 수도꼭지에서 입을 떼던 아이들. 그들이 물을 먹는 모습은 탱크에 물을 담는 소방차를 닮았었습니다. 그런 순간의 수돗물맛은 어떤 청량음료와도 비길 수가 없었지요. 그야말로 다디단 생명수였습니다.

도시 아이들의 수돗물은 시골 아이들이 선뜻 엎드려서 입을 대고 마시는 시냇물이나 다를 바가 없었습니다. 수질이나 물맛을 따지던 시절도 아니었고, 따져봐야 수돗물 말고는 선택의 여지도 없었으니까요. 요즘처럼 사 먹을 물이 있는 것도 아니고 정수기가 있는 세상도 아니었으니까요. 식수원인 강물의 오염도 오늘날 같지는 않아서 수돗물을 의심하거나 꺼리는 사람도 별로 없었습니다.

미적지근한 수돗물맛에도 불만이 없는 사람들이 그것을 얼려서 내놓은 물건을 마다할 이유가 있겠습니까. 아이스케키. 그 단순 명료한 맛에 홀려 바보스러울 정도로 황홀한 표정을 지어가면서 정성껏 물고 뜯고 빨았지요.

그저 딱딱하게 얼렸을 뿐, 빙과氷菓라는 이름이 무색해지는 물건이었지만 그까짓 얼음과자 하나에도 아이들은 쉽게 비굴해졌습니다. 뻐기듯이, 사탕 먹듯이 천천히 아껴가면서 막대기를 핥는 모습과 그것을 침흘리며 바라보는 아이의 표정은 뼈다귀를 핥고 있는 강아지와 그것을 바라보며 입맛을 다시는 강아지를 생각나게 했습니다.

그래서 붙은 별명일까요. '물 뼈다귀'.

3

아이스케키의 체면을 살려준 것은 '삼강하드'(1962)였습니다. 붕어빵 수준으로 찍혀 나오던 얼음과자가 위생적인 시스템을 갖춘 대단위 공장에서 쏟아져나오게 된 첫번째 케이스니까요. 아이스케키가 가내공업의 산물에서 빙과 산업 시대의 개막을 알리는 대표 상품으로 차원이 달라졌다는 뜻입니다.

하지만 1960년대 빙과 시장의 주도권은 여전히 쌀집이나 연탄집 혹은 얼음 가게 주인과 별반 다를 바 없는 군소 업자들 손에 있었습니다. '아-이-스-께-끼'를 외치고 다니던 행상行商들의 행동반경이 시장의 크기였습니다. '서영보(서울 영등포 보건소) 허가번호 제7호 맛나당' 따위의 업체 이름으로 상표를 대신하던 물건들이 더위에 지친 사람들의 욕구를 지배하던 시절이었지요.

빙과 시장을 흔드는 결정적 사건들은 1970년대 들어서면서 줄을 이었습니다. 그 신호탄이 저 유명한 '부라보콘'의 탄생. 아이스크림이 그 딱딱한 '께끼나 하드' 시장을 녹이기 시작하지요. 입안에 넣으면 스르륵 녹아버리는 것과 열심히 깨물거나 빨아야 하는 것의 대결. 부드러운 것과 단단한 것의 싸움이었습니다.

좋은 맛을 보면 더 좋은 맛을 찾게 되는 법. 1970년대 중반을 넘어서면서부터는 이 땅의 아이들도 슬슬 '골라 먹는' 즐거움에 눈을 뜨게 됩니다. '부라보콘'을 먹을까, '누가바'(1974)나 '바밤바'(1976)를 먹을까? 아니면 '아이차'(1975)? '쮸쮸바'(1976)?

제가 지금 그 시절의 꼬맹이라면 무얼 먹을까를 생각해봅니다. 상점의 냉장고 문을 열고 이것저것을 들었다 놓았다 하면서 한참을 행복한 고민에 빠질 테지요. 그것은 마치 그 시절 빙과류의 대표 브랜드 하나를 뽑아보라는 주문처럼 쉽지 않은 문제일 것입니다.

저는 '쮸쮸바'를 먹겠습니다. 연필 모양으로 생긴 '펜슬형' 빙과의 대명사, 쮸쮸바. 오늘날까지도 통하는 이름이지요. 같은 종류로 나이도 한 살 더 먹은 '아이차바'가 있지만 '아이차'는 '쮸쮸'를 이기기 어렵지요. 선택의 저울이 대번에 기웁니다. 이름의 힘입니다.

'아이차'가 그저 빙과의 기본적 속성을 그리고 있는 것에 비해 '쮸쮸'는 소비자들 마음속에 들어갔다가 나온 이름입니다. 어린이 혹은 오래오래 어린이로 살고 싶은 사람들의 욕구와 동기를 기묘하게 자극합니다. 아이스크림을 먹으며 걸어오는 아이가 보입니다. 아니 '쮸쮸바'를 먹으며 걸어오는 아이입니다. 어린 날의 제 모습을 닮았습니다. 아니, 어린 날의 저입니다.

삼중당문고

1

제가 다닌 학교 도서관에는 '양치광문고'란 것이 있습니다. 책을 기증한 분의 이름을 따서 한군데에 모아놓은 책들의 이름이지요. 그러나 그 문고에 대해 제가 알고 있는 것은 '양치광'이란 분이 재일교포였다는 것과 그분의 책들이 주로 농업 분야에 관련된 서적들이란 정도입니다.

그럼에도 불구하고 이십여 년이 지난 지금까지 그 '문고'의 이름이 제 머릿속에 선명히 남아 있는 까닭은 무엇일까요. 그분의 성함이 워낙 독특해서 그럴 수도 있겠습니다만, 단지 그 때문만은 아닐 것입니다. 생각해보건대 세상에 왔다 가면서 그렇게 의미 있는 흔적 하나를 두고 간다는 것이 어린 마음에도 무척이나 근사하게 느껴졌던 모양입니다.

버리고 떠나는 것들은 대개 세상에 짐이 되거나 누累가 되기 쉬운데, 오히려 남은 사람들의 에너지가 된다는 것이 얼마나 아름다운 일인가 하는 생각도 들었을 것입니다. 그것은 마치 이즈음 우리가 간혹 전해 듣는 미담이 지니는 감동적 요소와 크게 다르지 않아 보입니다.

이를테면 평생 김밥을 팔아 모은 돈을 어느 대학에 흔쾌히 내놓고 가시는 어떤 할머니, 시신까지도 후학들에게 내놓으며 돌아갈 준비를 하는 어떤 고마운 선생님…… 우리들의 속된 삶을 한없이 왜소하게 만들고, 부끄럽게 만들며, 가슴을 뭉클거리게 만드는 그런 분들의 이야기 말입니다.

누군가를 위해 몸 바쳐 죽는 의사義死의 숭고함이야 더 말할 나위도 없겠습니다만, 한 생애를 통해 생명처럼 지켜온 어떤 것을 초개草芥처럼 던지고 가는 죽음 역시 참으로 아름다운 마감임에 틀림없습니다.

그런데 이런 일도 있군요. 수십 년을 언론에 종사하다 물러난 어떤 분이 자신의 장서藏書를 내놓겠다는 뜻을 여러 곳에 밝혔는데 선뜻 책을 실어가겠다고 나서는 데가 없더랍니다. 세상에! 모르긴 해도 언론인으로 평생을 보낸 분의 장서라면 질로든 양으로든 그리 만만한 것들은 아닐 텐데 그 진중한 선의를 받아들일 곳이 없다니!

그렇다면 이제 그 책들은 어디로 가서 살아야 하는가 하는 안타까움이 솟구칩니다. 주인이 죽으면 그의 책들도 함께 묻어주어야 할까요. 아니면 저 옛날 중국 어느 황제의 광폭한 세월처럼 그것들을 불살라 없애야 하는 걸까요. 너무 극단적인 비관론인 것 같긴 합니다만, 책들의 앞날은 아무래도 그리 밝아 보이지 않습니다. 특히 이 땅에서!

'특히 이 땅에서'라고 구태여 토를 다는 이유는 책의 앞길이 지금 이곳만큼 험난해 보이는 땅도 많지 않은 것 같기 때문입니다. 얼마 전 〈TV, 책을 말하다〉라는 어느 방송국의 다큐멘터리로 확인되었다시피 우리가 늘 비교하고 싶어하는 나라들이 책이란 물건에 쏟는 사랑과 정성은 부러울 정도로 극진하더군요.

단도직입적으로 말하겠습니다. 우리가 정말 부끄러워해야 할 것은 우리 국민들의 독서량이나 도서관 정책 따위가 아니란 것입니다. 그보다는 책에 대한 인식이지요. 인터넷이란 이름의 수도꼭지만 틀면 정보가 콸콸 쏟아져나오는데 뭣하러 골치 아프게 책을 들고 앉아야 하느냐고 짐짓 현명한 체하는 이들의 생각이 딱하다는 것이지요.

점입가경으로 책 읽는 사람을 시대착오적인 사람으로까지 대하는 그런 눈길이 가없이 연민스럽기만 합니다. 그런 생각과 태도가 얼마나 치명적인 위험을 내포한 것인지는 그 프로그램의 서두에서 증명된 바 있습니다.

세계적인 영화감독, 배우, 애니메이션 제작자, 디자이너…… 하나같이 우리 젊은이들이 선망하는 직업을 가진 그들이, 우리가 국가적 비즈니스로 내세우기까지 하는 분야에서 내로라하는 사람들이 이렇게 입을 모으더군요.

"나의 상상력은 책에서 나옵니다. 책이 아니었으면 오늘날의 나는 없을 것입니다." 그 순간 일본 '신조문고新潮文庫'의 슬로건이 생각났습니다. '상상력과 몇백 엔円-신조문고'.

'양치광문고'에서 일어난 생각이 이웃나라의 문고 이야기까지 왔습니다. 물론 이 두 '문고'의 뜻은 다르지요. 앞의 것이 보관이나 열람의 편의를 위해 부여된 명칭이라면, 뒤의 것은 국어사전이 이르는 대로 '출판물의 한 형식. 널리 보급할 것을 목적으로 값이 싸며, 휴대하기 좋게 조그맣고 총서처럼 엮은 책'을 가리키는 이름이지요.

나이 마흔쯤 된 분들이라면 후자의 뜻으로 떠오르는 이름들이 많을 것입니다. 박영문고, 서문문고, 정음문고, 을유문고…… 그 문고본의 세월을 가슴 저미는 그리움으로 다가서게 하는 시 한 편이 여기 있습니다.

2

열다섯 살,

하면 금세 떠오르는 삼중당문고

150원 했던 삼중당문고

수업 시간에 선생님 몰래, 두터운 교과서 사이에 끼워 읽었던 삼중당문고

특히 수학 시간마다 꺼내 읽은 아슬한 삼중당문고

위장병에 걸려 일 년간 휴학할 때 암포젤엠을 먹으며 읽은 삼중당문고

개미가 사과 껍질에 들러붙듯 천천히 핥아먹은 삼중당문고

간행 목록표에 붉은 연필로 읽은 것과 읽지 않은 것을 표시했던 삼중당문고

경제개발 몇 개년식으로 읽어간 삼중당문고

급우들이 신기해하는 것을 으쓱거리며 읽었던 삼중당문고

표지에 현대미술 작품을 많이 사용한 삼중당문고

깨알같이 작은 활자의 삼중당문고

검은 중학교 교복 호주머니에 꼭 들어맞던 삼중당문고

쉬는 시간 십 분마다 속독으로 읽어내려간 삼중당문고

방학중에 쌓아놓고 읽었던 삼중당문고

일주일에 세 번 여호와의 증인 집회에 다니며 읽은 삼중당문고

국기에 대한 경례를 하지 않는다고 교장실에 불리어가,

퇴학시키겠다던 엄포를 듣고 와서 펼친 삼중당문고

교련 문제로 고등학교 진학을 포기했을 때 곁에 있던 삼중당문고

건달이 되어 밤늦게 술에 취해 들어와 쓰다듬던 삼중당문고

용돈을 가지고 대구에 갈 때마다 무더기로 사 온 삼중당문고

책장에 빼곡히 꽂힌 삼중당문고

싸움질을 하고 피에 묻은 칼을 씻고 나서 뛰는 가슴으로 읽은 삼중당문고

처음 파출소에 갔다 왔을 때, 모두 불태우겠다고 어머니가 마당에 팽개친
삼중당문고

흙 묻은 채로 등산 배낭에 처넣어 친구 집에 숨겨둔 삼중당문고

소년원에 수감되어 다 읽지 못한 채 두고 온 때문에 안타까웠던 삼중당문고

어머니께 차입해달래서 읽은 삼중당문고

고참들의 눈치보며 읽은 삼중당문고

빳다 맞은 엉덩이를 어루만지며 읽은 삼중당문고

소년원 문을 나서며 옆구리에 수북이 끼고 나온 삼중당문고

머리칼이 길어질 때까지 골방에 틀어박혀 읽은 삼중당문고

삼성전자에 일하며 읽은 삼중당문고

문홍서림에 일하며 읽은 삼중당문고

레코드점 차려놓고 사장이 되어 읽은 삼중당문고

고등학교 검정고시 학원에 다니며 읽은 삼중당문고

고시 공부 때려치우고 읽은 삼중당문고

시 공부를 하면서 읽은 삼중당문고

데뷔하고 읽은 삼중당문고

시영 물물교환센터에 일하며 읽은 삼중당문고

박기영 형과 2인 시집을 내고 읽은 삼중당문고

계대 불문과 용숙이와 연애하며 잊지 않은 삼중당문고

쫄랑쫄랑 그녀의 강의실로 쫓아다니며 읽은 삼중당문고

여관 가서 읽은 삼중당문고

아침에 여관에서 나와 짜장면집 식탁 위에 올라앉던 삼중당문고

앞산공원 무궁화 휴게실에 일하며 읽은 삼중당문고

파란만장한 삼중당문고

너무 오래되어 곰팡내를 풍기는 삼중당문고

어느덧 이 작은 책은 이스트를 넣은 빵같이 커다랗게 부풀어 알 수 없는 것

이 되었네

집채만해진 삼중당문고

공룡같이 기괴한 삼중당문고

우주같이 신비로운 삼중당문고

그러나 나 죽으면

시커먼 배때기 속에 든 바람 모두 빠져나가고

졸아드는 풍선같이 작아져

삼중당문고만한 관 속에 들어가

붉은 흙 뒤집어쓰고 평안한 무덤이 되겠지

—장정일, 「삼중당문고」 전문

3

 '삼중당문고'란 이름에 향수를 갖는 분들이라면, 지금 어디서든 그 시절에 읽은 책값의 몇십 배, 아니 몇백 배를 진작 뽑아내며 엄청난 부가가치를 만들어내고 있는 분들일 것입니다. 어떤 공화국의 구호로만 미래가 보

일 뿐이던 저 70년대, 그저 안개 속 풍경 같던 그 시절 가쁜 숨을 몰아쉬던 사람들의 주머니 속에서 핸드백 속에서 그 책들은, 우리가 그래도 꿈꾸어야 할 이유를 가르쳐주었기 때문입니다.

도서관마다 책들이 차고 넘쳐 '양치광문고' 같은 문고의 존재 이유가 가물거리는데, 전자출판 시대가 왔는데 그 손바닥만한 책이 어떤 일을 더 하겠는가 싶지만 과연 그럴까요.

영국엔 '펭귄북스'가 있고, 미국엔 '모던 라이브러리'가 있으며, 프랑스엔 '크세즈'가 있고, 일본엔 '이와나미'가 있습니다. 아니, 우리가 휴대전화나 꽂고 다니는 주머니에 여전히 그 책들을 꽂고 다니는 독자들이 있습니다. 커피 한 잔 값이면 인생과 우주를 살 수 있는 그 책들, 문고본의 의미와 가치를 아직도 소중하게 생각하는 사람들이지요.

우리들이 너무나 쉽게 버리고 온 20세기 브랜드들 가운데에는 이제라도 다시 소리쳐 불러와야 할 이름들이 참 많은 것 같습니다.

삼천리호 자전거

1

이런 TV 광고를 기억하시는지요. 어떤 정보통신 회사의 광고입니다. 마을에라도 다녀오시는 길인지 경쾌하게 자전거 페달을 밟으며 달려가던 수녀님이, 가던 길을 되돌아와서는 걸어가고 있는 비구니 스님을 뒤에 태우고 간다는 이야기입니다. 참으로 아름답고도 평화로운 풍경이 아닐 수 없습니다. 저는 그 광고를 볼 때마다 언젠가 법정 스님이 명동성당에 가서 법문을 하시고 추기경님이 그 스님의 절에 가서 강론을 하시던 장면을 떠올렸습니다. 지금 다시 떠올려보아도 기분이 좋아지는 광고입니다.

그러나 저는 지금 그 커머셜의 매력이나 종교의 이상에 관해 말하려는 것이 아닙니다. 자전거 이야기를 하고 싶은 것입니다. 생각해보면 우리네 인생살이에서 자전거만큼 친숙하고 정겨운 사물도 드물지요. 어떤 도구가 그렇게 인간의 몸뚱이를 체온까지 고스란히 떠받치고 다니겠습니까. 그래서 우리는 자전거가 있는 풍경만으로도 한 사람의 성장 과정이 담긴 앨범 한 권을 어렵지 않게 꾸밀 수도 있습니다.

세발자전거를 타던 아이는 어느 날, 저를 싣고 앞으로 나아가는 그 물건이 참으로 싱겁다는 것을 깨닫게 됩니다. 쓰러질 걱정은 없지만, 제아무리

용을 써봐야 어른들의 걸음걸이만도 못하다는 것을 알아차리게 되는 것이지요. 이윽고 아이는 두 바퀴로 달리게 됩니다. 그러나 거기에도 거추장스런 것이 붙어 있습니다. 소위 보조바퀴란 것이지요. 그것마저 떼어내게 되었을 때 아이는 비로소 어른의 속도를 얻게 됩니다. 자신이 의도한 만큼의 속도를 만들어낼 수 있게 됩니다.

그런데 그것도 잠깐입니다. 오토바이나 자동차의 속도를 경험하게 되면서 자전거는 또 얼마나 시시한 탈것인가 하는 생각에 이르게 됩니다. 그렇다고 해서 자전거란 물건과 쉽게 헤어지는 것은 아닙니다. 헤어지기는커녕 마치 정해진 학습량을 채워야 하는 필수과목이라도 되는 것처럼 청춘의 많은 시간을 자전거와 함께 보냅니다. 이를테면 한껏 모양을 내고 연인을 만나러 간다든가, 슈퍼마켓이나 빵집에 간다든가 혹은 친구들과 어울려 공원 산책로를 빙빙 돈다든가…… 그때마다 자전거는 퍽이나 아름다운 추억의 그림을 만들어줍니다.

2

헬리콥터가 잠자리를 생각나게 하고, 자동차가 말이나 치타 같은 짐승을 연상하게 한다면 자전거는 소를 떠오르게 합니다. 그렇습니다. 참으로 온순하고 순종적인 그 수동의 탈것은 농부가 기르는 소를 닮았습니다. 자전거는 소처럼 아이가 몰아도 꾀를 부리지 않고, 여인네가 부려도 고분고분 말을 잘 듣습니다. 소몰이를 하는 데 면허가 필요하지 않듯이 자전거를 타는 일 또한 까다로운 절차가 있을 턱이 없습니다. 주인이 거나하게 한잔을 하고 불콰한 얼굴로 동구 밖 길을 내달려도 자전거는 까탈을 부리지 않습니다.

자전거를 소에 비유하는 일이 흥미로운 까닭은 우리네 지나간 세월 속에서 자전거는 정말 가축과도 같은 존재였다는 사실에 있습니다. 그리 오래된 세월도 아닙니다. 자전거 한 대가 농부의 소 한 마리처럼 재산목록에 오르던 시절, 자전거가 그만한 값어치를 훌륭히 해내던 시절 말입니다. 그렇기에 소가 없었다면 이 땅의 들판을 어떻게 다 갈아엎을 수 있었을까를 걱정하는 일이나, 자전거가 없었다면 그 험난한 보릿고개를 넘는 일이 얼마나 더 고통스러웠을까를 생각하는 일은 다르지 않아 보입니다.

상상해보십시오. 자전거마저 없었다면 흙먼지 풀풀 날리는 황톳길을 어찌 다 걸어다녔을까요. 봇짐 등짐 어떻게 다 이고 지고 다녔을까요. 별이 보이는 신새벽, 읍내 학교길 20리는 얼마나 더 멀었을까요. 자장면은 얼마나 더 오래 기다려야 했으며, 전보電報는 얼마나 느림보가 되어야 했을까요.

자전거는 실로 엄청난 노동을 했습니다. 이렇게 말할 때 떠오르는 영화 한 편이 있습니다. 네오리얼리즘Neorealism의 고전으로 통하는 영화 〈자전거 도둑〉입니다. 전후 이탈리아의 피폐한 시대상을 잘 보여주는 영화지요. 온 가족의 생계가 걸린 자전거를 잃어버리고 백방으로 찾아 헤매는 아버지와 아들의 눈물겨운 좌절과 방황. 급기야 남의 자전거를 훔치려다 실패하게 되는 아버지를 바라보는 아들의 슬픈 눈동자. 저는 그 영화를 보고 이제라도 영화 속 그 부자에게 우리 자전거 한 대를 부쳐줄 순 없을까 하는 터무니없는 상상을 한 적도 있습니다.

저들에겐 빵, 우리들에겐 밥일 뿐 영화 속 그들의 시간이 어쩌면 그렇게 우리의 한 세월과 같을까 하는 생각을 떨칠 수가 없었기 때문입니다. 그랬지요. 우리 근대화, 산업화의 역정 속에는 그런 그림들이 숱하게 많았습니다. 참 많은 가장들이 자전거 한 대로 온 식구의 끼니를 구해왔습니다. 그런 아버지들의 자전거가 살얼음 낀 개천을 건너 신작로를 달렸습니다. 지금은 헐려버린 청계천 고가도로 밑 자동차 숲 사이를 달렸습니다. 쌀을 싣고 달렸습니다. 연탄을 싣고 달렸습니다. 아버지 키만큼 높다란 짐을 싣고 달렸습니다. 그 자전거의 이름이 바로 삼천리호입니다.

3

삼천리호 자전거는 우리의 20세기를 설명하는 데 매우 유용한 코드임에 틀림없습니다. '소처럼' 일했다는 사실과 '삼천리'란 이름의 상징성이 그런 심증을 굳혀줍니다. 전자가 이 땅의 오늘이 있기까지의 '노동의 시간'을 상기시켜준다면, 후자는 '분단'이란 상처의 크기를 확인시켜줍니다. 삼천 리의 절반, 천오백 리는 아직도 자유로이 오갈 수 없는 땅이니까요.

그래서일까요. 그 자전거 회사는 이제 그 이름에 그다지 큰 미련이 없는 것 같습니다. 그 이름 대신 레저와 스포츠의 합성어쯤으로 보이는 외래어가 보입니다. 물론 그 이름에 대한 애정이 식어서 그런 것은 아닐 것입니다. 그보다는 이제 대부분의 자전거가 노동이나 운송의 수단으로보다는 놀이나 운동의 도구로 사용되는 까닭일 것입니다. 게다가 삼천리란 올드패션의 브랜드로는 세련된 마케팅을 해나가기 어렵겠다는 판단이 더해졌는지도 모를 일입니다.

그럼에도 불구하고 저는 섭섭하기 그지없습니다. 그 자전거의 이름이 마치 저 일제강점기 나라 잃은 백성들의 한없이 처진 어깨를 다소나마 펴게 해주었던 이름들만큼 각별하게 여겨지기 때문입니다. 말하자면 "보아라, 안창남이 비행기. 엄복동이 자전거" 같은 이름들 말입니다.

사실 이제는 아버지 시절처럼 쓰이는 자전거는 보기 어려워졌습니다. 굳이 찾아 나선다면 시골 초등학교 운동회 날, 교문 앞의 솜사탕 장수의 자전거나 만날 수 있을까요. 그런 자전거를 더 보고 싶다면 중국이나 인도 혹은 동남아로 가야 할 것입니다. 그런 나라들에는 아직도 아버지의 자전거들이 이뤄내는 풍경이 허다하니까요. 영화 〈시클로〉나 〈북경 자전거〉 같은 데서 보듯이 온몸을 피땀의 체인으로 굴려야 하는 그런 자전거들 말입니다.

그런 나라일수록 씩씩한 풍경이 더 많습니다. 출퇴근 시간이면 어디서 그렇게 쏟아져나오는지 도심 한복판의 도로를 가득 메우고 질주하는 자전거떼 말입니다. 그런 장면을 보고 있노라면 우리의 어제가 겹쳐 보이기도 하고 그들의 내일이 내다보이기도 해서 공연히 콧등이 찡해지기도 합니다.

이제는 오토바이떼로 바뀐 지 오래입니다만, 예전의 우리 포항제철이나 현대자동차 공장 문 앞의 아침 풍경을 보는 것 같은 기분입니다. 그럴 때마다 아시아의 자전거는 왜 저렇게 힘들거나 고통스럽게 달리는 걸까 하는 의문이 일어납니다.

자전거에는 인생에 동반되는 슬픔과 아픔 같은 것이 고루 스며 있습니다. 희망이 예비된 삶의 상처가 보이기도 하고, 파국에 이르는 사랑의 미학이 숨겨져 있기도 한 매력적인 오브제입니다. 〈시네마 천국〉 〈E.T〉 〈일

포스티노〉〈내일을 향해 쏴라〉…… 영화 속에서 그렇고, 광고 속에서도 그렇습니다. 그래서 우리는 자전거가 보이는 광고들에 쉽게 호감이나 애정을 갖게 되는지도 모릅니다. '그의 자전거가 내 가슴속으로 들어왔다'고 표현된 사랑의 느낌이나, 바퀴뿐인 자전거를 보여주며 '소리 없이 세상을 움직입니다'라고 말하는 어떤 기업광고에서 전해지는 공감은 바로 자전거의 체온에서 비롯되는 것만 같습니다.

다시 카피를 빌려 말하자면, 자전거는 진정 '체온이 담긴 철'로 이뤄진 물건이며 인격을 주어도 괜찮은 기계라는 생각이 듭니다. 그렇게 말하는 것이 허락된다면 삼천리호 자전거는 20세기를 우리와 함께 걷거나 달려온 정말 사랑스럽고 충실한 길동무의 이름이라 해도 좋지 않겠습니까.

삼 표 연 탄

1

'……구름다리-수색역-삼표연탄……' 일산 방면의 어느 버스 노선표에는 아직도 1970년대쯤을 지나고 있는 듯한 착각이 일게 하는 정류장 이름들이 있습니다. 이제는 잘 쓰이지 않는 '구름다리(육교)'라는 명칭이 그렇고, 영화 〈봄날은 간다〉에도 추억의 지명으로 비치고 있는 수색역이 그렇습니다.

어찌 보면 촌스럽다고 할 수도 있을 만큼 빛바랜 이름들이지요. 그중에도 삼표연탄이 특히 도드라져 보입니다만, 그렇게 우리 기억의 회로를 간지럽히는 이름들이 어디 수색역과 삼표연탄뿐이겠습니까.

대지극장, 나폴레옹제과, 수정약국, 청기와주유소 따위의 소박한 이름들이 세상이 어찌 바뀌든 아직도 의연히 제 구실을 다하고 있으니까요. 얼마나 대견한 일입니까. 광화문, 시청 앞, 서울역, 명동 입구, 대학로, 관세청, 예술의 전당 따위의 근엄한 이름들과 나란히 한 지역의 이름표를 대신하고 있는 상호들.

한 개인의 옥호屋號를 넘어 진작 만인의 자산이 되어버린 브랜드들 말입니다. 무서운 속도로 질주하는 세월은 벌써 어디만큼 가버렸어도, 마치 집

나간 남편이나 아들을 기다리는 어머니처럼 꼼짝도 않고 제자리를 지키고 있는 그런 풍경들 덕에 세상은 아직도 따뜻한 것이 아닌지 모르겠습니다. 아니, 그렇게 문명의 스피드를 줄여주는 것들이 있어서 저같이 굼뜨고 게으른 사람들도 세상 밖으로 아주 밀려나지 않는 것인지도 모릅니다.

저는 그렇게 멈춰 있는 것들이 고맙습니다. 정지되어 있는 시간의 정거장 수색역이 고맙고, 초라하고 쓸쓸했지만 그래도 따스했던 겨울의 이름표 삼표연탄이 고맙습니다. 어떤 시인은 그런 고마움을 이렇게 노래합니다.

어느덧 우리 식구는 서울을 지나가고 있다
수색은 우리 식구를 지나가지 않는다
수색은 아직도 삼표연탄과 극장, 역과 나무들이
그 옛날의 우리를 우두커니 바라본다
우리 식구에 수색이 모르는 사내아이가 태어났고
그때 첫아이는 영어를 배우는 중학생이 되었다

수색은 비가 내려도 가지 않는다
봄이 지나가도 오지 않는다 수색은 조용하다
그곳은 아직도 다행스레 수색일 뿐이다
모든 게 사라질 때 수색은 가지 않는다 우리만이 지나간다
더러 낯설게 자고 갔던 사람들은 그립고
이 세상 어디인가 살아가고 있을 것이고
컴컴해도 불안하지 않던 곳 옛 수색의 한낮

2

정거장은 남고, 정류장 이름도 남았으나 연탄공장은 갔습니다. 연탄지게나 리어카는 갔습니다. 연탄난로도 갔습니다. 연탄집게도 갔습니다. 연탄재도 갔습니다. 번개탄도 갔습니다. 연탄가스 중독도 갔습니다. 흔히 연탄불 그림 위에 쓰이던 불조심 표어 '꺼진 불도 다시 보자'도 갔습니다. 연탄 광고도 갔습니다.

연탄 한 장이 대여섯 식구의 따뜻한 밥과 잠자리를 만들어주던 시절은 갔습니다. 수고 많았습니다. 삼표연탄, 삼천리연탄, 대성연탄, 칠표연탄, 동원연탄, 정원연탄……

1988년까지만 해도 168개나 되던 강원도 탄광들이 하나둘 떠나고, 4만 4천 명이나 되던 광부들이 산도 물도 하늘도 검은 땅을 떠나가면서 석탄의 세월은 어렵지 않게 잊혔습니다. 정원연탄 이문공장이 폐쇄된 1991년부터 삼표연탄 수색공장이 문을 닫은 1999년 7월까지 도심권에 있던 7개 업체 16개 공장이 자취를 감춤으로써 연탄은 구경하기도 힘든 물건이 되었습니다. 얼굴이 검은 사람을 일컫던 '연탄'이란 별명도 듣기 힘들게 되었습니다.

그렇다고 해서 연탄이 아주 사라진 것은 아닙니다. 아직도 두 집에 한 집 꼴로 연탄을 때는 동네가 있고, 연탄지게를 지고 힘겹게 비탈을 오르는 사람들이 있으니까 말입니다.

그러나 대부분의 사람들에게 연탄은 이제 흑백사진 속의 기억처럼 흐릿해져만 갑니다. 당연한 일입니다. 그 시절을 즐거이 반추하고 싶은 사람이 어디 있겠습니까. 이름 그대로 겨울 공화국, 말도 아니게 춥던 그 겨울을 아무렇지도 않게 떠올리고 싶은 사람이 몇이나 되겠습니까.

하지만 다시 떠올려 찾아와야 할 것들이 있습니다. 참으로 뜨겁게 살았던 기억 같은 것들 말입니다. 그 시절만 해도 우리는 아래위 불구멍을 정확히 맞춰야 활활 타오르던 연탄처럼, 사람들끼리 서로의 춥고 고단한 마음의 구멍을 맞추고 들여다보며 살았습니다. 찬바람이 불면 '연탄은 들여놓았는지, 몇 장이나 장만했는지'를 인사처럼 물었고, 이웃이 한밤중에 불을 꺼뜨려서 발을 구르면 선뜻 자기집의 밑불을 빼서 건넸습니다. 눈이 내리고 빙판이 지면 행여 누군가 넘어질세라 다투어 연탄재를 깨서 뿌렸습니다.

옆집이 해가 떴는데도 기척이 없으면 연탄가스를 마신 것은 아닐까 하고 방문을 열어보는 것이 너무도 자연스러운 일이었습니다.

3

가르침 한두 가지 지니지 않은 물건이 어디 있겠습니까만, 연탄만큼 많은 미덕과 교훈을 보여주는 물건도 흔치 않을 것 같습니다. 엄청난 세월을 수천 길 땅속에서 갇혀 지내다 세상에 나오기 무섭게 제 몸을 태워야 하는 그 삶은 가히 성인聖人의 생애를 닮았다 해도 지나치지 않을 것입니다.

연탄은 희생과 겸양의 태도를 가르칩니다. 그렇게 소중한 운명을 타고나서도, 연탄은 그 누구한테도 젠체하거나 비싸게 굴지 않습니다. 거지 아이의 동전 몇 개에도 제 몸을 내줍니다.

1970년의 어느 연탄 광고에는 이런 카피가 보입니다. "해마다 서울 백만 가정의 겨울을 지킵니다." 아, 일 년이면 몇 장이나 되는 연탄이 스스로 소신공양燒身供養을 한 것일까요. 모든 연탄 광고가 한결같이 '화력 좋고 오래 탄다'는 것을 강조할 때, 그 약속을 지키기 위해 연탄은 그 뜨거운 불 속에서 얼마나 참고 견뎠을까요. 로고송으로까지 만들어진 "삼표, 삼표, 삼표연탄" 따위 자신의 이름값을 지키기 위해. '그해 겨울은 따뜻했네' 소리를 듣기 위해!

아, 그러나 생애가 눈물겹기로 말하자면 역시 사람들이지요. 탄광촌에서 청춘을 바치거나, 진폐증처럼 무서운 병에 시달려가며 일생을 시커멓게 태운 사람들 말입니다. 일터로 출근하는 것이 전쟁터에 나가는 것처럼 비장했고, 무사히 하루일을 마치고 돌아오는 것이 살아 돌아오는 병사처럼 비감했던 산업 전사들.

우리 근대화의 역사를 이야기할 때 어떤 삶의 기록인들 시시하게 다룰수 있겠습니까만, 한 장의 연탄을 둘러싼 사람들의 검은 땀방울 또한 큼직한 고딕체로 찍지 않으면 안 될 것입니다. 저 강원도 정선이나 태백의 탄광을 나온 한 덩어리의 석탄이 내 집 아궁이에 한 장의 연탄으로 들기까지, 스스로 불이 되었던 사람들을 뜨겁게 기억해야지요. 연탄이 '등신불等身佛'이었다면, 그들은 '보살菩薩'이었습니다.

또다른 말도 많고 많지만

삶이란

나 아닌 그 누구에게

기꺼이 연탄 한 장 되는 것

—안도현, 「연탄 한 장」 중에서

삼 학 소 주

1

박정만이란 시인이 있습니다. 아니, '있었다'고 해야겠군요. 지금은 가버리고 없기 때문입니다. 빛나는 서정 시인이었습니다만, 고작 사십몇 년을 살다간 사람입니다. 그의 생애(1946~1988)가 그렇게 터무니없이 짧아진 데엔 가슴 아픈 사연이 있습니다.

벌써 삼십 년쯤 지난 일입니다. 어떤 유명 작가의 신문 연재소설 한 대목이 문제가 되어 필화筆禍를 겪을 때 그도 함께 기관에 연행되어 심한 고문을 받습니다. 그 후유증으로 몸과 마음이 황폐해지고, 살림살이는 기울게 됩니다.

그러나 시인은 아름다운 세상에 대한 꿈까지 놓아버리진 않았습니다. 급기야 회생 불능의 큰 병을 얻어 사경을 헤매면서도 하룻밤에도 수십 편의 시를 써냈습니다. 그렇게 '접신接神의 경지에서 쏟아낸 시'들이 한꺼번에 몇 권의 시집으로 엮여지기도 했지요. 하지만 투명한 시심詩心 하나로 그 절망과 환멸의 시간들을 버텨내기란 역부족이었을 것입니다.

소주가 양식이 되어주었습니다. 그 무렵의 그에게 한 병의 소주는 한 그릇의 밥과 다르지 않았습니다. 아니 어쩌면 이길 수 없는 자신의 병마와 맞서 싸울 유일한 약이었는지도 모릅니다. 진작부터 곡기를 끊고 오로지 술로 쇠잔한 몸과 마음의 고통을 가리던 그였으니까요.

어제도 세 병 반의 술을 비웠다
비우고 비워도 마음은 비워지지 않았다 병만 깊어가고

늘어가는 병을 바라보며
깊어가는 병을 생각했다 봄꿈처럼
허망한 일에 꿈을 걸고 다시 봄이 오리라고
기다리는 일처럼 부질없는 일은 다시없다고

생각했다 일 초에 천 번도 넘는 죽음을
그리워하며, 그리워하며, 그리워하며,
그래도 기다릴 것이 남아 있는 법이라고
퀭한 눈에 힘을 주고 술잔을 기울이면서
백 번도 넘게 길을 떠났다

— 박정만, 「오늘의 병」 중에서

극한의 순간에도 그는 '기다릴 것이 남아 있는 법'이라는 믿음으로 슬픔을 희망의 에너지로 바꿔내려 했습니다. '일 초에 천 번도 넘는 죽음'을 경험하며 '백 번도 넘게' 넘나들던 이승과 저승의 갈림길에서 그의 울음은 백조의 노래가 되었습니다. 그러고는 "나는 사라진다, 저 광활한 우주 속으로"라는 자신의 시구詩句처럼 홀연히 사라졌습니다. 주막도 없는 세상으로 먼길을 떠났습니다.

그 시인과 두 글자가 같은 이름을 가진 대통령의 생애 최후의 장면에 어떤 위스키가 함께 보이는 것처럼, 그 불행한 시인의 마지막 뒷모습이 보이는 풍경엔 소주가 떠오릅니다. 위스키의 위엄이나 포도주의 평화, 맥주의 낭만 따위는 아무나 향유할 수 있는 것이 아니던 시절, 답답하고 고단하게 사는 민초들의 곁에 소주가 있었습니다.

물론 소주가 늘 그렇게 처절한 삶의 풍경 속에 놓였던 것은 아니었을 것입니다. 그런데 무슨 이유일까요. 진달래꽃 그늘이 환한 평상 위에서도, 벚꽃 놀이판의 돗자리 위에서도 소주 한 잔은 공연히 서럽고 매캐한 눈물을 자아내던 물건이었습니다.

2

징이 울린다
막이 내렸다
오동나무에 전등이 매어 달린 가설무대
구경꾼이 돌아가고 난 텅 빈 운동장
우리는 분이 얼룩진 얼굴로
학교 앞 소줏집에 몰려 술을 마신다
답답하고 고달프게 사는 것이 원통하다

—신경림, 「농무」 중에서

어떤 소설 제목처럼 사회가 술을 권했습니다. 세월이 술을 권했습니다. '야야야 야야야 차차차'로 시작되는 그 유명한 CM송이 꼬마들의 입에서도 줄줄 흘러나오던 시절, 어른들은 소주병 속의 '파라다이스'를 찾아다녔습니다.

1970년대 초반까지 소주 트로이카로 불리던 '진로眞露' '명성明星' '삼학三鶴'을 비롯해 '백양白羊' '청로淸露' '청천淸泉' '새나라' '미성美星' '옥로玉露' '제비원'…… 큼직한 이름들만 꼽기에도 열 손가락이 모자라던 때였습니다. 증류식 소주를 빚는 곳이 228군데, 희석식 소주를 만드는 곳이 337군데로 전국의 소주 생산 공장이 무려 565개나 되었다는 1964년의 통계는 얼마나 많은 사람들이 소주를 권하고 즐겼는가를 짐작게 합니다. '즐겼다'는 말이 썩 적절한 것 같지 않습니다만, 달리 표현할 방법도 마땅치 않습니다.

저는 이 대목에서 '술기운'이란 말이 떠오릅니다. 너나없이 늘 허기져 있던 시절, 소주는 공복감을 달래는 데에도 썩 효과가 있었으리란 생각에서입니다. 허리띠 조르고 쉴새없이 뛰고 달리는 사람들에게 삶의 신산함을 달래는 방법으로 소주만큼 경제적인 수단이 또 있었을까요.

신문기자들의 '술 실력(?)'이 타의 추종을 불허할 만큼 유명해진 것도 바로 그런 시절의 풍속도에서 비롯되었다고 보는 것이 옳을 것입니다. 신문기자는 본디 박봉薄俸의 상징이었습니다. '가난한 지식인'을 대표하는 이름의 하나였습니다. 충혈된 눈으로 안주도 없는 '깡소주'나 마시며, 시대의 모순과 억압에 대한 울분을 삭히던 그들이었습니다.

맥주? 그것은 너무 멀리 있는 술이었습니다. 그 시절의 광고를 보면 이런 헤드라인이 눈에 띕니다. '선사에는 OB, OB맥주' 맥주는 선물용 품목에 들 만큼 특별한 술이었습니다. 위스키? 와인? 광고에서 찾아보기도 어려운 물건이었습니다.

3

'두꺼비 한 마리 잡자'라고 말하면 '한잔하자'라는 말의 동의어였을 정도로 유명한 소주가 있습니다만, 저는 '삼학'이란 이름에서 더 선명한 20세기 소주의 얼굴을 봅니다. 저 〈목포의 눈물〉에 나오는 삼학도三鶴島만큼이나 애잔한 세월의 상처를 봅니다.

그것은 소주란 물건이 이 땅의 아버지들, 사나이들의 아픔을 잊게 하거나 눈물을 감추어준 만큼 수많은 여인네들과 아이들을 울게 하거나 슬프게 했다는 사실 때문만은 아닙니다. 그보다는 그 상표가 그 서슬 푸른 '철권통치'의 연대기를 생각나게 하기 때문입니다.

1971년 대통령 선거 때 특정 후보에게 정치자금을 제공했다는 이유로 삼학소주는 강력한 세무조사를 받게 되고, 결국 문을 닫게 되었거든요. '술은 물이외다, 물은 술이외다'라고 노래한 김소월식으로 말하자면 숱한 사람들이 즐겨 마시는 물을 자신이 싫어하는 사람에게 떠주었다고 해서 그 우물을 아주 못쓰게 만들어놓은 것이나 다름 아니지요.

한때는 소주 공장의 숫자까지 나라가 제한하여 다소 침체되기도 했던 시장이 이즈음 활발하게 살아나 다시금 소주 시장의 춘추전국시대를 보게된 것은 애주가들에겐 다행스런 일이 아닐 수 없습니다. 팔도의 소주를 고루 맛볼 수 있다는 것은 삼천리 방방곡곡의 다른 물맛을 보는 일이기도 할 테니까요.

평양소주까지 맛볼 수 있는 세상 아닙니까. 평양소주 이야기가 나왔으니 말인데요, 술맛은 그리 썩 좋은 것 같지 않습니다만 저는 그 병뚜껑에 쓰여 있는 슬로건이 참 좋습니다. '착한 소주!' 얼마나 좋습니까. 소주가 착하다면 고분고분 말을 잘 듣는다는 이야기가 될 테고, 나아가 아침까지 떼를 쓰며 골치 아프게 만들지 않는다는 약속이 되는 것이니! 뒤끝이 없네, 있네 하는 것보다 훨씬 윗길이라는 생각이 듭니다.

모쪼록 21세기 모든 소주들이 세상 모든 이들에게 착한 술일 수 있다면 좋겠습니다. 초楚나라 사상가 시교尸橋가 설파한 물의 덕을 고루 갖춘 술이 었으면 좋겠습니다.

만물을 깨끗이 하고 소통시키는 '인덕仁德', 맑은 것을 추구하고 탁한 것을 꺼리며 더러운 것을 말끔히 씻어주는 '의덕義德', 부드러운 것 같으나 범하기 어렵고 약한 듯하면서도 강한 것을 능히 제압하는 '용덕勇德', 나쁜 것까지 겸손하게 끌어안는 '지덕智德'.

5

선 데 이 서 울

1

딸아이가 『수학의 정석』을 사야 한다며 책값을 달라고 하였습니다. 『수학의 정석』(數學의 定石 : 한자로 썼을 때, 책의 생김새까지 선명하게 떠오릅니다. 아직도 한자로 씌어 있더군요). 참 오랜만에 듣는 그 이름이 제가 고등학생의 아버지란 사실을 새삼 일깨워주었습니다.

뒤이어 일어난 싱거운 생각. '우리 아이도 내일모레면 수험생이 되는구나.' '홍성대씨는 내 딸에게도 수학 선생이구나.' '광고 한번 제대로 한 일이 없는데도 해마다 손님이 줄을 서는 물건이 있구나.' '홍씨는 아마 이문열씨의 책이나 『태백산맥』 같은 소설이 몇십만 부가 팔렸느니 하는 이야길 들으면 가소로울 거야.' '수십 년간 팔린 『수학의 정석』을 쌓아놓으면 하늘까지 닿을지도 몰라.'

그렇게 싱거운 생각들의 끝에 딸아이가 걸어가야 할 길이 보였습니다. 한마디로 가시덤불의 길입니다. 이문열씨나 조정래씨보다는 홍성대씨나 송성문(『성문종합영어』의 저자)씨와 더 친해져야 하는 길입니다. 많은 것을 참고 누르고 가야 하는 길입니다.

혼자 가야 합니다. 만화책과도 헤어져야 하고, 스포츠 신문이나 판타지 소설과도 헤어져야 합니다. '번개'나 '정팅'도 미뤄야 할 것입니다. '아이돌 스타'도 '걸 그룹'도 나중에 보자고 해야 할 것입니다. 그것이 수험생활의 정석定石이니까요.

아무려나, 딸애는 이제 일 년 삼백육십오 일 모든 날을 월요일로 여겨 야만 할 것입니다. 예전에 우리들이 그랬듯이 고교생들의 달력엔 그 옛날 반공일半空日이라 부르던 토요일도 없고, 김추자 누나가 신나게 불러젖히 던 "안개 속에 밝아오는 일요일은 아름다워…… 뷰티풀 선데이"도 없으 니까요.

도리가 없습니다. 바뀐 신분으로 서울 하늘 아래서 아름다운 일요일의 햇살을 만끽하려면 당분간은 일요일을 잊어야 합니다.

2

이 땅의 성년成年이란 단어의 의미는 대부분 그 길고 긴 '금기와 제도의 터널'을 무사히 지나온 사람이란 말에 다름 아닐 것입니다. 그렇게 말할 때 '완전 정복'이나 『수학의 정석』은 학창시절 그 지루한 행로를 말해주는 중요 한 이정표의 하나일 것입니다. 아니, 어쩌면 터널 그 자체일지도 모릅니다. 그 세월 동안에 이 땅의 고교생들은 이 나라 제일의 '인텔리'가 됩니다.

생각해보십시오. 대한민국의 고3이 모르는 것이 있던가요. 원소기호를 모릅니까, 당나라의 서울을 모릅니까, 훈민정음 서문을 못 외웁니까, 헌법 전문을 못 외웁니까, 아리스토텔레스의 선생이 누군지 모릅니까, 갑오경 장이 몇 년에 났는지를 모릅니까.

그런데 참 이상하지요. 그렇게 아는 것이 많고, 배운 것이 많은데도 궁금한 것, 알고 싶은 것은 그보다 더 많으니까요. 어머니 아버지께 여쭐 수도 없고 담임선생님께 질문할 수도 없으며, 『성문종합영어』를 뒤져도 없고 『수학의 정석』에도 나오지 않는 문제들과 답들 말입니다.

그렇다고 번번이 남산도서관엘 다녀올 수도 없고, 일일이 백과사전을 뒤적일 시간도 없습니다. 물론 그런 것들이 시험에 출제되는 것은 아닙니다만, 그냥 모르고 넘어가긴 참 힘들지요. 예나 지금이나 청소년들의 호기심이 어디 그렇게 만만한 것이던가요.

아, 1319! 옛날 같으면 시집 장가 갈 나이 아닙니까. 몸도 생각도 여물 대로 여물었건만, 세상은 온통 '출입금지'나 '관람불가'의 푯말을 걸어놓고 그들을 막기 일쑤입니다. 그러나 그런 제도나 관습의 울타리가 DMZ 철책선 같을 수는 없지요. 어딘가는 구멍이 있고 빈틈이 있게 마련이지요.

또 어른들이 경계 근무나 철통같이 한다면 모르겠지만, 그게 쉽지 않습니다. 바쁘고, 귀찮고, 말리고 싶지만 내 자식도 아니고! 제 기억 속의 어른들도 마찬가지였습니다. 그야말로 먹고살기 바쁘고, 자식들 학비 벌기 바빠서 아이들의 시시콜콜한 일상은 챙길 여력조차 없어 보였습니다. 그래서 어떤 소설가의 다음과 같은 술회는 저처럼 비슷한 연배의 사람들을 빙긋이 웃게 만들지요.

『선데이 서울』의 추억. 그것은 정말 한 세월의 지극히 보편적인 체험일 것입니다.

친구 집에 가서 친구하고는 놀지 않고 하루종일 『선데이 서울』하고 놀았다.

얼마나 재미있었는지 모른다. 우리집 달력에서나 볼 수 있는 여자 얘기가 죄다 거기에 있었다. 문희, 남정임, 윤정희 등등. 누구는 착하고, 누구는 효녀고, 또 누구는 언제 어떤 남자를 만났는데 사실은 알고 보니 그게 뻥이었다는 얘기까지. 다음날에도 나는 그 친구 집에 놀러갔다. 첫날 그 재미있는 『선데이 서울』을 다 보지 못한 것이다. 아마 기회를 봐 서너 번은 더 놀러갔을 것이다. 그래서 그 다섯 뼘도 넘게 쌓여 있는 그것을 어느 한 권 빼놓지 않고 다 읽어냈다. 그러자 어느 날 갑자기 내가 어른이 되고, 또 이 땅의 배우들에 대해 살아 움직이는 백과사전이 된 듯한 기분이 들었다.

—이순원, 그때 그 시절의 「어찌 하오리까」 중에서

『선데이 서울』이 보여주는 세계는 『수학의 정석』과는 비교할 바가 아니었습니다. 제 경우엔 주로 동네 이발소에서 순서를 기다리는 동안 어른들의 눈치를 보며 뒤적거리던 기억이 있는데요. 얼마나 흥미롭던지 앞의 손님이 더 오래 머리를 깎았으면 좋겠다는 생각이 들 정도였습니다. 페이지를 넘길 때마다 설렘과 두려움에 가슴이 뛰었지요.

이를테면, 갑자기 피가 더워지는 느낌에서 못 볼 것을 봤다는 생각으로 얼굴이 뜨뜻해지는 느낌까지 설명하기 어려운 기분일 때가 많았습니다. 그러던 어떤 날인가는 더 자세히 읽어봐야겠다는 생각으로 아예 슬쩍 한 권을 집어가지고 나온 적도 있던 것 같습니다.

'색정, 외도……' 이순원의 표현대로 『선데이 서울』은 이 땅의 청소년들에게 어른들의 언어를 가르쳐주었습니다. 그러나 저는 『선데이 서울』을 그렇게 도색잡지로만 매도하고 싶지는 않습니다. 아름다운 뉴스도 많았고,

진지한 기사도 많았으니까요.

특히 제가 지금도 인상 깊게 기억하는 것은 '꽃이 진다'는 뜻의 순우리말 '이울다'라는 표현을 어떤 기사 제목에서 배운 일입니다. 뿐만이 아닙니다. 심령과학이나 UFO에 흥미를 갖게 된 것도 그 잡지 덕분이었고, 교과서 속의 시인이나 소설가의 세상살이를 알게 된 것도 그 주간지를 통해서였습니다.

3

물론 그 시절의 주간지가 『선데이 서울』만은 아니지요. 1964년에 창간된 『주간한국』을 필두로 『주간중앙』 『주간경향』 『주간여성』 등 이른바 황색 주간지들이 이십 년 이상을 풍미했으니까요. 왜 그랬을까요. 두말할 것도 없이 말하는 것, 듣는 것이 자유롭지 못하던 시절이었기 때문일 것입니다.

어쩌면 그것은 그 시대가 그만큼 복장 터지는 사연이 많은 시대였다는 사실의 반증이기도 할 것입니다. 비록 '삼류'니 '통속'이니 하는 명예롭지 못한 타이틀이 따라 붙습니다만, 『선데이 서울』이야말로 이 땅의 한 세월을 이야기하는 데 얼마나 중요한 키워드의 하나인가를 진지하게 새겨볼 필요가 있다는 생각이 듭니다.

그것은 우리들의 청춘기에 있어 『수학의 정석』과 『선데이 서울』이란 이름이 각각 어떤 상징으로 남아 있는가를 생각하는 일과 흡사한 것일지도 모릅니다. 앞의 것이 '원리, 원칙, 규범, 제도, 금기, 질서' 등을 말한다면 뒤의 것은 '자유, 자율, 관용, 포용, 여유' 따위가 아닐까요.

　그렇다면 오늘 이 땅의 신문, 방송, 잡지는 어떻습니까. 가히 폭력적인 난맥상亂脈相이 있을 뿐입니다. 고급과 저급이 분간도 되질 않습니다. 어른의 화법도 없고, 아이들의 화법도 없습니다. 『수학의 정석』과 『선데이 서울』이 따로 없습니다. 아르헨티나를 저 끝없는 나락으로 떨어뜨린 소위 '포퓰리즘populism'만이 난무할 뿐입니다. 선정주의만이 어지럽게 춤을 춥니다.

　고등학생들에게만 『수학의 정석』이 있을 뿐, 어른들의 세상엔 정석이 없습니다. 일요일은 월요일과 붙어 있어서 돋보이는 법인데, 어떤 사람들은 온통 일요일만 있는 달력을 만들고 있다는 생각이 듭니다.

　핑계일지 모르지만, 우리들 어머니 아버지 시절보다 자식들 키우기가 점점 더 힘들게만 느껴집니다.

소년중앙

1

학년이 바뀔 때면 으레 담임선생께 제출해야 하는 서류가 있었습니다. '가정환경 조사서'란 것이었지요. 요즘은 어떤 모양인지 모르겠습니다만, 제 학창시절의 그것은 꼭 관공서 민원서류만 같아서 '이런 것까지 써야 하나' 하는 생각이 드는 항목이 하나둘이 아니었습니다.

부모의 출신지와 학력과 직업은 물론 집이 자기네 집인지 아닌지를 밝혀야 했으며, 동산, 부동산의 시시콜콜한 내역까지 소상히 알려야 했습니다. 목록이 워낙 세세해서 그것만 보고도 그 집의 사는 모양을 고스란히 그려낼 수 있을 정도였습니다.

TV, 전화, 피아노에서 라디오, 자전거, 선풍기까지 그 유무有無를 일일이 체크해서 내야 했으니까요. 심지어 신문, 잡지의 구독 여부와 그 매체의 이름을 묻는 칸도 있었습니다.

그렇게 빈칸을 고루 채워 학교에 가지고 오는 날이면 친구들의 눈에도 띄게 마련. 이런 소리들이 여기저기에서 터져나오곤 했습니다. "와, 너희집 부자구나!" "얘들아, 얘네 집엔 없는 게 없다!" 경탄의 대상이 되는 친구가 있는가 하면, 조용한 동정의 대상이 되는 친구도 있었지요. 제 경우는 후자였습니다.

제 것에는 '있음'보다 '없음' 쪽이 훨씬 많았으니까요. 집은 아버지의 문패가 달린 집이 아니었고, '웬만한 것은 다 없다'고 말하는 것이 편한 형편이었기 때문입니다. 자전거와 라디오, 그리고 신문 이름 하나 쓰고 나면 더 적을 것이 없었지요.

한번은 퍽이나 잘사는 집 아이인 제 짝꿍이 제 '가정환경 조사서'를 넘겨다보곤 불쑥 이런 말을 던졌습니다. "너희 집은 신문 하나만 보니? 잡지 칸엔 아무것도 안 썼네. 우리집은 엄마가 보는 잡지도 있고, 내가 보는 것도 있는데."

심사는 좀 뒤틀렸지만 고개를 끄덕일 수밖에 없었지요. 더구나 '신문 하나밖에 안 보냐'는 물음엔 뜨끔하기까지 했습니다. 실은 신문을 본다고 한 것도 거짓말이었거든요. 제가 써낸 신문의 이름은 주인집에서 받아보는 신문 이름이었기 때문입니다.

그렇다고 해서 제 아버지가 신문을 읽지 못하는 사람이거나(60, 70년대만 해도 신문은 '한자가 반, 한글이 반'이라 해도 과언이 아니어서 신문을 읽지 못하는 사람이 허다했습니다), 세상사에 관심이 없는 분도 아니었습니다. 아버지는 주로 일터에 가서 신문을 읽으시는 것 같았습니다. 쉬시는 날이면 제게 이런 심부름을 곧잘 시키셨습니다. "애야, 안집에 가서 신문 다 보셨거든 좀 빌려달라고 해라."

그랬지요. 이웃집의 신문을 빌려보던 시절이 있었습니다. 시골 같으면 이장댁에 배달된 신문 한 부를 온 동네 사람들이 돌려보곤 했지요. 요즘은 정보의 '홍수' 속에서 허우적입니다만, 그렇게 지독한 '한발旱魃'의 시대도 있었던 것입니다. 참으로 가물었습니다. 읽을 것이 귀했습니다. 역설적으로, 그래서 읽을 것들이 대접받는 세상이기도 했지만 말입니다.

위인전 한 권이 열 집 스무 집을 돌아다녔고, 소년 잡지 한 권이 수십 명의 손을 탔습니다. 아, 소년 잡지! 아니, 『새소년』『어깨동무』『소년중앙』! 교과서, 전과, 수련장, 자습서, 참고서 따위가 아니면 어린이나 학생을 위해 인쇄된 글씨를 찾기가 쉽지 않던 시절, 그런 이름들마저 없었더라면 우리들의 성장기는 얼마나 지루했을까 하는 생각이 듭니다.

어른들이 신문 한 부를 '돌려 읽고' 있을 때, 이 땅의 어린이들은 소년 잡지들을 '돌려보고' 있었습니다. '읽었다'고 말하기보다는 '보았다'고 해야 옳습니다. '읽는 것'은 그 책의 임자나 할 수 있는 여유 있는 행동이었고, 빌려 보는 처지에서야 얼른얼른 '훑어보는' 선에서 만족하지 않으면 안 되었기 때문입니다.

아니, 그보다 더 중요한 이유는 읽는 면보다 보는 면이 많았기 때문입니다. 절반 이상이 만화로 채워져 있었기 때문입니다.

2

소년 잡지들이 처음부터 만화투성이의 책이었던 것은 아닙니다. '달마다 새롭고 언제나 반가운 우리들의 벗'(『소년중앙』)으로, '꿈과 슬기를 키워주는 어린이 동산'(『새소년』)으로, '항상 앞서가는 새 시대의 어린이 교양지'(『어깨동무』)로 페이지마다 알차고 유익한 정보로 채워져 있던 세월이 훨씬 더 깁니다. 그도 그럴 것이 소년 잡지들의 탄생 배경에는 그 어떤

언론 매체와 비교해도 빠질 데가 없을 만큼 의미심장한 시대적 사명감이
자리하고 있던 까닭입니다.

> 텨-ㄹ썩, 텨-ㄹ썩, 텩, 쏴-아.
>
> ㅅ다린다, 부슨다, 문허바린다,
>
> 태산泰山갓흔 놉흔 뫼, 딥태 갓흔 바위ㅅ돌이나,
>
> 요것이 무어야, 요게 무어야.
>
> 나의 큰 힘, 아나냐, 모르나냐, 호통ㅅ가디 하면서,
>
> ㅅ다린다, 부슨다, 문허바린다.
>
> 텨-ㄹ썩, 텨-ㅅ썩, 텩, 튜르릉, 콱.
>
> —최남선, 「해에게서 소년에게」 중에서

『새소년』은 우리나라 최초의 신체시로 불리는 이 시와 관계가 깊습니다.
1908년 11월 육당六堂 최남선이 이 땅의 어린 혼들에게 꿈과 용기를 불어
넣어주려는 생각으로 지은 이 시가 실린 곳이 바로 『소년』이란 잡지 아닙
니까. 1964년 5월 대한교과서주식회사가 펴내고 아동문학가 어효선이 편
집을 맡아 탄생한 잡지 『새소년』이란 이름에는 바로 이 『소년』의 뒤를 잇
겠다는 의지가 담겨 있던 것입니다.

『새소년』은 바로 새로 태어난 『소년』이었습니다. 궁핍하기 짝이 없는 어
린이들 세상에 생각으로나마 아름답고 풍성한 식탁을 차려주겠다는 의지
까지 최남선의 그것을 고스란히 이어받은 책이었습니다. 당연히 문예와
교양, 과학과 탐험을 중시해 학습에 도움이 되는 기사가 많았지요.

그로부터 3년 뒤에 나온 『어깨동무』는 더욱 크나큰 역사적 사명(?)을 띠고 태어난 책입니다. 박정희 대통령의 부인 육영수 여사가 만들고 펴내다가 그가 죽은 1974년부터는 박근혜씨가 맡아 운영하던 책 아닙니까. 덕분에 당시로는 실로 엄청난 규모인 발행 부수 15만을 기록하기도 했습니다. 인기로 말하자면 자매지인 『보물섬』이 더 대단했을 것입니다. 만화책이었으니까요.

등장은 가장 늦었지만(1969년), 앞의 두 잡지를 단숨에 코너로 몰아놓을 만큼 위력적인 파워를 자랑하던 잡지가 『소년중앙』입니다. 그 가공의 파괴력 역시 만화의 힘이었습니다. 물론 감동적인 소년 소설도 실리고, 다양한 화제의 연재물이 가득했습니다만, 그것들의 매력은 아무래도 만화만은 못했지요.

3

소년 잡지 한 권을 얻어 보는 일은 친구네 집에 가서 〈타잔〉 같은 외화나 김일 혹은 장영철 선수가 나오는 프로레슬링 경기 중계를 보는 것만큼 신나는 일이었습니다. 만홧가게에 가서 '땡이'가 나오는 명랑 만화를 보거나, '그린베레'가 나오는 전쟁 만화를 보는 것만큼이나 즐거운 일이었습니다. 금성극장이나 성남극장에 몰래 숨어들어가 〈외팔이〉 시리즈 같은 무협 영화를 볼 때처럼 가슴 설레는 일이었습니다.

읽을거리가 매력魅力을 지녔다면 볼거리는 마력魔力을 지닌 것 같습니다. 동화책 한 권과 만화책 한 권 중에서 한쪽을 골라 가지라고 하면 어린이는 거의 예외 없이 뒤쪽을 선택할 것입니다. 그토록 위대한 만화의 에너지가 이 땅의 아이들을 꼼짝 못하게 만들었습니다. 어른들이 남진이나 나훈아, 혹은 이미자나 하춘화에 빠져 있을 때, 아이들을 무아지경으로 몰아넣은 사람들은 만화가들이었습니다.

길창덕, 신문수, 이정문, 윤승운, 이상무, 노석규, 엄희자…… 그런 이들이었습니다. 『꺼벙이』(길창덕)거나 『도깨비 감투』(신문수)였습니다. 『독고탁』(이상무)이거나 『얄숙이』(노석규), 혹은 『악동이』(이희재)였습니다. 본지보다는 별책부록의 만화가 더 인기가 있었지요. 만화영화로도 인기가 높던 『타이거 마스크』『우주소년 아톰』『황금박쥐』『요괴인간』…… 모두 다 어린이들을 열광시킨 이름들이었습니다.

연필과 공책 등의 학용품에서 운동화에 이르기까지 어린이들의 물건마다 그 모습들이 새겨져 가난한 어머니 아버지들에겐 원망의 대상이 되기도 하던 주인공들이었습니다. 그런 것을 척척 얻어 가질 수 있는 아이들은 그리 많지 않았기 때문이지요. 이를테면 아톰 그림이 새겨진 '만화 슈즈'!

아무튼 소년 잡지의 대표적인 공로는 어린이를 위한 '만화 천국'의 건설이었습니다. 그 안에서 수많은 만화가들이 자신의 세계를 구축했으며, 그곳이 오늘날 많은 청소년들이 꿈꾸는 '애니메이션 세상'의 발원지가 되었습니다.

언젠가 우리나라에서도 데즈카 오사무나 미야자키 하야오처럼 세계적인 만화가들이 나온다면 그들은 아마도 잡지 박물관 같은 데를 찾아가 이 책들에 절을 해야 할 것입니다. 『새소년』『어깨동무』『소년중앙』.

소월 시집

1

"한때는 시를 참 좋아했습니다. 시인이 되고 싶던 적도 있었지요. 아름다운 시를 보면 줄줄 외워대고, 수첩이나 일기장 같은 데에 옮겨 적기도 하고. 그런데 요즘은 어떤 줄 아십니까. 시가 시험문제로 보입니다. 이 단어에 밑줄을 긋고 이 '시어詩語'가 가리키는 것이 무엇인지를 물어야겠다. 이 부분에서는 '음운 현상'을 묻고 이 구절에서는 '수사법'에 관한 문제를 내야겠다…… 이 시에서는 다섯 문제쯤 낼 수 있겠다! 시를 보고 생각한다는 것이 고작 그런 것들이란 말입니다. 이거 심각한 증상 아닙니까. 어쩌면 직업병인지도 모르지요."

어느 고등학교 국어 교사로부터 들은 이야기입니다. 그 정도라면 정말 병이지요, 중증이지요. 학생들은 어떨까요. 한술 더 뜰 것입니다. 아이들은 시를 보면 고개를 돌리거나 숫제 도망치려 하진 않을까요. 가령 신문에 실린 시 한 편(우리나라 거의 모든 신문들에 시를 다루는 코너가 있다는 것은 흥미롭고도 아이로니컬한 일입니다)을 보면 겁부터 집어먹진 않을까요.

누군가 그 시에 밑줄을 긋고 자신을 시험하려는 사람이 나타날 것 같아 주변을 두리번거릴지 모릅니다. 누구로부터 질문을 받게 될 때를 대비해

서둘러 주제어를 찾고 시인의 의도를 짐작하려 애를 쓸 것입니다. 슬프고도 안타까운 일입니다. 시라는 것이 함께 있으면 즐거워지는 친구란 것을 가르치지 못하고 가까이 있으면 귀찮은 존재란 것을 각인시켜놓는 우리의 교육 현실이 그렇습니다.

「님의 침묵」에 나오는 '님'은 무조건 '절대자'이거나 '조국'으로 읽어야 한다는 강박관념이 '만해萬海'의 팬들을 멀리멀리 쫓아버립니다. 국어 교실이 우리 시의 충실한 독자를 길러내기는커녕 시인과 독자 사이에 높다란 담을 쌓고 있는 격이지요.

학교를 나서는 순간 학생들은 지긋지긋한 시의 감옥으로부터 해방됩니다. 더이상 시에 대한 콤플렉스에 시달리지 않아도 되기 때문입니다. 그런 현실이고 보니 시를 아름답게 보는 사람이 얼마나 되겠습니까. 시인들에게 적의敵意나 품지 않으면 다행이지요. 모호하기 짝이 없는 물음으로 자신을 곤혹스럽게 만들었다는 이유만으로 시가 싫은 사람도 있을 것입니다. 시 한 편 옳게 이해하고 감상할 줄 모른다며 자신을 감수성이 떨어지는 사람, 예술에 대한 이해력이 부족한 사람으로 몰아세웠으니 시라는 것은 쳐다보기 싫은 사람도 있겠지요. 스스로를 열등감에 빠뜨리는 존재를 사랑할 사람은 없으니까요.

세기가 바뀌면서 이제 교과서 속의 시들도 많이 변했습니다만, 한 시절은 요지부동의 세월이었지요. 흔히 '김씨들'로 대표되는 몇 사람이 이 나라 위정자들의 대명사였다면, 강산이 몇 번 바뀌도록 교과서를 떠나본 적이 없는 그 이름의 주인공들은 20세기 대한민국 '시의 정부政府'를 이뤄온 이들이었습니다.

군사정권만큼이나 오랜 세월 이 나라 사람들 '감성의 성감대'를 틀어쥐고 있던 사람들이지요. 이를테면 김소월, 한용운, 서정주, 박목월, 김영랑, 노천명, 이육사, 윤동주, 김춘수…… 그렇게 많은 시인들의 그렇게나 많은 시를 배워온 국민들 머릿속에 대체 몇 명의 시인이나 살아남아 있을까요.

명동 한복판에 나가 아무나 붙잡고 '아는 시인을 대라'면 몇 명의 이름이나 나올까요. 아마도 서너 명이 고작일 것입니다. 그중 하나둘은 누구의 입에서나 고르게 나오는 이름일 것이고, 나머지는 제각각일 것입니다. '가슴속에 남아 있는 시'를 물어도 비슷한 결과가 나오겠지요.

상위 랭킹의 작품은 한두 시인의 것으로 모아질 가능성이 큽니다. 나이나 직업, 학력 아무것에도 제한을 두지 않고 물었을 때 그럴 가능성은 더욱 커집니다. 그렇다면 우리나라 사람들 누구나 쉽게 떠올리는 '마음의 시'는 도대체 어떤 것들일까요. 아마도 이 사람의 작품이기 쉽습니다.

2

소월 김정식. 이 나라에 이 사람 시 몇 편을 읊조리지 못할 사람이 있을까요. 없을 것입니다. '나보기가 역겨워/ 가실 때에는……' 이나 '산에는 꽃 피네/ 꽃이 피네……'를 모를 사람이 어디 있겠습니까.

사람들이 몰라서 그렇지 가만가만 들추어보면 이 땅에서 살아간다는 것은 소월의 독자로 살아간다는 것과 같은 말이라 해도 과언이 아닐 것입니다. '엄마야 누나야/ 강변 살자'를 자장가로 들으며 자라나서 '나는 세상모르고 살았노라'의 시절을 보냅니다. '못 잊어 생각이 나겠지요/ 그런대로 한 세상 지내시구려/ 사노라면 잊힐 날 있으리라'의 세월을 보내고 '부모'를 이해하는 날이 오면 세상에 나온 뜻을 헤아리는 순간도 따라오지요.

그렇지 않은가요. 제 눈에는 우리네 시간의 강물이 소월의 시에 곡을 붙인 노래들 곡조에 맞춰 흐르는 것처럼 보입니다. 어느 모래톱엔 노랫말 영롱한 동요가 있고, 어느 여울엔 의미심장한 가곡이 있으며, 어느 물굽이엔 시적인 비유가 빛나는 노랫말의 가요가 있습니다.

낙엽이 우수수 떨어질 때,
겨울의 기나긴 밤,
어머님하고 둘이 앉아
옛 이야기 들어라.
나는 어쩌면 생겨나와
이 이야기 듣는가?
묻지도 말아라, 내일 날에
내가 부모 되어서 알아보랴?

— 김소월, 「부모」 전문

소월은 어쩌면 시인이라기보다 우리네 삶과 꿈의 길동무입니다. 마을에 전해오는 옛이야기 속의 등장인물 같기도 하고, 가족사 속의 한 사람처럼 여겨지기도 합니다. 그가 그리는 사랑의 주인공이 마치 우리 할머니 할아버지 같은 까닭이지요.

말투부터가 쉽고 친근한 까닭입니다. 그의 시 어느 것이나 민요 가락을 연상케 하는 우리 고유의 곡조를 간직한 까닭입니다. 대부분의 시가 노래로 만들어져 벌써 오랜 세월 우리들 입에 오르내린 때문이기도 합니다. 그러나 그 무엇보다 결정적인 이유는 그의 시집이 우리나라에서 가장 많이 찍혀 나온 시집이기 때문이라 해야 할 것입니다.

3

1925년 매문사에서 『진달래꽃』이 처음 나온 이래 그의 시집은 수도 없이 출판되어 나왔습니다. 『소월시초』『김소월 시집』『초혼』『못 잊어』『적막한 날』『예전엔 미처 몰랐어요』······『영원한 소월의 명시』······

노벨문학상 수상 작품집이 흥행(?)을 보증하는 '빅 카드'였던 시절 '소월 시집'은 그만은 못해도 밑질 염려 없는 평화로운 선택쯤은 되었던 모양입니다. 크고 이름난 회사는 물론 책 서너 권 찍고 문 닫은 것 같은 출판사의 도서 목록에도 '소월 시집'은 빠지지 않았으니까요.

그 명백한 증거가 수원 팔달문 근처 '남문서점' 같은 고서점에 고스란히 남아 있습니다. 제각기 다른 판본의 소월 시집 수십여 종이 주인을 기다리고 있는 곳이지요.

소월 시집은 전형적인 스테디셀러로서의 필요충분조건을 갖추고 있습니다. 세상의 어떤 사람이 와도 낯을 가리거나 차별을 두지 않는 책이지요. 저 멀리 떨어져 있는 다른 세상의 이야기가 아니라 '지금 이곳에서의 옷과 밥과 자유'를 노래하는 책입니다.

노래. 그렇습니다. 소월 시집의 매력은 무엇보다 그것이 우리들 마음의 노래란 점에 있습니다. 잠깐 뜨겁다가 쉽게 식어지는 노래가 아니라 오래도록 따스한 온기를 잃지 않는 노래지요. 잔잔하지만 폐부 깊이 스미는 순정의 노래입니다. 꿈꾸는 백성의 노래입니다. 진정한 민중의 노래입니다.

문학은 이데올로기의 그물을 벗어나기 어려운 물건인데도 불구하고 소월의 시는 남과 북 어느 쪽에서나 민족의 시문학으로 대접을 받습니다. 비유하자면 〈아리랑〉 같습니다. 그렇습니다. 그의 시는 〈아리랑〉입니다. 〈아리랑〉에 이성이 들어앉을 틈이 없듯이 소월의 시에는 이념이 개입할 여지가 없습니다.

아니, 어쩌면 그의 시 자체가 우리 민족의 이념인지도 모릅니다. 엉덩이에 몽고반점이 찍힌 사람들의 변함없는 이데올로기인지도 모릅니다. 평론가 유종호는 김소월에 대해 이렇게 말합니다. "고향 상실의 시대에 원초적인 그리움의 정서적인 합법화를 통해서 인간 회복과 민족 회복을 호소한 우리들의 귀한 터주 시인의 한 사람이다."

소월이 '터주 시인'이라면 소월 시집은 우리 문화 상품 중에서 진정 흔치 않은 '토종 브랜드'가 아닐까요.

수인선 협궤열차

1

제 친구 중에는 '군자'라는 별명을 가진 녀석이 있습니다. 오해하지는 마십시오. 그가 그렇게 불리는 까닭은 그가 '성인군자'처럼 점잖다거나 법 없이도 살 수 있을 '무골호인無骨好人'이기 때문이 아닙니다. 그렇다고 짓궂 거나 그악스런 친구도 물론 아닙니다.

그러면 군자는? 결국 싱거운 답이 되고 맙니다만, 그것은 그가 살던 동 네 이름이었습니다. 서울 광진구 '군자'동이 아니라, 경기도 시흥의 '군자'!

군자君子. 그 이름을 들으면 저는 공자 맹자보다 먼저 그 친구가 떠오릅니 다. 얼굴보다 운동화가 먼저 떠오릅니다. 뻘건 흙투성이의 운동화입니다.

제 기억 속의 그는 언제나 복도와 교실 여기저기에 진흙 발 도장을 찍으 며 걸어다닙니다. 군자의 흙입니다. 수인선水仁線 통근 열차가 싣고 오는 흙 입니다. 1970년대의 흙입니다. 그 시절의 흙은 시키지 않는 말도 곧잘 했 습니다. 이를테면 비가 오는 날의 흙은 어떤 사람의 출근길이나 등굣길이 어떤 코스인지를 시끄럽게 떠벌리곤 했습니다. 아무개가 어떤 동네에 사 는 사람인지를 모두가 알게 만들었습니다.

그럴 수밖에 없었습니다. 대로에서 조금만 들어가도 포장된 길 만나기는 쉽지 않던 시절이라서 비 내리는 날의 아침은 대개가 흙길과의 한바탕 싸움으로 시작되게 마련이었으니까요. 길은 곤죽이 되어버리고, 갈 데까지 간 흙은 바지에든 신발에든 죽기 살기로 들러붙었습니다.

악다구니를 쓰며 아귀처럼 매달리고 늘어지는 흙의 힘은 단단히 졸라맨 운동화까지 홀렁홀렁 벗겨버렸습니다. 오죽하면 이런 말이 속담처럼 떠도는 동네가 허다했겠습니까. '마누라 없이는 살아도 장화 없이는 못 산다'.

제 친구 군자는 그렇게 뻘건 길을 걸어 학교를 다닌 사람입니다. 흙고랑 밭고랑 길을 뛰어 첫 기차를 타고 왔지요. 수원에서 고색-어천-야목-사리-일리-고잔-원곡을 지나온 기차를 타고 군자-소래-남동-송도-남인천을 달려오곤 했습니다.

이가림 시인의 「내 마음의 협궤열차」 첫머리에 나오는 것처럼 '측백나무 울타리가 있는/ 정거장에서/ 장난감 같은' 기차를 타고 소래蘇萊 철교를 건너다닌 것입니다. 그리고 한 세월. 잊고 살던 친구 군자가 다시 생각난 것은 최근의 일입니다.

새로 얻은 일터의 주소를 들여다보다가 참 낯익은 지명 하나가 새삼스럽게 눈에 들어온 이후입니다. 안산시 고잔동…… 고잔? 아, 고잔古棧! 제 친구 군자를 태우고 다니던 수인선 정거장 이름의 하나였습니다.

군자의 어머니나 아버지가 이웃 마을 장을 보러 가거나, 도청 소재지 수원에 일이 있을 때 이 동네를 지나셨을 테지요. 군자네를 찾아오는 손님들도 고잔역을 지나셨을 테지요. 수원에서 인천 사이에 그보다 쉽고 빠른 길은 없었으니까요.

이제는 흙길 하나 찾을 수 없을 만큼 변해버린 이 고장에 와서 하루의 대부분을 보내는 사람이 되고부터 부쩍 군자가 보고 싶어집니다. 그러나 그것도 생각뿐! '아직까지 여기 살고 있을 리 없다'는 막연한 추측으로 게으른 우정을 숨기는 저는 참 무심한 친구입니다. 그러면서도 수인선 연변沿邊은 뻔질나게 헤매 돕니다. 옛 철길과 정거장 언저리는 열심히 헤집고 다닙니다.

2

'수인선', 그 조그만 기차를 한 번이라도 타본 적이 있는 이들이라면 그 승객들의 면면과 객차 안의 풍경 또한 쉽게 떠올릴 수 있을 것입니다. 이를테면 이런 얼굴들. 비린 것이나 손수 가꾼 푸성귀나 곡식을 팔러 나온 촌로들 아니면 낚시꾼들 아니면 남다른 추억 만들기에 나선 젊은 연인들 아니면 제 친구 군자와 같은 학생들이었지요.

보따리와 양동이와 함지박과 책가방과 낚시 도구 들이 오래된 친구들처럼 위아래 없이 포개지고, 마주앉은 양편 손님들의 무릎과 무릎이 닿을 듯이 가까워지는 객차 안 풍경은 출근길 시내버스 안의 그것과 닮았지만, 그보다는 훨씬 평화로웠습니다. '철길 너비 76.2센티미터의 협궤狹軌 열차가 달리던 수원~인천 간의 기차 노선'이라고 하면 수인선은 오히려 리얼리티를 잃어버립니다.

적어도 이쯤은 돼야지요. '낯선 사람끼리도 서로의 맥박과 체온을 느낄 만큼 바투 서고 앉아서 세상에 가까워지지 못할 사람은 아무도 없음을 실감케 하는 공간이었다'고 말입니다. 수인선 열차 안엔 도농都農의 구분도,

노소老少의 칸막이도 없었습니다.

바닷가를 따라 달리는 열차답게 흙냄새와 바닷바람이 고루 어우러졌습니다. 한숨과 웃음이 평등한 가치로 교환되고, 비린내와 땀냄새가 에누리 없이 나눠졌습니다. 수선스럽지만 무질서하지 않았고, 시끄러웠지만 귀를 막고 싶은 소리는 없었습니다.

겨우 오십사 석에 불과한 비좁은 객차 안은 대부분 구차한 삶의 증표로 가득했으나 부끄러운 것은 아무것도 없었습니다. 간혹 글을 쓰거나 사진 찍는 사람들이 와서 이 철길 근처 사람들의 삶의 모습을 측은한 눈길로 읽고 갔지만, 수인선의 '진경眞境'을 잡아낸 작품은 그리 많지 않아 보입니다.

어쨌거나 그런 종류의 작업은 협궤열차의 길을 느릿느릿 따라가며 그 길 위의 흔적을 들여다보고 어루만지는 일과 다르지 않을 것입니다.

협궤열차는 서서
기적만 울리고 좀체 떠나지 못한다
승객들은 철로에 나와 앉아
봄볕에 가난을 널어 쪼이지만
염전을 쓸고 오는
바닷바람은 아직 맵차다

—신경림,「군자에서」 중에서

3

시, 소설이나 사진, 영화가 제재題材로 다뤄주길 바라는 사람이나 사물
이 예술가들 앞에 줄을 선다면 협궤열차 역시 뒷줄에 서려고 하지 않을 것
입니다. 개항장 인천의 역사를 싣고 달렸고, 소래포구의 흐린 하늘을 이고
달렸으니까요. 이 땅에서 제일 큰 소금밭인 남동南洞 염전을 지고 수원성까
지 내달렸으니까요. 이천 여주 들판을 메고 인천항까지 내달았으니까요.

사실입니다. 협궤열차 길은 인천에서 수원을 거쳐 여주까지 이어졌었지
요. 52킬로미터의 수인선(1937~95)과 73.4킬로미터의 수려선(1931~72),
그 꼬마열차가 도합 300리를 누볐으니 얼마나 많은 사연이 거기 매달려 다
녔겠습니까. 저 섬나라 사람들이 소금과 곡식을 실어 내갈 때 그 들판 그
바다에는 얼마나 많은 눈물의 아우성이 있었겠습니까.

어서 떨쳐내야 할 수난과 굴욕의 궤적이라고 잘라 말하면 협궤열차는
슬퍼질 것입니다. 물론 슬프게 슬프게만 바라보자는 이야기는 아닙니다.
소금과 쌀을 학비로 바꿔주며 수원으로 인천으로 공부하러 가는 아들딸의
뒷모습을 오래오래 바라보던 어머니들, 아버지들…… 아, 그것도 역시 유
쾌한 이야기는 못 되는군요.

그렇다면 이런 장면! 여전히 기운차게 드나드는 소래포구의 통통배를
떠올리면 제 나른한 추억은 이내 활력이 됩니다. 수인역을 빠져나온 제 친
구 군자가 학교로 내닫던 철길을 떠올리면 추억은 살아 움직입니다. 한술
더 떠서 수인역의 한창때를 되돌아보는 일은 점차 모습을 드러내고 있는
전철 수인선을 상상하는 것만큼이나 즐거운 일입니다.

또 있습니다. 20세기가 저물기 전에 젊음을 보낸 사람들의 사랑 이야기.

꼬마 열차가 만들어낸 러브스토리 역시 저 장흥이나 일영, 송추를 돌아오던 교외선邪外線 열차의 그것 못지않았으니까요. 그 시절 젊은 연인들의 일기장 속에 보일 만한 사연이 어떤 광고 문안이 된 것을 보았습니다. 추측컨대 이 광고 카피라이터의 가슴 한구석에는 미니시리즈 하나는 간단히 꾸며질 만큼 드라마틱한 러브스토리가 구겨져 있을 것 같습니다.

커피,
협궤열차처럼 흘러가버린
삶의 추억으로 이끌어가는
갈색 액체의 매혹.

— 원두커피 '맥스웰하우스'

영화 〈오! 수정〉에 나오는 고잔동 어디쯤에서 사랑의 상처 하나쯤을 얻은 사람일 것만 같습니다. 홍상수 감독과 의논하면 잔잔한 영화 한 편을 만들 수도 있는 이야기의 주인공인지도 모릅니다. 이야기를 듣고 난 홍감독은 이 카피라이터한테 직접 연기해볼 것을 권할지도 모릅니다.

지난날의 기억은 박제나 표구가 되어야 할 것이 있는가 하면, 생물生物로 대접해서 언제까지라도 우리 곁에 숨쉬게 해야 할 것이 있습니다. 그 말에 쉽게 동의할 수 있는 이라면 그는 다음과 같은 말에도 선뜻 합의할 수 있을 것입니다.

"추억의 시제時制는 과거완료가 아니라 현재진행형입니다."

시 민 아 파 트

1

우리 선조들은 이름도 참 많았습니다. 어릴 때 이름이 다르고 장성하고 난 뒤의 이름이 달랐으며, 자字니, 호號니 해서 적어도 네댓 가지 이름을 한 몸에 지니고 살았지요. 벼슬 이름이 별호가 되기도 했고, 태생이나 본관本貫에서 비롯된 이름이 따라붙기도 했습니다.

스스로 만들어 부르는 이름이 있었고, 남이 지어준 이름이 있었습니다. 벗이 선사한 이름이 있었고, 임금이 내려준 이름이 있었습니다. 살아서 불리던 이름이 있었고, 죽은 뒤에 바쳐지는 이름이 있었습니다. 무덤에까지 별도의 이름을 붙여서 불렀습니다.

어찌 보면 그 많은 이름들 모두가 집의 이름입니다. 인간의 신체, 곧 우리들 몸뚱이란 결국 우리를 지배하는 '정신'이 자리잡고 들어앉은 가옥인 까닭입니다. 무덤 역시 또하나의 집인 까닭입니다. 그래서일까요. 우리 선조들의 호나 문인, 화가, 학자 들의 호에는 집 이름을 닮은 예들이 무척이나 많습니다.

조선조를 대표하는 화가 정선의 호 '겸재謙齋'는 영친왕비 이방자 여사가 기거하던 창덕궁 '낙선재樂善齋'가 떠오르게 하고, 최익현 선생의 '면암勉庵'

이란 호는 저 낙산사 '홍련암紅蓮庵'을 생각나게 합니다. 아웃사이더 김시습의 '매월당梅月堂'이나 명필 김정희의 '완당玩堂'의 '당'은 성균관의 '명륜당明倫堂'처럼 기개 높은 건물을 생각나게 합니다. 윤봉길 의사의 '매헌梅軒'에서는 청렴결백한 원님이 다스리는 고을의 '동헌東軒' 마루가 보입니다.

한번은 제가 그런 분들의 흉내를 내어본 일이 있습니다. 가까운 이들의 집에 '옥호屋號'를 만들어준 것입니다. 평균적인 제 또래들보다 비교적 넓은 집에 사는 한 사람에겐 '대원각', 21층 꼭대기에 사는 벗에겐 '보성루'란 이름을 주었습니다. 조금 외진 동네에 사는 아우의 집엔 '성원암'이란 이름을 붙여주고, 저희 집엔 저 스스로 '태영장'이란 이름을 달았습니다.

처음엔 아무도 그 이름에 합의하려 하지 않았습니다. 요릿집이나 중국집, 혹은 절이나 여관 이름 같다는 이유에서였지요.

그런 문제를 극복하기 위해 글자의 속뜻을 살려보자고 했습니다. 격조를 올려보자는 것이었지요. 해서, 주인의 성품과 살림살이에 잘 어울리는 한자를 동원하여 의미를 극대화시켜 보았지요. '대원각待遠閣' '보성루普省樓' '성원암性源庵' '태영장笞影莊'! 제법 그럴싸한 이름들이 되더군요.

그뒤로 제 친구들은 안부를 묻거나 서로의 집을 가리켜 이야기할 때 이렇게 말하곤 합니다. "대원각 안주인은 안녕하신가?" "요즘 보성루는 별일 없지?" "성원암에 가본 지도 오래됐군." "오늘은 태영장에서 자고 갈까."

눈치채셨겠습니다만 '대원'이나 '보성', '성원'이나 '태영' 모두 아파트 이름입니다. 더 정확히 말하자면 건설회사 이름입니다.

2

우리나라 아파트의 원조는 1958년에 중앙산업이 시공한 '종암아파트'와 그 이듬해에 지어진 '개명아파트'였다고 합니다. 이를 계기로 이 땅에도 아파트라고 하는 희한한 집들이 하나둘 늘어나게 된 것이지요. 물론 그 이전에도 아파트를 닮은 공동주택 성격의 집들이 있었다고는 하지만, 외관으로나 기능성으로나 지금 우리가 말하는 그것과는 거리가 먼 것들이 대부분이었을 것입니다.

『서울은 만원이다』라는 소설 제목에도 보이듯 1960년대 이후의 도시화, 산업화는 당연히 참담하다고 할 수밖에 없을 만큼 엄청난 주택난을 불러왔습니다. 열에 예닐곱은 집 없는 사람들이었지요. 조금 가볍게 이야기하자면 이 땅에는 딱 두 가지 부류의 사람들이 있을 뿐이었습니다. 집주인으로 사는 사람과 셋방살이를 하는 사람.

그 둘은 여러 가지 형태로 쉽게 가려졌습니다. 편지봉투만 봐도 알 수 있었지요. 주소 끝에 '아무개씨 댁' 혹은 '아무개씨 방' 누구누구라고 쓰여 있으면 "아, 이 사람은 셋방살이를 하는군" 하고 대번에 짚어낼 수 있었거든요.

그것은 '참으로 고단한 인생'임을 공공연히 드러내주는 쓸쓸한 신분 증명이기도 했습니다. 세를 사는 '누구누구씨'는 물론이려니와 '누구누구씨'의 아내나 아들딸로 살아가는 일은 대단한 인내력을 요구하는 일이었습니다.

물론 고약한 '아무개씨'들만 있었던 것은 아닙니다만, 주인과 나그네가 '한집 살이'를 한다는 것은 마치 처와 첩이 한 지붕 아래 사는 것만큼이나 어려운 일이었지요. 가족 중의 누구 한 사람이라도 주인집이 정해놓은 룰을 어기게 되는 날이면 손이 발이 되도록 빌어가며 '재신임'을 받아내거나 그날로 보따리를 꾸려야만 했습니다.

권씨네가 우리 집 문간방으로 이사 오던 날은 그 풍경이 가관이다못해 장관이었다. (……) 웬 아낙네 하나가 자기 몸무게만큼은 나갈 커다란 보퉁이를 머리에 인 채 땀을 뻘뻘 흘리면서 숨이 턱에 닿아 있었다. 그리고 대문에서 약간 떨어진 곳에 아홉 살쯤 먹어 보이는 계집애 하나가, 다시 그 계집애로부터 몇 걸음 떨어져 세 살가량의 사내애의 모습이 얼핏 보였다. 일가의 가장은 가파른 언덕길 저 아래에다 보퉁이를 내려놓은 채 숨을 돌리면서 마악 담배를 꺼내 무는 참이었다. 나를 보더니 사내는 일껏 입에 물었던 담배를 도로 호주머니에 쑤셔넣은 다음 퍽이나 힘에 겨운 동작으로 보퉁이를 들어 어깨에 메는 것이었다.

— 윤흥길, 「아홉 켤레의 구두로 남은 사내」 중에서

눈치, 눈물, 설움…… 그런 단어들을 사용하지 않고서는 쉽게 설명이 되지 않는 셋방살이. 전화 국번에 '2424'만 붙이면 되는 이삿짐 트럭도 없이 이고 지고 온 살림살이가 눈에 선하게 그려집니다. 소설의 한 대목이 아니라 제 어린 시절 어느 날의 사진을 보고 있는 느낌입니다.

이즈음에야 무슨 '익스프레스'니, '포장이사'니 하여 짐이 보이지 않게 싣고 다니니까 살림살이가 세상 모든 사람의 구경거리가 되는 일은 흔치 않습니다만, 그때만 해도 이사 한번 가려면 냄비 몇 개, 이불 몇 채까지 만천하에 공개하지 않으면 안 되었습니다. 따지고 보면 우리가 그 눈물겨운 살림살이를 적나라하게 드러내 보이지 않고 살게 된 것도, 집주인 '아무개씨'와 세를 사는 '누구누구씨'가 쉬 구분되지 않게 된 것도 시작은 그리 오래된 일이 아닙니다.

1967년 서울시가 '시민아파트' 혹은 '서민아파트'란 이름으로 본격적인 아파트 단지들을 만들면서부터일 것입니다. 이어서 한강변엔 '맨션'이란 단어가 들어가는 이름의 아파트들이 생겨나고, 강남 개발의 신호탄처럼 '반포아파트'가 들어서던 60년대 말, 70년대 초의 일입니다. '시범아파트' '복지아파트'…… 그런 이름들도 있었지요, 아마.

3

아무리 근사하게 미화해봤자 아파트는 '콘크리트 곽柳'입니다. '시멘트 박스'입니다. 너무 살풍경한가요? 그러나 사실인 걸 어쩝니까. "김과장은 '삼성'에 살고, 이대리는 '대림'에 산다"거나, "큰아버지댁은 '두산'이고, 막내네 집은 '포스코'입니다"라고 말할 때 세상은 그야말로 공사장 '비산飛散 먼지' 속의 컨테이너 박스 풍경이나 무엇이 다르겠습니까.

그런 점에서 최근 들어 많은 아파트 이름들이 건설회사 이름과 작별을 고하고 있다는 것은 얼마나 반가운 현상인지 모르겠습니다. 무미건조하기 짝이 없는 물건에 그래도 윤기 도는 이름표를 달아놓음으로써 공장 건물이나 관공서 건물과 구분될 수 있어 좋습니다. 기계나 공문서가 주인인 집들과 분명한 금을 그어주는 그 이름들이 아파트의 주인은 식탁이나 침대가 아니라 사람이라고 말해주는 것 같아서 좋습니다.

욕심 같아선 더 따뜻하고 더 아름다운 이름들이 많아졌으면 좋겠습니다. 그러나 그저 예쁘고 달콤하기만한 이름이 아니었으면 좋겠습니다. 우리들의 어머니 아버지가 우리들의 이름을 강아지 이름 짓듯 쉽게 붙이지 못하셨듯이 우리들이 사는 집의 작명 또한 그렇게 미덥고 복된 의식의 차원이었으면 좋겠습니다.

사람의 이름이 '작은 우주'의 이름표일진대, 그 '우주의 집합'인 집의 이름임에야!

신선로표 미원

1

서울역의 밤은 휘황했습니다. 고층 건물마다 번쩍이는 간판의 조명, 자동차의 불빛과 소음…… 그 빛깔과 음향의 향연은 지금 막 기차에서 내려 생전 처음 서울을 보는 산골 소년의 눈과 귀를 대번에 어릿어릿해지게 만들었습니다. 아홉 살 시골뜨기의 눈은 금세 잠자리 눈처럼 돌고, 귀는 물속에서처럼 먹먹해졌습니다.

1968년 겨울이었습니다. 무엇보다 신기한 것은 네온 광고판이었지요. 특히 그것, '신선로표 미원'! 해만 지면 칠흑의 어둠에 길들여지던 촌놈의 눈에 그것은 충격 그 자체였습니다. 오색의 불빛이 쥘부채처럼 촤륵 촤르륵 펴졌다 접혔다 하는 그 광고판에 저는 그만 넋을 잃고 말았지요.

그것이 서울에 대한 제 생애 최초의 기억입니다. 처음 본 서울의 얼굴입니다. 그 놀랍고도 요란한 충격은 입에도 찾아왔습니다. 무엇을 먹었는지는 잊었으나, 역전 식당에서의 늦은 저녁식사는 황홀했습니다.

식탁 위의 깍두기 한 쪽도 다른 나라 음식인 양 새로웠지요. 어린 마음에 '서울은 깍두기맛도 다르구나' 싶었습니다. 아니, 분명히 달랐습니다. 맛의 차이가 등잔불과 전깃불의 차이쯤 되어 보였습니다.

순간 저는 제가 자랑스러웠습니다. 옛날엔 임금님이 사셨고, 지금은 대통령이 사는 곳에 와서 저녁을 먹고 있다는 것이 한없이 대견스럽게 느껴졌습니다(그 대견함은 서울 언저리에서 사십 년쯤을 살아낸 오늘도 크게 다르지 않습니다. 특히 조금 특별한 곳에 가서 유별난 음식을 먹을 때면 그런 생각은 더 강렬해지지요. "촌놈 출세했다. 이런 것도 먹어보고!").

그럴밖에요. 밥이나 국이나 찬 할 것 없이, 그저 텁텁하고 슴슴하고 밍밍하고 짜고 맵고 시큼한 것 말고는 근처에도 못 가본 혓바닥에 설명하기도 어려운 맛이 와 닿는데야!

마침 여기 그 시절 제 고향(모든 시골 마을)의 단조로운 식욕을 잘 설명해주는 시가 하나 있습니다.

모밀묵이 먹고 싶다.
그 싱겁고 구수하고
못나고도 소박하게 점잖은
촌 잔칫날 팔모상에 올라
새 사돈을 대접하는 것.
그것은 저문 봄날 해 질 무렵에
허전한 마음이
마음을 달래는
쓸쓸한 식욕이 꿈꾸는 음식.

—박목월, 「적막한 식욕」 중에서

2

사십여 년 전에 처음 본 서울 음식맛. 그것이 조미료맛이란 것을 알게 된 것은 한참 뒤의 일이었습니다. 어른들이 음식 타박을 할 때 쓰는 말로 알았지요. "국이 맛이 없군. 조미료 넣는 걸 잊었나."

조미료. 그것은 참으로 희한한 물건이었습니다. 그것이 들어가면 제아무리 촌스런 음식도 몰라보게 달라졌지요. 된장국은 된장국인데 뒷맛이 달랐습니다. 틀림없이 김치찌개일 뿐인데 혀끝에 감기는 맛이 달랐습니다. 혀끝이 간지러웠습니다. 그것을 '감칠맛'이라던가요. 일본 사람들은 '우마미旨味'라 하고요.

분명하게 이야기하자면 그것은 '아지노모토味の素'의 마술이었습니다. 1907년, 이케다 기쿠네라는 학자가 '일본인이 즐기는 맛'의 비밀을 연구하다가 알아내게 되었다는 MSG(글루탐산나트륨)의 신통력이라 해도 좋겠지요. '아지노모토'가 1908년생이니까, 20세기 한국과 일본의 입맛은 지나간 백 년 동안 그 마법의 포로였다고 해도 과언이 아닐 것입니다. 물론 일제강점기 대부분의 조선 사람들 밥상이야 그 인공의 맛과는 거리가 멀었겠지만, 먹는 것까지 일본을 따르던 사람들도 없지는 않았겠지요. 못된 일인日人들이 이 땅의 먹거리를 깔보고 업신여길 때, 그들과 맞장구를 치며 자랑스럽게 '아지노모토'를 '처먹던' 자들도 있었겠지요.

그러나 인간이란 얼마나 나약한 존재던가요. 특히 먹을 것 앞에서는 자존심이란 것도 얼마나 어이없이 무릎을 꿇던가요. 이 나라 백성들의 식욕이 그랬을 것입니다. 돈 있고 힘있는 사람들의 요사스런 식사를 볼 때마다 비위는 틀리면서도, 한편으론 군침이 돌았겠지요.

언젠가는 그렇게 한번 먹어보고 싶었을 것입니다. '아지노모토'가 들어간 음식을 그렸을 것입니다. 그럼에도 불구하고 대부분은 상상으로 만족해야 했지요. 조미료란 물건의 값이 그리 만만하질 않았으니까요.

3

우리가 본격적으로 아지노모토 그대로의 맛을 보게 된 것은 1958년 '미원味元'이 탄생하면서부터입니다. '미원'은 그 시절 대부분의 상품이 그랬듯이 내용적으로는 일본 것이었습니다. 일본에서 원료를 수입해서 만들던 때였으니까요. 상표, 디자인까지 일본 것과 쌍둥이였습니다.

어쨌거나 그것의 탄생은 우리네 미각의 '환각' 시대를 예고하는 일대 사건이었습니다. 수천 년 동안 재료 본연의 맛만 정직하게 받아들이던 우리의 '미뢰味蕾'가 새로운 세상을 경험하게 된 것이지요. 그리고 오랫동안 우리는 그 현란한 맛의 최면에서 깨어나지 못했습니다. 일제 삼십육 년은 끝났는데 우리네 밥상에는 '아지노모토'의 식민 통치 시대가 계속되었습니다.

오죽했으면 이런 광고까지 만들어졌겠습니까. 기저귀를 찬 갓난아기의 일러스트가 보이고 이런 헤드라인이 눈길을 끄는 광고(1976년도 '조일광고상' 수상작)입니다. '미원을 모르는 단 한 사람.' 그 말은 어쩌면 자연의 맛을 감별할 순수 미각을 가진 사람은 젖먹이뿐이라고 지적하고 있는 것인지도 모릅니다.

이렇게 표현을 해도 지나치지 않을 것 같습니다. "한국인으로 살아간다는 것은 자신도 모르게 '조미료 중독'이 되어가는 것을 의미한다." '미원'이 그토록 우리를 꼼짝 못하게 사로잡은 까닭이 그 성분에만 있는 것은 아닙니다. 또하나의 이유는 '신선로표'입니다.

사십 년 전 서울역 앞에서 제 눈을 어지럽히던 바로 그 상표지요. 모든 기업의 사장님들이 선망하는 이름 '미원'. 하나의 고유명사에 불과한 이름 미원이 세상의 모든 조미료와 맛을 내는 모든 상품의 대명사가 된 데에는 '신선로神仙爐'라는 일반명사의 공로가 큽니다.

'신선로'가 무엇인가를 생각해보십시오. 백과사전은 이렇게 말합니다. "……신선로 맨 밑에는 쇠고기를 채 썰어 갖은 양념한 것이나 고기에 무를 섞어 곤 것을 함께 썰어넣는다. 그 위에 생선전, 천엽전, 간전, 미나리를 담고 그 위에 해삼 전복을 얹고 맨 위에 알지단 황백, 표고버섯, 석이버섯, 붉은 고추, 쇠고기 완자, 호두 깐 것, 은행 볶은 것 등을 색조를 맞춰 돌려 담는다. 이렇게 담은 것에 쇠고기 맑은 장국을 붓고 중앙 부위에 있는 노爐에 숯불을 담아 끓이면서 먹는다……"

이런 대목을 따라 읽으면서 입에 침이 잔뜩 고이지 않을 한국인이 있을까요. 더군다나 미원이 날개를 달게 된 그 시절(1963년 '발효 공법'의 개발로 양산 체제에 들어서며 가격을 대폭 인하) 이 나라 사람들의 처지에서야! 시장기만 속일 수 있어도 황송한데, 아무리 군색한 반찬도 신선로가 된다는데야! 아무리 가난한 이의 상이라도 신선의 식탁을 만들어준다는데야!

그러나 세월은 흘러 천하의 '미원'이란 상표도 진작 이름을 갈았고, 그토록 그 이름을 꺾고 싶어하던 경쟁사도 벌써 방향을 틀었습니다. 세상이 바뀌었으니까요. 제아무리 맛있다 해도, 신선 음식이 아니라 왕후장상王侯將相의 음식이라 해도 '인공'이나 '화학'의 그림자만 비치면 쳐다보지도 않는 세상이 왔으니까요.

이제는 거꾸로, 제 어린 날의 혓바닥을 황홀하게 만들었던 그 '서울맛'
이 아니라 그 촌스럽기 짝이 없는 '시골맛'을 찾아나서는 시대가 되었습니
다. 맛이야 없지요. 좋다니까 먹지만, 밭에서 금방 뽑혀 올라온 남새가 솔
직히 무슨 맛이 있습니까. 그것과 텁텁한 된장이나 어우러진 국이 어디 저
신선로의 맛이 나겠습니까.

하지만, 이른바 '웰빙'의 세월을 살아가자면 우리들의 혓바닥도 그 정도
고생은 감수해야지요. 중독으로부터 해방되는 고통이니까요. 조미료의 마
취에서 깨어나는 아픔이니까요.

.

6

아 대한민국

1

아직도 나는 지나가는 해군 찝차를 보면 경례! 붙이고 싶어진다
그런 날에는 페루를 향해 죽으러 가는 새들의 날개의 아픔을
나는 느낀다 그렇다, 무덤 위에 할미꽃 피듯이 내 기억 속에
송이버섯 돋는 날이 있다 그런 날이면 내 아는 사람이
죽었다는 소식이 오기도 한다 순지가 죽었대, 순지가!
그러면 나도 나직이 중얼거린다 순, 지, 는, 죽, 었, 다

지금은 육십을 훌쩍 넘긴 시인 이성복의 「제대병」이라는 시의 전문입니
다. 첫 줄이 인상적이지요. 군복무를 마친 이 땅의 사내들이라면 쉽게 동
의할 수 있는 진술입니다. 궁금한 것은 그런 고백을 한 지 40년이 다 되어
가는 지금도 이 시인에게는 그런 증상이 남아 있는 걸까 하는 것입니다.

요즘도 그럴까요. 해군 지프를 만나는 순간이면 그의 오른손은 저절로
반듯하게 펴지는 걸까요. 그 펴진 손은 여전히 머리를 향해 올라가려 할
까요.

제게는 이런 증상이 있습니다. 아니, 의외로 많은 사람들이 저와 같은

느낌을 경험하고 있는지도 모르겠습니다. 출퇴근 시간, 학교나 관공서 앞의 태극기를 보면 저는 제 오른손을 슬며시 왼쪽 가슴에 올려놓고 싶어집니다. 해질녘이면 '하기식下旗式' 나팔 소리를 기다리며 국기 게양대를 올려다봅니다. 스피커에서 '국기에 대한 맹세'가 울려나올 때를 기다리며 시계를 들여다봅니다.

물론 쓸데없는 기다림입니다. 국기 게양대 근처엔 사람 그림자도 보이지 않고 어둠이 몰려오는데 국기는 그냥 있습니다. 눈비에 젖어서 축 늘어져도, 세찬 바람에 찢길 듯이 퍼덕거려도 그 가엾은 깃발을 내려주는 사람은 아무도 없습니다. 더럭 겁이 납니다. 누군가 불쑥 나타나서 저를 야단칠 것만 같습니다. 국기를 걷어들이지 않고 무엇 하느냐고. 어느 나라 사람이냐고 닦달하며 사상이 의심스러우니 조사를 해봐야겠다고 할 것 같습니다. 모처某處로 끌려가게 될지도 모른다는 공포가 엄습합니다.

어쨌건 해가 지거나 날씨가 궂어지면 얼른 국기를 걷어야 한다고 배운 저 같은 사람들은 요즘 '태극기가 보이는 풍경'이 여간 낯설고 혼란스럽지 않습니다. 아마 태극기도 어지러울 것입니다. 분명한 것은 이제 이 땅의 국기는 함函 속에서 여유롭게 쉬거나 늘어지게 잘 수 있는 시간은 거의 없다는 사실입니다. 24시간 연중무휴로 휘날려야 하니까요. 지난번 월드컵 때엔 젊은이들과 한몸으로 춤추고 노래하느라 숨이 가쁘더니, 올해는 영화 속의 '태극기'까지 하늘 높이 '휘날리며' 세계를 향해 나아가느라 바쁘니까요.

2

급속히 변화하는 세월의 풍속도 속에 영화 〈효자동 이발사〉의 아버지(송강호) 같은 사람들이 보입니다. 시대의 대오隊伍에서 밀려나는 열등생들이 보입니다. 달라진 시대 문법에 어리벙벙해하는 일이 어디 태극기 앞에서 뿐이겠습니까.

영화관에 가서 자리를 잡고 앉으면 누군가 우리를 일으켜세울 것만 같습니다. 일어났다가 앉아야 영화가 시작될 것이란 생각이 우리를 두리번거리게 만듭니다. 애국가와 함께 조국과 민족의 미래를 생각해볼 것을 권유하는 방송이 나올 것 같아서 스피커의 위치로 자꾸 눈이 갑니다.

영화가 시작하기 전에 우리는
일제히 일어나 애국가를 경청한다
삼천리 화려 강산의
을숙도에서 일정한 군을 이루며
갈대숲을 이륙하는 흰 새떼들이
자기들끼리 끼룩거리면서
자기들끼리 낄낄대면서
일렬 이열 삼렬 횡대로 자기들의 세상을
이 세상에서 떼어 메고
이 세상 밖 어디론가 날아간다

　　　　　　　　　—황지우, 「새들도 세상을 뜨는구나」 중에서

오랜 습관일수록 우리들의 생각이나 행동의 진로를 방해할 때가 많습니다. 어떤 기억들은 무시로 창궐하는 병균처럼 시절을 따라 새롭게 살아보려는 사람들을 끈질기게 괴롭힙니다. 특히 지독한 기억들은 우리로 하여금 '파블로프의 실험 대상이 된 개'와 다를 바 없이 만들어버립니다.

3

낯선 시대의 얼굴이 천둥 번개 속의 풍경처럼 눈앞에 번쩍일 때마다 저 같은 느림보는 시간의 멀미를 느낍니다. 그러나 이상하게도 그런 증상이 싫지만은 않습니다. 그 불편하고 답답하던 날의 기억이 오히려 아릿하고 나른한 향수로 온몸을 뜨게 합니다. 떡이 되게 얻어맞고 나 죽었소 하고 축 늘어졌을 때의 몽롱한 기분. 참으로 어처구니없는 일이지만 그런 기분이 그리울 때도 있습니다.

아니라면, 이런 경우를 어떻게 설명할 수 있겠습니까. '뭐 저렇게 한심한 노래가 다 있을까' '누가 무슨 목적으로 저런 노래를 만들었을까' 싶던 노래가 제 입에서 저절로 흘러나오는 일 말입니다. 어머니의 자장가처럼, 음악 시간에 배운 동요나 가곡처럼 자연스레 흥얼거려지는 순간 말입니다.

신기한 것은 그렇게 떠오르는 노래가 꿈에 본 고향처럼 반갑다는 것이지요. 가사가 막히면 안타까워 애를 태웁니다. 기억력의 부실함을 꾸짖으며 생각날 때까지 끙끙댑니다. 좋아하는 가수의 좋아하는 노래라면 말도 안합니다. 〈진짜 사나이〉나 〈너와 나〉 따위의 군가입니다. 초등학교나 중학교 교가입니다. 〈어허야 둥기둥기〉나 〈아 대한민국〉 같은 노래입니다.

얼마 전에도 뜬금없이 그런 노래의 첫머리가 떠올랐는데 뒤가 이어지지 않아서 한참이나 애를 먹었습니다. 나중엔 화까지 나면서 스스로가 연민스러워졌지요. 똑같은 소절만 몇 번이고 반복해서 부르고 있는 제가 한심스러웠습니다. 이런 노래였지요. "따뜻한 웃음으로 바르게 팔고/ 오가는 인정 속에 믿으며 사면⋯⋯"

그렇습니다. 〈시장에 가면〉이란 노래입니다. 이른바 '건전가요'지요. 건전한 오락, 건전한 생활을 강조하던 시절, 노래에도 건전한 것이 있고 그렇지 못한 것이 있었습니다.

대체 건전하다는 것은 무엇을 의미하는 것일까요. 어느 국어사전에 따르면 '건전健全'하다는 것은 '병이나 탈이 없이 건강하고 온전함'을 말합니다. 혹은 '한쪽으로 치우치지 않고 정상적이며 위태롭지 않음'을 일컫습니다. 그렇다면 그 무렵 이 땅의 노래들은 당연히 건전가요라 불리는 노래들을 빼놓고는 모두 병든 노래거나 위태로운 노래였다는 결론에 이릅니다.

왜 아니었겠습니까. 가위를 든 사람의 눈과 귀엔 거슬리고 못마땅한 노래투성이였지요. 뭉텅 잘라내거나 아예 휴지통에 처박아 마땅한 노래들이 허다했지요. '때가 어느 땐데' 시대착오적인 퇴폐 정서나 염세적인 감상주의로 세상을 어지럽히느냐, 아름다운 노랫말과 흥겨운 멜로디도 많은데 그렇게 불순한 노래를 불러야 쓰겠느냐며 일껏 만든 노래를 빛도 보지 못하게 했습니다.

공연윤리심의위원회, 줄여서 '공륜'의 '심의필' 표지가 권력기관 책임자의 도장이나 오케이 사인과 다름없던 시절이었습니다. 백성을 힘으로 찍어 누르던 시절, 총칼이 통치 수단이었다면 가위는 통제 수단이었습니다.

건전하지 못한 것은 무엇이든 잘려나갔습니다. 청년의 장발長髮이 잘려나갔고, 영화의 필름이 잘려나갔습니다. 신문의 기사가 잘려나갔고, 뉴스 테이프가 잘려나갔습니다. 국민의 눈과 귀에 아무리 아름답고 즐거워도 국가의 비위에 거슬리는 것이라면 무엇이나 버려져야 했습니다.

반평생을 '가위'에 맞서 싸운 가수 정태춘의 다음과 같은 물음은 '효자동 이발사'의 가위가 '각하閣下'의 머리칼을 자르는 동안 얼마나 많은 사람들이 엿장수 마음대로 가위를 휘둘러댔는가를 생각하게 합니다. "당신은 이제까지 당국의 검열을 받지 않고 발표된 노래를, 검열제도를 의식하지 않고 자유로운 상상력으로 만들어진 방송을 통해 들어보거나 배워서 불러본 적이 단 한 번이라도 있는가?"

그래서일까요. 저는 요즘도 CD나 카세트테이프를 사면 저도 모르게 마지막 곡이 무엇인가를 들여다보게 됩니다. 원하지 않는 곡이 들어가 있을 것만 같기 때문입니다. 어쩌다 옛날 음반을 듣다가도 마지막 곡이 나올 때쯤이면 서둘러 오디오를 끄는 버릇이 있습니다. 그 부분만 가위질을 했으면 좋겠다 싶기 때문입니다.

그럼에도 불구하고 제 오디오에서는 아직도 그 마지막 곡이 힘차게 흘러나옵니다. "꽃피는 장바구니엔 / 한아름 담겨 오는 흐뭇한 사랑 / 아 아~ 믿음 속 상거래로 / 만들자 밝고 따뜻한 사회……"

악수표 밀가루

1

제가 사는 동네에는 이름난 칼국수집이 있습니다. 맛도 좋고 종업원들도 친절해서 손님의 발길이 끊이질 않는 집입니다. 아니, 언제나 장사진입니다. 제아무리 장사가 잘되는 집이라도 기복이 있게 마련인데 이 집은 늘 신발 벗을 데가 모자랍니다.

붐비는 시간에 가면 기다리는 것이 당연한 일처럼 되어버렸습니다. 대기 번호표를 받아드는 손님들의 얼굴도 으레 그러려니 하는 표정입니다. 그러나 저는 그럴 때마다 내심 못마땅하다는 듯이 볼 부은 소리를 하면서 식구들을 돌려세웁니다. "딴 집으로 가자. '그까짓' 칼국수 한 그릇 먹는데 줄 서기 싫다. 우리가 뭐 잔칫집에 얻어먹으러 왔냐, 아니면 배급 타 먹으러 왔냐." 가장家長이 단호히 돌아서는데 식구들이 어쩌겠습니까. 그런데 그 당당한 퇴각 명령은 십중팔구 가장에 대한 푸념과 그날 외식의 품질에 대한 지청구로 돌아옵니다. '피크 타임'에 줄을 서지 않고도 먹을 수 있는 집이란 대개 시시한 집 아니면 음식맛이 떨어지는 집이기 십상이니까요. 기다려 먹는 음식점은 기다릴 만한 매력이 있고, 한가한 식당은 한가한 이유가 있게 마련이거든요. 양쪽 다 '그까짓' 칼국수 집일 때도 그렇습니다.

사실 '음식 맛내기'의 쉽고 어려움은 재료나 조리 과정의 단순, 복잡성과는 무관합니다. 아니 어쩌면 단순한 음식일수록 솜씨의 우열은 더 분명하게 벌어지지요. "이 라면 누가 끓였냐?"라는 질문 하나가 극찬이기도 하고 맹비난일 수도 있지 않습니까. '그까짓' 라면인데 말입니다. 그러니까 '그까짓' 맛을 포기하지 못하고 그렇게 줄을 서는 것이겠지요. 하긴 동경東京의 어떤 라면집은 문도 열기 전에 줄을 서는 손님들만으로도 그날의 재료가 동이 나버린다고 합디다만.

소문난 음식일수록 여러 가지 비결이 따르지만, 재료의 질이나 신선도보다 중요한 조건은 없을 것입니다. 남다른 손맛이나 특별한 노하우가 없다 하더라도 재료가 상품上品이면 음식의 질은 저절로 올라가지요. 미역만 좋으면 고기 한 점, 멸치 한 마리 들어가 앉지 않아도 더없이 향기로운 미역국이 됩니다.

그러나 그보다 몇 배 더 중요한 요소가 있습니다. 그것은 '차다 뜨겁다, 쓰다 달다, 짜다 싱겁다' 따위 혓바닥의 감별 능력을 무력화시키는 조건이면서 음식맛을 좌우하는 가장 강력한 기준이 되기도 합니다. 무엇일까요. 답은 턱없이 싱겁습니다. 음식 앞에 앉아 있는 사람이 '배가 고픈가, 부른가' 하는 것이 답이기 때문입니다. 그렇기에 옛말 그른 것 없다며 속담의 매력을 부추기게 될 때면 이 말도 어깨를 으쓱거리는 것 아닐까요. '시장이 반찬!'

2

먼산 호랑이 지리산 넘듯, 두꺼비 파리 차듯, 중 목탁 치듯,

마파람에 게눈 감추듯, 고수 북 치듯, 후닥뚝딱

걸인 행색으로 내려온 이도령이 장모의 괄시와 냉대 속에 찬밥 한 그릇
을 순식간에 비우는 대목이지요. 어사또의 능청이 흥미를 더해줍니다. "거
입맛도 성세(형세) 따라가는 것일래." 같은 음식도 형편 따라 맛이 달라진
다는 말입니다.

'묵'이라는 물고기가 '은어銀魚'가 되었다가 저 유명한 '도로 묵(도루묵)'
이 된 사연도 결국 그 얘기 아니던가요. 거기에 '식사'와 '끼니를 때우는
것'의 차이가 있습니다. 더 천박하게 말하자면 '밥 먹는 것'과 '밥통을 채우
는 것'의 차이가 있습니다.

아니, 그리 천박한 표현만도 아닙니다. 5·16의 군인들이 시급히 해결하
겠다고 한 '도탄에 빠진 민생고民生苦'가 무엇이었습니까. 저는 그것이 자꾸
만 '민생고民生庫'로 읽힙니다. '백성들 목숨의 창고', 곧 텅 빈 뱃속!

생각나는 사진들이 있습니다. 임응식, 최민식, 정범태 같은 사진작가들
이 찍은 보릿고개의 풍경들입니다. 다시 되돌아보고 떠올리는 것만으로도
충분히 고통스러운 시절의 사진들. 대개는 군상群像입니다. 몰려 있어봐야
배고픈 것은 마찬가지였겠지만, 그래도 그 허기가 내남없이 모두가 겪는
고통이란 생각은 서로에게 적잖은 위안이었을 것입니다.

그렇게 어울려 서서 노란 하늘을 올려다보고 있던 또하나의 이유는 언
제 생길지 모르는 '배급 줄'을 놓치지 않기 위해서였을지도 모릅니다. 그런

상상 끝에 보이는 또 한 장의 사진이 있습니다.

미국 대공황 시기의 참담한 사회상을 극명하게 보여주는 사진이지요. '도로시아 랭Dorothea Lange'의 〈White angel Bread line〉이 그것입니다. 배급을 받기 위해 무료 급식소에 몰려든 사람들을 찍은 사진이지요. 그 쓸쓸한 광경 가운데 무표정에 가까워 더욱 처연해 보이는 노인의 얼굴에 포커스를 둔 사진입니다. 아니, 랭은 그 노인의 밥그릇에 초점을 맞췄는지도 모릅니다. 그녀 자신도 그 '배급 줄'에 서 있다가 얻어낸 사진이라니까요.

「절망은 벤치 위에 앉아 있다」의 프랑스 시인 자크 프레베르가 보았다면 '절망은 배급을 기다린다'고 했을 것입니다. 사진의 제목을 옮겨보려다가 그만두었습니다. '배급 줄' 따위로는 'breadline'이란 말이 지닌 엄숙성을 읽어내지 못할 것 같아서입니다.

굳이 번역을 해야 한다면 저는 '빵의 줄'이라고 직역을 하겠습니다. 그 빵 한 쪽이 곧 목숨이니 그 줄은 생명으로서의 빵의 줄입니다. '연명延命과 절명絶命' 사이의 경계선입니다. '라이프라인'인 동시에 '데드라인'입니다.

3

우리야말로 순전히 먹기 위해서 손을 내밀며 줄을 섰던 기억이 얼마나 많은 사람들입니까. 그것은 대개 '밀가루의 줄'이었지요. 성조기와 태극기가 손을 맞잡은, 참으로 평화로운 그림 속의 줄이었습니다. 구세주의 손길을 닮아서 밀가루처럼 뽀얀 손들이 이 나라 가여운 백성들을 주린 양처럼 긍휼히 여기시어 가없는 은전恩典을 베푸시는 성화聖畵의 한 장면이었습니다. '일용할 양식'의 줄이었습니다. 빵이 되고 국수가 되고 수제비가 되던 '악수표' 밀가루의 줄이었습니다.

> 호랑이표 시멘트 크라푸트 종이로 바른 방바닥이라
> 자연 호피虎皮를 깔고
> 기호지세騎虎之勢로 오연傲然히 앉아
> 한미합동! 우정과 신뢰의 악수표 밀가루 포대로 호청을 한 이불일망정
> 행주좌와行住坐臥가 이에서 더 편안함이 없으니
> 왕후장상王侯將相이 부럽지 않고
> 백악관 청와대 주어도 싫다
>
> ─김관식, 「호피 위에서」 중에서

우정과 신뢰의 '악수표'. 뒤를 이어 등장하는 '곰표'나 '백설표' 그 어떤 밀가루 상표보다 강력한 브랜드 파워를 지닌 이름이었지요. 친근한 표정으로 악수를 청하며 우리의 공복을 채워주는 그 물건은 정말 눈물이 나도록 고마운 우정의 브랜드였습니다.

헐벗은 국토의 산림녹화를 위한 사방공사 노역장이나 종교 단체에서 줄을 서서 받아든 그 물건은 우리로 하여금 '조국'의 존재를 믿게 했습니다. 동시에 우리 뒤에는 미국과 대등한 위치에서 당당히 악수를 나누는 자랑스러운 우리 대통령이 있음을 상기시켰습니다.

누가 지었는지 이름도 잘 지었습니다. 얻어먹는 사람을 덜 미안하고 덜 부끄럽게 했습니다. 아울러 그 이름엔 이 땅의 불확실한 미래에 대해 제법

야무진 꿈을 갖게 하는 힘도 있었습니다. 언젠가는 이 빚 또는 은혜를 갚을 기회가 올 거라는 막연한 기대를 갖게 했습니다.

그것은 어쩌면 차용증의 효력을 지닌 이름이었는지도 모릅니다. 우리가 먹고 살 만해지면 밀가루값에 합당한 대가를 우리 스스로가 지불하겠다는 각서였는지도 모릅니다. 나아가 그 이상의 이익을 당신들이 알아서 챙겨가도 좋다는 묵시적 합의가 담겨졌었는지도 모릅니다.

'악수'는 우정의 표현인 동시에 거래 사실에 대한 쌍방의 확인 행위이기도 하니까요. 돌이켜보면 그리 틀린 생각도 아닙니다. 악수표 밀가루로 기운을 차린 이 땅의 사람들은 수단과 방법을 가리지 않고 밀가루값을 계산하려 했습니다.

'그까짓' 밀가루 한 포대 얻어먹고 별짓 다 한다 싶은 자괴감이 들기도 했습니다. 턱없이 밑지는 장사 같아서 억울하다는 생각까지 들 때도 있었지만 악수를 나눈 '혈맹血盟'의 의리가 쩨쩨한 산수를 넘어서게 했습니다.

'악수표' 밀가루는 우리 국토의 풍경도 바꿔놓았습니다. 나라 안에서 밀밭 구경하기는 참 힘들어졌습니다. 밀밭의 추억쯤은 진작 던져버렸습니다. '섬마을 밀밭집'은 세종로 바지락 칼국수 전문점 이름으로나 남고, '강나루 건너서 밀밭길'은 박목월의 시에만 남았습니다. 밀떡, 밀국수, 밀전병, 밀부침개…… 오늘 우리가 먹는 대부분의 '밀것'들은 성조기를 달고 온 배에서 내려집니다.

최근에 '우리 밀'의 부활과 혁명을 꿈꾸는 사람들도 더러 눈에 띄는 것이 반갑기는 합니다만, 이내 부질없다는 생각이 드는 까닭은 무엇일까요. 혹시 '악수표'는 아직도 살아 있는 브랜드 아닐까요.

엑슬란 내의

1

제가 근무하는 학교에는 대나무가 많습니다. 아니, 대나무를 많이 키웁니다. 대숲이라고 할 정도는 아니지만 꽤 많은 대나무들이 싱그럽게 자라고 있습니다. 건강하게 무리지어 있는 그것들을 바라보면 기분이 참 좋아지지요.

댓잎을 스치며 지나는 바람 소리에도 제법 운치가 실려서, 문득 저 남녘의 소쇄원 입구 대숲이 생각납니다. 담양의 죽림竹林이 떠오르기도 하지요. 그런데 그때마다 일어나는 궁금증 하나가 있습니다.

"가만있자, 그런데 대나무가 언제 수도권까지 올라와 살게 되었지?"

그렇습니다. 이 땅의 대나무들은 대개가 충청도 이남에 주소를 둔 이름들이었지요. '찔레꽃 붉게 피는 남쪽 나라 내 고향'이나 '내 고향 남쪽 바다 그 파란 물 눈에 보이'는 곳 근처에나 가야 볼 수 있는 나무들이었지요.

대나무들도 결국은 서울에 와 살고 싶은 것일까요. 은근슬쩍 수도권 주민 행세를 하는 것을 보니 더 큰 떼를 이루어 남대문을 들어설 날도 멀지 않은 것 같습니다. 아무려나, 우리가 알던 대나무의 북방 한계선(당진-천안-옥천-김천-대구-영천-강릉)이 무너진 것은 분명해 보입니다.

내친김에, 동서의 균형까지 맞춰보려는 것일까요(두루 알다시피, 그 선은 서해 쪽보다는 동해안이 한층 더 위로 치켜올려져 있지요). 문산, 철원까지 가보려는 걸까요. 저쪽이 강원도 고성까지 올라가니까 이쪽도 그만큼 올라가고 싶은 걸까요.

한반도가 아열대가 되어간다는 말이 사실인가 봅니다. 등온선等溫線으로 1월 평균기온이 '섭씨 영하 2도'는 되어야 대나무가 큰다는데 그 선이 자꾸만 북진北進을 하고 있으니까요.

하긴, 대나무만 그런 것도 아닙니다. 본디 남국을 떠나서는 살 수 없던 꽃이나 나무 혹은 과일 가운데 얼마나 많은 것들이 천리 타향에 와서도 잘 자라고 있습니까. 물론 반갑지만은 않은 현상들입니다. 남쪽 나무들의 북진이 언젠가는 이 땅에서 소나무들이 자취를 감출 것이라는 불길한 예보를 현실로 보여줄 것만 같은 조짐으로 보이기 때문이지요.

점점 모호해져가는 식생植生의 경계선들이 무슨 불길한 신호로 읽혀서 두렵기까지 합니다. 쓸데없는 장벽이라면 어서어서 허물어지는 것이 좋겠으나, 생명의 울타리나 계절의 경계가 무너지는 것은 그리 환영할 만한 일이 아니지요.

꽃들의 일, 나무들의 일이 결국은 사람들의 문제와 다르지 않기 때문입니다. 우리가 그토록 자랑해오던 이 땅의 뚜렷한 사계四季가 빛을 잃어간다는 것은 이 땅의 모든 목숨들과 직결되는 문제이기 때문입니다.

2

대나무가 슬금슬금 서울로 올라오는 동안, 우리들의 겨울은 남행南行을 하고 있었던 모양입니다. 북한산이나 관악산이 저 부산의 금정산이나 목포의 유달산을 닮고 싶었던 모양입니다.

아니, 산이나 강은 그러고 싶지 않은데 사람들이 그렇게 시킨 것이겠지요. 빌딩과 아파트와 공장과 자동차 들이 뿜어내는 검은 기운들이 서울의 산과 하늘을 온통 열에 들뜨게 만드는데 계절인들 제정신을 차릴 수 있었겠습니까.

뭐니 뭐니 해도 사람 탓입니다. 오존층이 어떻고, 온실효과가 어떻고, 빙하가 어떻고 갖은 구실을 둘러대보지만 어느 한 가지도 인간의 책임이 아님을 증명할 방법은 없어 보입니다. 두말할 것도 없이, 국토 혹은 지구의 회로回路를 교란시킨 책임의 대부분은 우리 모두의 '철없는' 생각에 있습니다.

그것은 여름과 겨울의 경계를 허물어 '철 모르고' 살아보겠다는 욕심입니다. 땀 한 방울 흘리지 않고 여름을 지내보려는 생각, 무거운 외투 한 번 걸치지 않고도 겨울을 나겠다는 생각. 실내를 들여다보면 그 터무니없는 우리들 욕심의 진면목이 보입니다.

한반도를 상하常夏의 땅으로 착각하게 만드는 장면입니다.

언제부터인지 실내 사진으로는
계절을 알기가 힘들어졌습니다.
옷차림만으로는 여름인지 겨울인지

분간하기가 어려워졌습니다.
한겨울에도 민소매 웃옷에 반바지를 입고
생활하는 사람들이 있으니까요.
아예 러닝셔츠 차림으로
지내는 집도 있습니다.

이상한 일 아닙니까.
창밖엔 눈이 내리는데
집안은 여름이나 다르지 않다는 것.
굳이 기름값이나 에너지 문제를
들먹이지 않더라도
한번 생각해볼 만한 일입니다.

그렇다고, 경제가 어려우니
어려웠던 옛날을 되돌아보며
조금 추워도 견디며 살자는
얘기를 하려는 것은 아닙니다.
그보다는 영화나 소설에서 흔히 보는
외국의 겨울 실내 풍경과
우리의 그것을 비교하고 싶을 뿐입니다.

'숄을 두르고 앉아 뜨개질을 하는 부인,

엑 슬 란 내 의   **251**

두터운 스웨터 차림으로 신문을 읽는 남자.

옷으로 이길 수 없는 추위라야

불이 지펴지는 작은 벽난로.'

바깥이 겨울이면

실내도 겨울이어야 하지 않을까요.

겨울 내의 없으십니까?

—SK텔레콤, '새로운 대한민국 이야기'

이 카피를 쓰면서 떠올린 정경이 있었습니다. 어른 아이 할 것 없이 온 식구가 내복 바람으로 앉아 있는 모습. 그것을 그림으로 옮기고 제목을 붙인다면 이쯤될 것입니다.

'빨간 내복이 보이는 풍경'.

3

'가을비 한 번에 내복 한 벌'이란 말이 있지요. 틀림없었습니다. 비 한 번 내릴 때마다 기온이 뚝뚝 떨어지고, 어머니들의 가족들 옷 걱정으로부터 이 땅의 겨울은 시작되곤 했습니다. 겨울 옷가지를 정리하는 어머니의 입에서 나오는 소리는 한숨이 반이었지요.

"큰애는 그냥저냥 입을 만하고, 둘째 것은 무릎만 좀 기우면 되겠는데…… 막내 것은 작아서 안 되겠구나. 걱정이다. 어이구, 네 아버지 내복 좀 봐라. 성한 데가 없구나, 글쎄."

그런 집의 아버지라면 필시 이런 분이셨을 것입니다.

우리 아버지 구두쇠 구두쇠
내복을 거의 육 년째 입지요.
이 세상의 사람들이
우리 아버지 같으면
내복 장사 굶어죽겠네.

— 부산 감전초등학교 6학년 엄재섭

이 아버지의 내복은 아마도 공장 다니는 큰누나가 첫 봉급 탔다고 사왔을 것입니다. 그게 재섭이 1학년 때 일인데, 6학년이 된 지금도 아버지는 그것을 입고 계신다는 이야기지요. '빨간 내복'일 것입니다.

'엑슬란'일 것입니다. '엑슬란'. 내복 이름 같지만 그것은 상표가 아닙니다. 옷감의 이름이지요. 석탄이나 석유를 제조하는 과정에서 얻어지는 물질을 이용하여 만든 것으로서 아크릴섬유의 한 가지를 지칭하는 말입니다.

가볍고, 촉감이 좋아서 '울wool'에 가깝다는 칭찬을 듣던 물건이지요. 탄력이 좋고 보온 효과도 뛰어나서 겨울 속옷 소재로는 타고났다 싶은 것이지요. 엑슬란의 인기는 단박에 하늘을 찔렀습니다. 광고를 했다면 이런 정도의 카피가 태어났을 것입니다.

"좋은 내의를 고르는 한마디—이거 엑슬란입니까?"

그런 영광의 주인공이 하필 빨강 일색이었던 것은 무슨 까닭에설까요. 답은 '허무 개그'에 가까울 정도로 싱겁습니다. 6, 70년대 우리 염색 기술의 한계가 거기까지였기 때문이랍니다. 빨강이 가장 물들이기 쉬운 색깔이었다는 것이지요. 한편으론 참으로 다행스러운 일이었다는 생각이 듭니다,

이 나라 기술의 진도가 까만색이나 회색에서 멈추지 않고, 활활 타오르는 빨강까지는 갈 수 있었다는 것이 말입니다. '빨간 내복'. 그것은 뜨거운 선물의 대명사였습니다. '속옷'과 '빨강', 그 열기熱氣의 우열을 가릴 수 없는 두 단어가 만난 물건이니, 어떤 마음인들 녹지 않겠습니까.

남북 이산가족 상봉을 위해 북으로 가는 남쪽 가족들의 선물 목록 속에 빨간 내복이 빠지지 않는 것이 하나도 이상해 보이질 않습니다. 어느 종교 단체가 북의 아이들에게도 내복 보내기 운동을 펼치는 것만큼이나 고마운 생각입니다.

그 애들한테 그보다 나은 선물이 어디 있겠습니까. 받는 아이들의 얼굴을 떠올려보십시오. 대처에 돈 벌러 나온 큰형이나 둘째 누나가 보낸 내복을 입고 좋아하는 고향 동생의 모습일 것입니다. 그것 역시 빨간 내복이었으면 좋겠습니다.

빨간 내복은 옛날 효자 이야기 속에 흔히 등장하는 딸기를 떠올리게 만듭니다. 어떤 효자가 어머니의 병환을 낫게 해드리기 위해 한겨울 눈보라 속에서 구해 오는 딸기 말입니다. 물론 이제는 '용도 폐기'되어야 하는 이야기지요. 사철 언제나 딸기를 구할 수 있는 시절이니 말입니다.

그럼에도 불구하고 그런 딸기 한번 먹어보고 싶습니다. 동시에 그런 옛날이야기를 듣던 그 빨간 내복의 겨울이 그리워집니다. '동가홍상同價紅裳'.

치마만 다홍이 좋은 것이 아니라, 내복도 이왕이면 빨강!

　빨간 내복을 입고, 눈 내리는 남해금산 정상 대숲에 이는 바람 소리를 들으러 가고 싶습니다.

역 전 다 방

1

저한테는 '한산섬 달 밝은 밤에 수루에 홀로 앉아……'로 시작되는 충무 공의 시조로 유명한 그 섬에서 나고 자란 친구가 있습니다. 어느 날 그 친 구와 커피를 마시다가 이런 이야기를 들었습니다. 재미있을 수도 있고, 슬 플 수도 있는 이야기입니다.

"난 이 커피를 볼 때마다 떠오르는 기억이 하나 있어. 내 고향 마을에서 실제 있었던 일인데 말야. 아들은 군인으로 월남엘 가고, 그 아들 돌아올 날 기다리며 할배와 할매 둘이서만 살던 집이 있었지. 하루는 이 집에 소포 하나가 왔어. 그래. 월남에 간 아들이 고향의 부모님께 보낸 거지. 끌러보 니 커피 두 병이었어. 노인들이 어리둥절해할밖에.

그 궁벽한 섬마을에서 땅이나 파던 분들이 커피란 물건 이름이나 들어 보셨겠어. 대체 이게 무얼까 궁금해하며 이리저리 돌려보고 궁리를 하는 데, 아들의 편지가 눈에 띄었지. 편지를 보니 '아버지 어머니. 보내드린 물 건은 서양 사람들이 조석으로 즐겨 마시는 것으로 커피라는 것입니다. 끓 는 물에 타서 드십시오. 정신이 맑아지기도 하고, 기운이 나기도 합니다' 라 쓰였겠다. 할배와 할멈이 효자 아들 덕에 별 걸 다 먹어보는구나 하며 의논 끝에 아마 이런 결론을 보았던 모양이야.

'임자. 이게 필시 서양 사람들 보약인가보오. 아들 성의를 봐서라도 정성스럽게 먹읍시다. 당장 가마솥에 넣고 푹 고아보시오.' 이러고는 딱 두 사발 분량을 만들어 두 분이 사이좋게 나눠 자셨던 거야. 그런데? 그런데는 뭐가 그런데야! 그 길로 다른 세상으로들 가셨지."

왜 아니었겠습니까. 그 정도면 치사량이지요. 생각해보십시오. 가는 데마다 커피가 나오고, 거절할 수 없어서 서너 잔의 커피를 거푸 마시게 된 날, 속이 어떻던가요? 노인들이 돌아가시지만 않으셨대도 그것 참 재미있는 이야기라며 웃어넘기겠는데, 해피엔딩이 되기엔 애초부터 결격사유가 너무나 많았습니다.

무대가 그렇고, 배경이 그렇습니다. 1960년대 말의 한산섬은 저 김승옥의 소설『서울 1964년 겨울』이나『무진기행』보다 훨씬 더 짙은 안개 속에 갇혀 있었을 테니까요. 이야기 속의 주인공들이 다방이라도 한번 가보았다면, 누가 그걸 마시는 걸 구경이라도 해보았다면 그런 비극적 결말까지는 없었을 텐데 말입니다.

아무려나, 무지無知란 참으로 난폭한 놈입니다. 인간을 그토록 혼이 나게 만들고, 그 대가까지 톡톡히 받아내는 놈이니까요. 아무리 그래도 그렇지, 노인들을 죽음으로까지 몰고 간 것은 좀 심한 일이었습니다. 그러나 그놈한테 당한 사람이 어디 저 한산섬 노인들뿐이었겠습니까. 놈은 커피 속에 숨어서 이 땅에 사는 대부분의 사람들을 당혹스럽고 혼란스럽게 만들었습니다.

이 땅의 사람들로 하여금 갖가지 무지몽매한 통과의례를 거치게 만들었습니다. 미군부대에서 흘러나온 그것을 무슨 초콜릿 분말이나 되는 것처럼 핥아먹던 꼬마, 나는 아니다 짐짓 유식한 체하며 대접으로 마시던 어른…… 그러던 사람들이 어떻게 전 세계 커피 수요의 1퍼센트(4조 7000억 원어치)를 차지하는 나라의 국민이 되었을까요?

누가 가르쳤을까요? 어디서들 배웠을까요? 바로 다방입니다. 역전다방, 약속다방, 일번지다방, 희다방, 로타리다방…… 다방이 커피를 가르쳤습니다. 문화를 가르쳤습니다.

2

대개의 서양 문물이 그렇듯이, 커피의 첫번째 소비자 역시 고종이었습니다. 이른바 '아관파천俄館播遷(1896)'으로 러시아 공사관에 피신해 있던 시절, 고종은 그 심사만큼이나 씁쓸한 커피맛을 보게 된 것입니다.

그 맛이 궁궐을 넘어 서울 장안으로 나오는 데에는 삼십 년쯤의 세월이 걸립니다. 물론 한일합방 직후에 생겨난 일본인들의 '깃사텐喫茶店', 러시아의 외교 기지 역할을 하던 '정동구락부' 같은 데서 커피를 만날 수는 있었습니다만, 여간한 고위층이 아니면 어림도 없는 일이었지요.

일반인들이 커피를 마시게 된 것은 1930년대, 다방이란 것이 생겨나기 시작할 무렵입니다. 그러나 그 역시 갑남을녀의 명소는 못 되었지요. 그도 그럴 것이 다방을 차린 사람들부터가 그리 예사로운 사람들이 아니었기 때문입니다.

우리나라 사람으로는 최초의 다방 주인이 동경미술학교를 졸업한 조각가였다는 사실 하나로도 당시의 다방 문턱이 꽤나 높았을 것임을 짐작하기가 어렵지 않습니다. '낙랑팔러'란 이름의 이 다방에 모이던 면면만 살펴봐도 그렇지요.

문인, 화가, 영화인, 연극인 등 지식인들이 주요 고객이었으니까요. 다방 이야기를 하자면, 아무래도 문인을 비롯한 예술인들을 빼놓을 수 없을 것입니다. 「날개」의 작가 이상이 주인이었던 '제비' '학鶴' '무기麥' '69', 부산 피란 시절 문화예술인들의 아지트 노릇을 했던 '밀다원' '금강', 전쟁이 끝난 폐허의 명동을 그래도 아름다운 곳으로 불리게 한 '갈채' '돌체'……다방은 우리 문화예술의 본부 겸 공장 역할을 충실히 했습니다.

다방에서 시가 나왔습니다. 그림이 나왔습니다. 소설이 쓰이고, 가곡이 만들어졌습니다. 요즘 식으로 말하면 그곳이 '문인협회'나 '민족문학작가회'의 사무실이었습니다. '작곡가협회' '미술가협회'였으며 '영화감독협회'였습니다.

그곳에 오상순이 있었고, 김동리가 있었습니다. 윤용하가 있었고, 이중섭이 있었습니다. 임응식이 있었고, 유현목이 있었습니다. 닝닝거리는 꿀벌들이 있었습니다. 문학과 음악과 미술과 사진과 연극과 영화라는 꽃밭이 있었습니다.

현식은 2층의 다방으로 중구를 인도했다. 층계를 반쯤이나 올라갔을 때부터, 다방에서 나는 사람들의 말소리가, 닝닝거리는 꿀벌떼 소리같이 그의 고막을 울렸다. (……) 다방 안은 밝았다. 동남쪽이 모두 유리창이요, 거기 다 햇빛을 가리게 할 고층건물이 그 곁에 없었기 때문이었다. 한가운데는 커다란 드럼통 스토브가 열기를 뿜고 있고, 카운터 앞과 동북 구석에는 상록수가 한 그루씩 놓여 있었다. 그리고 얼핏 보아 한 스무 개나 되엄직한 테이블을 에워싸고 왕왕거리는 꿀벌떼는 거의 모두가 알 만한 얼굴들이었다.

— 김동리, 「밀다원시대蜜茶苑時代」중에서

3

17세기 영국에서 커피 전문점을 '페니 유니버시티Penny University'라고 불렀다는 사실은 우리의 다방이 이 땅에서 담당한 기능 하나를 잘 요약해줍니다. 다방은 영국의 그것처럼 대학만큼이나 많은 것을 배우게 했다는 뜻이지요. 수강료는 커피값 1센트.

왜 아니겠습니까. '세 사람이 모이면 그 안에 스승 한 사람이 있다三人行必有我師'는 말도 있고, '인간은 죽을 때까지 학생'이란 말도 있는 걸 보면 커피집이야말로 썩 좋은 교실의 하나임에 틀림이 없을 것입니다. 제 나이 비슷한 분들이라면 이 대목에서 가슴에 품고 지내온 정겨운 이름 하나가 떠오를 것입니다. 이를테면 '학림다방'이나 '독수리다방' 혹은 '난다랑' 같은.

삐걱이는 목조계단, 칙칙거리는 LP판…… 이즈음의 모던한 카페들에 비하면 초라하기 그지없는 풍경들입니다만, 거기서 우리는 커피를 배웠습니다. 사랑과 우정, 문학과 철학, 자유와 지성, 정의와 용기를 배웠습니다. 첫사랑을 떠나보내기도 했고, 인생의 길동무를 만나기도 했습니다.

꿀벌처럼 왕왕거리며 젊음의 신열身熱을 앓았으며, 알 수 없는 열락悅樂에 몸을 떨기도 했습니다. 희다방이나 역전다방의 추억은 훨씬 더 드라마

틱합니다. 이인화의 소설 「초원을 걷는 남자」에서처럼.

"모두 마시고 죽자." 그러나 막걸리 한 되에 700원 하던 시절이었다. 열한시가 넘도록 때려먹었지만 술값은 3만 원 남짓밖에 나오지 않았다. 땅이 출렁거리고 하늘이 돈짝만해진 우리들은 포르노 비디오를 틀어주는 심야다방으로 가서 널브러졌다. 따뜻한 우유를 홀짝거리며 취기와 잠기로 눈이 벌겋게 충혈되어 비디오를 보고 있을 때 동기가 옆구리를 찔렀다. 집에 갈 사람은 다 가고 일곱 명이 남았다는 것이었다. 새벽 한 시에 우리 일곱 명은 심야다방을 나와 돼지 멱따는 소리로 노래를 부르며 역전으로 걸어갔다. 청춘이었고 객기의 시대였다. 우리는 랭보처럼 스무 살까지 일생일대의 걸작을 쓴 뒤에 "잘 있거라 쪼다들아!" 하며 유유히 사라질 생각이었다.

이 땅의 20세기가 밝고 따뜻했던 날들보다 춥고 어두운 날들이 더 많았다는 사실에 쉽게 합의할 수 있는 분이라면, 다방은 드럼통을 쪼개 만든 톱밥 난로만큼이나 고마운 존재였다는 사실에도 동의하리라 믿습니다. 그 황량한 거리의 세월에 '역전다방'마저 없었다면 우리는 어디에서 기차를 기다려야 했을까요.

시간표도 없는 정거장 대합실은 말도 아니게 추워서 온몸이 뼛속까지 얼어붙던 그 신새벽에. 그래서일까요. 저는 아직도 싱겁기만 한 원두커피보다는 다방커피가 좋습니다.

커피 둘, 설탕 둘, 프림 둘! 당연히 자판기 커피도 좋고, 커피믹스도 좋습니다.

영 자 의 전 성 시 대

1

6418. 제 아내의 비밀번호는 아직도 그 숫자입니다. 제게 시집오기 전의 집 전화번호. 말하자면 친정집 전화번호입니다. 그것도 바뀐 지가 옛날인데 그녀는 그 번호에 대한 애착을 쉽사리 떨치지 못하는 모양입니다. 그것 참 이상한 일입니다. 집과 직장, 남편과 아이들…… 휑하니 외는 전화번호가 하나둘이 아닐 텐데 굳이 그 오래된 번호를 고집하고 있으니 말입니다. 조금 부끄러운 고백입니다만 저는 그까짓 일로 은근히 서운해지기까지 합니다.

64-6418. 그 번호에 대한 그녀의 기억이 가슴속에 남아 있는 것이라면 제 기억은 집게손가락 끝에 남아 있습니다. 수도 없이 돌려댄 번호였으니까요. 전화기가 공중전화였으니 망정이지 우리집 전화였다면 다이얼 판의 4나 6은 아예 뭉개져버렸을 것입니다.

"전화를 걸려고 동전 바꿨네/ 종일토록 번호판과 씨름했었네/ 그러다가 당신이 받으면 끊었네/ 웬일인지 바보처럼 울고 말았네/ 그건 너 그건 너 그건 너 때문이야……" 이장희의 〈그건 너〉, 그 노랫말 그대로가 공중전화가 있는 제 젊음의 풍경이었습니다.

인천에서 서울로 통학을 하던 제게 영등포역 다음 정거장은 노량진이 아니라 그녀의 동네였습니다. 그 집 앞이었습니다. 그녀의 아버지가 손수 지었다는 붉은 벽돌집. 그녀의 어머니가 '양남동 집'이라고 말하는 그 집. 지금은 보신탕집이 되어버린 조그마한 이층집. 우편번호 130-85(1970년 부터 1988년까지는 다섯 자리였습니다)였던 집. 편지 겉봉에 '영등포구 당산 동 2가 48의 10'이라고 쓰던 집.

그 집 앞엘 가려면 139번을 타고 갔습니다. 이제는 2233번으로 바뀐 녹색 버스지요. 이마에 '문래동 - 면목동'이라 쓰인 차였지만 제게는 언제나 '당산동행行'이었을 뿐입니다. 올라앉으면 알아서 천관녀天官女의 집으로 향하던 김유신 장군의 애마처럼 139번은 말하지 않아도 저를 그 집 앞에 데려다주었습니다.

아, 그런데 이런 139번도 있군요. 쌍문동에서 동두천을 오가는 버스도 같은 번호입니다. 그것 역시 사랑의 노선입니다. 소요산 자재암自在庵으로 원효대사를 만나러 가는 요석공주를 생각나게 하는 코스니까요. 부산 시내버스 139번도 필경 만만치 않은 러브스토리를 간직했을 것만 같습니다. 해운대-광안리 그 싱그러운 해안을 잇는 청춘의 라인이니까요.

이수익 시인의 「우울한 샹송」에 나오는 우체국이 광안리나 해운대 우체국이 아닐까 하는 생각이 겹쳐지고, 안도현 시인의 「바닷가 우체국」도 그 버스를 타고 가면 나올 것 같은 생각이 듭니다.

우체국에 가면

잃어버린 사랑을 찾을 수 있을까

그곳에서 발견한 내 사랑의

풀잎 되어 젖어 있는

비애를

지금은 혼미하여 내가 찾는다면

사랑은 또 처음의 의상衣裳으로

돌아올까

우체국에 오는 사람들은

가슴에 꽃을 달고 오는데

그 꽃들은 바람에 얼굴이 터져 웃고 있는데

어쩌면 나도 웃고 싶은 것일까

얼굴을 다치면서라도 소리내어

나도 웃고 싶은 것일까

— 이수익, 「우울한 상송」 중에서

2

우리들의 잃어버린 사랑을 찾아 우체국에 가려면 몇 번 버스를 타야 하나요. 어디까지 가야 하나요. 그러자면 먼저 우리가 지나온 시간의 노선표를 확인해야 할 것입니다. 제 경우로 말하자면 저 139번 버스가 어떤 길을 지나왔는가를 살피는 일일 테지요.

서울 시내버스 시대의 본격적인 개막은 1974년부터입니다. 서울역-청량리의 지하철 1호선이 놓임으로써 서울의 교통 시스템에 커다란 변화가 생기기 시작할 무렵이었지요. 1960년대 중반 변두리 신개발 지역의 교통 문제 해결책으로 등장한 시영市營버스가 적자에 극심한 운영난으로 허덕이던 끝에 모두 민간에 넘겨지게 되던 해였습니다. 139번 중부운수가 그 시영버스 40대를 인수한 것도 바로 그때였습니다.

이때부터 도시에 사는 사람들은 숫자를 외우는 일에 익숙해져야 했지요. 77번과 77-1번이 어떻게 다른지를 알아야 했으며, 홀수냐 짝수냐에 따라 정류장을 구별해야 했습니다. 도시 생활은 숫자로 시작해 숫자로 끝난다는 것과 하루하루가 숫자 싸움의 연속이란 것을 터득해야 했습니다.

여덟 살짜리 꼬마를 일곱 살이라고 우겨대면서 굳이 자신의 차비만 내는 아주머니, 회수권 열 장을 열한 장으로 잘라서 내미는 남학생, 한 탕이라도 더 뛰기 위해 정류장을 건너뛰는 운전기사, 액수가 틀리는 현금 통 때문에 알몸 수색까지 당하는 처녀.

그 시대의 다른 이름을 아시는지요. '영자의 전성시대'. 조선작의 소설이면서 김호선의 영화인 그 제목은 어쩌면 그때 그곳에서 오늘의 여기까지 이 땅의 여성들이 타고 온 버스가 경유해 온 날들의 이름일 것입니다.

영자는 승객의 이름이면서 차장의 이름입니다. 아니, 길의 이름이면서 버스의 이름입니다. 식모살이하다가 순결을 잃고, 공장에서는 희망을 잃고, 버스 차장을 하다가는 팔을 잃고…… 더 잃을 것이라곤 아무것도 없게 되었을 때 사랑을 얻고 어머니가 되는 이름, 영자.

그 여자만큼이나 쓸쓸한 음화陰畵 속 주인공이 또 있습니다. 김기덕의 영화 〈수취인 불명〉에 나오는 버스의 주인입니다. 미군부대에서 흘러나온 빨간색 버스에서 사는 '창국(양동근)이 엄마(방은진)'입니다. 주소가 있을 것 같지 않은 그 버스에서 답장도 없는 편지를 끊임없이 써대는 그 여자 말입니다.

편지는 왜 자꾸 돌아오는 걸까요. 우편번호를 적지 않아서일까요. 'Address Unknown'. 그냥 편지봉투 들고 찾아간다면 몇 번 버스를 타야 하는 걸까요.

창국이 아버지가 사는 나라, 아메리카.

3

우체통에서 쏟아져나오는 편지들과 버스를 내리는 사람들은 많이도 닮았습니다. 분홍빛 편지지는 한껏 멋을 내고 연인을 만나러 가는 청년의 핑크색 셔츠를 닮았습니다. 꽃무늬가 놓인 편지봉투는 선보러 가는 처녀의 원피스를 닮았습니다. 항공우편은 미군 병사를 닮았습니다. 방송국으로 가는 엽서는 좋아하는 가수나 탤런트를 만나러 가는 여학생을 닮았습니다. 제복 차림의 승객은 관제엽서나 행정 우편을 닮았습니다. 수심 가득한 사람의 얼굴은 누군가의 부음計音을 알리는 전보용지를 닮았습니다.

버스 안에는 합격 통지서를 닮은 얼굴도 있고, 과태료 고지서 같은 얼굴도 있습니다. 고향 소식처럼 반가운 얼굴과 나란히 앉을 수도 있고, 법원 최고장催告狀 같은 사람과 함께 서서 갈 수도 있습니다. 세상의 모든 버스는 우편물 수송 차량과 다를 바 없다는 생각이 듭니다. 어딘가를 향해 가고 있는 승객들은 저마다 누군가를 향해 날아가는 편지거나 소포일 것입니다.

버스의 번호는 어쩌면 우편번호인지도 모릅니다.

내가 타고 다니는 버스에
꽃다발을 든 사람이 두 사람이나 있다!
하나는 장미-여자
하나는 국화-남자
버스야 아무데로나 가거라
꽃다발 든 사람이 둘이나 된다
그러니 아무데로나 가거라

—정현종, 「날아라 버스야」 중에서

사랑하는 사람을 향해 달려가는 남자는 자신이 그녀가 목을 빼고 기다리는 우편물이기를 바랍니다. 때문고 냄새나는 물건일지라도 꽃향기 가득한 물건처럼 받아주길 희망합니다. 아, 자신이 타고 가는 버스를 기다리는 사람이 있다는 것은 얼마나 행복한 일인지요.

누군가를 애타게 기다리는 사람은 집안에 가만히 앉아 있지를 못합니다. 버스 정류장까지 나갑니다. 간절히 기다리는 편지가 있는 사람은 방안에 앉아 있지를 못합니다. 문을 지키고 서서 집배원을 기다립니다. 기다리는 편지나 버스가 있다는 것은 또 얼마나 가슴 벅찬 일인지요.

'주소 불명'이나 '수취인 불명' '수취 거부' 따위의 사유로 반송 우편물이 된다는 것은 얼마나 서글픈 일일까요. 기억해야 할 버스 노선도 없고 버스 번호도 없다는 것은 얼마나 끔찍하게 외롭고 쓸쓸한 일일까요.

굳이 기억하려 하지 않아도 저절로 떠오르는 숫자들이 사랑하는 사람과 관계된 것이라면 그것이 행복이 아니고 무엇이겠는지요.

오케 레코드

1

한영애가 일제강점기와 1950년대까지의 옛 대중가요를 리메이크한 음반을 내겠다고 상의를 해왔을 때 나는 속으로 회심의 미소를 지었다. 한영애가 누군가. 우리나라 가수 중 가장 이국적인 분위기의 가수 아닌가. 그런 한영애가 낡고 촌스럽기 그지없다고 느껴지는 일제강점기 대중가요를 부르고 싶다니! 천하의 한영애도 나이가 드니 별수없군 하는 생각이 드는 것이다.

— 이영미, 「한영애 새 음반에 대한 단상」 중에서

그렇습니다. 제가 생각해도 그것은 사건이었습니다. 한영애와 〈낙화유수〉가 어떻게 어울릴 수 있을까 싶었습니다. 〈봄날은 간다〉나 〈타향살이〉가 어떻게 한영애라는 악기로 소화될 수 있는가 하는 의구심이 들었습니다. 이미자씨가 〈코뿔소〉를 부르는 격으로 생각되었습니다. 주현미씨한테 〈누구 없소〉를 청해 듣는 일만큼이나 낯선 풍경으로 보였습니다.

들어보셨는지요. 〈BEHIND TIME〉. 1905년산 유성기로 듣던 노래를 최신형 오디오로 듣는 것 같은 느낌의 음반. 거기에 무슨 차이가 있을까 가만히 생각해보았지요. 아무런 차이도 없었습니다. 오히려 신선했습니다.

백 년 가까운 세월의 거리가 만들어주는 생경함조차 새로움으로 밀려왔습니다.

어쩌면 당연한 일입니다. 소리에 신구新舊나 노소老少가 있을 리 없고, 흑백과 컬러가 있을 턱이 없으니 말입니다. "새 소리판 나왔소. 한 장에 금 2원." 〈목포의 눈물〉도 1935년도엔 새로 나온 앨범 속의 한 곡이었습니다. 청춘남녀들이 가사를 적어가며 배우던 새 노래였습니다.

이제는 저만치 흘러가 빛바랜 노래들도 한 시절엔 새파란 사람들의 사랑을 받던 첨단의 가요였습니다. 이팔청춘의 어느 날, 스타가 된 이난영을 생각해보십시오. 여배우도 아니고 기생도 아닌 열여섯 살 소녀 가수의 탄생에 열광하던 사람들이 누구였겠는가를 떠올려보십시오. 어느 시대건 세상의 무게중심은 항상 젊은 세대에 주어지게 마련입니다.

이난영뿐이겠습니까. 얼굴도 목소리도 아름답던 청춘의 우상들, 이제는 우리 가요의 전설이 된 이름 남인수, 고복수, 황금심, 백년설, 이애리수, 채규엽…… 그런 이들이 빛을 발하기 시작하는 시기도 바로 이 무렵, 유성기의 시절이었습니다.

이 시대를 이야기하자면, 먼저 그 기라성 같은 가수들의 산파産婆이며 〈가요 황금시대〉의 탁월한 연출자라 해야 할 서양 이름들을 불러내는 것이 순서일 것입니다. 오케Okeh, 빅터Victor, 폴리돌Polydor, 컬럼비아Columbia…… 레코드!

에디슨이 축음기라는 이름의 방송국을 지은 사람이라면 그들은 프로듀서였습니다. 매니저였습니다. 프로덕션이었습니다. 그들이 아니었으면 〈눈물 젖은 두만강〉도 〈황성옛터〉도 없었습니다. 〈알뜰한 당신〉도 〈찔레꽃〉도 나오지 못했습니다.

　가수들은 그후로도 오랫동안 영화 〈서편제〉의 소리꾼들이나 남사당패들처럼 기약 없는 유랑의 세월을 보내야 했습니다. 당연히 '지구레코드'나 '오아시스레코드'의 세월도 오지 않았을 것입니다. '별표전축'이나 '야전(야외전축)'도 따라오지 않았을 것입니다.

　아울러 유성기판, 아니 SP나 LP판의 포로가 된 젊은이들도 없었을 것이고 김추자도 한영애도, 송대관도 태진아도, 보아도 이효리도 등장하기 어려웠을 것입니다. 앞서 이야기한 한영애의 음반을 찍어내는 회사도 없었을 것입니다. 그러고 보면, 이 땅의 모든 가수들은 저 유성기판에서 나왔다고 해도 아주 터무니없는 말은 아닐 것 같습니다.

　2

　한 시절이 낡고 썩으면 새로운 세상의 싹이 틉니다. 시간이 때를 묻히면 아무리 사소한 물건도 역사의 증거가 됩니다. 놋그릇을 생각나게 하는 저 소리의 그릇, 일제강점기의 유성기판 몇 장만 꺼내들어도 그 시절 세상살이를 소상히 짚어낼 수가 있지요.

　식민 시대를 살다간 사람들의 시시비비를 가려 그 영욕榮辱을 논하려는 움직임이 한창인 요즘, 유성기판에도 얼마나 많은 삶의 연민과 굴종과 비애가 보이는지 모릅니다. 〈혈서지원〉이라는 노래가 있습니다.

　　무명지 깨물어서 붉은 피를 흘려서

일장기 그려놓고 성수 만세 부르고

한 글자 쓰는 사연 두 글자 쓰는 사연

나라님의 병정 되기 소원입니다.

태평양전쟁이 한창이던 1943년도의 곡입니다. 구구절절 갸륵한 애국충절(?)의 단심丹心이 보이지요. 이런 것을 '친일가요'라 부르던가요, '군국軍國가요'라 하던가요. 〈아들의 혈서〉 〈위문편지〉 〈즐거운 상처〉 〈결사대의 아내〉 〈이 몸이 죽고 죽어〉…… 제목만 들어도 절로 주먹이 쥐어집니다. 당장이라도 전선으로 달려가지 않으면 천하의 비겁자가 되거나 불충불의不忠不義의 낙인이 찍힐 것만 같습니다. 노래의 힘입니다.

대저, 음악의 힘이란 얼마나 놀랍기 그지없는 것인지요. 생각해보십시오. 전쟁터의 북소리, 나팔 소리가 얼마나 많은 젊은이의 눈과 귀를 멀게 하는가를. "노래란 놈이 참 나쁜 놈이구먼." 그렇게 에둘러 얼버무릴 수도 있습니다만, 그 과오過誤의 디테일을 논하자면 복잡해집니다.

누가 가사를 썼지? 곡은 누가 붙였지? 누가 만들자고 했지? 누구 손으로 만들었지? 누가 불렀지?…… 말할 것도 없이 쟁쟁한 이름들입니다. 요즘 문자로 잘나가던 음악가들에 잘나가던 레코드사, 잘나가던 가수들이었지요. 그 독전督戰의 나팔수들 이름 속에서 엘레지의 여왕 이난영이 보이는 것은 무척 안타까운 일입니다.

"삼백 년 원한 품은 노적봉 밑에"라고 하고 싶은 것을 "삼백연 원안풍三栢淵願安風은 노적봉 밑에"로 바꿔 검열을 피하며 민족의식을 부추기던 노래 〈목포의 눈물〉을 부르던 그녀 아니었습니까. 물론 그 노랫말이야 '문일석'

이란 목포 청년의 것이었습니다만, 이난영의 목소리가 아니었으면 그 노래가 그렇게 아련하고 저릿한 노래가 되진 못했을 것입니다.

그런 점에서 가수의 힘은 시인이나 논객의 그것에 비할 바가 아닌지도 모릅니다.

3

유성기판에는 드라마가 있습니다. 〈사의 찬미〉에는 윤심덕의 극적인 생의 행로가 보이고, 김소월의 스승 김안서 시에 곡을 붙인 〈꽃을 잡고〉에는 평양 권번 출신인 선우일선의 분내나는 얼굴이 보입니다. 빨치산들이 즐겨 불렀다는 이유 하나로 오랜 세월 금지곡 신세를 면치 못하던 〈부용산〉을 듣고 있으면 김민기의 〈아침이슬〉이 데려오는 시간의 장면들이 슬며시 포개집니다.

죽음으로 막을 내리는 멜로드라마가 보이고 세월의 풍파를 고스란히 담아낸 시대극이 보입니다. 레코드판을 '소리판'이라 부르던 시절, 유성기판에는 진짜 소리판이 펼쳐지기도 했습니다. 심황후가 된 심청이가 가을밤에 아버지를 그리며 울고 있고, 옥중 춘향이가 쑥대머리로 서방님 그리워 울고 있습니다.

'이화중선'이 울고 '임방울'이 웁니다. '정정렬' '이동백'이 소리를 하고 '김소희' '박녹주'가 애간장을 녹입니다. 그 유명한 명창들의 소리판은 지금 우리가 상상하는 것보다 훨씬 커다란 인기를 누렸던 모양이지요. 이런 에피소드가 있습니다.

대표적 명창의 한 사람인 박녹주에게 홀딱 반한 대학생이 있었습니다. 연희전문 학생이었지요. 그녀의 길목과 집 앞을 지키다시피 하면서 뜨거운 사랑을 고백하던 젊은이였습니다. 공갈 협박성의 혈서까지 써가며 사생결단의 구애를 했지만 박녹주는 끄떡도 하지 않았습니다.

편지에는 레코드 재킷에서 오려낸 그녀의 사진이 붙어 있기 일쑤였습니다. 박녹주가 '빅터'나 '오케'에서 음반을 내기 시작하여 주가가 치솟기 시작하던 1928년경이었으니까요.

결국은 몹쓸 병에 걸려 죽게 되는 그 청년. 어찌 보면 순수한 사랑의 열병을 앓다가 간 사람, 어찌 보면 지독한 스토커였습니다. 그 청년이 바로 「봄봄」 「동백꽃」처럼 주옥같은 작품을 남기고 간 소설가 김유정입니다.

나중에 그가 누구인가를 알게 된 그녀 역시 두고두고 안타까워했다지요. "그렇게 훌륭한 문학청년인 줄 알았더라면 그렇게까지 박절하게 내치지는 않았을 것을."

그러고 보면 '오케레코드'의 그 시절이나 '서울음반'의 오늘이 별반 다를 것도 없어 보입니다.

온 양 온 천 장

1

'천안아산'역을 아십니까. 제 얘기부터 앞세우자면 저는 그 이름이 여간 못마땅하지 않습니다. 대체 어디쯤을 일컫는 이름인지 아리송하기 짝이 없기 때문입니다. 천안이면 천안이고 아산이면 아산이지, '천안아산'이라 니! 저만 그런 것일까요.

어쨌거나 저는 그것이 '서울광명' 혹은 '수원안양' 같은 역 이름을 보는 것만큼이나 터무니없어 보입니다. 물론 저간의 사연을 눈치채지 못하는 것은 아닙니다. 저 노원구의 '석계石溪'역 같은 사연이 있겠지요. 석관동 사람들과 월계동 사람들이 서로 자기네 동네 명칭을 역 이름으로 삼으려고 팽팽히 맞서 싸우다가 한 글자씩을 조합하는 걸로 합의를 보았다는 이야 기 말입니다(따지고 보면 그런 지명, 역명이 어디 한둘입니까).

'천안삼거리'의 천안 사람들과 '현충사'로 유명한 아산 사람들도 그랬겠 지요. 한 치의 양보도 없이 서로의 주장만 되풀이하다가 그런 싱거운 결론 에 도달했을 것입니다. 아니, 실제로 그랬다지요. 3년 동안 밀고 당기던 지 루한 줄다리기의 종점이 바로 '천안아산'역이었다는 것입니다. 어느 쪽으 로도 기울지 않게, 두 지역 이름을 나란히 넣어서 사이좋게, 공평하게!

그런데, 일견 평화로워 보이는 그 이름에서 판문점 '공동경비구역' 같은 긴장감이 느껴지는 것은 왜일까요. 그 네 글자 안에 상표 전쟁과도 흡사한 이권 다툼, 자존심 대결의 불씨가 숨어 있는 까닭입니다. 대표적인 예가 천안과 아산 두 지역 택시들의 영업권 다툼입니다. 한쪽은 "정거장이 아산에 있으니 천안 택시는 영업할 권리가 없다"고 외쳐댑니다. 다른 한쪽은 "무슨 소리냐, 아산이 크냐 천안이 크지. 손님도 천안 쪽이 몇 곱절은 더 많은데 천안 택시 몫이 없다면 말이나 되냐"며 목소리를 높입니다.

'천안아산' 그 숨막히는 경쟁의 구도 안에 그래도 따뜻한 평화의 코드가 숨어 있는 것은 그나마 다행입니다. 천안아산과 함께 불러달라는 뜻으로 괄호 속에 적어놓은 네 글자 '온양온천溫陽溫泉'이 그것입니다. 그렇습니다. '천안아산'은 '온양온천'이기도 한 것입니다. 그렇게 말하니까 훨씬 쉽지 않습니까. 따뜻한 온기가 느껴지지 않습니까. '온溫'자가 두 번이나 겹쳐지는 이름이라서 그럴까요.

어쨌거나, 경부고속철도가 온양온천을 모른 척하지 않고 지나가게 된 것은 퍽이나 다행스런 일입니다. 온양온천은 이 땅의 지나간 한 시절을 이야기할 때 '호두과자'나 '현충사' 못지않게 중요한 브랜드인 까닭입니다. 20세기 우리네 인생이 통과의례처럼 지나온 시간 속의 큼직한 정거장이었던 까닭입니다.

불과 40여 년 전만 해도 온양온천은 손꼽히는 수학여행지의 하나였으며, 나라 안에서 으뜸가는 신혼여행지였으니까요. 이즈음에야 온천 하나 없는 고장이 없을 정도라서 흔한 게 '온천장'입니다만, '온천장' 여관 하면 으레 '동래東萊'나 '수안보水安堡' 아니면 '온양'을 떠올리던 시절이 있었습니다. 그중에 대표 브랜드 하나를 고르라면 역시 '온양온천장'이지요.

2

언젠가 공주 사람에게 들은 농담 하나, "공주 사람들은 처먹고살고, 온양 사람들은 벗겨 먹고살아요." "무슨 뜻이지요?" "공주엔 학교가 많아서 하숙 쳐서 생활비를 버는 사람들이 많다는 뜻이고, 온양 사람들은 대개가 온천에 온 사람들 때 벗겨 먹고산다는 말이지요."

왜 아니겠습니까. '온양'과 '온천'은 같은 말이라 해도 무리가 아닐 것이니, 온양 사람 치고 온천물 덕을 보지 않는 이는 거의 없을 것입니다. 역사로 치자면 '부산 동래'도 만만치는 않으나, 온양의 그것에는 비교할 바가 못 됩니다. 따뜻한 물 혹은 끓는 물이 솟는 우물이란 뜻의 백제 때 이름 '온정溫井' 혹은 '탕정湯井'에서 고려의 '온수溫水'를 거쳐 오늘의 '온양'에 이르기까지 온양의 온천 역사는 물경 1300년을 헤아리니까요. 그러나 온양이 여느 온천보다 한결 빛나는 이름을 얻게 된 이유를 비단 나이가 많다는 데서만 찾을 것은 아닙니다.

온양온천은 아주 오랜 옛날부터 격이 달랐습니다. 요즘 나이트클럽 문자를 빌린다면 '물이 다른 곳'이었습니다. 궁녀로 치자면 '승은承恩'을 입은 신분이었습니다. 임금의 휴양지였으니까요. 태조대왕에서 대원군 시절까지 온양온천은 많은 임금의 사랑을 받았습니다.

대표적인 고객만 꼽자 해도 손가락이 바빠집니다. 세종, 소헌왕후, 세조, 정희왕후, 현종, 숙종, 영조, 장헌세자…… 하여 온양은 때때로 서울

구실을 톡톡히 했지요. 왕이 있고 궁이 있는 곳이 서울 아니고 무엇이겠습니까.

온천 궁궐, 이름하여 '온궁溫宮' 혹은 '온양행궁溫陽行宮'. 처음에는(태조 5년, 1396) 소박하게 마련되었으나 왕들의 행차가 잦아지면서 한창때는 수십 칸의 전각殿閣을 거느리기도 했던 모양입니다. '온궁'의 덕을 가장 많이 본 임금은 세조. 씻기 어려운 죄를 짓고 왕위에 오른 탓인지 세조는 몹쓸 피부병에 자주 시달렸다지요. 전국의 물 좋은 데라면 불원천리不遠千里 찾아나서던 그에게 온양온천이 얼마나 반갑고 고마운 존재였으면 '신천神泉'이란 이름까지 하사하게 되었을까요.

말하자면 팰리스palace 호텔 숙박부라 해도 좋을 '온행기록溫行記錄'은 오늘의 우리에게 자못 흥미로운 역사적 상상력을 불러일으킵니다. 임금이 무슨 일에 치여서 쉬러 갔을까, 짧게는 열흘 길게는 한 달 동안 온천욕을 하며 무슨 구상을 하고 돌아갔을까 하는 궁금증은 일국의 군주가 맞닥뜨리는 문제의 중량과 그 하중에서 비롯되는 심신의 고단함을 생각하게 합니다.

동행同行이 있었는지 혼자였는지, 있었다면 누구와 함께였는지를 살피다 보면 왕이나 왕비가 아니라 한 사나이나 한 여인으로서의 생애와 그 인간적 고뇌를 만나게 될지도 모릅니다. 그렇게 오백 년이 지나가고 1904년, 그토록 지체 높던 온양온천의 영화도 왕조의 몰락과 더불어 내려앉았습니다.

일본인 불량배 수십 명이 '행궁'을 쑥밭으로 만들고 인근 민가와 논밭을 모조리 빼앗아버린 것입니다. 온양온천 20세기의 시작은 그렇게 참담했지요. 이후 일본인이 세운 온양온천주식회사의 '온천장', 조선경남철도주식회사의 '신정관'을 거쳐 온양온천은 새로운 얼굴을 갖게 되지요. 1922년 장항선의 개통이 온천수 개발을 본격화하는 데 중요한 계기가 되었음은 물론입니다.

3

온양온천에 다시 봄날이 시작된 것은 아무래도 신혼부부들의 사랑을 한 몸에 받게 되면서부터일 것입니다. 봄날은 짧지 않았습니다. 첫손 꼽히는 신혼여행지 자리를 제주도에 넘겨주기 전까지 한 세월의 달콤함이 있었습니다. 고단한 시대와의 꿈같은 밀월이 있었습니다. 결혼식이 끝나면 택시한 대를 빌려 오색 리본 흩날리며 남산 팔각정이나 북악 스카이웨이 한 바퀴를 돌아 내려오던 시절, 온양온천은 꿈의 여행지였습니다.

하룻밤일지언정 더운 물 콸콸 나오는 목욕탕에서 개운하게 몸을 씻을 수 있다는 것만으로도 그것은 왕궁의 행복이었습니다. 그런 날의 '온양온천장'은 무궁화 다섯 개짜리 호텔이 부럽지 않은 이름이었습니다.

그런 밤엔 달이 떴을 것입니다. 어떤 시인이 이렇게 묘사한 달밤이었을 것입니다. '밤이 오자 적막한 온천마을/ 청과일 같은 달이 떴다.' 아, 그리고 첫날밤이었습니다.

어머니, 아버지. 당신들의 '혼야婚夜'였습니다. 오늘 다시 당신들 젊은 날의 그 밤을 만나고 싶으시거들랑 고속철도를 타세요. '온양온천'역이 없어졌다고 놀라지 마시고 '천안아산'역에서 내리세요.

온천장 여관은 여전히 온천장 여관일 테지만, 그래도 옛날 생각만으론 찾기 힘드실 테니 택시를 타세요. 천안택시, 아산택시 줄지어 기다리는 택시 아무거나 타시고 "어이 기사 양반, 온천장 여관 갑시다" 하세요.

7
—

왔 다 껌

1

'고기는 씹어야 맛'이란 말이 있습니다. 왜 그런 말이 생겼을까요. 제 생각엔 우리나라 사람들의 식생활이 주로 채식 위주였다는 데에 그 유래가 있을 것만 같습니다. '고기도 먹어본 사람이 잘 먹는다'는 말이 그러한 심증을 굳혀줍니다. 보리밥에 된장국, 나물에 푸성귀나 먹던 사람들에게 고기 먹을 일이 어디 그리 흔했겠습니까.

누구네 잔칫날을 만나거나 제사나 명절 따위 이름 붙은 날이나 돌아와야 "와, 남의 살이다" 하고 덤벼들 수 있었지요. 그렇습니다. 우리는 참으로 오랫동안 별로 '씹을 것' 없는 상을 받고 살아왔습니다. 그저 훌훌 들이켜거나 후룩후룩 마시면 그만인 섭섭한 먹거리로 끼니를 이어왔습니다.

쩌억쩌억 씹어먹고, 잘근잘근 깨물어먹는 것이기보다는 입에 넣기 바쁘게 목구멍으로 넘어가버리는 서운한 메뉴 일색이었지요. 당연히 이가 할 일이 별로 없었습니다. 깍두기나 어적거리는 정도 말고는 우리들의 치아엔 저작^{咀嚼}권이 없었습니다.

섭섭한 밥그릇이나 알뜰히 긁어대던 이 땅의 사람들에게 무언가 입속에 넣고 느긋하게 질경거리는 서양 사람들의 모습은 입안 가득 절로 침이 고

이게 하는 황홀한 풍경이었을 것입니다. 그것은 껌이었습니다. 광복과 함께 이 땅에 들어온 미군 병사들을 통해 처음 맛보게 된 그 희한한 물건.

그 물건으로부터 이 땅의 사람들은 "헬로!"와 "기브 미!"란 말을 배우게 되었고, 이내 그 달콤한 매력에 길들여지게 되었습니다. 껌 하나가 늘 궁금하고 허전하던 입을 즐겁게 해주었습니다. 한번 입에 넣으면 온종일을 우물거릴 수 있다는 점에서 껌의 효용은 떡이나 엿에 댈 바가 아니었습니다.

제 어린 시절까지도 그런 세월이었습니다. 당시의 껌은 어찌 보면 요즈음의 기능성 껌보다 훨씬 더 기능적인 것이었습니다. 시간이 갈수록 한계효용이 떨어진다는 흠은 있지만, 그래도 그렇게 몇 날 며칠을 즐길 수 있는 음식이 껌 말고 무엇이 더 있겠습니까.

정말 이가 아플 정도로 씹었지요. 밥 먹을 때는 상 모서리에 붙여두었다가 씹고, 잘 때는 머리맡의 바람벽에 붙여두었다가 아침이면 떼어서 씹었습니다. 그걸 잊고 그냥 자다가 삼켜버린 것을 알게 되었을 때의 안타까움이란!

그 안타까움이 공포로 이어지기도 했습니다. 껌을 삼켰다는 제 이야기를 들은 친구가 그러면 죽는 수도 있다고 해서 어린 마음에 얼마나 겁이 나던지 잠도 못 자고 밤새 뒤척였던 기억도 있으니까요.

2

18세기, 멕시코 원주민들이 사포딜라^{sapodilla}라는 나무의 수액을 뭉쳐씹기 시작했다는 데서 비롯된 껌의 역사는 궁핍과 허기의 삽화가 곁들여져야 설명이 쉬워집니다. 흑인 노예들이 배고픔을 달래기 위해 씹었다는 이야기가 그렇고, 제2차 세계대전 패망 직후 일본에서 나온 '비닐 껌'의 사연이 그렇습니다.

사연인즉, 껌의 원료인 고무를 구할 길이 없던 어떤 제과업자가 전쟁중에 방탄 탱크에 사용하던 비닐을 절구에 넣고 포도당과 박하와 함께 이겨서 껌을 만들어냈다는 것입니다. 세상에!

이 땅의 어떤 이들은 껌 한 통으로 공책값이나 일용할 양식을 마련했습니다. 정거장 나무의자에 앉아 있으면 교련복 차림의 고학생이 다가와 '풍선껌'을 내밀었습니다. 다방에 앉아 있으면 때 절은 포대기로 아기를 들쳐업은 여인네가 '은단껌'을 내밀었습니다. 버스에 앉아 있으면 목발을 짚은 상이용사가 차가운 갈고리 손으로 '셀렘민트'를 내밀었습니다.

요즘도 그런 손들이 늦은 밤 선술집의 술상을 찾아듭니다. 퀭한 눈빛들이 지하철 입구 계단에서 행인을 붙잡습니다. 그들의 손바닥엔 여전히 몇 통의 껌이 들려 있습니다. 껌의 이름이 바뀌었을 뿐 껌 한 통은 여전히 가장 단순한 상행위의 기본단위가 되고 있는 모양입니다. 아니, 적선의 단위라는 편이 옳을지도 모르겠습니다.

껌 한 통이 그렇게 강요나 주문에 의한 사랑의 단위였다면, 껌 한 개는 보다 적극적인 사랑의 인사였다는 생각이 듭니다. 기차나 버스에서 옆에 앉은 처녀에게 말 한마디 건네보고 싶을 때 "껌 하나 드시겠어요?" 이상으로 좋은 말도 없었으니까요.

얼굴을 붉히며 껌을 받아드는 순간, 처녀는 청년을 가슴 설레게 하는 동행이 됩니다. 어쩌면 그날의 여정보다 몇백 배나 더 먼 길을 따라 나서게 될지도 모릅니다. 그럴 때의 껌 한 개는 세상에서 제일 비싼 껌이 될 테지요. '껌값' 얘기를 꺼냈으니 말입니다만, (아주 적은 돈을 뜻하는) 그 껌값이란 게 사람마다 달라서 얼마를 의미하는지 짐작이 되지 않을 때가 많습니다. 대개의 사람들에겐 정말 몇백 원, 몇천 원 혹은 기껏해야 몇만 원 수준인데, 어떤 사람들에겐 그 열 배 백 배가 되기도 하는 모양입니다.

후자의 경우는 아무래도 부정적인 뉘앙스가 강하게 마련이어서 껌 하나의 순정과 껌 한 통의 진실을 추억하는 사람을 슬프게 만듭니다.

3

이런 노래가 기억나시는지요. "아름다운 아가씨 어찌 그리 예쁜가요. 아가씨 그윽한 그 향기는 뭔가요. 아아아— 아카시아껌." 저는 이 노래가 참 좋습니다. 요즘도 흥얼거리곤 하니까요. 아카시아 꽃길의 추억 하나 없는 사람이 어디 있겠습니까만, 저는 그 꽃만 생각하면 코피를 쏟을 때의 느낌처럼 아릿한 기억 속으로 빠져들곤 합니다.

초등학교 시절 학교에서 돌아오는 길 하얗게 피어난 아카시아 꽃잎을 따먹던 장면에, 저만치 걸어가고 있는 말총머리 동급생 여자애를 쭈뼛거리며 뒤따르던 기억입니다. 그 짙은 향기는 아카시아 나무에서 뿜어져나오는 것이 아니라 마치 그애의 몸에서 온통 쏟아져나오는 것만 같았습니다. 그애의 이름이 정순이던가 그랬습니다.

물론 아카시아껌이 나온 것은 제가 어른이 되어서입니다만, 그 껌의 좀 비릿한 향기는 어린 날의 순정을 떠올리기에 충분한 자극이 되었습니다.

아카시아는 정말 한 세월 아가씨들의 향기가 되어 사내들의 가슴을 벌렁거리게 했습니다. '여성은 향기로 말한다'면서 '여성만을 위한 껌'이라고 광고한 효과를 톡톡히 보았던 것 같습니다.

아카시아껌이 그렇게 춘향을 닮은 봄 처녀의 이미지를 보여주고 있었다면, 어사가 되어 내려온 이도령을 생각나게 하는 남성적 이미지의 껌도 있었습니다. '왔다껌'! 어떤 일이나 사물을 이야기할 때, 그것이 단연 최고라는 이유로 엄지손가락을 치켜세우며 "왔다지!" 하던 시절이었습니다. 사람을 말할 때도 썼습니다. "우리 회사에서 노래는 김대리가 왔다지!"

"왔다!" 믿고 기대해도 좋을 만한 최상품의 물건이나 비교할 만한 상대가 없이 빼어난 인물을 지칭할 때 그런 표현이 쓰였던 것이지요. 그것은 목을 길게 빼고 기다리던 것의 등장을 발견한 찬탄의 표현인 동시에, 바라고 원하는 일이 눈앞에 이루어졌다는 사실에 대한 기막힌 감탄사였습니다.

커피 스타일로 말하자면 '드디어 탄생'이나 '마침내 등장'의 의미를 지녔다고나 할까요. 소비자 편에서 보자면 '어디 갔다 이제 왔니'라고 말하고 싶을 만큼 크나큰 반가움의 표시에 다름 아닐 것입니다.

아가, 춘향아, 정신차려라. 어미 왔다. 아이고. 어머니시오. 어머니 밤중에 어찌 나오셨소. 오냐. 왔단다. 오다니. 누가 와요. 밤낮 주야 기다리고 바라던 너의 서방인지, 서울 사는 이몽룡인지. 잘되고 잘되어 여기 왔다. 너 좀 봐라. 춘향이가 옥방에서 이 말을 듣더니마는, 아이고, 이게 웬 말씀이오. 아까 꿈에 보이던 님이 생시 보기 의외로세.

—〈춘향가〉(김세종 판, 조상현 소리) 중에서

'쑥대머리 귀신 형용'의 춘향에게 '왔다'는 말 한마디 이상으로 반가운 말은 없었을 것입니다. 이도령이 금의환향을 했건, 걸인 행색으로 나타났건 그것은 중요하지 않습니다. 죽기 전에 임의 얼굴을 보게 되었다는 사실 하나로 뼛속 깊이 스민 고독과 절망이 눈 녹듯 스러졌을 테니까요. 못난 점이 눈에 들어오기 시작하면 이미 사랑하는 것이 아니라지요, 아마.

'아카시아껌'이 희미한 옛사랑의 그림자를 불러다주었다면, '왔다껌'은 그리움과 기다림 너머 어딘가에 우리 앞에 다가올 채비를 하고 있는 아름다운 무지개가 있다는 것을 가르쳐주었습니다.

원 기 소

1

달이 바뀔 때마다 가장 먼저 눈이 가는 데가 있습니다. 달력에 있는 빨간 숫자들이지요. 새달엔 노는 날이 얼마나 되나를 헤아리는 것입니다. 그것은 곧 일요일이 일요일로서, 공휴일이 공휴일로서 온전히 살아 있는가를 확인하는 일이지요. 일요일과 국경일이 한데 붙어 있거나 사나흘 황금연휴가 될 수도 있는 날들이 징검다리식으로 떨어져 있는 달력이 주는 아쉬움이란!

아쉬움을 넘어 허망하기조차 합니다. 그 허망함은 마치 줄을 서서 기다리던 '무료 선물'이 바로 내 앞에서 바닥이 나버렸을 때의 그것과도 비슷할 것입니다. 그런 점에서 올해 5월의 달력은 많은 이들에게 적지 않은 실망을 안겨줍니다.

어린이날과 부처님 오신 날, 이틀 모두가 일요일인 까닭입니다. 그 서운함이야 누군들 없겠습니까만, 어린이들의 그것은 어른들에 비길 바가 아닐 것입니다. 특히 어린이날. 세상이 자신들을 부르는 이름이 붙은, 생일과도 같은 날이 보통 일요일 수준으로 전락해버렸으니까요.

어쨌거나 어린이날은 참 좋은 날이지요. 꽃잎을 떨군 꽃나무들이 연초록 이파리들을 눈부시게 밀어올리는 것을 보는 것처럼 자라는 아이들의 활짝활짝 피어나는 웃음꽃을 보는 것만으로도 온 세상은 행복해지니까요.

어린이날의 의미와 이 계절의 상징성에는 그렇게 어른들까지 슬그머니 동심으로 돌아가게 하는 마력이 있습니다. 그래서 이날이 되면 세상은 하루아침에 '어린이 왕국'이 됩니다.

사설이 길었군요. 이렇게 말머리가 장황해진 까닭을 밝히겠습니다. 결론부터 앞세우자면 어린이날은 이제 공휴일에서 제외해야 할 때가 왔다는 것입니다. 이젠 1년 365일이 어린이날 아닌 날이 없기 때문입니다. 과보호와 애정 과잉이 문제가 되고, 늘어만 가는 응석받이와 비만 아동들이 더 큰 걱정거리가 되는 세상이니까요.

물론 아직도 소년소녀 가장, 결식아동들이 적지 않다는 것과 아직도 많은 곳에서 어린이들의 인권과 권익이 무시되고 있음을 모르는 바 아닙니다. 그러나 별다른 결핍이 없어 보이는 대다수의 아이들을 바라보면 어린이날은 이제 굳이 공휴일이 아니어도 좋겠다는 생각이 듭니다. 날마다 애정과 영양의 무제한 공급을 받고 있는 그들에게 새삼스럽게 또 하루를 온통 그들만을 위한 시간으로 바꾸어 '사랑의 융단폭격'을 가한다는 것은 국가적인 낭비란 생각이 듭니다.

오해하진 마십시오. 반복하거니와, 제 이야기는 어린이날이 필요 없다는 뜻이 아니라 더이상 휴일이어야 할 이유는 없다는 말씀입니다. '학생의 날'처럼 그날의 의미를 새기고, 그 주인공들의 존재 가치를 짚어주며, 그들의 꿈을 다져주는 날이면 되지 않겠느냐는 것이지요.

2

"날아라 새들아, 푸른 하늘을. 달려라 냇물아, 푸른 벌판을. 5월은 푸르구나. 우리들은 자란다. 오늘은 어린이날, 우리들 세상." 이 노래 가사에 담긴 뜻을 곰곰이 한번 되짚어보는 일은 어린이날의 참다운 가치를 새겨보는 일이기도 합니다.

그것은 어린이날 예찬이기에 앞서 궁핍한 시절의 이 땅에서 유소년기를 지내던 이들에 대한 위안과 배려의 뜻으로 만들어진 노랫말이었습니다. 적어도 이날 하루만큼은 새처럼 자유롭고 냇물처럼 분방하게 뛰어놀아도 좋다는 뜻이었습니다. 이날 하루는 저희들이 하고 싶은 대로 해도 좋다는 의미였습니다.

아니, 그것은 이 땅의 어머니들, 아버지들에 대한 당부의 말이었습니다. 자식들에 대한 봉사 명령이었습니다. "새벽같이 직장으로, 논밭으로 나갔다가 늦은 밤에야 집으로 돌아가는 이들이여! 이날 하루만이라도 평소에 제대로 보살피고 돌봐주지 못한 당신의 자식들을 위해 쓰시오." 말하자면 그런 주문이었습니다.

대부분의 부모들이 그 제안에 흔쾌히 동의하고 따랐습니다. 아이들의 손목을 잡고 창경원으로 원숭이나 코끼리를 보러 갔습니다. 김밥을 싸 들고 남산공원으로 서울을 굽어보러 갔습니다. 만화영화 〈호피와 차돌바위〉를 보러 갔습니다. 〈우주소년 아톰〉이 그려진 운동화를 사러 남대문시장엘 갔습니다. 꼭 필요한 휴일이라는 공감대가 이루어진 까닭입니다.

온 나라가 공장의 기계를 멈춰 세우고, 씨 뿌리는 일을 미루어도 아깝지 않을 만큼 값진 투자라는 데 이의가 있을 수 없었기 때문입니다. 그럴 만도 했지요. 그 시절, 이 땅에서 어린이로 살아간다는 것은 어른들 못지않게 고단한 일이었으니까요.

여자아이들은 '몽실 언니'처럼 어린 동생을 들쳐업고 밥을 지었으며, 사내애들은 아버지처럼 나무를 해 오고 쇠죽을 끓였습니다. 낮시간의 아이들은 학생인 동시에 주부이거나 작은 가장이었습니다. 그럼에도 불구하고 어른들은 그 기특한 아이들을 칭찬하고 위로해줄 시간조차 없었습니다.

어린이날은 바로 그런 시절의 아이들에 대한 포상휴가였습니다. 어린이날의 선물은 구슬치기나 고무줄놀이를 하다가 빗방울이라도 비칠라 치면 집으로 달려와 장독 뚜껑을 덮고 빨래를 걷은 데 대한 공로 훈장이었습니다. 동생을 업고 논 착한 형에 대한 보너스였습니다. 술기운에 붉은 얼굴로 돌아오신 아버지가 내미는 드롭프스 한 봉지도 그런 것이었으며, 장을 보고 오시는 어머니가 내미는 엿가락도 그런 것이었습니다.

사는 형편이 좀 나은 집에서는 그런 임시 처방보다 좀더 나은 선물이 있었습니다. 원기소나 에비오제 같은 것들이었습니다.

> 이중모라는 동무네집 놀러갔다가 종모야 원기소 먹어라!
> 그런 말 처음 듣고 놀랐다
> 닭 속에 넣은 인삼이며 황기 따위 나도 인연이 없진 않지만
> 젊은 어머니 손에 그 고소한 걸
> 받아먹는 아이가 부러웠다
>
> ─심호택, 「원기소」 중에서

3

끼니 거르지 않고 삼시 세 때 거둬 먹이는 것 자체가 부모의 가장 중대한 역할이던 시절, 아이들의 건강을 위해 무언가 별다른 것을 해준다는 것은 생각하기도 쉽지 않은 일이었습니다. 원기소 병이 눈에 띄는 집은 그래도 살 만한 집이었지요. 누가 물으면 '우리 애가 밥을 잘 안 먹어서……'라거나 '막내가 워낙 약골이라서……'라고 원기소가 보이는 이유를 둘러댔지만, 그 말은 대개 '우리는 그래도 먹는 걱정은 없는 집'이라는 대답으로 들리게 마련이었습니다.

사실 그렇게 아이들의 성장, 발육에까지 세세한 관심을 기울일 만한 집은 흔치 않았습니다. 그래서 그것을 먹는 아이들은 부러움의 대상일 수밖에 없었지요. 누군가 그걸 먹고 있으면 얻어먹어보려고 비굴한 미소를 지어 보이기도 했습니다. 누구네 아이가 그걸 먹고 있는 것을 본 부모네들은 다음달엔 자신의 아이들에게도 그것 한 병을 챙겨 먹여보려고 애를 썼습니다.

미숫가루를 개어놓은 것과 같은, 그 텁텁하면서 기묘한 냄새가 나는 알약, 원기소. 원기소 한 병에는 그 시절 부모네들의 서글픈 비나리가 있었습니다. 아이들을 새처럼 날게 하기 위해서, 냇물처럼 거침없이 달리게 하기 위해서 허리띠를 동여매야 했던 그때 그분들의 기원이 있었습니다.

저는 지금, 그 원기소 한 병의 추억에서 그분들께 우리가 해야 할 일이 무엇인가를 생각합니다. 겨우 원기소 한 병을 먹고 자란 이들과 원기소 한 병도 못 먹고 자란 이들이 부모가 된 오늘. 원기소를 먹었느냐 못 먹었느냐는 중요하지 않습니다. 중요한 것은 무슨 인삼, 녹용이나 되는 것처럼 장롱 꼭대기에 올려두고 보약처럼 챙겨 먹이던 그 마음과 그렇게 해보려고 무진 애를 쓰시던 그분들의 마음입니다.

원기소에 약효가 있었다면 그것은 사랑이란 성분의 정신적 약리작용이 었을 것입니다. 요즘 아이들은 어떻습니까. 아이들은 원기가 넘쳐나는데, 우리의 어머니들, 아버지들은 언제나 원기 부족입니다. 자식들에게 쏟아붓기만 했지 정작 당신들은 필요한 만큼도 채워본 일이 없기 때문입니다.

그분들께 원기소를 사드릴 때가 왔습니다. 그러자면 그분들의 날 '어버이날'은 공휴일이어야 마땅합니다. 어머니의 손을 붙들고 서울대공원에라도 가려면, 산골 할머니와 철없는 손자의 아름다운 이야기를 담은 영화 〈집으로……〉를 보러 극장에라도 가려면, 동대문시장에 가서 주름치마라도 한 벌 골라드리려면……

원조와 짝퉁

1

〈하숙생〉으로 유명한 가수 최희준씨의 대표곡 중에 〈광복 이십 년〉이란 노래가 있습니다. 동양방송(TBC)의 대하드라마 주제가로서 1970년대 중반까지 온 나라에 울려퍼지던 곡이었지요.

먹구름 가시면 별빛도 맑은데
20년 풍운 속에 묻고 묻힌 사연들
비바람에 흘렸던가
아아 영욕은 무상해라
광복 20년

제 또래의 사람들이라면 필시, 꼬마 시절에 그 노래의 맨 끝 소절을 따라 부르던 사람들일 것입니다. "과-앙복-이-심-녀언." 얼마 전, 어느 TV 가요프로그램에 나온 최희준씨가 그 부분을 이렇게 고쳐 부르는 것을 보았습니다. '과-앙복-육-심-녀언.'

'광복 60년!' 그렇습니다. 그 노래를 따라 부르던 꼬마들 나이에 어느새

40여 년의 세월이 보태졌습니다. 요즘은 〈격동 50년〉이란 드라마가 있지요, 아마. 왜 아니겠습니까. 이 땅의 현대사는 그야말로 격랑의 연속입니다. 저 한강이나 금강, 낙동강의 흐름이 고요하고 평화롭지만은 못했던 것처럼, 우리 헤쳐 온 시간의 물길은 그야말로 파란만장의 길이었지요.

우리가 타고 온 시간의 배는 '순풍과 순리'보다는 '역풍과 역리逆理'를 넘는 날이 훨씬 더 많았지요. 좋게 이야기하자면 우리는 드라마틱한 시간을 살아온 것입니다. 소설보다도 흥미로운 사건들이 어디 하나둘이었습니까. 픽션보다 더 변화무쌍한 스토리를 지닌 실화는 얼마나 많았습니까.

어떤 의미에서 한반도는 엄청난 블록버스터를 위한 세트였으며, 한국인들은 감독의 지시가 없어도 척척 알아서 움직이는 타고난 배우들이었는지도 모릅니다. 그렇기에 한 세월이 모퉁이를 돌 때마다 그렇게 많은 다큐멘터리 스타일의 드라마들이 만들어진 것이겠지요. 그때마다 우리는 어른 아이 할 것 없이 라디오 앞에, TV 앞에 모여 앉곤 했지요.

얼른 떠오르는 제목들만 헤아리자 해도 손가락이 바빠집니다. 〈실화극장〉〈법창야화〉〈정계야화〉〈대한민국 20년〉〈제1, 2, 3공화국〉〈거부실록〉〈제5공화국〉…… 대부분 우리 현대사에 고딕체로 남은 사람들의 이야기들입니다. 선악과 호오好惡를 떠나서 '아, 그 사람' 할 수 있는 인물들이지요.

정치가, 사회운동가, 간첩, 사형수, 갑부, 기업인…… 사람의 이름을 브랜드로 보자면 유명 상표들에 관한 이야기입니다. 그렇다고 '명품 열전'은 아니지요. 품질이 아주 나쁜 인생들도 숱하게 등장하니까요. 결론을 앞세우자면, 우리가 그렇게나 많이 듣고 보고 있는 다큐드라마들은 대한민국의 '원조元祖'들에 관한 이야기입니다.

행복이건 불행이건, 우리 앞에 '현재진행형'으로 벌어지고 있는 일들이 언제 어디에서부터 시작된 일인지를 보여주려는 것들이지요. 누구 머릿속에서 나온 생각이며, 누가 몸으로 보여준 일이며, 누가 일으킨 사건인지를 알게 하는 것들이지요.

부정부패의 원조, 날치기의 원조, 흉악범의 원조, 친일의 원조, 수전노의 원조, 기회주의자의 원조, 허수아비의 원조…… 하나같이 원조들이 주인공 아닙니까.

물론 나쁜 원조들만 있는 것은 아니지요. 어디선가 홀연히 나타나서 고약한 사람을 물리쳐주는 이 시대 천사의 원조도 있고, 험악한 시절의 울타리를 온몸으로 들이받으며 고군분투하던 투사의 원조도 나오지요. 비난과 욕설의 대상으로 떠오르는 이름이 아니라 감사하고 경배하는 마음으로 기억해야 하는 이름들. 그런 원조들도 적지 않지요.

어쨌거나, 저는 60년 만에 다시 돌아온 이 을유년乙酉年을 지나면서 '원조'라는 단어에 대해 곰곰이 생각해보고 싶어집니다. 뒤를 이어 떠오르는 진품, 명품, 잡표, 짝퉁…… 그런 말들과 함께.

2

　춘천에 가면 원조 막국수 안 먹을 수 있나요
　춘천역에서 택시 타고 사창고개 갑시다 하면
　일금 700원에 총알같이 모셔다드리죠
　그곳에 내리시면 막국숫집이 딱 둘 있는데

혹, 순간의 실수로 3층 현대식 건물로 들어가시면

춘천까지 온 당신의 수고는 진짜 막국수가 되지요

미안하지만 거긴 원조가 아니에요

원조라고 쓰여 있다고 다 원존가요 뭐

바로 그 옆집 허름한 한옥이

춘천의 명물 원조 막국숫집이지요

원조가 뭐 그리 꾀죄죄하냐구요

글쎄 저도 춘천 태생 시인과 같이 안 갔더라면

사정 모르는 자가용 식도락가들처럼

그 가짜 원조집에서 원조거니 신나게 후루룩댔겠지요.

수십 년 가락의 장사꾼답지 않게

어제 개업한 사람처럼 어수룩한 원조집 아줌마

그러나 국수 면발만큼은

대밭 속의 여시처럼 교활하게 능란하게 식도를 파고들지요

아, 보드라운 백 프로 메밀의 맛!

그날은 밤늦도록 춘천 태생 시인과 원조 타령을 벌였지요

족발의 원조 장충동 뚱뚱이 할머니집 아시죠

족발 먹고 주인들이 다 뚱뚱해졌는지

이젠 너도 나도 뚱뚱이 할머니집

김밥집 하면 다 충무할매김밥

국밥집 하면 무조건 욕쟁이 할머니집

정작 욕쟁이 할머니는 이젠 입을 다물고 있다잖아요

그래요 진짜 원조는 침묵하고 있지요

번지르르한 유사 상품의 그늘 아래 꾀죄죄하게 숨어서

국수 면발만 짱짱하게 빚고 있지요

너도 나도 이 새끼 저 새끼 욕하고 있는 와중에서

진짜 욕쟁이 할머니 찾기 어렵듯

안목 없이 후미진 골목골목 진짜 원조 찾기란 어렵지요

이번 기회에 우리 한번 원조 식별하는 공부 해보지 않겠습니까

대충 유사품 먹고 살지, 뭐 그런 수고를 하느냐구요

순간의 선택이

평생의 미각을 좌우하기 때문이죠

— 유하, 「원조를 찾아서」 전문

3

그렇게 많은 다큐드라마들의 노력에도 불구하고, 대한민국 현대사는 아직도 비빔밥 형국입니다. 그것도 재료가 훤히 들여다보이는 상태가 아니라, 이미 입에 들어가거나 뱃속에 들어가 앉은 비빔밥이지요.

지금 우리 혀끝에 와 닿는 이 맛이 어떤 재료로부터 어느 순간에 결정되었는지, 누구 솜씨를 탓해야 하는지 알 길이 없는 비빔밥입니다. 원형을 잃은 막국수거나 원조를 찾기 어려운 족발처럼 보이기도 합니다. '원조와 짝퉁'을 구별하는 일이 풀밭에서 잡초를 가려내는 것만큼이나 어려워졌습니다.

그러나 또 한편으로는 그 혼란상이 참으로 눈물겹도록 정겨워질 때도 있습니다. 지난 세기, 우리들과 함께한 이름들에 대한 '연민'이 기억 속의 풍경을 흐려놓는 순간입니다. 생각해보면, 우리가 정말로 친하게 지낸 이름들 중에는 원조나 진품이 많지 않았습니다.

대부분은 남대문 시장 리어카 위의 '잡표雜票'들이거나 시골 장마당 좌판에 깔리는 '짝퉁'들이었지요. '나이키'를 닮고 싶어하던 '나이스'였으며, '피에르 가르뎅'이 되고 싶던 '피에로와 가로등'이었습니다.

'패티 김'으로 살고 싶던 '패튀 김'이었고, 또하나의 '조용필'로 살아가는 화신극장의 '조용칠'이거나 강남 나이트클럽의 '조영필'이었습니다. 대통령 아들도 짝퉁이 있었고, 국회의원이나 청와대 직원까지 유사품이 나돌던 시절도 있었습니다.

'굴비'는 모두 '영광'을 고향으로 삼고 싶어했습니다. 가수는 누구나 '지금 막 동남아 공연을 마치고 돌아온' 사람이고 싶어했습니다. 방콕에서 온 '로렉스' 시계도 스위스제로 불리고 싶어했습니다. 청계천에서 만들어진 '루이비통' 가방도 지금 막 비행기를 내린 것처럼 보이고 싶어했습니다.

물론 지금도 계속되는 일들입니다. 아니, 영원히 계속될 일들입니다. 당연한 일 아닐까요. 세상 모든 물건이 진품 명품일 수도 없고 그럴 필요도 없는 것 아닙니까.

어떻게 모든 식당이 원조일 수 있을까요. 그래야 할 까닭이 있을까요. 그렇다면 그곳은 사람 사는 세상이 아니라, 천상의 낙원이거나 지독한 전제주의 국가임에 틀림없을 것입니다.

광복 70년 살림살이를 떠받쳐온 이름들 중엔 예전의(우리가 그토록 선망해마지 않던) 미제 일제 부럽지 않은 물건보다는 요즘의 (우리가 그토록 업신여기는) 중국산 제품 같은 것이 훨씬 많았지요. 오늘날 뭐니 뭐니 하는 물건들도 그런 세월의 터널을 지나왔지요.

'여기 간다, 저기 간다' 하는 이름일수록 서럽고 고단한 사연이 많았지요. 암행어사 출두를 기다리는 대목이 너무나 길었던 드라마를 가졌지요. 광복 70년을 외로운 '원조'들의 역사라 부를 수도 있지만, 저는 별처럼 많은 '짝퉁과 잡표'의 세월이라 부르고 싶습니다.

월 남 치 마

1

문득 어떤 말의 어원語源이 궁금해질 때가 있습니다. 평소엔 무심코 쓰던 말, 습관처럼 쓰던 말이 어느 순간 참을 수 없는 의문 덩어리가 됩니다. "그래, 정말. 어째서 그런 이름이 붙었을까?" "그 말의 어원은 어디 있는 걸까?"

그런 말일수록 사전에도 없는 것들이 대부분입니다. 이리저리 수소문해보지만 시원한 답을 듣기 어렵습니다. 전문가들조차 명쾌한 설명을 하지못하고 쩔쩔매는 경우가 많습니다. 그런 말들은 애당초 문법적 질서나 계통을 따라 올라가며 근본을 짚어낼 수 있는 말이 아니기가 쉽습니다.

그렇게 족보에도 없는 말의 출신을 알아내자면 기댈 곳은 한군데입니다. '민간어원설'. 항간의 추측이나 증언을 토대로 수상한 말들의 신원조회를 하는 방법이지요. 그럴 경우엔 자연히 말의 이치나 구조보다는 실존적증거나 설득력 있는 가설이 더 커다란 신뢰의 토대가 됩니다.

'그럴 법하다' '그럴싸한 말이다' '말을 듣고 보니 그렇다'식의 공감대가형성되면 사람들은 더이상 캐고 따지려들지 않습니다. 그 대목에서 묵시적 합의가 이뤄지는 셈이지요. 잘 우기거나 목소리 큰 사람, 잘 둘러대거나 잘 갖다붙이는 사람…… 그런 이들이 곧잘 국어학자 노릇을 합니다. 말의 대법관 역할을 합니다.

어떤 이들은 때로 무불통지無不通知의 태도를 보입니다. 모르는 것이 없고 직접 겪거나 듣지 않은 일이 없습니다. '새옹지마'나 '함흥차사' 따위 숙어에 얽힌 고사들을 줄줄 풀어냅니다. '행주치마'에서 권율 장군과 행주산성 싸움을 불러내고, '을씨년스럽다'란 말에서 을사보호조약이 체결되던 해의 그 어둡고 쓸쓸한 분위기를 불러옵니다.

아주 오래 살고 있거나 할머니의 할머니, 할아버지의 할아버지 때부터 내려오는 이야기를 아직도 기억하는 사람들입니다. 젊은이들이 '쌍팔년도'라는 표현으로 서울올림픽이 열리던 해를 이야기하면 그들은 피식 웃습니다.

'쌍팔년'의 88년은 원래 단기 4288년, 즉 1955년을 의미하는 말이었기 때문입니다. 그렇게 보면 세상은 언제나 딱 두 부류의 인간들로 구성되는 것 같습니다. 어떤 것을 아는 사람과 모르는 사람, 어떤 일을 겪은 사람과 겪지 못한 사람, 어떤 맛을 아는 사람과 모르는 사람.

그런 생각을 하던 차에 후미진 골목 어귀에 나붙은 플래카드 하나가 눈에 띄었습니다. '예쁘고 착한 베트남 처녀와 결혼하세요'. 베트남? 아, 월남! 그렇습니다. 그 광고물 하나를 놓고도 사람들을 두 가지로 가를 수 있습니다.

흥부네 제비가 오고가는 그 나라 이름을 베트남이라 하는 사람과 월남이라 하는 사람. 그 나라 서울의 옛 이름 사이공을 기억하는 사람과 호치민밖에 모르는 사람. '월남에서 돌아온 김상사'를 아는 사람과 잘 모르는 사람. 그리고 떠오르는 이름, 월남치마를 입은 여자를 기억하는 사람과 그렇지 않은 사람.

2

그 여자는 붉은 감이 주렁주렁 달린 감나무를 높이높이 올라가서는 감을 땁
니다
월남치마에다 빨간 스웨터를 입은 그 여자는 내가 올 때까지
소쿠리 가득 감이 넘쳐도 쓸데없이 감을 마구 땁니다
나를 좋아한 그 여자
어쩔 때 노란 산국 꽃포기 아래에다 편지를 감홍시로 눌러놓은 그 여자
늦가을 시린 달빛을 밟으며 마을을 벗어난 하얀 길을 따라가다보면
느티나무에다 등을 기대고 달을 보며 환한 이마로 나를 기다리던
그 여자
내가 그냥 좋아했던 이웃 마을 그 여자

─김용택, 「애인」 중에서

이 시에 나오는 월남치마의 여자를 아시는지요. 저는 압니다. 제 어머니
입니다. 동시에 당신의 어머니입니다. 아니, 이 땅 모든 어머니들의 처녀
적 얼굴을 가진 여자입니다. 월남치마에 빨간 스웨터를 입은 그 여자. 원
색 바탕에 알록달록 요란한 꽃무늬, 허리춤에 고무줄이 들어 있는 통치마
를 입고도 예쁘기만 하던 60, 70년대 우리의 어머니입니다. '몽실 언니'입
니다. '봉순이 언니'입니다.

역시 고무줄을 넣어 입고 벗기 좋고 일하기에 편하게 만든 일본 이름의 바지 '몸뻬'의 자매품 같은 월남치마. 그 여자는 학교에서 돌아오면 그 치마를 입었습니다. 외할머니를 도와 밭일을 나가도 그 차림이었고, 한밤중에 외할아버지 몰래 아버지를 만나러 나가도 그것을 입었습니다.

〈인어공주〉라는 영화가 생각납니다. '때밀이 엄마' 고두심의 젊은 날과 그녀의 딸인 자신의 현재를 일인이역으로 매끄럽게 소화해냄으로써 배우 전도연이 진면목을 보여준 영화였지요.

어머니의 고향 마을로 시간여행을 하게 된 딸이 엿보게 된 엄마의 처녀 시절. 엄마의 해맑은 순정을 더욱 돋보이게 만드는 것은 엄마의 꼬질꼬질한 옷차림이었습니다. 게다가 사랑에 빠진 섬 처녀의 천진스런 미소는 어떤 고급의 패물보다 빛나는 천연의 액세서리였습니다.

아무리 시원찮은 옷이라도 빛나는 젊음이 있는데 어찌 곱지 않겠습니까. 무슨 일을 한들 아름답지 않겠습니까. 그런데 이상도 하지요. 같은 물건도 어머니나 아줌마의 것이 되면 나이를 곱절로 먹는 모양입니다. 하루가 다르게 후줄근해지거든요.

빨랫줄에 널려서야 가끔씩 새옷이었을 때의 꽃무늬를 보여줄 뿐 어머니의 치마는 언제나 어둡고 칙칙했습니다. 풀물이 들고 흙물이 들고, 간장 냄새가 배고 비린내가 배고, 땀내에 절고 눈물에 젖은…… 치마꼬리 붙잡고 매달려봐야 짜고 맵고 쓴 가난이 오감五感으로 느껴질 뿐임을 알고부터는 그 모습을 외면하기 일쑤였습니다. 어머니가 학교에 오시는 것이 싫었던 이유도 그 추레한 치마를 보고 싶지 않아서였을 것입니다.

3

그런 영화 제목도 있었습니다만, '아시아에서 여성으로 산다는 것'은 지구 저쪽에 비해 아직도 무척 고달픈 일임에 틀림없습니다. 얼마 전에도 TV에서 보았습니다. 어렵사리 한국에 시집와 열심히 살아보려 무진 애를 썼으나 도저히 참기가 어려워 집을 뛰쳐나왔다는 동남아 여성, 그 가엾고 딱한 처지의 사연을 들었습니다.

남편이 때려서, 시집 식구들이 구박을 해대서 견딜 수 없어 어린것만 들쳐업고 도망쳐 나왔다며 하염없이 울더군요. 더듬거리는 말투만 아니면 이 땅의 여느 아낙네나 다를 바 없는 여인이었습니다. 그녀가 입은 치마는 더욱 낯익었습니다. 월남치마였습니다.

그 순간 저는 그녀의 들썩이는 어깨 너머로 그녀의 어머니를 보았습니다. 다른 프로그램에서 본 다른 여인의 어머니 모습이었습니다만, 제 눈엔 그녀의 친정어머니처럼 보였습니다. 그녀의 어머니도 울고 있었습니다.

그녀가 떠나오던 날, 메콩 강 가을 햇살처럼 반짝이는 외국 비행기를 타고 잘사는 나라로 시집가는 딸을 붙잡고 울던 어머니였습니다. 가난의 굴레를 벗고 좋은 데로 가는 딸 앞에서 왜 자꾸 눈물이 나는지 모르겠다며 울었습니다. 국수 한 그릇을 다 비우지 못하고 하염없이 울었습니다.

1970년 전후의 부산항 풍경이 겹쳐졌습니다. 월남전 파병 용사들을 위한 환송식 장면입니다. 맹호부대, 백마부대, 청룡부대…… 조국의 이름으로 뽑히시어 미국 군함을 타고 싸우러 떠나는 임들을 붙잡고 우는 어머니들의 얼굴이 보입니다.

오매, 엄니, 어무이…… 방방곡곡에서 모여든 어머니들이 계란 껍질을 벗기며, 고구마를 까며 우는 모습입니다. 진달래나 금잔디 같은 담배 한 갑을 다 피우며 웁니다. 담배가 손끝까지 다 타들어가는 줄도 모르고 웁니다.

눈부신 아오자이 펄럭이며 자전거를 타고 학교로 가는 월남 처녀들이 보입니다. 이 땅의 빨랫줄에 나부끼는 월남치마가 보입니다. 아시아의 풍경입니다.

유 엔 성 냥

1

입학시험 철에 제과점이나 빵 가게에 가보면 평소엔 볼 수 없던 물건들이 잔뜩 쌓여 있는 것을 보게 됩니다. '입시 대목'을 볼 요량으로 주로 수험생들의 친구나 선후배를 겨냥하여 들여놓은 엿이나 초콜릿, 사탕 따위의 물건들이지요. 철커덕 붙으라는 뜻에서 엿을 선물하는 습속이야 어제오늘의 일도 아닙니다만, 옛날과 다른 것은 그것들의 생김새입니다.

이를테면 잘 찍으라고 도끼 모양으로 만들어놓기도 하고, 아예 포크가 들어 있는 포장도 있습니다. 비축한 실력을 유감없이 터뜨려 보여주라고 폭발물의 형상을 본뜬 것도 있고, 젖 먹던 힘까지 내라고 젖병 형태를 흉내낸 것도 있습니다. 얄팍한 상혼商魂, 천박한 상술이라고 깎아내릴 수도 있겠습니다만, 좀 진지하게 생각해본다면 그것이 우리네 어머니 아버지 세대의 선물 문화와 크게 다른 것도 아님을 알게 됩니다.

예나 지금이나 우리네가 주고받는 선물들에는 상대의 뜻이 성취되길 기원하는 간절한 비나리의 뜻이 담겨 있습니다. 그 좋은 예가 이사를 한 집이나, 이제 막 장사를 시작하는 집에 갈 때 흔히 들고 가던 바로 그 물건, 성냥 아니면 양초입니다. 그것도 덕용德用으로 몇 통씩 안고 가야 찾아가는 사람의 발길이 가벼웠습니다. 주인의 앞길이 환하게 밝혀지고, 집안이나 사업이 '불처럼 활활' 일어나길 비는 마음에서였지요.

아니, 그것은 어쩌면 복덕福德과 생명력의 씨앗을 선물하는 것이었는지도 모를 일입니다. 불씨가 떨어진다는 것은 가운家運이 다했음을 의미하기도 했으니까요. 불씨를 잃는다는 것은 올림픽 기간 중에 성화를 꺼뜨리는 것만큼이나 불길한 일이었으니까요. 중국어로 '화火'와 '활活'의 음이 같다는 것 역시 우연은 아니지 싶습니다.

불이 지닌 상징적 의미의 소중함은 아주 오랜 옛날이야기 속에서도 쉽게 눈에 띕니다. 주몽, 박혁거세, 김알지 같은 분들의 탄생 장면에는 반드시 예사롭지 않은 햇살이 비치거나 번갯불이 번쩍인다거나 하여 그 인물의 절대성과 존엄성을 강력히 드러내고 있지 않습니까.

그것은 어쩌면 인간의 땅으로 이사를 오는 그들의 영광된 앞날을 위한 누군가의 축복이었는지도 모릅니다. 아니, 그것은 분명 하늘이 지상에 보낸 '유엔성냥'이었을 것이란 생각이 듭니다. 저 프로메테우스가 훔쳐왔다는 서양 이야기(그리스신화)로 보나, 단군의 셋째 아드님 부소夫蘇가 찾아낸 것이라는 우리 이야기로 보나 불은 본디 하느님의 물건이었으니까요(옛날 성냥이랄 수 있는 '부싯돌'이란 말도 '부소의 돌'에서 나온 것이라지요). 그런 물건이니 어찌 함부로 할 수 있었겠습니까. 양반가의 며느리들은 그 불씨를 목숨 이어 내리듯 하였고, 어느 집에서건 부엌의 아궁이 다루기를 신주 모시듯 할 수밖에요. 우리 할머니들이 섬겼던 '조왕竈王 할미'가 바로 그 '불의 신' 아닙니까.

그 위대한 불이 성냥이란 이름으로 사람들의 주머니 속으로 들어왔다는 것은 신의 사업이 인간의 비즈니스가 되었음을 의미하는 것인지도 모릅니다. 인간이 이뤄낸 문명도, 역사도 따지고 보면 그 불의 발전 기록에 다름 아니니까요.

2

제 어린 시절, 10월의 달력에는 빠알간 불이 켜진 날들이 참 많았습니다. 국군의 날(1일), 개천절(3일), 한글날(9일), 유엔데이(24일). 그런 날들이 다행히도 일요일과 겹치지 않고, 기가 막히게 추석 연휴라도 함께 끼어들면 그해 시월은 온통 불꽃 천지였습니다.

온 세상이 가을 햇살처럼 눈부셨습니다. 하나같이 불빛이 환한 날들이었기 때문입니다. 검은 날들의 틈바구니를 비집고 이 나라를 열리게 한 불꽃의 힘들이 엄청난 광량을 쏟아내는 날들의 연속이었기 때문입니다. 지금은 희미해진 불꽃들이 대부분입니다. 국군의 날과 개천절의 의미가 그렇고, 한글날이 그렇습니다. 특히 한글날. 그 무엇에도 비길 수 없는 광명의 불꽃인 한글의 빛이 갈수록 희미해져갑니다. 한글날이 언제 왔다 가는지도 모르게 되었습니다. 학교에서조차 기념식 하나 옳게 하는 모습을 보기 어렵게 되었습니다.

이름조차 생소해진 유엔의 날은 말할 것도 없습니다. 그렇다고 해서 유엔의 날이 공휴일이 아닌 것이 섭섭하다는 것은 아닙니다. 그날을 빨간 글씨로 정중히 모셨던 사연이 그리 자랑스러울 바가 못 되기 때문입니다. 그러나 분명한 것은 그 이름이 그만큼이나 우리와 긴밀한 관계에 놓여 있었다는 사실입니다. 유엔안전보장이사회, 유엔군, 유엔묘지, 유엔의 구호물자…… 아, 우리 현대사 속에서 얼마나 친숙한 용어들입니까. 교과서 속에서 얼마나 많이 반복되는 고딕체 글씨입니까. 그리고…… 아, 유엔성냥!

성냥개비 하나를 그으면 잘 차려진 식탁이 펼쳐져 보였습니다. 또하나를 그으면 불 좋은 난로가 다가왔습니다. 그다음엔 거위 통구이가 나타나고, 그다음엔 크리스마스 케이크가 나타났습니다. 견딜 수 없이 춥고 배고프던 밤, 어둠 속에서 환영과도 같은 희망이 보이기도 했습니다. 유엔은 성냥이었습니다. 우리는 그 딱한 소녀였습니다.

그러나 이제 우리는 성냥 불빛 속에 나타난 할머니를 따라 하늘로 올라간 소녀처럼 새로운 세상에 와 있습니다. 암울한 현실의 벽에 온몸을 성냥개비처럼 던져 스스로 피워낸 불꽃 덕분입니다.

흔해빠진 일회용 라이터로 손쉽게 일으키는 불꽃에 대면, 성냥의 노동은 얼마나 값지고 아름다운 것인지요. 라이터야 한 손으로도 손쉽게 켜낼 수 있지만, 성냥을 그어대기 위해선 두 손이 만나야 합니다. 라이터야 척 하고 불이 붙지만, 성냥은 성냥개비의 머리가 부서지는 아픔이 있고 난 다음에야 불이 붙습니다. 그 처절한 노동의 대가로 황홀한 불꽃이 일어납니다. 성냥갑 속에 들어 있는 성냥개비의 숫자만큼 불꽃이 피어납니다.

아, 성냥은 참으로 정직한 일꾼입니다.

3

성냥은 이제 퍽 고귀한 신분이 되었습니다. 라이터야 길거리에서 나눠

줄 정도로 흔한 물건입니다만, 성냥은 여간 고급스런 장소가 아니면 만나기도 힘듭니다. 갖고 싶은 성냥이다 싶으면 으레 고급 호텔이나 일류 레스토랑의 상호가 찍혀 있습니다.

아무려나, 아주 잘된 일입니다. 그렇게 고생했으니, 이젠 호강도 좀 해야지요. 그러나 그 호강이 그 언젠가의 해프닝처럼 잠깐 동안이 아니라 오래오래 계속되었으면 좋겠습니다(1969년에 이런 일이 있었답니다. 이른바 유엔성냥 사건인데, 성냥갑에 스페인 화가 고야의 〈나체의 마야〉를 인쇄해넣었다는 이유로 유엔화학공업사가 음화 제조 및 판매 죄로 기소되었던 일. 그 사건에 대한 대법원의 판결이 재미있습니다. "명화라도 불순한 목적으로 사용하면 음란물……").

신문 기사를 뒤적이다보니 이런 호사도 있군요. 어른들에게는 『고인돌』로, 아이들에게는 『번데기 야구단』으로 유명한 만화가 박수동씨의 성냥개비 말입니다. 박수동씨의 그 해학적이고 독특한 선이 바로 성냥개비로 연출되는 것 아닙니까. 성냥개비가 그렇게 멋진 선을 그려내고 있는 것입니다. 전에는 유엔성냥을 몇 곽씩 사다놓고 썼었는데, 요즘은 을지로 입구 어느 맥줏집에 가서 한 움큼씩 얻어다 쓴답니다.

어쨌거나, 유엔성냥은 이제 아주 귀하신 몸임에 틀림없습니다. 인사동에 가면 골동품 대접을 받기도 하고, 인터넷 세상에선 뜻깊은 선물용으로 인기를 누립니다. 왜 그리 보기 힘들어졌나 했더니, 생산 시설을 파키스탄에 팔아넘겼기 때문이랍니다. 성냥공장 문을 아주 닫아버린 것이지요.

이 대목에서 궁금해지는 것이 하나 있습니다. 약속 시간이 지나도 오지 않는 연인을 기다리며 성냥개비 탑을 쌓던 청년이나 애꿎은 성냥개비나

분지르고 앉아 있던 처녀들은 다 어디로 갔을까 하는 것입니다. 또 있습니다. 성냥개비로 삼각형 육각형 따위 도형을 만들어놓고, 딱 하나만 움직여서 어찌어찌해보라는 식의 수수께끼를 놓고 머리를 맞대던 젊은 연인들은 몇 살이나 되었을까 하는 싱거운 의문들이 그것입니다.

대부분은 불같은 사랑 끝에 한 지붕 아래 살겠지요. 성냥갑 같은 아파트에 아들딸 고루 낳고, 서너 개비 들어 있는 성냥갑처럼 달그락달그락 살겠지요. 조금 더 진도가 빠른 부부라면 성냥 대신 라이터를 가지고 다니는 아들딸을 두었을 테지요. 성냥을 소지한다는 것은 어른이 된다는 상징 중의 하나니까요. 젊음의 불씨, 사랑의 불씨…… 불씨를 갖게 되는 것이니까요.

이렇게 쓰고 있자니, 누가 제 말을 하는 것만 같아 귀가 간지러워지는군요. 성냥개비가 어디 있더라?

이 명 래 고 약

1

어지간히 아프지 않으면 병원이나 약국 출입은 꿈도 꾸지 않는 이들이 그들의 아내나 어머니로부터 종종 듣는 당부의 말이 있습니다. 힐난 섞인 잔소리나 성화에 가까운 그 부탁의 말은 대개 "병은 자랑하랬다"로 시작하여 "참을 일이 따로 있지"를 거쳐 "미련 그만 떨고 병원에 가봐라"라는 말로 끝납니다. 그러나 그런 소리를 듣고 사는 사람들이란 으레 누가 뭐라 하건 대부분 제 고집대로 뻗대기가 일쑤인 사람들이지요.

저 역시 그런 사람 중의 하나입니다. 웬만한 병증은 그저 참고 견딥니다. 그냥 내버려두면 저절로 낫는 아픔의 종류와 고통의 강도를 잘 안다는 식의 터무니없는 믿음으로 스스로 곰이 되기를 좋아합니다. 어떤 때는 혼자 생각해봐도 저 자신이 참 미련하기 짝이 없는 사람이다 싶습니다만, 그 미련한 치료법의 덕택을 보고 난 날은 스스로가 퍽 대견스러워지기까지 합니다.

물론 그런 증상들이라야 거의가 작고 가벼운 것들이지요. 엉덩이에 뾰루지가 돋았다거나, 손톱 밑에 가시가 들었다거나, 아랫배가 사알살 아프다거나, 조금 삐었다거나, 넘어져서 무릎이 깨졌다거나, 감기 기운이 있다거나. 조금 심한 것도 있긴 있습니다. 치통이나 치질의 고통 따위. 그것들의 공통점은 상처나 통증이 다른 사람의 눈에 띄지 않는다는 것입니다. 그럴 수밖에요. 눈이나 얼굴처럼 드러나는 곳의 아픔이라면 그 행복한 치료법도 대책이 되지 못할 것입니다. 아무 말 하지 않았는데도 벌개진 눈자위가 말을 하고 부어오른 볼이 아픔을 자랑하니까요.

덕분에 다래끼는 이렇게 하는 게 상책이라느니, 치통엔 저렇게 해보라느니 하는 지혜와 처방에 진지하게 귀기울이지 않을 수 없게 됩니다. 급기야 오늘은 일찍 들어가서 쉬라는 동정론까지 보태져 훤한 대낮에 집으로 돌아오게 되는 일도 있지요.

'병은 광고하라'는 아내나 어머니의 당부가 바로 그런 고마운 상황을 염두에 둔 것임은 두말할 나위도 없지요. 아프려면 표가 나게 아파야 한다는 말도 그래서 나왔을 겁니다. 팔다리에 깁스를 하고 목발을 짚고 나타난 사람을 평소와 똑같이 대할 사람은 없을 테니까요.

아내나 어머니의 말은 옳았습니다. 가슴에 난 뾰루지 하나가 아무에게도 '광고'하지 않는 제 미련스런 치료법의 허구를 백일하에 드러내주었습니다. 까짓 뾰루지 하나쯤이야 했는데, 깨알만하던 것이 콩알만해졌네 했더니 금세 동전만큼 커졌습니다. 아는 척도 하지 않고, 가만히 내버려두면 병이건 균이건 제 무반응에 질려서 스스로 물러가곤 했는데 이번엔 아니었습니다. 통증도 심해져서 돌아눕기도 힘이 들었습니다. 병원에 갈 수밖에요. "이런 쯧쯧. 호미로 막을 것을 가래로 막게 생겼군요. 많이 째야 되겠습니다." 의사가 간호사에게 수술 준비를 지시하며 제게 일러 준 병명은 피지 종양이었습니다. 쨌다는 소리에 정신이 번쩍 났습니다. 겁이 난 것이지요.

'다른 방법은 없을까' 하는 생각에 포개지는 약 이름 하나가 있었습니다.

이명래고약! 결국은 가슴팍에 동전 크기만큼의 구멍을 내고 병원 문을 나서면서 그 이름을 몇 번이나 되뇌었습니다.

2

혹시 이런 노래를 들어보신 일이 있으신지요. "고바우 영감이/ 고개를 넘다가/ 고개를 다쳐서/ 고약을 발랐더니/ 고대로 났대요." 필경 어린이들의 말장난에서 연유되었을 것만 같은 이 노래가 마치 CM송처럼 여겨지기도 하는 이유는 가사 속에 고약이란 단어가 들어 있기 때문일 것입니다. 말도 안 되는 노랫말 같습니다만, 사실 그런 일도 있었을 법합니다.

1920년대 어느 고약 광고엔 고약의 효능 하나로 '낙상落傷—떠러져 상처진 데'란 문구를 적어놓고 있습니다. 갖가지 종기뿐만 아니라 '담 결리는 데' '멍울지고 어혈瘀血진 데', '어깨, 허리 아픈 데'까지 그 고약이 주장하고 있는 효능은 실로 만병통치에 가깝습니다. 그 고약의 다른 광고는 그 약효의 광범위함을 한마디로 이렇게 요약해놓았습니다. "압흘 때 붓치는 趙膏藥(조고약)"!

그렇지만 고약의 대표적 효능은 역시 종기 치료에 있지요. 제아무리 고약한 종기라도 씻은듯이 낫게 하는 약이었으니까요. 제가 어렸을 적만 해도 몸과 얼굴 가릴 것 없이 왜 그리 지저분한 병증이 잦던지! 이명래고약이 식구들의 몸 어느 구석엔가 붙어 있는 날이 그렇지 않은 날보다 훨씬 더 많지 않았나 싶습니다.

구한말에 우리나라에 와 있던 어떤 서양인은 우리나라 사람들이 잘 씻지를 않아서 그렇게 피부병이 흔한 것이라고 말했다지요. 그 지적이 옳다면 그 사정이 나아진 것은 불과 40년 안팎의 일일 것입니다. 사실이라면 우리는 이명래고약이나 조고약이란 브랜드에 정중한 감사의 뜻을 표하지 않으면 안 될 것입니다. 고약이 언제부터 생겨났는지는 모르겠습니다만, 20세기 대부분의 시간을 몸뚱이 하나 바동거리며 살아온 이 나라 사람들의 육신에 창궐하는 종기나 부스럼을 다스려온 공로를 어찌 잊겠습니까.

비루먹은 나귀처럼 추레한 육신이나마 온전하게 건사할 수 있도록 하는 데 그 촌스럽고 미개해 보이는 약들의 도움은 여간 큰 것이 아니었습니다. 물론 멋지고 세련된 은인들이 아니라서 오래오래 기억하자는 말씀은 드리지 못하겠습니다.

고약이 있는 풍경이란 제 어린 눈에도 참 한심하게 보일 만큼 구차스러운 것이었으니까요. 한약재를 가루 내어 돼지기름이나 참기름을 넣고 졸이거나 물이나 가루 풀, 술 등과 섞어서 만든다는 그 시커멓고 끈적이는 덩어리를 기름종이로 싸서 바르는 일은 기분부터가 고약했습니다.

하지만 결과가 좋은 걸 어떻게 합니까. 목덜미에건 이마 위에건 어머니가 붙여주시는 대로 붙이고 다닐 밖에요. 그럴 때마다 마음속으로 그 노래를 불렀습니다. "고바우 영감이…… 고대로 났대요."

3

이제 그 약은 점점 사라져갑니다. 대신 품질 좋은 연고제와 주사제가 있고, 수술칼이 있습니다. 아니, 이젠 그 약을 써야 할 증세로 고생하는 사람도 흔치 않고, 있다 해도 더이상 그 이름의 약을 찾을 이유 또한 없습니다. 그만큼 우리들의 몸은 깨끗해졌다고 할 수 있겠지요.

그러나 한편으론 이런 생각이 고개를 쳐듭니다. 서양 문물, 특히 위생용품과 의료 기술의 혜택이 씻어낸 것은 우리 몸의 때만이 아닐지도 모른다는 의구심입니다. 우리들의 몸이 말갛게 씻겨나가는 동안 우리 고유의 처방과 약재들까지 하얗게 날아가버린 것은 아닌가 하는 안타까움이지요.

개발도상국들이 흔히 겪었던 '문화적 동시화'(중심 국가가 제시하는 모델이 주변국가의 의지에 상관없이 수용되는 현상. 문화의 피지배 국가는 오랜 세월 이어온 고유의 전통과 문화를 송두리째 잃게 된다는 말)의 명암이 이명래 고약이나 조고약에서도 보인다면 지나친 콤플렉스일까요.

볼리비아의 전통적인 두통약 박하 차가 저 유명한 'Alka-Seltzer'란 약품에 밀려 흔적도 없이 사라진 일이 생각납니다. 어느 날 갑자기 나타난 외국의 물건이 세계성을 지녔다는 이유 하나로 그 나라 사람들이 수백 년간 애용하던 물건을 하루아침에 죽여버렸다는 사실 말입니다.

한걸음 더 나가면 조금 더 우울해집니다. 그렇게 만드는 데 가장 큰 공로를 세우는 것이 광고요, 저 역시 그런 일을 하는 사람이란 사실 때문입니다.

광고는 '문화적 동시화'의 첨병입니다. 걸핏하면 '월드 와이드'를 이야기하고 '글로벌'을 들먹이는 오늘, 그 많던 우리들의 '박하 차'는 어디로들 갔는지 궁금해집니다.

지난봄에 쩬 상처 부위가 덧나서 아무래도 다시 병원에 가봐야 할 것 같은 요즘, 저는 부쩍 더 이명래고약이나 조고약의 안부가 궁금해집니다. "누가 고약 못 보셨나요?"

『현대 물리학과 동양사상』 등의 책으로 우리나라에도 잘 알려진 신과학 운동의 기수 프리초프 카프라Fritjof Capra의 이야기에 귀를 기울일 필요가 있습니다. "모든 발전이 선진국의 모델을 따를 필요는 없다. 예를 들면 아프리카의 근대산업화는 강대국들의 지배적인 야심(문화제국주의)의 산물이다. 과학기술을 나눈다는 미명하에 남미나 아시아의 광대한 열대림에 널려 있는 전통적인 약재들의 원료를 깡그리 쓸어내고, 서구의 공장에서 찍어낸 화학 약재들이나 뿌려대는 짓거리는 나누는 것이 아니고 지배하는 행위에 불과하다."

이뿐이 비누

1

천지^{天池}를 보고 내려와 '장백산 국제 호텔'이란 곳에서 하룻밤을 묵은 적이 있습니다. 이름이 좋아 호텔이지 여관이라 불려도 그다지 섭섭해할 곳은 아닙니다. 그렇다고 해서 규모가 아주 작거나 설비가 형편없는 곳도 아닙니다. 백두산록^{白頭山麓}을 배경으로 의젓하게 앉아 있는 호텔답게 건물 안팎의 치장도 점잖고 서비스도 여느 호텔에 뒤지지 않습니다.

그런데 그 수준급 서비스를 제공하는 이들이 어떤 사람들인지 아십니까. 북한에서 온 사람들입니다. 연유는 알 수 없었으나 그 호텔 종업원 모두의 가슴엔 '김일성 배지'가 선명했습니다. 그런 이들이 우리의 시중을 들어준다는 것만도 적잖이 놀랍고 당황스러운 일이었습니다. 해서, 그들의 얼굴을 똑바로 쳐다보기까지는 퍽 긴 시간이 걸렸습니다.

이윽고 그들을 찬찬히 뜯어볼 여유가 생겼을 때 내 앞에 다가온 종업원의 얼굴을 보고 하마터면 저는 이렇게 소리칠 뻔했습니다. "이 친구 뺨 좀 보세요!" 그랬습니다. 그녀의 두 볼엔 아직도 성성한 '소사 복숭아'나 '대구 사과'가 하나씩 매달려 있었습니다.

'아직도'라 함은 우리 주변에서는 사라진 지 오래된 모습이란 뜻에서입니다. 그리고 올해 그 반가운 얼굴들을 TV에서 다시 보았습니다. 부산과 대구에서 연이어 열린 국제 스포츠대회에 참가하는 북한 선수들을 따라온 소위 '미녀 응원단'이 그들이었습니다. 저는 그들에게서 제 어릴 적 여자친구들의 얼굴을 보았습니다. 설렘과 떨림으로, 수줍음과 부끄러움으로 시도 때도 없이 발갛게 달아오르던 우리 누이들의 얼굴을 보았습니다.

나훈아의 노래 〈고향역〉에 나오는 '이뿐이, 곱분이'의 상기된 얼굴을 보았습니다. 그들에게서가 아니면, 연변에서 온 조선족 처녀나 몽골 소녀의 얼굴에서 찾을 수밖에 없는 그 '꽃뺨' 말입니다.

남쪽 처녀들의 얼굴에선 언제부터인지 그 '천연의 홍조'를 보기 어려워졌습니다. 붉은 볼은 촌스러움의 상징이 되고, 종잇장처럼 하얀 뺨이 세련된 미인의 조건이 되었습니다.

손으로 입을 가리고 웃거나, 옷고름을 입에 물며 낯을 가리던 조선의 여인은 이제 없습니다. 이렇게 말하면 여성운동을 하는 사람들이나 그 비슷한 편에 서 있는 어떤 이들은 저한테 눈을 부라리며 '어휴, 이 한심한 보수'라 할지 모릅니다.

그러나 저는 지금 그 시절 여인들의 '조신함'이나 '다소곳함'을 예찬하려는 것은 아닙니다. 천연의 아름다움을 굳이 떨쳐버리고 '인공의 분식粉飾'으로 자신의 존재 가치를 드러내려는 이즈음 세태가 자못 안타까운 까닭입니다. 교실로 들어서는 같은 반 여자친구에게서 풍겨오던, 물비린내 같기도 하고 마가린 냄새 같기도 한 체취가 그리운 까닭입니다.

숙제 검사를 하기 위해 몸을 구부린 여선생님의 머리채에서 전해지던 어질한 향기를 잊지 못하는 까닭입니다. 세수만 하고 나온 것 같은 얼굴이 어찌나 해맑던지, 거품처럼 피어나는 아득한 향기에 취해 강의도 빼먹고 따라가보던 연상의 여인이 생각나는 까닭입니다.

역시 첫사랑을 이기는 연인이란 있을 수 없는 모양입니다. '맨 처음'이란 기억의 단위를 넘어설 만큼 강력한 성분의 자극은 존재하지 않는 모양입니다. 그렇기에 기억의 '맨 처음'을 차지하고 있는 주인공의 이름들은 '처녀處女'의 다른 표현일 것입니다.

생각해보십시오. 처녀란 이름 앞에 무슨 수식이 더 필요하겠습니까. 처녀작, 처녀비행, 처녀지, 처녀림…… 그 절대 순수 앞에 무슨 토를 달겠습니까.

2

제 기억 속의 처녀들에게서 느껴지던 향기의 대부분은 '비누 내음'이었습니다. 이를테면 '흑사탕 비누' '벌꿀 비누' '인삼 비누' '이뿐이 비누'. 아니, 그 시절의 모든 비누는 '이뿐이 비누'였는지도 모릅니다. 금세 미인의 꿈을 실현시켜줄 것만 같은 원료의 명칭을 자랑스럽게 드러내고 있는 비누 브랜드들은 모두 그런 약속을 하고 있습니다.

틀림없습니다. 냄새 좋은 비누 하나로 빠득빠득 소리나게 손 씻고 얼굴 씻는 것이 피부 미용을 위한 투자의 전부이던 사람들에게 이 땅의 모든 비누는 '이뿐이 비누'였습니다. '이뿐이'가 누구입니까?

'이뿐이'는 이 나라 모든 소녀와 처녀의 대명사입니다. 학교에서 돌아오는 초등학교 여자 어린이를 불러세우는 데에도 통하는 이름인가 하면, 자식뻘의 다 큰 처녀에게 길을 물을 때에도 어렵지 않게 들이댈 수 있는 호칭입니다. 아니, '이뿐이'는 팔십 넘은 할머니의 이름이기도 합니다. 병원이나 동사무소 같은 데에서 차례를 기다리다가 우연히 듣게 되는 이름. "최입분 할머니!"

대개의 '이뿐이'는 동그란 얼굴을 가졌습니다. '이뿐이 비누'처럼 말입니다. 비닐봉지에 담겨 구멍가게 기둥에 박힌 큼직한 못에 걸려 있던 분홍빛 동그라미 세 개, '말표 이뿐이 비누'! '이뿐이'의 하루는 '이뿐이 비누'의 하루와 다르지 않았던 것 같습니다.

'이뿐이'가 이쁜 얼굴을 가꾸는 데에만 시간을 보낼 수 없었던 것처럼 '이뿐이 비누'는 해야 할 일이 너무 많았습니다. 온 가족의 낯을 씻겨야 하고, 머리를 감겨야 했으며, 설거지까지 도맡아야 했습니다. 솥을 닦고 양은냄비를 닦았습니다. 수저도 닦고 사발도 닦았습니다. 때론 손수건이나 양말까지 빨아야 했습니다.

'이뿐이 비누'는 세숫비누인 동시에 샴푸였으며, 주방용 세제였으며, 빨랫비누였습니다. '이뿐이'는 요즘 식으로 이야기하자면 '천사(1004)표'입니다. 조영남이 부른 〈이일병과 이뿐이〉라는 노래 가사로도 짐작할 수 있듯이 '이뿐이'는 '마음이 참 고운' 여자입니다. '한 번만 마음 주면 변치 않는 진짜 여자'입니다. 이일병 없이는 못 사는 여자입니다. 이일병이 제대해 올 때까지 한눈 한 번 팔지 않을 여자입니다.

'난 엄마처럼 살지 않을 거'라며 오늘의 딸들이 숙맥 같은 '이뿐이'를 놀려대도 그녀는 후회하지 않습니다. 빙긋이 웃을 뿐입니다. 그리고 보면 '이뿐이'는 이 나라 모든 어머니들의 처녀 적 이름이기도 합니다.

3

일본의 '이뿐이'들은 1964년 동경올림픽을 전후해 사라져갔다고 들었습니다. 세계의 시선이 일본으로 모일 때 '일본 여성들이 아름답다는 것을 세계만방에 보여주자'는 운동이 미인의 기준을 바꿔놓았다지요. 서구적인 얼굴과 신체를 이상적 목표로 삼아 열심히 노력한 결과 일본의 화장품 산업은 크게 일어났으나 일본의 전통 미인은 온데간데 없어졌답니다.

그러면 이 땅의 '이뿐이'들을 보기 어렵게 된 건 언제부터일까요. 역시 해외여행 자유화와 88올림픽으로 대표되는 '세계화의 물결'이 넘실대던 무렵이 아닌가 싶습니다. '순종과 희생'을 미덕으로 알고 얼굴 단장 몸치장보다는 솜씨와 마음씨, 말씨로 아름다움을 드러내보이던 '이뿐' 아씨들, '이뿐' 색시들! 그 '이뿐이'의 초상肖像이 여기 있습니다.

〔미언〕 당신이야말로 내가 구하던 배필이요. 이제야 참된 사람에게 내 손길이 스치어보는 것 같이 그윽한 행복을 느끼는 바요.

〔이뿐이〕 서방님! 그러나 저는 역시……

〔미언〕 아니오. 이제 그대는 종도 아니고 아가씨도 아닌 내 아내요. 진실과 순정, 순정의 굳세고 아름다움…… 나는 그것을 얻어 한껏 기쁠 따름이오. 사람이 살아가는 중에도 높고 향기롭고 값있는 것을 얻을 수 있다는 것만이 기쁘고 즐거울 따름이오, 알겠소?

〔이뿐이〕 네, 서방님. (안긴다) (서로 쳐다본다)

〔미언〕 이뿐이, 다시는 나보고 서방님이라고 하지 말기!

〔이뿐이〕 네?

〔미언〕 나는 서방님이 아니오. 나는 이미 그대의 지아비. 그대의 남편이오.

—오영진, 「맹진사댁 경사」 중에서

　중학교 교과서에는 〈시집가는 날〉이란 제목의 뮤지컬로 실려 있고, 최은희가 '이뿐이'로 나와 김승호와 공연한 영화(이용민 감독, 1962년작)로도 유명한 이 희곡(1943년작)의 통쾌함은 아무래도 신분을 뛰어넘는 사랑의 성사에 있다고 해야 할 것입니다.

　TV 드라마로, 창극唱劇으로 만들어질 때마다 폭발적인 인기를 누린 이 이야기의 매력은 역시 이 '이뿐이'라는 아가씨의 순진무구한 캐릭터에서 찾아야 하고 말입니다.

　'춘향이'가 죽지 않듯이 '이뿐이'는 죽지 않습니다. 오늘날의 '이뿐이'들 얼굴에선 복사꽃 뺨도, 연지 곤지도 볼 수 없게 되고 '이뿐이 비누'도 가버린 물건이 되어버렸지만 '이뿐이'의 마음만은 오래 살아남을 것입니다.

　'옛날에, 옛날에……'의 힘과 '신파'의 위력은 영원할 테니까요.

8

전 원 일 기

1

아무리 잘생긴 배우나 탤런트라고 해도 싫어하는 사람이 있게 마련입니다. 가수왕이나 국민가수로 치켜세워지는 사람이라고 모두가 좋아하는 것은 아니지요. 노래를 잘하고 못하고를 떠나서 가수 아무개는 무조건 싫다고 말하는 사람에게 누가 뭐라겠습니까.

제아무리 인기 절정의 연예인이라 해도 모든 사람에게 사랑받기는 어려운 것 같습니다. 톱스타라 해봤자 열에 서넛은 그냥 시큰둥해하거나 소 닭 보듯 하지요. 스타들에 대한 보통 사람들의 그런 속성 때문에 언제나 골치를 앓는 사람들이 있습니다.

광고회사 사람들. 누구를 모델로 골라야 광고 메시지의 호감도나 신뢰도를 한껏 드높일 수 있는지 꼼꼼히 살피는 게 그들의 일이니까요. 제품이나 기업 이미지에 금이 가게 하지 않을 사람이려면 당연히 '안티anti 그룹'이나 나쁜 소문의 주인공이 아니어야겠지요.

한마디로 흠 없고 탈 없을 사람, 말하자면 '무공해 인간'. 하지만 그런 사람 찾기가 어디 그리 쉽습니까. 더구나 평범한 사람들도 아닌데 말입니다. 설사, 그런 이를 찾는다 해도 그는 별 뾰족한 개성이나 매력이 없는 사람일 가능성이 큽니다. 그런 사람을 쓰느니 차라리 '장삼이사張三李四'를 쓰는 것이 나을지도 모릅니다.

'양촌리'를 찾아가보면 어떨까요. '양촌리'. 타고났다 싶을 만큼 탁월한 연기자들이 탤런트 티(?)도 내지 않고 그저 수더분한 촌사람들로 살아가는 마을이지요. 거기 가서 김회장이나 회장댁 혹은 복길이 엄마나 순길이 할머니를 찾을 일입니다. 우리 모두의 고향 마을 같은 그곳에는 이 땅의 어느 누구한테도 미움받지 않는 사람들, 남녀노소 누구나 사랑하는 사람들이 모여 사니까요.

우리 아버지 같고 어머니 같은 사람들입니다. 큰아버지의 걸음걸이를 닮고 삼촌의 뒷모습을 닮은 사람들입니다. 친정 올케나 막내 동서를 생각나게 하는 사람들입니다. 묵묵히 고향을 지키며 사는 초등학교 동창이 그리워지게 만드는 사람들입니다. 우리가 떠나온 곳이면서 늘 돌아가고 싶은 곳입니다.

생각해보십시오. 얼마나 많은 도회인들이 언젠가는 그런 곳에 가서 살기를 꿈꾸는지 말입니다. 어찌 보면 도시 사람들은 모두 이다음에 한 번쯤은 〈전원일기〉의 주인공이 되고 싶은 모양입니다. 금동이 아버지가 되고 싶고, 영애 어머니가 되고 싶은 것입니다. 마음이 맞는 사람들끼리 창수, 일용이, 용식이, 응삼이, 귀동이처럼 오순도순 모여 살고 싶은 것입니다. 종기네, 섭이네, 숙이네 그리고 쌍봉댁…… 눈뜨면 마주치는 사람들끼리 형님 아우 하며 어깨를 두드리고 싶은 것입니다.

그렇게 나른하면서도 기분좋은 기대와 희망이 일주일에 한 번씩은 아주 구체적인 그림으로 우리를 찾아오곤 했지요. 〈전원일기〉였습니다. 그것은 드라마라기보다는 중계방송에 가까웠지요. 꽃이 피고 새가 우는 모습과 버드나무 그늘 아래로 강물이 흐르는 풍경을 생중계해주다시피 했으니까요.

그것은 어쩌면 뉴스이거나 다큐멘터리였는지도 모릅니다. 제철 과일이 언제 나오는지를 일러주고 과수원의 사과 한 알이 어떤 정성으로 열리는지를 보여주었거든요. 그 화면에 비치던 사람들은 무려 22년(1980~2002)을 그 마을의 주민으로 살았습니다. 농민으로 살았습니다.

2

'죽은 자식 불알 만지기'지만 〈전원일기〉는 그렇게 없앨 것이 아니었습니다. 고작 이십 년 세월에 진력을 낼 것이 아니라 한 백 년쯤 이어지게 놔두어도 좋았을 것입니다. 세상이 하도 급히 변해서 농촌도 옛 모습이 아니고 이야깃거리도 궁해져서 부득이 막을 내린다는 '종영終映의 변辯'도 이해가 되지 않는 것은 아니지만, 그래도 아주 없애버릴 것은 아니었는데 하는 아쉬움이 문득문득 고개를 쳐듭니다.

가령 이런 방법도 있지 않았을까요. 고정 프로그램으로서는 막을 내리지만, 가끔 예고 없이 시청자들의 안방을 찾아가는 겁니다. 이를테면 이렇게! 명절 무렵이나 어버이날 같은 때에 맞춰 특별히 제작된 〈전원일기〉를 방영하는 것입니다. 또는 봄 여름 가을 겨울 계절의 길목마다 한 번씩 전원일기를 만나게 해도 좋겠지요.

말하자면 〈전원일기〉를 주간 드라마에서 '사계四季 드라마'나 일 년에 두세 차례 나오는 드라마로 만들어보면 어떨까 하는 것입니다.(싱거운가요?

용서하십시오. 그냥 한번 해본 생각이니까요. 그러나……) 후일담 형식일 수
도 있겠고, 그때그때의 이슈와 계절감에 어울리는 현재진행형의 이야기일
수도 있겠습니다.

그렇게만 되어도 '양촌리'는 우리네 기억 속에서 사라져가는 마을이 아
니라 여전히 살아 숨쉬는 마음의 쉼터가 될 것입니다. 얼마나 반갑겠습니
까. 한동안 잊고 살았던 고향 사람들을 만난 기분이겠지요. "복길이도 이
젠 영락없이 아줌마가 되었구나." "일용 엄니는 여전하시고." "응삼이한테
아들이 있네. 쌍봉댁이 낳았나? 금동이처럼 데려왔나?"

얼마나 많은 이야깃거리를 만들어내겠습니까. 소식을 모르던 일가붙이
나 죽마고우의 사진 한 장만 보아도 옛일이 꿈결처럼 일어나는데, 눈에 익
은 그 배경 그 인물이 눈앞에서 살아 움직이는데야!

3

고유명사가 보통명사처럼 쓰일 때가 있지요. 주로, 어떤 특정한 이름 하
나가 그 갈래를 싸잡아 이르는 통칭通稱이나 대명사가 되는 경우입니다. 상
표로 이야기하자면 안팎으로 시장을 대표하는 지배적 상표의 이름일 것입
니다. '미원'이나 '박카스'처럼.

〈전원일기〉는 국민의 대다수가 농민의 아들딸인 이 나라 사람들에게 드
라마 제목 이상의 의미를 갖습니다. 〈전원일기〉 아니 '양촌리 이야기'는 그
대로 우리 시대의 가족사가 담긴 사진첩이나 철자법도 엉망인 아버지의
편지 뭉치를 닮았습니다. 그것은 미당 서정주식으로 말해서 '오늘의 우리

를 키운 것은 팔 할이 흙이었다'는 것을 보여주고 우리의 태_胎가 어디에 묻혔는지를 가르쳐주는 이름이었지요.

이 땅의 농군들이 흙먼지와 거름 냄새 속에서 어떻게 갈등과 좌절을 용서와 희망의 에너지로 바꾸어내는가를 보여주었습니다. 이웃간에도 혈족처럼 서로의 체온을 주고받아온 우리 전래의 공동체를 점점 박제로 만들어가고 있는 오늘의 현상이 어째서 무서운 일인가를 알게 해주었습니다.

감독도 없었을 것만 같은 저 유명한 경동보일러 광고의 '효_孝' 편처럼, 〈전원일기〉의 '리얼리티'는 시청자들을 '양촌리' 사람들과 함께 저녁이나 아침을 먹고 있다는 착각에 빠지게 했습니다.(1996년, 일요일 오전으로 방송 시간이 바뀌기 전까지는 주로 화요일 저녁 황금시간대에 편성되었지요.)

그럴 때마다 〈전원일기〉의 광고 버전이라고 해도 좋을 커머셜 하나가 우리들의 식욕을 돋궈주곤 했지요. '고향의 맛—다시다' 시리즈.

"저쯤 되어야 탤런트지!" 하는 탄성이 절로 터져나올 만큼 빛나는 배우 김혜자씨의 정말 징그러운 연기력에다 침이 꼴깍 넘어가게 만들던 '시즐 sizzle감'. 그 감칠맛 나는 광고의 잔상이 〈전원일기〉와 함께 먹는 밥을 더욱 맛있게 만들었는지도 모릅니다. 지금 막 뜯어낸 상추쌈을 곁들여 종기네 밭머리에서 새참을 먹는 부녀회원들과 수확을 마친 김회장댁 삼대가 사과나무 그늘에서 막걸리 잔을 기울이는 장면이 나오면 '고향의 맛'을 떠올리지 않을 수 없었지요.

도시에 사는 사람들은 그 탐스럽고 싱그러운 먹거리가 부러웠습니다. 자연의 컨베이어 벨트에서 막 떨어지는 청정한 채소, 과일. 그러나 그것은 아무나 먹을 수 있는 것이 아니지요. 뙤약볕에서 땀흘리는 사나이들, 사철

발 벗고 사는 아낙네들만이 누릴 수 있는 즐거움입니다. '생명창고의 열쇠'를 가진 사람들만의 특권입니다.

사람들이 〈전원일기〉의 주인공이 되고 싶은 까닭이기도 합니다.

> 농민은 인류의 생명창고를 그 손에 잡고 있습니다.
> 우리나라가 돌연히 상공업 나라로 변하여
> 하루아침에 농업이 그 자취를 잃어버렸다 하더라도
> 이 변치 못할 생명창고의 열쇠는
> 의연히 지구상 어느 나라의 농민이 잡고 있을 것입니다.
> 그러므로 농민의 세상은 무궁무진합니다.
>
> ─ 윤봉길, 『농민독본』 중에서

〈전원일기〉는 21세기에도 씌어져야 합니다. 생명창고를 지키는 사람들의 이야기는 계속되어져야 합니다. 윤의사의 말씀대로 그들의 세상은 무궁무진, 어느 세월에도 끝나지 않을 테니까요.

제 일 고 보

1

사람들은 그 학교를 '화수동 빨래터'라 불렀습니다. 학교에서 빨래하는 소리가 난다 해서 붙여진 별명이지요. 개울이나 우물가에서 넓적한 바위 위에 빨랫감을 놓고 방망이로 두드리는 소리. 학교 주변 사람들이나 행인들은 시골도 아닌 도심 한복판에서 선명하게 울려퍼지는 그 소리가 여간 흥미롭지 않았던 모양입니다. 픽픽 혹은 퍼덕퍼덕, 철썩철썩……

그것은 누가 뭐래도 빨래하는 소리였습니다. 사람을 세탁하는 소리였습니다. 그렇습니다. 제가 다닌 학교는 온종일 볼기 치는 소리가 끊이질 않는 곳이었습니다. 죄목이 무엇이든 태형笞刑이나 장형杖刑으로 다스렸지요.

그러나 저는 제 모교를 이야기하면서 그렇게 무시무시한 표현을 쓰고 싶지는 않습니다. 제 선생님들을 형리刑吏로 묘사하는 무례를 범하고 싶지 않고, 그 시절의 저와 제 친구들을 답답한 세월을 눈물로 견뎌낸 불쌍한 백성으로 그리고 싶지도 않습니다.

빨래터의 비유로 돌아가렵니다. '빨래터'. 얼마나 아름답고도 적절한 비유입니까. 그 말 속에는 학교에 대한 외경畏敬과 선생님들에 대한 경의가 들어 있었습니다.

나아가, 대개는 학부형이었을 아저씨들, 아주머니들의 수군거리는 소리가 숨어 있었습니다.

"암, 공부 못하면 맞아야지, 공부 안 하면 때려서라도 가르쳐야지." "어떤 선생인지 팔도 안 아픈가, 저렇게 쉬지 않고 두드려대고 있으니!"

그것은 한마디로 '잘한다, 공부 한번 제대로 시킨다'는 찬사였으며, 공부가 빨래하는 일과 다를 것이 없다는 자신들의 믿음을 확인시켜주는 소리였습니다.

"그럼. 저렇게 해야 사람이 되지. 허튼 마음, 쓸데없는 생각…… 펑펑 두드려야 다 도망가지."

하지만, 오해하지는 마십시오. 저는 지금 〈말죽거리 잔혹사〉 같은 영화가 잘도 재현해놓고 있는 그 가혹하기 그지없던 폭력의 세월을 옹호하려는 것이 아닙니다. 어쩌면 병영 생활의 추억담과도 흡사한 서사 구조를 지니는 그 뻣뻣한 시절의 학교 문화를 긍정하려는 것이 아닙니다.

교사의 체벌을 미화하려는 것도 아니고, 그 시절 학생들의 인내심을 예찬하려는 것도 아닙니다. 저는 그저 빨랫방망이의 미덕을 이야기하고 싶은 것입니다. 조선시대 포도청 나졸邏卒들의 육모방망이가 아니라 김홍도의 서당 풍경이 보여주는 사랑의 매에 관해 말하고 싶은 것입니다.

그것은 옛날 선사禪師들이 제자의 깨달음을 위해 느닷없이 후려치던 '한방棒'의 의미에 가깝습니다. 선방에서 졸고 있는 스님의 어깨에 소리나게 떨어지던 '죽비'의 효용과 다르지 않습니다. 정신이 번쩍 들게 두드리는 그 행위는 어서어서 원래의 청정한 마음 빛깔을 드러내라는 당부지요. 옷에 비유하자면 새옷의 때깔을 찾아내라는 경책警責이지요.

맞습니다. 선생님은 빨래하는 사람이거나 세탁기입니다. 학교는 빨래터이거나 세탁소입니다.

2

학교라는 이름의 세탁소들은 저마다 독특한 빨래 솜씨를 자랑합니다. 흰옷이든, 색깔 옷이든 뽀얗게 말갛게 빨아낼 수 있다고 호언장담합니다. 맡겨만 주면 속옷이든 이불 빨래든 뽀송뽀송하게 만들어주겠다면서 손님을 끕니다.

컴퓨터 세탁이라고도 하고 최신의 드라이클리닝 기술을 가졌다고 내세우기도 합니다. 정갈하게 빨아 말리고, 보기 좋게 다려진 옷을 누가 마다하겠습니까. 식구들의 옷처럼 꼼꼼하게 살피고 정성껏 손질해주는 세탁소를 누가 싫어하겠습니까.

그러니까, 이왕이면 소문난 세탁소를 찾아가는 것이겠지요. 그런 곳에 일을 주고 싶어하는 것이겠지요. 지금이야 사정이 많이 달라졌지만, 예전의 학생은 세탁물에 불과했습니다. 세탁물의 주인은 당연히 아버지, 어머니. 그분들은 최고의 세탁소에 자신들의 빨랫감을 맡기고 싶어하셨습니다.

일류 세탁소를 원하셨습니다. 정성도 기술도 신용도 으뜸인 곳을 찾으셨던 것이지요. 그런 곳의 이름은 대개 '제일第一'이었던 것 같습니다. 이를테면 경성제일고등보통학교(경기고등학교의 전신).

그 이름이 경성京城 아니 이 나라에서 제일가는 학교로 통할 때, 조선 팔도 대처마다엔 그 지역 '제일'의 교표校標를 가슴에 붙인 학생들이 거리를

334

누비고 다녔습니다.

광주제일, 춘천제일, 부산제일, 제주제일, 목포제일…… 줄여서 일고一 高라 부르기도 했지요. 일고를 다닌다는 것은 본인은 물론 온 집안의 자랑거리였습니다. 이웃 부모들의 부러운 시선과 공부 못하는 친구들의 시샘 어린 눈길을 모두 받아내야 하는 일이었습니다.

일류 고등학교 배지를 바라볼 때면 어른들은 아주 간단하게 공부와 인생에 대한 합의를 보곤 했지요.

"암, 눈부신 와이셔츠에 넥타이를 매고 펜대나 굴리려면 일류 고등학교를 나와야지. KS(경기고-서울대) 마크를 따야지.""뉘 집 자식인지! 쟤 엄마 아버지는 얼마나 좋을까. 밥을 안 먹어도 배부를 거야!"

학교가 사람의 메이커라면 교명校名은 사람의 브랜드 구실을 했지요. '제일'은 자타가 공인하는 명품이었습니다. 제일의 학생들은 한 지역의 희망이었으며 제일의 졸업생들은 한 지역의 자존심이었습니다.

제일은 세상의 제일을 꿈꾸는 창窓이었습니다. 대학 입시에서 전국 수석을 내고 싶어했고, 야구부가 봉황기나 황금사자기를 가져오길 바랐습니다. 사과나 멸치처럼, 낙지나 홍어처럼 '제일'은 그 지역 특산의 상표거나 천연기념물의 이름이었습니다.

조금 천박한 비유가 허락된다면 이 나라 각 시도를 대표하는 고등학교들은 지방 소주 상표만큼이나 난공불락의 성채를 자랑하면서 그 위용을 가꿔왔다 해도 그리 지나친 표현은 아닐 것입니다. 충성 고객들의 변치 않는 애정과 관심이 키워낸 브랜드라는 말이지요.

그 무조건적인 사랑과 배려에 대한 보은으로 학교는 더 이름난 빨래터가 되고자 혼신의 노력을 다했을 것입니다. 빨래는 방망이의 진심을 믿고 방망이는 빨래의 미래를 믿었지요.

어찌 생각하면 '제일' 세탁소의 일등공신은 어머니들, 아버지들이었는지도 모릅니다. 그 물건의 품질을 만든 것은 필시 그분들의 진심 어린 주문이었을 것입니다. "피가 나게 때려주세요, 선생님. 선생님만 믿습니다."

생각해보세요. 브랜드를 키우는 힘 중에 생산자에 대한 고객의 신뢰보다 강력한 것이 있을까요. 그러고 보니 사람의 명품 역시 메이커의 일방적노력만으로는 만들어지기 어려운 모양입니다.

신뢰받지 못하는 브랜드가 어떻게 으뜸가는 물건이 되겠습니까. 저 혼자만 잘한대서 일등이 된다면 세상에 일등 못 할 사람이나 물건이 어디 있겠습니까.

3

돌이켜보면 '제일'을 신앙으로 삼은 교육이 우리를 이만큼 키웠습니다. 제일이라 불리는 학교와 제일을 따라잡으려는 학교 그리고 또다른 의미의 수많은 제일이 사람을 키우고 나라를 키웠습니다. 제일 세탁소가 우리의 오늘을 이만큼이나 빛나게 만들었습니다.

세계 제일의 IT 기술도 지구촌 제일의 브랜드도 오직 '일등'만을 향해 달려온 피와 땀의 전리품일 것입니다. 20세기 마지막 모퉁이에서 이 나라를 대표하는 기업이 바로 그런 메시지의 복음을 전파한 일도 있었지요.

달에 첫발을 디딘 우주 비행사, 전화를 처음 발명한 사람 등 세계적인 위인들을 내세우면서 "이등은 아무도 기억해주지 않는다"고 외쳤던 광고 말입니다.

틀린 말은 아닐 것입니다. 그 기업의 표현대로 우리의 목표는 앞으로도 오랫동안 '세계 일류'가 아니면 안 될 것입니다. 그렇기에 저는 이 대목에서 진정한 일등이나 아름다운 제일의 의미가 과연 무엇인가를 생각해보고 싶습니다.

그것은 '이등을 기억해주는 일'일지도 모릅니다. 삼등, 사등…… 꼴찌의 손을 잡아주는 일인지도 모릅니다. 일등은 누군가를 밀치고 올라가 차지하는 자리가 아니라, 영원히 비워놓고 기다려주는 자리일지 모릅니다. 언젠가 한번은 그런 생각을 카피로 옮겨보기도 했습니다.

음식점을 차려놓고 하루빨리 소문난 음식점이 되고 싶거들랑

이렇게 한번 써붙여보십시오.

소박한 글씨체로

단정하게 써붙여보십시오.

"세상에서 두번째로 맛있는 집."

왜 첫번째가 아니냐고 물어오겠지요.

이렇게 답하십시오.

"세상 어딘가는 우리집보다

더 맛있는 집이 있겠지요. 하나쯤은 있겠지요."

—SK텔레콤, '새로운 대한민국 이야기' 중에서

어떻습니까? 그렇게 말하는 순간 그 가게는 세상에서 제일 맛있는 집이
되지 않을까요.

제일식당! 제일식당 주인이 되는 법을 가르치는 학교가 있다면 그곳이
제일고등학교겠지요. 세상에 그렇게 가르치지 않는 학교가 있겠느냐고요?

그렇다면 '제일'은 세상 모든 학교의 이름입니다.

종로서적

1

'르네상스'란 상호를 기억한다면 그는 적어도 오십을 넘긴 사람임에 틀림없습니다. 종로에 있던 '음악 감상실' 말입니다. 오디오라는 것이 아무나 가질 수 있을 만큼 만만한 것이 아니던 시절, 고전음악을 좋아하거나 좋아하는 척하고 싶은 사람들이 모여 베토벤을 듣고 바흐를 이야기하던 곳이었지요. 벽면 가득한 클래식 음반들을 바라보는 것만으로도 무언가 충만한 지성의 기운이 가슴을 파고드는 것 같고, 의자 깊숙이 몸을 묻고 앉아 고뇌에 찬 표정을 짓고 있는 것만으로도 시대에 대한 책임을 다하는 것만 같던 '르네상스'의 시간.

거기 그 많던 클래식 판들은 다 어디로 갔을까요? 저는 압니다. 그것들이 지금 어디 가 있는지. 그것들은 지금 문예진흥원 산하 어떤 부속기관 자료실에서 화려했던 과거를 증언하고 있습니다. 얼마나 다행입니까. 고물상으로 가지 않고, 뿔뿔이 흩어져 벼룩시장이나 헤매고 있지 않고, 장식용 소품의 재료로 쓰이지 않고 제값 그대로 고이 모셔지고 있으니까요.

주인도 잃고, 살던 집도 잃었으나 어떤 세대들의 젊은 날을 '르네상스 시대'로 만들어주던 음악만은 살아남아 있는 것입니다. 그 '르네상스 시대'

주인공들의 청춘기를 영화로 만든다면 그 음악 감상실보다 훨씬 더 많은 장면을 찍어야 할 장소가 있습니다.

책방입니다. 거기 쌓인 책이 백만 권쯤 된다고 했지요, 아마. 이제는 볼 수 없게 된 그 책방을 생각하는 지금, 제 머릿속엔 '그 많던 책은 다 어디로 갔을까' 하는 궁금증이 가장 먼저 일어납니다. 그야말로 파지破紙가 되어 종이 재생 공장으로 갔는지, 아니면 집 없는 신세가 되어 전국 각지의 헌책방을 헤매 돌고 있는지, 삼삼오오 짝을 지어 책을 좋아하는 주인을 만났는지. 그리고 더불어 떠오르는 의문. 그 책방 입구를 막고 서서 오지 않는 친구나 애인을 기다리던 사람들은 모두 어디로 갔는지.

'종로서적'. 그것은 제가 속해 있는 세대에게는 단순한 책방 이름의 차원을 넘어서는 어떤 것입니다. 그것은 KFC거나 롯데리아입니다. 그것은 지하철역이나 버스 정류장 이름입니다. 그것은 302호 강의실이거나 정독 도서관입니다. 그것은 비디오방이거나 멀티플렉스입니다. 그것은 PC방이거나 게임방입니다. 그것은 인터넷이거나 아마존입니다. 그것은 백과사전이거나 선생님입니다.

아니, 종로서적은 그 모든 것입니다. 그 이름이 찍힌 종이로 표지를 곱게 싼 책을 들고 다니면 저절로 '이 나라 지성인의 1퍼센트'쯤 되는 것 같은 착각이 들곤 하였습니다. 김홍도의 풍속화 〈서당 풍경〉이 그려진 그 포장지 말입니다.

생전 소설책 한 권 사 읽지 않는 녀석일수록 기를 쓰고 '종로서적에서 보자'는 약속을 했습니다. 촌놈들일수록 더했습니다. 경인선 통학생이었던 제 경우만 하여도 등굣길 전철 안에서 동창생이라도 만난 날이면 차 안의 모든 사람들이 다 들으란 듯이 이렇게 말하곤 했지요. "야, 다섯시쯤 종로서적으로 나와."

2

사람으로 치자면 백 살 가까이 산 것이니 명실상부하게 한 세기를 살아낸 20세기 대표 브랜드 하나가 죽었습니다. 종로서적이 죽었습니다. 우리가 '월드컵 4강 드라마'에 넋이 나가 있을 때 우리들의 양식 창고 하나가 문을 닫았습니다.

2002년, 새로운 신화에 열광하고, 새로운 대통령의 탄생에 환호하는 사이에 우리는 1907년부터 지난해까지 저 보신각종처럼 이 땅의 잠든 영혼을 흔들어 깨우던 또하나의 종각을 잃은 것입니다. 아니, 종지기를 잃은 것입니다.

물론 전문가들이 말하는 몰락의 이유는 대개 타당한 것들입니다. 새로운 세상이 오는 것을 애써 외면하며 방만한 자세로 구태의연한 경영 방식에 안주했으니 당연한 결과가 아니겠느냐는 말은 틀린 지적이 아닙니다. 경쟁 상대들이 고객의 동선까지 고려하여 매장을 설계하고, 온라인 시장에까지 눈을 돌리는데 이 눈곱 낀 95세의 노인에게는 아무것도 보이는 것이 없었던 모양이라는 설명에선 한없는 안타까움이 느껴집니다.

어쨌거나 종로서적은 이제 저와 같은 사람들에겐 수몰촌水沒村이나 다름없는 곳이 되어버렸습니다. 그곳은 이제 돌아가고 싶어도 돌아갈 수 없는 곳, 잠깐이나마 돌아가서 추억의 편린이나마 더듬어보고 싶지만 물속 깊은 곳에 가라앉아서 아무것도 만질 수 없고 볼 수 없게 된 옛 마을과 다를 바 없는 곳.

거기서 애인에게 줄 시집을 사고, 거기서 그녀를 기다렸지요. 그 앞에서 그녀가 타고 올 버스를 기다렸으며, 뒷골목에 있는 '찻집'이란 이름의 찻집에 가서 커피를 마셨지요. 셔터가 내려진 '종로서적' 앞에서 그녀가 집으로 돌아가는 막차의 꽁무니를 오래도록 바라보고 서 있었지요. 군대 가는 친구의 코트 주머니에 넣어준 『샘터』 한 권도 거기서 산 것이었고, 아직도 제 책꽂이에 꽂혀 있는 E. H. 카의 『역사란 무엇인가』도 거기서 샀지요.

"필요한 책이 있거든 말만 하라"던 대학 동기 K가 친구들이 원하는 책들을 슬쩍 뽑아다주던 곳도 바로 그곳이었습니다(녀석에게 종로서적 책꽂이는 자기 방에 있는 것이나 마찬가지였습니다. 요즘처럼 폐쇄회로 TV야 없었지만, 그 시절에도 감시원의 눈초리가 만만치 않았는데 말입니다).

대학 진학에 실패한 제 여자친구의 친구가 점원 노릇을 하던 곳도 그곳이었습니다. 이름만 듣던 유명 작가를 직접 보게 된 곳도 그곳이었습니다. 경찰에 쫓긴 시위 학생이 최루탄 자욱한 거리로부터 황급히 달려들어와 소설책이나 뒤적이던 저를 부끄럽게 만들던 곳도 그곳이었습니다.

3

"우리 늘 만나던 데 있잖아. 종로서적 앞. 거기서 만나자." 나는 마치 십 년의 세월이 없었던 양 자주 만나던 친구 대하듯 말했다. "종로서적 없어졌다며?" 친구의 목소리는 기운 없이 쓸쓸했다. (……) 종로서적이 없어졌다는 게 더는 책

방이 아니란 소리지 그 건물이 아니니까 그냥 그 앞에서 만나자고 했더니 친구
는 강한 어조로 "싫어"라고 잘라 말하는 것이었다. 왜? 그냥 보기 싫어서. 나는
더는 권하지 못하고 호텔 커피숍 이름을 말해주었다. 그리고는 친구의 마음이
옮아 붙은 것처럼 나도 한동안 쓸쓸한 감회에 젖어 또 한 친구를 생각했다.

—박완서, 「두 친구」 중에서

이런 이야기가 어찌 이 할머니 작가와 그 친구만의 사연이겠습니까. 그
지점을 '종로서적 앞'이라 부르던 모든 이들에게 섭섭한 소식일 것입니다.
서울 한복판, 엘리베이터까지 달린 커다란 건물 전체가 책방이란 사실에
입을 딱 벌리고, 휘둥그레진 눈으로 책방 구석구석을 훑어보느라 해가 저
무는 줄도 모르던 날의 기억을 가진 모든 이들에게 참으로 쓸쓸한 뉴스일
것입니다.

학생 수가 줄어서 결국 문을 닫게 된 산골 분교를 모교로 둔 사람의 서
운함이 그럴 테지요. 어린 시절 그네를 매고 놀던 느티나무가 태풍에 쓰러
져 누운 것을 보는 사람의 느낌이 그럴 테지요. 해마다 복사꽃 흐드러지던
집 근처 과수원이 아파트 부지로 파헤쳐지는 것을 보는 사람의 안타까움
이 그럴 테지요. 비디오 가게가 이사를 간 자리에 빵집이 들어서는 것을 보
는 영화광의 심정이 그럴 테지요.

그것은 상실감입니다. 그런데 무슨 이유일까요. 종로2가 근처에서 사라
진 책방이 종로서적 하나뿐인 것도 아니고, 처음도 아닌데 왜 그리 허전한
것일까요(이를테면 '양우당' '삼일서적' '동화서적'을 떠나보낼 때도 그랬던가
싶은 것입니다).

그것은 '종로서적'이 우리들 가슴에 단순한 책방 이름으로만 자리잡고 있던 것이 아닌 까닭일 것입니다. 그만큼 많은 이야기를 간직한 장소로서 '젊은 영혼의 정거장'과도 같은 곳이었던 까닭일 것입니다.

책방은 일종의 '성소聖所'입니다. 거기서 얻은 '말씀' 하나가 인생을 바꿔놓고, 그 바뀐 인생 하나가 세상을 바꿔놓기도 하니 말입니다. 나약한 이들이 힘을 얻어나가고, 어리석은 이들이 지혜를 얻어나가는 곳이니 말입니다. 그런 점에서 종로서적은 '조계사'나 '명동성당'과도 별반 다를 것이 없는 곳이었다 할 수도 있지 않을까요.

주택 은행

1

대학 시절, 어떤 문학 단체에서 일하는 선배를 찾아갔을 때의 일입니다. 선배의 일이 끝나길 기다리며 소파에 앉아 신문을 뒤적이는데 웬 걸인 행색의 사내가 나타나 다짜고짜 제 이름을 물었습니다. 아무개라고 답하니, 대번에 손을 내밀며 이렇게 말했습니다. "윤 형! 백 원만!"

쭈뼛거리며 당혹스러워하는 저를 보고 선배가 그 사내에게 말했습니다. "선생님, 걔는 학생이에요." 선생님? 저는 더욱 혼란스러웠습니다. 이 빌어먹게 생긴 사내더러 선생님이라니!

"인사드려라. 천상병 선생님이시다." 선배의 말에 저는 어색하게 고개를 숙였지요. 그렇습니다. 그가 그 유명한 천상병 시인이었습니다. 누구에게나 더도 덜도 아닌 백 원씩만 달래서 막걸리 한 되 값만 걷히면 주막으로 향하던 그 사람.

소문으로만 듣던 그 천진하기 그지없는 시인과 그렇게 맞닥뜨린 것이었습니다. 마침 『주막에서』라는 그의 시집을 퍽이나 인상 깊게 읽고 있던 무렵이어서 저자를 만난 기쁨은 금세 가벼운 흥분으로 바뀌었습니다. 해서, 시인에게 어떤 말을 붙여가며 이 행운의 조우遭遇를 천천히 음미해볼까 궁리하고 있던 차에 천상병씨가 물었습니다.

"윤형! 백만 원이면 좋은 집 한 채 살 수 있지요?" 세상에! 아무리 물정 모르는 시인이기로서니 백만 원에 집 한 채, 그것도 좋은 집 한 채를 살 수 있느냐고 묻다니! 그러나 그것은 어쩌면 지극히 천상병다운 질문이었습니다. 백 원짜리 몇 개만 모이면 세상 부러울 것 없는 그였으니, 백만 원은 호화주택을 사고도 남을 만큼 큰돈으로 여겨지는 것도 무리는 아니겠다 싶었지요.

그렇다고 해서 그가 처음부터 그렇게 현실이라면 나 몰라라 하는 사람은 아니었습니다. 셈이나 숫자에 숙맥인 사람이 아니었습니다. 숙맥이긴 커녕 젊어 한때는 천재 소리를 듣던 그였습니다. 열아홉에 시인이 되고 서울상대에 다니던 스물한 살엔 평론가로 데뷔할 만큼 빛나는 예지와 논리를 지녔던 사람이니까요.

게다가 부산시장의 공보비서까지 지냈으니 누구보다 화려한 청년기를 보낸 사람이었습니다. 그러던 그가 우리가 알고 있는 그런 모습의 시인이 된 것은 1967년의 이른바 '동백림 사건'에 연루되어 온갖 고초를 겪고 난 다음부터의 일입니다. 고문의 후유증과 참을 수 없는 울분이 그에게 술을 권했지요.

어느 날엔 길에서 쓰러져 어디론가 실려가게 되고, 세상에는 그가 죽었다는 소문이 돌았습니다. 『새』라는 제목의 유고 시집이 나오고, 그는 정말 새처럼 사라져버렸습니다. 세상 사람 모두가 그를 죽은 사람이라고 믿게 되었을 때 그 새가 다시 나타났습니다.

파랑새가 되어 왔습니다. 주머니는 비었으나, 가슴엔 세상 모든 것이 가득 들어차 있다고 믿는 행복한 시인으로 돌아왔습니다. 은행 잔고는 없으나, 무궁한 햇살이야 얼마든지 가져다 쓸 수 있으니 더 바랄 것 없다고 웃는 소년으로 돌아왔습니다. 햇빛은행의 은행장이 되어 돌아왔습니다.

2

오늘 아침을 다소 행복하다고 생각하는 것은
한 잔 커피와 갑 속의 두둑한 담배,
해장을 하고도 버스 값이 남았다는 것.
오늘 아침을 다소 서럽다고 생각하는 것은
잔돈 몇 푼에 조금도 부족이 없어도
내일 아침 일도 걱정해야 하기 때문이다.
가난은 내 직업이지만
비쳐오는 이 햇빛에 떳떳할 수가 있는 것은
이 햇빛에도 예금통장은 없을 테니까⋯⋯

―천상병, 「나의 가난은」 중에서

『천상병은 천상 시인이다』란 시집의 제목으로도 알 수 있는 것처럼, 천상병은 대책 없는 '순수 지상주의자'라고 정의할밖에 달리 도리가 없어 보입니다. 그렇지만 시인이란 원래 그런 사람들 아니냐고 쉽게 몰아세우진 말아주십시오. 이 시가 쓰이던 시절, 이 나라 아버지들의 주머니 사정은 대개가 이 가난한 시인의 그것과 다를 바 없었으니까요.

확언하건대 '내일 아침 일을 걱정'하지 않는 아버지란 은행장이거나 은행원 아니면 어떤 연유로든 그들에게 큰소리칠 수 있는 부류의 사람밖에는 없었습니다. 주머니엔 버스 값이 달랑거릴 뿐인 '가난'이란 '직업'의 아버지들이 그래도 '햇빛' 아래 '떳떳'할 수 있던 데엔 두 가지의 힘이 있었지요.

하나는 바로 새끼들의 힘! 등록금이나 교복값 따위로 '내일 아침 일'을 걱정하게 만드는 주범들이지만, 그래도 탈없이 커가는 그들을 지켜본다는 것은 만기滿期가 다가오는 적금통장을 보는 일과 다르지 않았습니다. 또하나는 바로 그 아이들을 닮은 예금통장의 힘이었지요.

그것이야말로 '다음달' 아니면 '내년'을 바라보게 만드는 구체적인 희망의 동력動力이었으니까요. 그러나 대개의 희망은 아버지들의 기대만큼 그렇게 구체적인 모습으로 다가오지 못했습니다. 잡힐 듯 가까이 다가왔는가 싶으면 다시 저만큼 멀어지기 일쑤였거든요.

그렇게 불확실하고 불투명한 꿈의 언저리에는 이런 풍경도 있었습니다. "준비하시고~오, 쏘세요!" TV 안의 늘씬한 미녀들이 활시위를 당겨 날아간 화살이 가리키는 숫자 하나하나에 마음을 졸이게 만들던 장면 말입니다.

〈쇼! 주택복권〉. 일요일 한낮의 그 느슨한 평화를 일순에 팽팽한 긴장으로 몰아넣던 시간이었지요.

무주택 군경유가족, 국가유공자, 파월 장병들의 주택 마련을 목적으로 1969년에 시작된 '주택복권'은 이후 주택 건설의 중요한 에너지가 되는 동시에 서민들의 꿈을 대변하는 키워드가 되었습니다. 이즈음에야 사정이 달라졌지만 그 당시만 해도 '돈을 번다'거나 '돈을 모은다'는 일의 궁극적 목표는 십중팔구 집 장만에 있게 마련이었습니다.

그래서 은행은 관공서처럼 엄해 보이고, 은행원은 고위 관리처럼 높아 보였는지 모릅니다. '집의 있고 없음'이 '가진 자'와 '못 가진 자'의 사이를 간편하게 떼어놓아주던 시절이었으니까요.

3

20세기 한국 경제의 곳간 노릇을 하던 은행들의 문패가 참 많이도 바뀌었습니다. 상업은행, 신탁은행, 서울은행, 주택은행…… 그 익숙한 이름들은 사라지고 낯선 이름들이 그 자리를 차지하게 되었습니다. 이제 곧 잊혀버릴 그 이름들을 더듬다보면 무심한 세월의 파도가 함께 쓸어간 것들이 생각납니다. 실종된 것들의 행방이 궁금해집니다.

이를테면 덕수상고, 선린상고, 목포상고, 부산상고 혹은 서울여상이나 인천여상 따위 상업고등학교들의 '상업'이란 말의 행방 말입니다. 주산 9단짜리 신동이나 암산 천재들의 행로 말입니다. 그 많던 주산, 부기, 타자 학원의 안부 말입니다. 다섯 알짜리 주판과 타자기가 떠나간 곳 말입니다.

'상고 나와 은행원이 됐다'면 공부 잘해 출세한 사람의 전형으로 꼽히던 시절이 있었습니다. 주판만 잘 놓아도 데려갈 사람이 줄을 서던 때가 있었습니다. '은행원'이라고만 하면 도처에서 혼처婚處가 나오던 시대가 있었습니다.

소설이나 드라마에서 하얀 와이셔츠에 단정하게 넥타이를 맨 화이트칼라가 등장하면 그는 은행원이기 십상이었습니다. 은행에 아는 사람이 있다는 것만으로도 자랑거리가 되곤 했습니다. "그 은행 지점장이 내 친구야!" 그런 소리도 흘려듣지 않고 잘 기억하고 있으면 큰 도움이 되는 경우도 많았습니다. "자네, 그 은행 지점장 잘 안다고 했지?"

그런 시절을 살아온 사람들에게 '은행도 문을 닫을 수 있는 세상'이 왔다는 것은 청천벽력이거나 천지개벽의 소식에 다름 아니었을 것입니다. 은행원이 보따리를 싸고, 눈물을 흘리며 직장 문을 나선다는 것은 더더욱 생각할 수 없는 일이었을 것입니다. 은행의 문턱이 없어지고, 은행원이 90도 각도로 허리를 굽히며 고객의 눈높이에 맞춰 서비스를 하는 모습은 생소하기 짝이 없는 장면이 아닐 수 없었을 것입니다.

주택은행이 간판을 내릴 줄이야 누가 알았겠습니까. 그 기능이야 여전히 통합된 은행 안에 남아 있다지만 주택은행이 없어졌다는 사실은 어느 틈엔가 우리네 삶의 풍경이 어지간히 달라졌음을 보여주고도 남습니다. 적어도 이제는 집 없는 사람을 위해 은행 하나가 따로 존재해야 할 필요는 없는 시대가 되었음을 알려줍니다.

굳이 주택복권이 아니어도 엄청나게 많은 '인생 역전'과 '금시발복今時發福'의 기회가 널린 시대란 것을 알게 합니다. 일하고 돈을 버는 까닭이 더이상 '젊음을 집 한 채와 바꾸기 위해서'만은 아님을 말해줍니다. 더욱 분명한 것은 '백만 원이면 집 한 채 살 수 있다'고 생각하는 시인 또한 이제 없으리란 사실입니다.

천연당사진관

1

충청남도 서산에 가면 '개심사'라는 절이 있습니다. 해미읍성에서 멀지 않은 곳입니다. 백제 의자왕 때 세워졌다고 전해지는 유서 깊은 옛 절이지요. 잘생긴 소나무들이 줄지어 마중을 나오는 산비탈, 솔바람이 눈을 씻어 주는 절입니다. 네모난 연못 위에 가로놓인 외나무다리를 건너 해탈문 앞에 서면 절로 마음이 열리는 절입니다.

굽었으면 굽은 대로 휘어졌으면 휘어진 대로 기둥을 세우고 대들보를 놓은 건물들이 볼수록 아름다운 절입니다. 그 절 다락집의 현판이 또한 볼 만합니다. '상왕산개심사象王山開心寺'.

예서체隷書體의 글씨인데 한자나 서예를 잘 모르는 사람 눈에도 여간 시원한 것이 아닙니다. 근세의 명필 김규진(1868~1933)의 작품입니다. 그의 걸작이 어디 개심사 글씨 하나뿐이겠습니까만(조금 과장하자면, 조선 팔도 명산대찰 절반은 그의 글씨로 된 편액을 매달고 있을 것입니다), 제 눈에는 여기 것이 별나게 좋습니다.

해강 김규진. 저는 이 인물에 무척 관심이 많습니다. 청나라에 가서 배워 온 솜씨로 영친왕의 서예 가정교사를 지내고, 일본에서 배워 온 사진

기술로 어전御前의 사진사가 되기도 했던 사람. 상업 화랑을 열기도 했고, 사설 미술학원 원장이기도 했던 사람. 우리나라 최초의 사진관 주인이었던 사람. 금강산 구룡폭 앞 바위에 한 획의 길이가 13미터나 되는 글씨로 '미륵불彌勒佛'이라 새겨넣는 등 엄청난 낙서를 남겨놓은 사람.

그는 호기심이 참 많은 사내였던 모양입니다. 새로운 것을 보면 배워야 하고, 배운 것은 꼭 실력 발휘를 해 보여야만 직성이 풀리는 사람이었던 모양입니다. 대단히 적극적인 사고방식에 호방한 성미를 지녔던 사람 같습니다. 한마디로 '멀티multi 인간'이 아니었나 싶습니다.

'천연당天然堂사진관'의 개업(1907)만 봐도 그렇습니다. 시詩, 서書, 화畵의 대가가 사진관 주인이라니! 어쨌거나 그는 자신의 집 사랑채 뜰에 사진관을 열고 대대적인 광고 활동까지 벌입니다. 그런 노력의 결과로 명절 무렵에는 천여 명의 손님이 몰려들 만큼 번창하게 되지요. 그러나 그런 호황은 그리 오래가지 못합니다.

이유가 흥미롭습니다. 외상 매출이 문제였다는 것입니다. 재료 대금 독촉은 추상같은데 받을 돈은 들어오지 않으니! 사진관 문은 닫았지만 그의 표정은 변함이 없었을 것만 같습니다. 제 생각입니다만, 그때 김규진은 그 길로 카메라 하나 들고 금강산으로 가지 않았나 싶습니다.

사람을 찍던 카메라로 금강산 일만 이천 봉의 초상肖像을 찍었을 것입니다. 외상값 걱정도 없이 흘러가는 구름이나 찍었을 것입니다. '백운거사白雲居士'나 '만이천봉주인萬二千峯主人'처럼 몽환적인 그의 호號는 아마 그래서 나온 것이 아닌가 모르겠습니다.

금강산이야말로 '천연당'이지요. 하늘이 주신 그대로의 빛과 그늘. '천연당사진관' 이후 백 년, 우리가 사진관에서 주고받은 사진의 매력 역시 그리운 것을 눈앞에서 보는 즐거움이었을 것입니다. 꿈의 징표를 소유하는 행복이었을 것입니다.

그렇습니다. 사진은 '꿈꾸는 사람들에게 사랑과 우정, 그리고 희망의 물증物證'이었습니다. 그런 까닭에 세월의 아픔이나 인생의 슬픔도 우리네 낡은 사진첩 속에 들어와선 금강산 만물상만큼이나 기기묘묘한 추억의 무늬가 되어 남아 있는 것 아니겠습니까.

2

결코 잘생겼다고 할 수 없는 얼굴의 소유자인 제 선배로부터 들은 이야기 하나. "우리 집사람이 하루는 어머니하고 앨범을 보고 있었던 모양이야. 어머니가 어린 시절의 내 사진 하나를 가리키시며 '아범이 어려서부터 인물이 훤했니라' 하시더래. 그런데 우리 집사람 눈치도 없이 '에이 아범이 뭐가 훤해요' 이렇게 대꾸를 했나봐. 그래서? 호통이 떨어졌지. 어머니 왈. '네가 몰라서 하는 소리다. 아범 돌 사진이 동네 사진관 진열장에 일 년이 넘게 걸렸니라. 고향 가서 물어봐라. 아범 인물은 면面에서도 알아줬다."

요즘이야 사정이 많이 달라졌습니다만, 예전엔 면사무소나 동사무소 다음 순서로 사진관에 출생신고(?)를 해야 했습니다. 백일 사진. 그것은 '불법 비디오'보다 훨씬 더 무서운 '마마' 따위 질병과 가난을 이기고 젖먹이의 세월을 백 일이나 버텨냈다는 것을 증명하는 공식 문서였습니다.

알몸에 축하의 금반지만 열 손가락 가득 눈부시어서 세계챔피언 벨트를 따낸 권투 선수의 사진만큼이나 늠름하고 자랑스러운 것이었습니다. 그러고 보니 사진관은 동사무소 못지않게 중요한 기록의 산실이었습니다. 상급학교에 진학하게 되면 학생증 사진을 찍으러 가고, 친구와 사진을 찍으면 낙엽이나 하트 문양을 넣고 우정을 증명하는 문구를 적어넣었습니다. 사진관 주인아저씨가 우정의 공증인이 되는 셈이었지요. 예식장에 갈 만한 처지가 못 되는 가난한 연인들을 부부로 만들어주는 곳도 사진관이었습니다. 그럴 때의 그 사진은 그 두 사람의 관계를 밝히는 내용증명에 다름 아니었습니다. '이들이 부부임을 증명함' 혹은 '보아라, 우리는 부부다'.

뿐입니까. 마당에 멍석 깔고, 차일 치고 떡 벌어지게 차린 환갑상을 물리지 못하는 까닭은 읍내 사진관의 사진사 아저씨가 아직 도착하지 않은 까닭이었습니다. 또 있습니다. 훈련소로 떠나기 전날이나, 휴가 나왔다가 귀대하기 전날 어머니 아버지가 아들의 손을 잡아끌고 닫힌 유리문을 두드리던 곳도 동네 사진관이었습니다.

'희망사진관' '동양사진관' '오스카 사장寫場'…… 이름은 촌스러웠지만, 그 무대장치나 소품들은 '스튜디오'란 이름이 붙은 요즘의 사진관에 비할 바가 아니었습니다. 미라보 다리 아래 센 강이 흐르는 풍경이 보이는가 하면, 낙락장송과 정자가 어우러진 고풍스런 배경이 둘러쳐져 있었습니다. 면사포에 턱시도가 있는가 하면, 화관花冠에 사모관대紗帽冠帶가 있었습니다. 사진관은 작은 극장이거나 방송국이었습니다.

3

떠돌이 이발사가 들르는 마을이라면, 떠돌이 사진사도 오게 마련이었습니다. 리어카에 극장 간판처럼 배경 그림을 매달고 다니며, 주로 어린아이들의 사진을 찍어주던 이동 사진관이었지요. 창경원 어린이 놀이터 그림도 있고, 탱크 운전병이나 전투기 조종사 시늉으로 사진을 찍을 수 있는 그림도 있었습니다. 거기엔 일요일의 꿈도 있고, 먼 훗날의 꿈도 있었습니다.

사진관엘 가면 무엇이나 될 수 있고, 어디든 갈 수 있었습니다. 카우보이 존 웨인이 될 수도 있고, 파리의 신사 알랭 들롱이 될 수도 있었습니다. 사진관은 꿈을 찍어주는 곳이었습니다. 사람이건 풍경이건 그리워하는 것은 모조리 불러다주는 곳이었습니다.

강소천 선생의 유명한 동화 『꿈을 찍는 사진관』이 숲속 깊은 곳에 숨어 있는 것만은 아니었습니다. '천연당사진관'이나 '허바허바사장'이 바로 그런 곳이었습니다.

꿈을 꾸기만 하면 그 꿈은 곧 사진기 렌즈에 비치게 됩니다. 꿈이 비치기만 하면 사진기는 저절로 '찔꺼덕' 하고 사진을 찍어버리는 것입니다. 필름에 사진이 찍히면 곧 현상하며 손님의 요구대로 크게 또는 작게 인화지에 옮겨드립니다. 그런데 문제가 되는 것은 꿈을 꾸는 일입니다. 어떻게 짧은 시간에 꿈을 꿀 수 있으며, 또 꿈을 꾼다고 해도 그게 정말 자기가 사진에 옮기고 싶은 꿈을 꾸겠느냐 하는 것입니다. (……) 그 방법. 당신이 있는 방 한구석에 흰 종이 한 장과 만년필 한 개가 놓여 있습니다. 당신은 그 종이에 그 파란 잉크로 당신이 만나고 싶은 이와 지난날의 추억의 한 토막을 써서, 그걸 가슴속에 넣고 오늘밤을 주무시오. 내일 날이 밝으면, 당신은 지난밤에 본 꿈과 같은 사진을 가지고 집으로 돌아갈 수가 있을 겁니다. 한 가지 미안한 것은, 이곳은 산중이어서 손님들에게 대접할 음식이 준비되어 있지 못합니다. 미안하지만 하룻밤 그냥 주무셔주십시오.

꿈을 찍는 사진관 아룀.

우리가 20세기 사진관에서 찍은 사진들은 어쩌면 언젠가 우리가 파란 잉크로 적어서 가슴에 품고 잔 이야기였을지도 모릅니다. '마음'에 있으면 '꿈'에 있는 법이고, '꿈'은 결국 이뤄지는 것이니까요.

최 인 호

1

소설가 박범신씨가 시집 한 권을 낸 일이 있습니다. 이상한 일도 아니지요. 시심詩心이 없는 작가가 어디 있겠습니까. 한때 시인을 꿈꾸어보지 않은 문학인이 어디 있겠습니까.

아무려나, 그 시집 안에는 퍽 재미있는 시가 하나 있답니다. 아마도 그의 대학생 딸이 들려준 이야기를 그대로 옮겨놓은 작품인 것 같습니다.

우리 아빠가 작가라는 걸 들은 어떤 후배가 묻는 거예요
혹시 언니 아빠가 박완서씨야? 둘러선 몇몇 대학생 동무들은 웃고
더 많은 대학생 동무들은 왜 웃는지 몰라
어리둥절해져서 절 봐요 난 고독해요 아빠

— 박범신, 「대학생 딸이 고독할 때」 중에서

고독할 만도 합니다. '박완서'씨가 남자인 줄 아는 동무들 사이에서 소설가 아버지 이야기를 꺼낸 것이 얼마나 후회스러웠을까요. 당연히 아버지의 이름을 밝힐 필요도 없었을 것입니다. 말해봤댔자 그런 작가도 있느

냐며 고개를 갸우뚱했을 테니까요.

그러나 어쩌겠습니까. 거기가 오늘날 우리 문학의 현주소임을 부인할수 없으니 말입니다(그 시가 생전의 박완서 선생 눈에나 띄지 않았었다면 좋겠습니다).

원래는 시인으로 유명했던 사람입니다만, 요즘은 영화감독으로 더 이름을 날리는 후배에게 들은 우스갯소리도 떠오릅니다.

"형, 요즘 한국영화가 왜 잘되는지 아우?" "……잘 만드니까 잘되겠지, 뭐." "에이, 그런 것 말구." "글쎄."

난감해하는 저를 보고 후배가 힌트 하나를 내밀었습니다.

"요즘 젊은 사람들이 글 읽는 것 참 싫어하잖아요."

그거하고 한국영화 잘되는 거 하고 무슨 상관이냐면서 따져 묻는 제게돌아온 답.

"에이, 형도 참. 한국영화에는 자막이 없잖우."

순간 저는 '아하' 하고 탄성을 질렀습니다. 그러고는 그럴 법하다, 재미있다고 박수를 쳐가면서 깔깔댔습니다. 그런데 그렇게 오래 웃진 않았습니다. 썩 유쾌한 이야기는 아니었으니까요. 웃음 끝엔 왠지 모를 서글픔이나 안타까움이 쌉쌀한 맛으로 남아돌았습니다.

구텐베르크의 시대가 저물고 있음을 인정해야 한다는 이유에서일 것입니다. 문자 아니, 활자의 활극活劇은 이제 서부 활극보다 더 시들해져가고있음을 받아들여야 하는 쓸쓸함 때문일 것입니다.

시나 소설이 젊은 피를 뜨겁게 하고, 문장이 정신의 양감과 영혼의 질감을 결정하던 시절의 기억이 급속히 흐려지고 있음을 시인해야 하는 섭섭

함일지도 모릅니다.

진짜, 가는 모양입니다. 신문 연재소설이 TV드라마처럼 기다려지고, 작가나 소설 속 인물이 영화배우 못지않은 카리스마로 청춘을 선동하던 시절. 시화전과 시 낭송회, 문학의 밤이나 문학 강연회 따위가 사랑과 인생의 우상을 만나게 하던 날들. 세상일마다 아는 척 좀 하고 나서려면 '모름지기 다섯 수레의 책은 읽어야 한다須讀五車書'던 세월. 책이나 신문을 펼치면 잉크가 덜 묻어 희미하게 찍힌 글자, 찌그러지거나 거꾸로 선 활자가 오히려 정겹던 세월.

컬러 동영상이기보다는 흑백 스틸 컷의 세월. 그런 시절들이 가기는 가는 모양입니다.

2

소설책 한 권이 명품 핸드백보다 자랑스럽던 세월. 누가 좋아하는 작가의 이름을 물으면 가수나 탤런트의 이름처럼 따뜻하고 그윽한 목소리로 답하던 세월. 그 시절엔 책을 읽고 있는 친구를 보면 으레 이렇게 묻곤 했지요.

"누구 꺼니?"

그것은 책의 임자를 묻는 질문이 아니었습니다. 마치 가방이나 신발의 브랜드를 묻는 질문 "어디 꺼니?"를 닮은 궁금증의 표현이었습니다.

그렇습니다. 혼신의 힘을 다해 만드는 완벽한 수제품, 하나 만들자면 몇 년이 걸리기도 하는 물건. 그런 물건을 만드는 사람들의 이름이 '구찌'나 '프라다'와 무엇이 다르겠습니까.

이를테면 박범신, 이문구, 강유일, 김원일, 이청준, 최인훈, 조세희, 조선작, 송영, 한수산, 윤흥길, 서정인, 황석영, 전상국, 오정희, 김성동, 이문열, 최인호. 이른바 1970년대 문학의 대표적 상표들 가운데는 아직도 팔리는 제품 (『광장』『당신들의 천국』『난장이가 쏘아올린 작은 공』『관촌수필』 등)이 있고, 지금도 왕성한 생산 활동을 하는 메이커(박범신, 황석영, 이문열 등)도 더러 있습니다만 대개는 추억의 이름들입니다.

개점휴업 상태로 너무 오랜 세월이 흘러서 잊힌 메이커도 있고, 폐업을 전제로 재고 처리와 점포 정리에만 매달리는 메이커도 있습니다. 장터가 그 모양인지라 '최인호'란 상표는 단연 돋보입니다.

사십 년 전통의 소설 만드는 집小說家인데 요즘도 새로운 물건이 끊이질 않습니다. 해방둥이니까 올해 갑년甲年. 그런데 조금도 지친 기색이 보이질 않습니다. 하기야, 그가 누굽니까. 까까머리 고교생으로 신춘문예에 입선할 만큼 탁월한 문재文才를 타고난 사람 아닙니까. 그 발군의 필력과 영원한 문청 기질을 보여주는 에피소드도 하나둘이 아니지요. 대표적인 것이 등단 전후의 이야기. 대학 2학년 때, 대한민국의 신춘문예를 모조리 쓸어버리겠다는 옹골찬 생각으로 십여 편의 단편소설을 써서 신문사마다 던지고는 당선 소감까지 준비해두었다는 일화 말입니다. 그러고 바로 입대해서 훈련을 받고 있는데 조선일보에서 통지서가 날아왔다지요.

네 시간 만에 썼다는 작품 「견습환자見習患者」가 당선작으로 결정되었다고. 그런데, 이 방약무인傍若無人의 문학청년은 훈련장까지 달려와 당선 소식을 전하는 상사에게 따지듯이 이렇게 물었다지 뭡니까.

"이거 하나밖에 안 왔습니까?"

지독한 오만이거나 타고난 자신감이지요. 하긴, '최씨'에 '곱슬머리' 거기에 '옥니' 독종毒種의 3요소를 모조리 갖춘 사람이니까요

3

최인호를 복서에 비한다면 그는 '유제두'나 '박종팔'보다는 '홍수환'을 닮았습니다. 그는 라이트 레프트, 훅과 어퍼컷 어느 것이나 마음먹은 대로 적중시킬 줄 아는 선수. 한마디로 그는 테크니션입니다. 어쩌면 저의 과문寡聞을 드러내는 일이 될 수도 있겠으나, 저는 우리 시대의 문장 기술자 중에 최인호보다 빼어난 사람을 알지 못합니다.

그의 문장은 지금 막 물에서 건져올린 물고기를 닮았습니다. 단순히 반짝거리기만 하는 것이 아니라, 온몸을 비틀어대면서 팔딱입니다. 금방이라도 손아귀를 빠져나가 물속으로 돌아갈 것만 같습니다. 그가 지은 소설의 책장을 넘기다보면 낚시꾼들이 흔히 '손맛'이라고 표현하는 '활어活魚'의 맥박 같은 것이 자르르 전해지지요. 순간, 독자들 마음의 스크린엔 영상이 뜹니다. 살아 있는 소설은 독자를 시청자로 만드니까요. 이를테면 무심코 뽑아든 그의 책 속에서 발견된 이런 문장.

산야와 들판의 홍엽紅葉들은 투전판을 벌이고 있었다. 들녘을 불어오는 바람들은 노름꾼의 손이 되어 날쌔게 나뭇가지에서 낙엽의 화투패들을 대지 위에 나눠주고 있었고 화투짝을 넘겨보면 그대로 홍단이었다. 그대로 청단이었다.

—『길 없는 길』1권 중에서

세상에! 그 부분에 밑줄까지 그어두었지 뭡니까. 소설책에! 옮기면 그대로 그림이 되는 글을 보고 문화 상품을 만드는 이들이 침을 흘리지 않으면 이상한 일일 것입니다. 하여 그의 많은 작품들이 노래가 되고 영화와 드라마가 되었지요. 「별들의 고향」「바보들의 행진」「적도의 꽃」「고래사냥」「겨울 나그네」「깊고 푸른 밤」……

주로 산업화 기계화에 밀려나는 삶의 상처와 그늘, 방황과 소외의 문제를 도시적 감수성으로 그려낸 작품들입니다. 대부분 신문 연재를 통해 발표된 것들이지요. 그런 점에서 그는 소설의 상품 가치와 시장성을 극대화시킨 작가라 해도 그리 무리한 표현은 아닐 것입니다.

대중성을 추구하면서도 만만찮은 사회와 현실에 대한 인식을 보여주었음은 물론입니다. 색상으로 그를 이야기한다면, 두말할 것 없이 그는 청색의 작가입니다. 상품에 비한다면 청바지를 닮은 작가.

그는 언제나 젊은 영혼들의 믿음직한 변호인 역할을 자청하곤 했습니다. 적어도 70년대 젊은이들에겐 작가 최인호씨보다는 '인호 형'이 더 친숙하게 어울리는 호칭이 아닐까요. 그런 이유로 그를 기억하는 많은 사람들에게 그는 여전히 이런 명함의 주인으로 남아있을 것입니다.

'20세기 청년 문화 연구소장 겸 공장장'.

문학의 침체와 출판의 사양길을 걱정하는 목소리가 자꾸만 높아져갑니다. 그런 사람들이 쏘는 화살의 과녁은 뻔합니다. 인터넷, 영화나 대중음악 등의 엔터테인먼트 산업. 그렇다고 언제까지나 그런 것들만 탓하고 젊은이들이나 나무라고 있으면 사정이 달라질까요. 그런 것을 모두 타고 넘어가야 문학이지요. 어느 시인의 말처럼 온몸으로 밀고 나가야 문학이지요.

안 팔린다고 불쌍한 표정으로 앉아만 있으면 누가 와서 팔아주던가요. 문까지 닫아걸고 있는데 찾아와서 문 두드릴 사람이 있을까요. 부지런히 새로운 물건을 만들어내야지요.

길 끝까지, 벼랑 끝까지 가봐야지요. 인호 형처럼!

9
—

파고다극장

1

"영화 좋아하십니까?" "아, 영화광狂! 그렇다면 아주 잘됐습니다. 극장도 많이 아시겠군요. 자, 다음 영화관들 중에 광화문 교보문고에서 가장 가까운 곳은 어디일까요?" "시네큐브!" "네, 정답입니다. 그럼, 강남 교보문고에서 가장 가까운 곳은?"

"……" (막히실 겁니다. 그 이름이 그 이름 같으니까요. 장충동 족발집 동네에 가서 '진짜 원조元祖'를 찾아내는 것만큼이나 쉽지 않을 것입니다)

시네마텍, 시네코아, 시네마유니버시티, 시네큐브, 매직시네마, 드림시네마, 그랜드시네마, 뉴시네마, 시네맥스, 시네하우스, 시네마오즈, 시네플러스, 시네시티, 시네월드, 씨네드림……

어떻습니까. 이름만 보고도 어디에 있는 극장인지 알아내실 수 있겠습니까. 여간한 주의력과 기억력을 가진 사람이 아니라면 두어 군데도 가려내지 못할 것입니다. 어쨌든 희한한 일입니다. '시네cine'를 넣지 않으면 극장의 작명은 불가능한 모양입니다.

'가든garden'이 들어가지 않으면 음식점 이름이 되지 않고, '파크park'가 붙지 않으면 여관 이름이 되질 않는 것처럼 말입니다. '애드ad'나 '콤com'을 달고 있어야 광고회사 이름 같고, '마트mart'가 아니면 구멍가게처럼 여겨지듯이 말입니다.

하긴 그렇지 않은 이름의 경우도 분간하기 어렵긴 마찬가지입니다. 코아아트홀, MMC, 켓츠21, 아트레온, M-Park, 아카데미21, 티파니, 뤼미에르, 브로드웨이, 메가박스…… 분명한 것은 이제 이름만 가지고 찾아갈 수 있는 극장은 별로 없다는 것입니다. 그럴 수 있다면 변두리에 있는 극장일 것입니다.

시대 변화의 스피드를 악착같이 따라잡으며 치열한 경쟁 구도 속에서 살아남겠다는 의지 따위는 버린 지 오래된 극장일 것입니다. 이를테면 충무로의 극동극장, 청량리의 제일극장, 숙대 입구의 성남극장, 화양리의 동부극장 따위가 그것들입니다.

그것들은 그 낡고 촌스런 이름을 계속 지켜가고 있습니다. 세상이 바뀌었다고 호들갑을 떨면서 건물을 고쳐 짓고 새로운 간판을 내달아봐야 별로 달라질 것이 없다는 것을 알기 때문일까요. 천지개벽이 일어나도 미꾸라지까지 용이 되긴 어렵다는 것을 알기 때문일까요.

좀 점잖게 말하면 그들은 자신이 지켜야 할 자리를 압니다. 극동극장은 길 건너 대한극장을 흉내내려 한다거나 시샘하지 않습니다. 극동극장은 극동극장이 존재하는 이유를 압니다. 대한극장이 바쁘고 입맛 까다로운 관객들을 위해 예닐곱 개의 스크린을 분주히 돌려대는 동안 극동극장은 비교적 한가한 관객들을 위해 하나의 스크린으로 두 가지 영화를 천천히 돌려댑니다.

특별히 미화할 것도 없지만, 그렇다고 폄하할 것도 없는 동시 상영관의 미덕. 종로 관철동의 시네코아를 찾아드는 손님들은 영화가 좋아서 오는 사람들이지만 낙원동 뒷골목의 파고다극장 손님들은 순전히 파고다극장이 좋아서 오는 사람들이었습니다.

전자는 영화의 관객이지만 후자는 파고다극장의 고객이지요.

2

끈질기게 그 자리를 지키는구나, 파고다극장

한땐 영화의 시절을 누린 적도 있었지

내 사춘기 동시상영의 나날들

(······)

온갖 껌 씹는 소리들의 난무. 그 숨막히는 터널을 뚫고 오다

어느 뛰어난 시인은 아까운 나이에 영영 몸을 떠났고

난 아직도 그 거미줄 같은 껌 줄기에

붙잡혀 있다 어차피 이것이 생의 몫이라면

완강히 버텨보리라, 난 천재가 아니므로

난 세상의 온갖 따라지성^性을 사랑하는 삼류이므로,

저 파고다 극장처럼 살아남아, 시커먼 껌의 포충망과 씨름하며 끝끝내 필름을 돌려보리라

설령, 그것이 껌 씹는 소리의 삶으로 그친다 해도

— 유하, 「파고다극장을 지나며」 중에서

파고다극장은 이제는 '탑골공원'으로 불리는 파고다공원을 닮았습니다. 둘 다 예사로운 극장과 공원은 아니지요. 70년대 중반부터 20여 년간 '게이 커뮤니티'의 메카로 통해온 파고다극장이나 무료하기 짝이 없어 보이는 노인네들이 비둘기나 붙잡고 중얼거리는 파고다공원이나 세상의 복판에서 밀려나 있기는 마찬가지라는 점에서 그렇습니다.

세상의 대부분을 차지하는 사람들이란 뜻의 '일반인'이란 말을 비틀어 스스로를 '이반異般'이라 부르는 이들의 '살롱', 파고다극장의 빨간 의자에는 어쩔 수 없는 '절망'들이 앉아 있었습니다. 탑골공원 기다란 벤치에는 자크 프레베르가 '절망'이라 노래한 사람들이 앉아 있고 말입니다.

그들의 절망은 서로 다르지 않습니다. 동성애자나 노인들이나 '일반'의 울타리 안에서 독립적으로 삶을 영위하기엔 너무나 많은 제약이 있기 때문이지요. 하여 그들은 그들의 낙원인 극장과 공원에서조차 끊임없이 관찰되고 관리되어야 할 경계의 대상일 뿐입니다.

스스로는 희망을 추구하고 실현할 수 없는 존재인 까닭이지요. 그래서일까요. 탑골공원 근처에만 가면 저는 공연히 나른해집니다. 동시상영관의 두 프로를 알뜰히 다 보고 나서도 갈 데가 없다거나 기다리는 사람이 없는 날의 쓸쓸함이라고 할까요.

'피맛길(避馬길, 옛날 양반 나리들의 종로 행차를 꼴 보기 싫어하던 사람들이 피해 다니던 골목길)' 특유의 비릿함이나 음습함이랄까요. 길 건너 낙원상가의 트럼펫 가게가 '와이키키 브라더스'의 연민을 불러다준다면, 이른바 '종삼鍾三' 옛 골목의 전설은 '영자의 전성시대' 그 서글픈 시절을 생각나게 합니다.

물론 이름만 대면 알 수 있는 '록 싱어'들이 그 극장에서 꿈을 키워냈다는 사실과, 천사들이 사람의 모습으로 내려와 불쌍한 사람들과 배고픈 노인들에게 빵을 나눠주고 국물을 퍼주는 공원 풍경이 '파고다'란 이름을 아름답게 만들기도 합니다.

청운의 꿈을 품고 새벽반이나 심야반 영어 공부를 위해 정신없이 뛰는 학원 수강생의 힘찬 발걸음이 '파고다'란 이름을 밝게 합니다. 그렇지만 아무래도 그런 것들은 '파고다'란 이름의 보편적 정서를 놓고 보자면 어색한 자위自慰가 아닐는지요. 하여, 적어도 제가 아는 그 공원과 극장의 풍경은 대개가 축축하고 칙칙한 장면으로 다가오게 마련입니다.

3

파고다극장의 그 비 내리는 스크린에는 우리 현대문학의 전설이 된 한 젊은이의 희미한 미소가 있습니다. 기형도. 위에 인용한 시에 나오는 '아까운 나이에 영영 몸을 떠난 어느 뛰어난 시인'이 바로 그 사람입니다.

파고다극장 생각에 그의 얼굴이 포개지는 것은 그 극장이 그가 죽은 장소이기 때문만은 아닐 것입니다. 시대의 우울, 현실과의 불화에서 연유된 일상의 공포와 전율을 자폐적 몽상의 악보로 그려낸 기형도. 그의 시 역시 '일반'이란 이름의 육지와는 멀리 떨어진 어떤 절해고도의 기록이라면, 그 시의 무늬는 파고다 극장의 아우라가 형태를 얻었을 때의 그것과 닮았을지도 모른다는 생각이 듭니다.

평론가 김현이 '그로테스크 리얼리즘'이라 명명한 그 시 세계의 습도는 어쩌면 파고다극장 그 어둡고 눅눅한 공기의 그것과 같을지도 모르고 말입니다. 파고다극장에서 한 젊은 시인이 가고, 파고다극장의 세월도 갔습니다.

자리를 바꾸는 장강長江의 앞 물결 뒤 물결처럼 시대도 세대도 끊임없이 새것이 되어 흘러갑니다. 그 거대한 물줄기 앞에 참으로 무력한 주문이겠습니다만, 제가 믿고 따르는 절대자의 이름으로 이렇게 빌고 싶어집니다. "그 물길은 '사행천蛇行川'의 그것이었으면 좋겠습니다. 저 영월의 동강처럼 굼실굼실 세상 구경 다 하며 세월아 네월아 기어가는 그런 흐름이었으면 좋겠습니다."

포 니

1

경기도 파주시 광탄면에 가면 '여충사麗忠祠'라는 명소가 있습니다. 여진족을 아우르고 자 북쪽 변방에 9성을 쌓은 고려조의 장군 윤관尹瓘의 묘소와 사당이 있는 곳입니다. 워낙 명문거족 출신의 이름난 장수의 것인데다, 파평 윤씨의 관향貫鄕에 위치한 까닭에 그 묘역의 위엄이 이순신 장군의 현충사 못지않습니다. 왕릉이 부럽지 않을 만큼 위풍이 당당합니다.

그런데 이곳에는 좀 별난 무덤이 두 기基가 더 있습니다. 주차장 언저리에 있는 아담한 봉분의 작은 무덤들이 그것이지요. 거기 놓인 빗돌이 그 무덤의 주인을 일러줍니다. '윤시중 교자총' '윤시중 전마총', 세상에! 타고 다니던 '가마轎子'와 전쟁터에 나가 싸우던 '말戰馬'을 묻어놓은 것입니다.

바꾸어 말하자면 시중侍中 어른이 타시던 자가용 승용차의 무덤인 셈이지요. 참으로 야단스럽고, 별스럽게 호사로운 음택陰宅도 다 있지요! 처음엔 저도 생각을 추스르기가 쉽지 않았습니다. 누가 이 무덤 앞에서 계급투쟁적 논리를 펼쳐도 별로 할말이 없지 싶었습니다. 그러나 저는 약아빠지게도 이내 생각을 고쳐먹었습니다.

'진시황의 무덤에 대면 저것은 얼마나 인간적인가. 이렇게 생각해볼 수도 있지 않은가. 걸핏하면 새것으로 바꾸지 않고 평생을 타고 다녀서 주인의 체취가 고스란히 밴 가마일 것이다. 잃을 뻔한 목숨을 살려준 고마운 말이었을 것이다. 그렇다면 저것은 아름다운 무덤이다. 이 땅에는 전설과 함께 전해지는 충견忠犬의 무덤도 하나둘이 아니고, 계룡산 갑사甲寺에 가면 공우탑功牛塔이라 하여 소의 공적비도 있지 않은가.'

무덤을 만들어줄 만큼 고맙고 사랑스러운 존재라면, 물건이나 짐승이라도 사람과 다를 바 없을 것입니다. 깊은 정이 들어 애지중지하던 차를 폐차장에 보내본 일이 있는 이는 알 것입니다. 견인차에 끌려가는 차의 뒷모습을 본 일이 있는 사람은 알 것입니다. 누군가 자신의 분신 같은 차를 끌고 갈 때 가슴 한구석에서 무언가 빠져나가는 것처럼 허전해지지요.

가령 수십만 킬로를 함께 달린 차를 떠나보내야 한다면, 그것은 여간 서운한 일이 아닐 것입니다. 그것은 수십 년을 사귀어온 친구와의 이별과 비슷할지도 모릅니다. 실제로 그런 차가 있습니다.

2000년 10월, '자동차 10년 타기 시민운동연합' 행사에 나온 황판권씨라는 분의 79년식 포니Pony가 그것입니다. 무려 44만 킬로를 달려온 차입니다. 그 포니는 황씨에게 스물두 살 먹은 말과 다름이 없을 것입니다.

이제는 우리나라 자동차의 성능도 많이 좋아지고, 사람들의 인식 또한 크게 달라져서 10년, 20년을 탔다는 차들을 만나기도 그리 어렵지 않습니다. 바람직한 현상입니다. 그런 현상을 우리의 기술력이 그만큼 튼실해졌다는 증거로 보거나, 자동차로 부富나 신분을 과시하던 시대는 지났다는 증표로 보아도 괜찮을 것이기 때문입니다.

머지않아 주인과 평생을 함께 지내는 자동차를 만날 수도 있을 것입니다. 저 윤관 장군의 말이나 가마처럼 주인과 함께 묻히는 자동차가 나오지 말란 법도 없을 것입니다. 70년대에 생산된 여러 가지 차들이 그런 차의 후보가 되겠지요. 가능성이 가장 큰 이름 하나가 바로 포니입니다.

2

부르릉거리던 차가 결국 덜그덕 멈추었다. 잿마루까지는 아직도 길이 멀었다. 이렇게 되면 손님들이 내려서 차를 밀어야 한다 (……) 죄다 차에서 내렸다. 일제히 차체의 옆과 뒤에 지네발처럼 달라붙어 밀기 시작했다. "역사, 역사!" 모두들 있는 힘을 다 내었다. 운전수는 계속 기어를 움직이며 액셀러레이터를 밟아댔다. 그러나 차는 내처 부르릉거리기만 하고 좀처럼 나아가지는 않았다.

—김정한,「사밧재」중에서

해방 전의 어느 고갯길 풍경입니다. 시커먼 연기를 풀풀 날리며 힘겹게 언덕길을 오르던 버스가 결국은 멈춰버린 것이지요. 그도 그럴 것이 목탄木炭, 즉 숯을 연료로 움직이던 차였으니 무슨 힘이 있었겠습니까. 그렇게 내려서 밀어야 하는 자동차의 세월이 있었습니다.

그런 세월 끝에 독립을 맞았으나 가진 것이 없었고, 혹독한 전쟁까지 겪고 나니 남은 것이 없었습니다. 1955년 시발자동차가 나오기 전까지는 변변한 자동차 구경 한번 하기가 힘들었습니다. 미제 군용 지프거나 깡통 쪼가리로 모양이나 만들어내던 버스 따위가 고작이었으니까요. 시발자동차. 비록 드럼통을 펴서 만든 것이긴 했지만, 그래도 우리 손으로 조립해낸 최초의 자동차였습니다.

자전거 국산화에 성공했다고 대통령이 축사를 낭독하던 나라에서 대단한 일이 아닐 수 없었습니다. 같은 해에 각각 대우자동차와 쌍용자동차의 모태가 되는 신진공업과 하동환 제작소가 설립됨으로써 자동차 산업의 토대가 마련된 것이니, 한국 자동차 산업의 역사는 불과 50년도 채워지지 않는 일이지요.

이 땅의 모든 산업이 그렇듯이 도약은 1970년대에 이뤄집니다. '하면 된다'는 참으로 견고한 신념을 물리적으로 떠받쳐준 두 가지 사건이 혁명을 가능케 했습니다. 하나가 경부고속도로의 등장(1970)이며, 또하나가 포항제철의 탄생(1973)입니다.

길이 있고, 쇠가 있으니 자동차 산업이 일어서는 것은 시간문제였지요. 그랬습니다. 252달러의 국민소득이 다섯 배로 불어나던 그 10년 동안 자동차 산업도 괄목할 만큼 커졌습니다. 포니가 태어난 것도 그 무렵입니다.

비유컨대 포니는 우리의 밭에서 우리 씨로 길러낸 첫번째 과실이었습니다. 당연히 달고 맛있을 수밖에 없었지요. 줄을 서서 사 먹었습니다. 첫해에 국내 수요의 55퍼센트를 차지하여 세상을 놀라게 하더니, 1978년에는 65.7퍼센트까지 점유율을 높이게 되지요.

성능과 스타일이 나무랄 데가 없는데다 우리 고유의 모델이란 프리미엄으로 그렇게 폭발적인 인기를 누릴 수 있었던 것입니다. 아직도 우리 경제의 든든한 버팀목이 되고 있는 자동차 수출의 신호탄(1976년, 에콰도르)을 쏘아올린 차도 포니였습니다. 그러니 그 조랑말이 어찌 끔찍이도 예쁘고 귀여운 '애마愛馬'가 아닐 수 있겠습니까.

3

폭스바겐 이야기가 히틀러에서부터 시작되듯이 포니 이야기에선 이 사람을 빼놓을 수 없습니다. '정주영'. 엄동설한에 잔디를 심어달라는 주문을 선뜻 받아들이곤 보리밭을 퍼다가 유엔군 묘지를 파란 잔디밭으로 만든 사람. 그 도전의 정신이 포니를 낳았습니다.

미국 대사가 개발 포기를 종용하고, 온갖 사람들이 말렸지만 '건설에서 번 돈 모두를 투자할 가치가 있다'고 한 그의 선견지명이 포니를 낳고, 자동차에서 비롯되는 오늘날의 국부國富를 낳았습니다.

자동차를 떠올리고 그를 떠올릴 때면 또하나의 중요한 상징이 되어 다가오는 장면이 있습니다. 소떼를 몰고 판문점을 넘어가던 모습입니다. 절묘함은 '소떼'에 있습니다. 누군가 '왜 하필 소떼인가?'를 묻는다면 저는 이렇게 답하고 싶습니다.

"소는 생산의 동력입니다, 일꾼입니다. 아무것도 남김없이 주고 가는 갸륵한 생명입니다. 무엇보다 이 땅의 사람들을 이만큼 먹여 살리고, 이 땅의 논과 밭을 푸른 생명 창고로 갈아엎어준 은인입니다."

그 소의 의미는 '우리 자동차 산업'의 의미와도 통합니다. 물론 자동차는 인간의 삶을 더 자유롭고 풍요하게 만들어주는 수단임에 틀림없습니다만, 우리에게는 그것이 다가 아닐 것입니다. 더 나은 삶을 위해 우리의 자동차는 더 많은 일을 해야 합니다. 우리 바다에서 나는 생선을 우리가 다 먹지 않고 내다팔듯이 우리의 자동차는 앞으로도 오랫동안 바다를 건너가야 합니다. 자동차는 혼을 불어넣어야 할 물건입니다. 이민재라는 분이 브리사 자동차로 세운 주행 기록 73만 7000킬로미터 정도는 흔한 뉴스가 되는 세월이 왔으면 좋겠습니다. 100만 킬로미터, 아니 한 사람이 평생 지나는 거리만큼의 주행거리가 보장되는 명차가 줄을 이어 나왔으면 좋겠습니다.

그런 세월이 오면 저 윤관 장군의 '교자총'이나 '전마총' 같은 무덤이 도처에 생겨날지도 모를 일입니다.

풍년 라면

1

'춘애'라는 소녀를 기억하시는지요? 지금은 소식이 끊겼습니다만, 한 때는 온 나라가 입에 침이 마르도록 칭송하던 이름입니다. 임춘애林春愛. 1986년 서울아시안게임 육상 종목에서 일약 3관왕(800미터, 1500미터, 3000미터)의 영예를 안으며 세상을 놀라게 했던 바로 그 여고생입니다.

초등학교도 마치기 전에 세상을 등진 아버지에 대한 그리움도 떨치고, 달동네를 전전하는 운명적인 가난에 대한 원망도 내던지고 오직 앞만 보고 뛰던 소녀입니다. 극도의 영양실조도, 만성위장염도 정신력 하나로 눌러가며 무섭게 내달려 마침내 인간 승리의 테이프를 끊은 소녀입니다.

만화영화 〈달려라 하니〉의 하니처럼 가엽고도 장한 소녀입니다. '춘애'의 성공은 이 땅의 사람들로 하여금 전율에 가까운 감동을 느끼게 했습니다. 금방이라도 쓰러질 것처럼 작고 가냘픈 몸매의 어린 소녀가 육상(트랙 경기)의 불모지인 조국에 세 개의 금메달을 바치는 장면이 그랬고, 그 감동의 결말이 있기까지 이어져온 삶의 드라마가 그랬습니다.

뒷날 서울올림픽 개회식 성화 봉송의 최종 주자가 되기도 하는 '춘애'의 라이프 스토리는 이른바 '헝그리 정신'이 낳은 스포츠 신화가 되기에 충분

했습니다. 그것은 '라면'의 신화였습니다. 가난한 권투 선수의 주먹이 라면의 힘으로 핵폭탄처럼 터지던 시절, '춘애'의 두 다리를 미사일처럼 밀어올린 것 역시 라면 120그램의 힘이었습니다.

말하자면, 그것은 화약이었습니다. 투지의 뇌관을 때려 가공할 스피드의 추진력을 만들어내던 눈물의 힘이었습니다. 탄수화물 80그램, 단백질 10그램, 지방 17그램…… 열량 520킬로칼로리 따위의 물리적 수치로는 설명되기 어려운 무형의 에너지였습니다.

여기서 제가 좋아하는 광고 이야기 하나를 해야겠습니다. 스포츠를 소재로 한 '태그 호이어TAG Heuer' 시계의 광고 캠페인입니다. 그 광고 속에 등장하는 운동선수들은 하나같이 저 '일체유심조一切唯心造'의 깨달음으로 유명한 원효 스님이나 바둑을 두면서 '목숨을 걸고 둔다'는 프로기사 조치훈을 생각나게 합니다.

이를테면 그들은 다음과 같은 상황에서 경기를 하고 있다는 상상을 합니다. 맹훈련중인 수영 선수는 자신의 양옆으로 상어들이 나란히 헤엄을 치고 있다고 생각합니다. 어떤 단거리선수는 바로 등뒤에 굶주린 야수가 잡아먹을 듯이 쫓아온다고 가정합니다. 고층 빌딩 신축 공사장 철제 빔을 평균대 삼아 연습을 하는 체조 선수도 보입니다. 허들 선수가 사뿐히 뛰어넘고 있는 장애물의 자리엔 꼭 그만한 면도날이 시퍼렇게 서 있습니다. 단연 압권은 어떤 릴레이 선수가 지금 막 넘겨받고 있는 바통이 심지에 불이 붙어 타들어가고 있는 다이너마이트란 것입니다.

물론 만들어진 사진입니다. 그러나 저는 그 사진들에서 올림픽의 영웅들을 봅니다. 그들이 따낸 금메달이나 그들이 수립한 세계신기록들이 필시 그토록 필사적인 의지와 신념에서 비롯되었을 것이란 생각이 듭니다.

그 광고는 말합니다. "Success. It's a Mind game."

'춘애'는 마인드 게임에서 이긴 것입니다. 가진 것 없고, 먹을 것이 없는 데 어쩌겠습니까. 그녀는 마음을 다스리는 법을 알았던 모양입니다. 달리는 '춘애'의 등뒤엔 상어가 있고, 표범이 있었을 것입니다. 면도날 같은 장애물도 숱하게 널려 있고, 손에는 이제 곧 터질 것 같은 다이너마이트도 들려 있었을 것입니다.

당연히 죽을 각오로 달리지 않으면 안 되었을 테지요. 그런 '춘애'에게 '소고기라면(실제로 그런 브랜드가 있었지요)'은 정말 소고기 수프였을 것입니다. 거기 말아넣은 찬밥 한 덩이는 질 좋은 갈비 한 대였을 것입니다. 그 소녀에게 라면 한 그릇은 이 보릿고개를 넘어서면 풍년이 찾아든 황금벌판을 만날 수 있다는 믿음의 양식이었을 것입니다.

라면이 키운 사람이 어디 운동선수뿐이겠습니까. 구두닦이를 5급 공무원으로 만들고, 신문 배달 소년을 고시에 합격시키고, 가난한 자취생을 교수가 되게 하고, 방직공장 여공을 양품점 주인으로 바꿔놓은 라면의 힘. 라면이 아니었으면 어떤 물건이 그런 위력을 발휘할 수 있었을까요.

2

라면의 역사는 1958년 일본에서부터 시작됩니다만, 그 기원에 관해서는 논란이 많습니다. 중국 사람들이 즐기던 '건면'에 그 유래가 있다는 둥, 일본 사람들이 스스로 생각해낸 것이라는 둥 이론이 분분하니까요. 그럼에도 불구하고 많은 사람들이 후자에 무게를 두는 것은 그쪽이 보다 구체적인 설득력을 갖고 있기 때문입니다.

제2차 세계대전의 패전국이 된 일본에 남은 것은 초토화된 국토와 식량 기근에 시달리는 국민들. 먹을 것이라고는 전승국인 미국이 무상으로 제공하는 밀가루가 전부였습니다. 그러나 밥을 먹고 살던 사람들에게 밀가루는 아무래도 주식主食이 되기 어려웠습니다. 먹고 돌아서면 배가 고프기 일쑤였던 것이지요. '궁하면 통한다'고, 밀가루로 보다 나은 식품을 개발하려는 한 사나이가 나타나게 됩니다.

어떻게 하면 값싸고 맛있으며, 보관도 쉽고 조리도 간편한 상품을 만들 것인가를 연구한 사람이지요. 숱한 곡절 끝에 이 사나이의 노력은 결실을 보게 됩니다. 1958년 '일청식품日淸食品'을 통해 '라면'이란 상품이 만들어진 것입니다.

배고프기로 말하자면 그들보다 결코 덜하지 않았던 이 땅의 사람들에게 그것이 예사로운 물건으로 보일 턱이 없었음은 당연한 일일 것입니다. 1963년 '삼양라면'이 나오기 무섭게 '풍년라면' '닭표라면' '해표라면' '아리랑라면' '해피라면' '스타라면' 등의 라면 상표들이 줄을 잇습니다. 그것은 소비자들이 기다렸다는 듯이 줄지어 섰다는 말과 다르지 않을 것입니다.

최근의 어떤 라면 광고에서 나온 '민생안심民生安心'이란 말의 뿌리가 어디인지를 보여주는 한 시대의 초상입니다.

3

'풍년라면'. 이 땅에 나왔다 사라진 20세기의 라면 상표들 중에서 특히 아련한 연민과 애정을 느끼게 하는 이름입니다. 철길 연변이나 국도변 들녘마다 '녹색혁명'이란 표지판이 '수출입국'만큼이나 큼직하게 버티고 섰던 시절 '벼농사'는 나라의 숨통을 좌지우지하는 일이었습니다. '쌀'은 온 국민의 목숨 그 자체였으니까요.

오죽하면 그토록 오랜 세월 '쌀 한 가마'란 말이 이 나라 민초들에게 화폐보다 빠르고 정확히 이해되는 경제단위 노릇을 했겠습니까. 그러나 '풍년'은 그리 쉽게 찾아오지 않았고, 쌀은 늘 부족했습니다. 그 궁핍한 상황을 타개하기 위해 나라에서 생각해낸 카드가 있었습니다.

쌀 소비를 줄이려는 운동이었지요. '혼·분식混·粉食'을 해야 보다 건강하게 살 수 있다는 내용이었습니다. 물론 아주 틀린 이야기는 아니었습니다만, 지금 생각해보면 '여우의 신 포도'와 같은 논리였습니다. 그 시절의 노래 하나가 떠오르는군요. "복남이네 집에서 아침을 먹네. 옹기종기 모여 앉아 꽁당보리밥. 보리밥 먹는 사람 신체 건강해." 학생들의 도시락까지 검사해가며 '혼·분식'을 강요하던 시절이었습니다.

'라면'은 분명 한 시대의 충신과 효자 노릇을 톡톡히 했습니다. 다소나마 '쌀 걱정'을 덜어주었고, 국민들의 허기를 감추고 시장기를 속이는 데 혁혁한 공로를 세웠습니다.

그것은 공장이 만들어낸 '풍년'이었습니다. 오늘날 우리들 식탁 위의 멀쩡한 음식들이 쓰레기장으로 가는 까닭 또한 공장들이 너무나 많은 '풍년'을 만들어내기 때문은 아닐까요. '농부의 마음'이란 뜻의 라면회사도 있으니까요.

어쨌거나 라면은 참 고마운 존재입니다. 라면이 처음 나왔을 때에 비하면 무려 40배(1963년엔 한 개에 10원)가 오른 가격입니다만, 그래도 얼마나 다행스런 일입니까. 동전 몇 개로 배고픔을 이겨낼 수 있다는 것이 말입니다.

운동선수조차 라면을 먹고 달릴 수밖에 없던 나라가 세계를 움직이는 스포츠 강국의 하나가 되었다는 것은 또 얼마나 고마운 일입니까. 축구 대표팀이 국제시합엘 나가는데 기차와 배와 비행기를 번갈아 타느라 무려 5박 6일이 걸렸던(1954년 스위스 월드컵) 나라가 지구 끝에 있는 나라들을 제 땅으로 불러들여 경기를 한다는 것은 얼마나 즐거운 일입니까.

싫어도 보리밥을 먹어야 했던 것처럼 억지로 라면을 먹지 않아도 된다는 것은 얼마나 행복한 일입니까. 이제 '춘애' 같은 운동선수는 더이상 없을 것이라는 예측은 얼마나 큰 위안입니까.

한 강 모 래

1

어느 겨울날 '하회河回'에 간 적이 있습니다. 엄청나게 추운 날이었지요.
시퍼런 칼바람 속에 마을을 한 바퀴 돌고 병산서원까지 갔습니다. 온몸이
꽁꽁 얼어붙어서 걸음을 재촉하기가 쉽지 않더군요. 그러나 그날의 더딘
발걸음이 꼭 추위 때문만은 아니었습니다.

아시다시피, 그 마을은 어딜 쳐다보아도 통째로 눈에 넣고픈 풍경이 천
지 아닙니까. 쉬이 돌아서질 못하고 한참을 뒷걸음쳐 나왔지요. 그날 저는
그 마을에서 도둑이 되었습니다. 빈손으로 나오질 못했습니다. 허락도 없
이 가져온 것이 있습니다.

한줌의 모래. 병산서원 앞 냇가의 모래가 하도 고와서 한 움큼을 비닐
봉지에 담아 왔습니다. 말하자면 유성룡 대감댁 물건을 훔쳐 온 것이지요.
모래가! 그만큼이나 탐이 났습니다. 탄성이 절로 나왔지요.

"와, 이렇게 정갈한 모래를 본 것이 언제던가."

'엄마야 누나야 강변 살자'던 소월의 뜰에 반짝이는 '금모래'였습니다.
'조약돌 소반'에 올려놓고 '언니 누나 모셔다가 맛있게도 냠냠' 하고 싶은
'모래알'이었습니다. 그것은 모래의 명품이었습니다. 겨울 햇살 아래 금싸
라기처럼 빛나는 물건이었습니다.

결국은 슬쩍해 온 물건이 되고 말았습니다만, 누군가 돈을 받고 팔고 있었다 해도 사왔을 것입니다. 그까짓 모래를 가져다 무엇에 쓰려고 퍼 담아 왔느냐 묻고 싶으실 테지요. 제삿날에 씁니다. 향로에 담아서 향을 꽂는 데에 쓰지요. 그렇다고 한 번 쓰고 버리는 것이 아닙니다.

제사가 끝나면 재^灰와 술에 얼룩진 그 모래를 깨끗한 물에 씻어 말리지요. 벌써 몇 년째 씁니다. 하회의 모래는 저희 집에 와서 그렇게 저희 조상님들과 함께 큰절을 받는 물건이 되었습니다. 귀하신 몸이지요.

돌멩이는 검을수록 양반이지만, 모래는 흴수록 양반입니다. 앞의 것의 대명사가 '남한강 오석烏石'이라면 뒤의 것은 '한강 백사장의 흰모래'가 단연 으뜸이지요. 낙동강 모래, 영산강 모래, 섬진강 모래도 한강 것 못지않게 희고 곱지만 유명하기로는 역시 '한강 모래'입니다.

그런 생각을 하자니, 낙동강 팔백 리를 두루 비추는 마알간 보름달빛을 닮은 하회 모래와 한양 아씨의 하얀 낯빛을 닮은 '한강 모래'가 눈앞에 포개집니다.

2

세상 어느 물건이 그렇지 않겠습니까만, 모래라고 해서 다 같은 모래는 아닌 모양입니다. 헝겊이라고 모두 걸레가 되지 못하듯이 어느 모래나 다 골재骨材가 되고 쓸모 있는 물건이 되진 못한다는 것이지요.

사막의 모래가 그렇습니다. 사막은 어마어마한 크기의 모래 야적장이지만, 그곳 모래로는 집 한 채도 못 짓는답니다. 너무나 곱고 가벼워서 콘크리트가 요구하는 강도를 형성하고 유지할 수 없기 때문이라지요.

자재로서의 부적격성을 말한다면 빼놓을 수 없는 것이 바닷모래. 강모래의 공급이 달릴 때마다, 업자들의 시선을 집중시키는 물건이지요. 문제는 염분. 철근을 녹슬게 하고 시멘트의 강도를 떨어뜨리니까요. 민물로 깨끗이 씻어서 쓴다면 별 문제가 없지만, 그냥 쓰거나 대충 헹궈서 쓰는 경우엔 큰 낭패를 보기 십상입니다.

제아무리 근사하게 지은 건물도 한순간에 모래성이 되어버릴 수 있으니까요. 값싼 모래, 질이 나쁜 모래의 반대편에 모래의 '순정품純正品' 한강 모래가 있습니다. 먼지에 가까울 만큼 미세한 모래와 굵은소금을 생각나게 하는 왕모래들 사이 한가운데쯤에 그것이 있습니다. 사막의 모래와 바닷모래 사이에 있습니다.

한마디로 일등품 모래. 달리 이야기하자면 '임금님께 진상하던' 명품 쌀에 해당하는 물건입니다. 이젠 잊혀가는 이름이지만, 전문가들은 여전히 한강 모래를 찾는 모양입니다. 그 증거가 여기 있습니다. 일종의 광고인데, 서울시에서 생산된 한강 모래를 판다는 내용입니다.

"서울특별시 한강관리사업소에서 한강을 준설하여 생산한 모래를 판매하고 있습니다. 양질의 제품을 매우 저렴한 가격으로 공급하여 드리고 있습니다."

그런 안내문이 보이고 물건은 행주대교 남단 한강시민공원에 야적되어 있다는 것과 수량과 용도, 운송 차량 진출입로와 반출 시간까지 밝혀놓고 있습니다.

아, 그러고 보니 기억이 납니다. 강바닥에서 모래를 퍼내는 시커먼 준설

선漢船이 보이는 강변, 산더미처럼 쌓인 모래, 그것을 가득 실은 트럭이 물을 뚝뚝 떨어뜨리며 기우뚱기우뚱 큰길로 올라서는 모습. 한강의 기적을 만든 장면입니다.

덤프트럭의 행렬이 보이고 〈대한 늬우스〉 자막이 뜨고 박종세 아나운서의 목소리가 들릴 것 같은 화면입니다. 그렇게 골재를 실은 트럭이 달려가는 곳에 공장이 지어지고 항만이 생겼지요. 댐이 생기고 둑이 쌓였지요. 길이 뚫리고 다리가 놓였지요. 빌딩이 올라가고 아파트가 섰지요.

한강의 모래가 자갈과 시멘트를 만나 한몸이 되기 무섭게 이 나라의 지도는 바뀌어갔습니다. 강산이 변해갔습니다. 모래밭에서 우리는 '도시화, 산업화'라는 열매를 거두었습니다.

모래땅이 많아서 땅콩밭 천지이던 여의도에 국회의사당이 들어서고, 이 나라에서 가장 높은 빌딩이 생기는 동안 한강의 모습도 바뀌어갔습니다. 모래밭이 사라졌고 구불구불하던 물길이 곧게 펴졌습니다. 수도 서울의 강답게, 한강은 하루가 다르게 촌티를 지워갔습니다.

그리고 한 세월이 흘러 우리는 이런 질문을 하게 되었습니다. "그 많던 한강 모래는 다 어디로 갔을까요." "한복을 곱게 차려입고 강 건너 봉은사를 찾아가는 할머니들이 나룻배를 내려서 걸어오르던 모래톱은 어디로 사라져버렸을까요."

한강 백사장의 추억도 따라서 희미해져갑니다. '항하사恒河沙(갠지스 강의 모래)'만큼은 아니어도 '한강의 모래알처럼' 많은 시민들이 운집하던 곳. 한강 백사장은 그만큼이나 드넓었고, 거기 수십 수백만의 사람들이 모여들던 때도 적지 않았지요.

눈을 감고 모래찜질을 하던 여름날의 피서 인파, 부흥회 따위 종교 집회에 모여든 신도들, 정치인의 선거 유세에 몰려든 유권자들, 에어쇼를 보기 위해 모여든 사람의 물결. 그 모래밭은 공원이나 놀이터 혹은 운동장이었습니다. 한강 백사장은 한 시절의 여의도 광장이나 오늘의 시청 앞 광장이었습니다.

3

백과사전은 '모래'를 이렇게 정의합니다. "직경이 0.0밀리미터~2밀리미터 정도 되는 광물, 암석, 토양의 총칭." 아! 고작 1.8밀리미터 사이에 모래 알의 우주가 존재하는군요. 그 안에 수많은 모래 알갱이들이 세상을 이루고 사는군요.

우리도 그 모래들과 함께 삽니다. 모래 속에서 삽니다. 그것들이 스크럼을 짜고 덤벼드는 황사바람 속에서 살고, 그것들로 벽을 짜올린 콘크리트 조형물 안에서 삽니다.

모래의 다리를 건너다니고 모래의 길을 달립니다. 모래의 도시에 삽니다. 어떤 시의 상상력을 빌리자면 우리 70억 인류는 흙과 모래가 떠받쳐주는 덕분에 살고 있는 것인지도 모릅니다.

한 숟가락 흙속에
미생물이 1억 5천만 마리래!
왜 아니겠는가, 흙 한 술,

삼천대천세계가 거기인 것을!

알겠네 내가 더러 개미도 밟으며 흙길을 갈 때

발바닥에 기막히게 오는 그 탄력이 실은

수십억 마리 미생물이 밀어올리는

바로 그 힘이었다는 걸!

—정현종, 「한 숟가락 흙속에」 전문

    모래의 세상에서 모래알같이 많은 사람들과 한 숟가락의 흙처럼 덩어리져서 살아가는 우리들. 모래가 자갈과 시멘트를 만나서 돌처럼 단단해지듯이 모래알 같은 우리도 누군가와 만나서 단단한 사랑의 단위를 이룹니다. 누군가에게 한강 모래처럼 훌륭한 존재일 수 있길 바라며 살아갑니다.

    좋은 모래를 얻어 좋은 집을 이루려 합니다. 물론 쉽지 않은 일이지요. 어쨌거나, 우리들 사랑의 인연은 모래의 그것을 닮았습니다. 바닷모래처럼 상대의 가슴을 쓰리게 하는 사랑이건, 백 년을 단단히 끌어안고 사는 한강 모래의 미더운 사랑이건, 우리는 그 누군가의 오묘한 섭리에 놀라워하며 한 세상을 살아갑니다.

    어쩌면, 모래의 숫자는 세상에 존재하는 생명의 숫자와 같은지도 모르겠습니다. 아니, 정말 그럴 거라는 생각이 듭니다. 이런 노랫말이 그렇게 터무니없는 과장으로 들리지 않을 때가 있으니까요.

    "모래알같이 많은 사람들/ 하필이면 왜 당신이었나……"(장사익, 〈뜨거운 침묵〉)

한술 더 떠볼까요. '모래시계'가 보여주는 시간은 어쩌면 그 모래 수효 만큼의 생명이 태어나는 시간이거나 사라지는 시간일지도 모릅니다. 한때 우리를 사로잡았던 드라마 〈모래시계〉는 이 땅의 사람들로 하여금 그것을 깨닫게 해주었지요. 역사의 눈금 안에서 남은 것과 잃은 것을 헤아려볼 수 있도록 구겨진 연대기年代記를 반듯이 펴서 보여주었지요.

콘크리트 더미로 남은 것들과 감쪽같이 자취를 감춘 것들, 혹은 바람에 실려 날아갔거나 먼바다로 흘러가버린 것들에 관한 기록이었지요.

한마디로 '한강 모래'의 세월.

화 랑 담 배

1

'백미 576그램, 압맥壓麥 252그램……'. 요즘도 군대에선 이런 걸 외는
지 모르겠습니다. 병사 한 사람에게 지급되는 일용품, 특히 식료품의 물목
들을 나열해놓은 '개인 단량표'란 것으로 제 군대 시절 저희 부대에선 필수
암기사항이었습니다. 쌀, 보리뿐만이 아닙니다. 된장 몇 그램, 고추장 몇
그램, 소금에 절인 무 몇 그램 따위까지 줄줄이 꿰어야 했습니다.

어째서 그런 것들을 숙지해야 하는지는 몰랐지만, 참으로 열심히 외운
덕택에 20여 년이 지난 지금까지 제 머릿속에는 그 표가 고스란히 남아 있
습니다. 이제 생각해보니 그것은 아마도 군수물자의 공정한 유통과 배분을
위한 방패막이 겸 일종의 소비자 교육이 아니었을까 하는 생각이 듭니다.

짐작건대 병영의 식탁에 오르는 주·부식의 내용과 양을 병사들이 정확
히 알고 있게 함으로써 그들이 소비자로서의 권리를 잃는 일이 없도록 하
려는 뜻이 아니었을까 하는 것이지요. 안다고 해서 일일이 저울에 달아볼
수도 없는 노릇이었습니다만, 개중엔 아주 쉽게 제 몫을 챙길 수 있는 기
준도 있었습니다.

그 표의 마지막을 장식하는 '건빵 한 봉'과 '담배 열 개비'가 그것이지요.

얼마나 명료합니까. 쌀이야 몇 그램이 빠졌어도 알 수 없고, 국이야 조금 싱거우면 싱거운가보다 하면 그만이지만 개수로 헤아리는 물건이야 착오가 생길 일이 없지요. 건빵이나 담배는 그렇게 분배의 정의가 엄정한 물건이었습니다.

그러나 그 평등한 배려가 이 땅의 흡연율을 높이는 데 지대한 공헌을 했다는 것을 생각하면 조금은 씁쓸해지기도 합니다. 그 시절에 배운 담배가 평생을 가게 되었다는 사람도 적지 않으니까요. 그러나 저는 지금 이 나라가 담배도 못 피우는 젊은이들에게까지 담배를 권했다거나, 그로 인해 전매청의 고객이 폭발적으로 늘어나게 되었다는 식의 험담을 할 생각은 없습니다.

그저 군수품 브랜드 '화랑'이 이 땅에서 남자로 살아가는 사람들에게 어떤 의미로 존재하는지를 생각해보고 싶을 따름입니다.

2

도대체 만나는 놈마다 논산 얘기다. 일등병에게 워커 구둣발로 채여서 어떻게 머리로 문짝을 들이받았다든가, 훈련장에서 화랑담배 한 개비씩을 걷어 상납했더니 사격 자세가 어떻게 갑자기 편안해졌다든가, 모두가 중대 향도 아니면 기타 간부가 되어서 동료 훈련병들로부터 갹출한 성금을 어떻게 배임 횡령하여 재미를 보았다든가, 조교와 기간사병들의 음담패설이 어떻게 노골적이었다든가…… 그는 그곳에 관해 거기에 갔다 온 사람보다 더 잘 알고 있음에도 불구하고 도대체 논산이라면 손에 잡히는 것이 없다. 이것은 대단히 불유쾌한 노릇이다.

―서정인, 「강」 중에서

소설 속에서 이렇게 불만 섞인 이야기를 늘어놓고 있는 이 사람은 병역 기피자입니다. 그는 도대체 '논산'이라든가 '입대'라든가 하는 말만 들어도 콤플렉스에 사로잡히는 사람이지요.

정말 그렇습니다. 풀어놓을 군대 이야기 없이 이 땅에서 남자로 살아가는 일은, 노래 좋아하는 사람들의 나라에서 음치로 살아가는 것만큼이나 힘들고 불편한 일일 것입니다. 군대 이야기는 알리바이처럼 빈틈이 없어야 흥미로운 것이지만, 대개는 그 매캐한 화랑담배 연기처럼 몽롱한 기억으로 피었다가 스러지곤 합니다.

쉽게 말해 '믿거나 말거나'일 때가 훨씬 많다는 이야기지요. 마치 스모그가 피어나지 않으면 오히려 실감이 나지 않는 납량특집 〈전설의 고향〉처럼 말입니다. 말이 나왔으니 말입니다만, 화랑담배 연기 속엔 죽음이나 귀신의 그림자가 있습니다. 이렇게 말하는 순간 어떤 노래 하나가 벌써 그 비장한 풍경을 열어 보이는군요.

전우의 시체를 넘고 넘어 앞으로 앞으로
낙동강아 잘 있거라 우리는 전진한다
원한이야 피에 맺힌 원수를 무찌르고서
꽃잎처럼 떨어져간 전우야 잘 자라

우거진 수풀을 헤치면서 앞으로 앞으로
추풍령아 잘 있거라 우리는 돌진한다
달빛 어린 고개에서 마지막 나누어 먹던
화랑담배 연기 속에 사라진 전우야

—유호 작사·박시춘 작곡, 〈전우야 잘 자라〉

인천상륙작전으로 단숨에 전세가 뒤집히면서 낙동강까지 밀렸던 국군이 북으로 진격하는 모습을 기록 필름처럼 생생하게 보여주는 가요입니다. 스물두엇 젊은 나이에 정말 꽃잎처럼 떨어져간 전우의 시체를 뒤로하고 삼팔선을 향해 가는 병사의 땀과 눈물, 얼룩진 표정까지 떠오르게 하는 노래지요.

그 노랫말 속에서도 화랑담배 연기의 역할은 예사롭지 않아 보입니다. 그 담배 연기는 그후로도 오랫동안 사라진 자와 살아남은 자를 이어주는 중요한 매개가 되었을 것이란 생각에서입니다. 멀리 떨어져 있는 연인들이 달을 보며 울듯이, 얼마나 많은 참전 군인들이, 이제 지상에 존재하지 않는 전우를 화랑담배 연기 속에서 찾으며 그리워했을까요.

'화랑'이 이 땅 거의 모든 남정네들의 사랑을 한몸에 받을 수 있었던 것은 그렇게 치열한 격전장에서 피를 나눈 이름이기 때문일 것입니다. 제 생각엔 그랬을 것만 같습니다. 죽음의 공포나 부상의 아픔을 덜어준 이름, 향수를 달래주거나 살아 돌아갈 수 있다는 희망을 다져준 이름으로 32년 (1949~1981)간이나 총칼처럼 전해지며 브랜드의 성가聲價를 높여갔기 때문일 것만 같습니다.

3

군복무 기간으로 치거나, 한 브랜드의 수명으로 치거나 장수 만세라 아니할 수 없는 '화랑'이 제대하면서 '한산도'가 그 자리를 차지한 것도 흥미로운 일입니다. '한산도' 하면 떠오르는 것이 무엇입니까. '한산대첩' 아니던가요. 그렇다면 '충무공'? 왜 아니겠습니까. '화랑'의 뒤를 '충무공'이 이은 것이지요.

한산도 담뱃갑에 그려져 있던 그림이 말하고 있지 않습니까. 충무공 해전도海戰圖. 화랑의 빛난 얼을 오늘에 되살리려는 노력과 충무공의 충절과 기개를 대한 남아들에게 수혈하려는 뜻은 그렇게 군용 담배로 이어지고 있었던 것입니다.

그래서 이 나라 사나이들의 몸 어느 구석엔가는 '임전무퇴' '유비무환'으로 집약되는 화랑과 충무공의 정신이 훈제 바비큐 냄새처럼 배어 있을 것입니다. 그 지독한 훈습薰習의 결과로 우리는 한일 축구 경기를 보아도 저 노량해전을 생각하고 한산대첩을 생각해냅니다.

실제로 예전 어느 시절엔가는 국가대표 상비군이라 하여 '화랑팀'과 '충무팀'을 형과 아우처럼, 새의 양 날개처럼 포진시켜두고 적과 맞서 싸우게 한 적도 있었지요. 충무공의 '학익진鶴翼陣'처럼 말입니다. 평시에는 서로의 전력을 확인하며 유사시를 대비하는 뜻으로 평가전을 갖게 했지요.

군사정권에 워낙 오래 길들여진 탓인지 힘과 용맹에 대한 군사적 발상은 아직도 여전한 것 같습니다. 이즈음 어떤 광고에 보이는 충무공의 모습도 그 연장선에 있는 것 같아 보이는군요. 정말 이 땅 남자들의 대부분은 아직도 화랑담배 중독이거나 그 후유증에 시달리며 살고 있는 것은 아닐까 하는 생각에 저 자신부터 연민스러워집니다.

　제 머릿속에 화랑이란 이름이 더 단단히 박혀 있는 이유가 있습니다. 대개의 경우 군대 생활의 절반 이상은 초병哨兵으로 보내는 시간 아닙니까. 최전방 철책선이거나, 후방 부대 울타리의 초소 근무거나 말입니다. 그렇게 근무중일 때 누군가 수상한 사람이 나타나면 적인지 아군인지 판별하기 위해 암구호暗口號란 것을 주고받지요. 고백하건대 저는 그때마다 그날의 구호가 무엇이든 '화랑'이라고 말하고 싶은 충동을 느낄 때가 한두 번이 아니었습니다.

　그것을 처음 배울 때 이렇게 배운 까닭입니다. "손들어! ……화랑!" "……담배." 은행이나 동사무소 서식 샘플을 보며 서류를 작성하다가 제 이름을 써넣어야 할 칸에 '홍길동'이라고 적어넣은 기억까지 있는 제가, 목숨이 왔다 갔다 하는 순간의 구호까지를 '화랑/담배'로 배웠으니 어찌 그 이름을 잊을 수 있겠습니까.

　그러나 저는 이제 그만 그 브랜드를 잊고 싶습니다. '화랑' 하면 담배가 떠오르고 군대가 생각나기보다는, 금수강산을 누비며 심신을 수련하던 신라의 그 꽃다운 낭도들이 떠올랐으면 좋겠습니다. 화랑이란 이름에서 더 이상 국방색 제복이나, 현충원의 무명용사 묘비가 보이지 않았으면 좋겠습니다. 군용 브랜드로, 군사정권 시절의 정치적 효용가치로 한쪽으로만 치우쳤던 의미가 온전한 것으로 되살아났으면 좋겠습니다. 아름답고 평화로운 뜻으로만 읽힐 수 있었으면 좋겠습니다.

화 신 백 화 점

1

저는 가끔 서울 사람들이 참으로 가엾게 보일 때가 있습니다. 천만 명이 넘는 서울 시민으로서의 서울 사람이 아니라 누대에 걸쳐 서울에 살고 있는 토박이들과 서울에서 나고 자란 서울내기들 말입니다. 누가 고향을 물으면 서울이라고 답하거나 적어내는 사람들 얘기지요. 그들이 안쓰러워 보이는 이유는 그들이 이제는 제 고향에서 실향민失鄕民이 된 사람들로 여겨지는 때문입니다.

서울에 살고 있지만, 그들의 고향 서울은 벌써 오래전부터 그들만의 땅이 아닌 까닭입니다. 어찌 보면 그들은 북에 고향을 두고 온 사람들보다 더 가여운 사람들인지도 모릅니다. 언젠가는 돌아갈 기약을 두고 있는 사람들과 이젠 아주 사라진 고향을 꿈에서나 그리워할 뿐인 사람들. 그 슬픔의 차이는 실로 엄청난 것일 테지요. 희망과 절망의 거리쯤 될 것입니다.

좀더 가혹한 비유로 서울 사람들의 실향의 아픔을 이야기한다면, 댐이 생기면서 마을 전체를 물속에 넣어버린 수몰촌水沒村 사람들의 그것과 크게 다르지 않을 것이란 생각이 듭니다. 주변에 서울 사람이 있거든 마음의 위로라도 해주어야 할 일입니다.

생각해보십시오. 서울특별시민 열이면 예닐곱은 타관에서 온 사람들 아닙니까. 그 예닐곱이 나머지 서넛, 원주민들의 고향을 지워놓았을 것입니다. 저를 포함한 이주자들의 세에 밀려 그들은 자신들 특유의 말씨를 잊어버리고, 이 고장만이 간직하고 있던 습속이나 예절을 잃어버리게 되었는지도 모를 일입니다. "미안합니다. 서울의 원주민 여러분." 서울 사람들이 기억하는 고향은 이제 저 청계천처럼 아스팔트 밑에 가라앉아 있거나, 국도극장이나 동양극장처럼 거대한 빌딩 콘크리트 벽 속으로 사라져버렸습니다.

한강 언저리나 둑방 근처의 뽕나무밭, 미나리꽝이나 땅콩밭 따위 서울의 전원은 강물을 타고 사라져간 지 오래입니다. 그렇게 말하면 이렇게 힐문하실 분도 계시겠지요. 조선 팔도 어딘들 그렇지 않겠느냐고. 자고 일어나면 변하는 세상에 누구의 고향인들 온전하겠느냐고.

물론 그렇습니다. 서해 복판에 공항이 세워졌고, 충청도 산골 제 고향 산허리에도 터널이 뚫려 굽이굽이 돌아 오르던 고갯길은 이제 관광 코스 노릇이나 하고 있는 시절이니까요. 궁벽한 산촌도 그럴진대 일국의 수도인 서울이 원주민들의 추억거리나 간직하고 앉아 있어야겠느냐고 물으시면 대답은 궁해집니다.

때가 되면 잊혀가고 사라져가는 것이 세월의 순리요, 역사의 진행 방식이라고 말하면 제 이야기는 쓸데없는 시비일 수도 있지요. 그럼에도 불구하고 저는 우리 서울의 오늘이 서울의 어제를 참으로 야멸차게 배신하고 있는 것만 같아 섭섭한 마음을 지울 수 없습니다.

이를테면 지금 이야기하려는 어떤 장소가 특히 그렇습니다.

2

종로2가 보신각 맞은편 모퉁이가 그 무대입니다. 어느 날 갑자기 우뚝 솟아났거나, 하늘에서 내려온 것만 같은 33층짜리 빌딩이 서 있는 곳이지요. '톱 클라우드Top Cloud'라고 하던가요. 이름처럼 멋진 건물입니다. 그런데 왜 거기 한번 들어가보고 싶다는 생각은 생기지 않나 모르겠습니다. 길 건너편 종각의 지붕이 왜 더 구부정해 보이는지 모르겠습니다. 왜 자꾸 그 자리에 서 있던 먼젓번 건물이 그리워지는지 모르겠습니다.

화신! 화신백화점 말입니다. '화신'이란 브랜드는 참으로 다양한 의미를 숨기고 있습니다. '화和'라는 글자가 보여주듯이 친일 사업을 통해 엄청난 부자가 되었던 사람의 집. 그런 죄목으로 하여 '반민법 1호'로 붙들리기도 했던 사람의 집. 그런 생각을 하면 다소 언짢아지기도 합니다만, 우리 기억의 지도에서 그만큼 선명한 지명도 흔치 않음을 생각하면 자못 푸근해지기도 하니까요.

그 이름을 들으면 '화신 앞'에서 만났던 친구의 얼굴이 떠오르고, 화신 앞을 지나던 전차의 딸랑거리는 소리도 들려옵니다. '화신 앞'을 외치던 버스 안내양의 목소리도 들려옵니다.

화신의 오십여 년(1931~1987) 생애가 아쉽게 느껴지는 까닭은 건축사적 관점에도 있습니다. 우리 건축가가 지었다는 것, 기술과 자본과 자재 모두 우리 것으로 이뤄졌다는 것, 난방 설비를 갖춘 최초의 건물이었으며, 국산 엘리베이터가 설치되었다는 것 등이 그것이지요. 비록 철근 콘크리트로 된 6층짜리 건물에 불과했지만, 그것은 여러모로 우리 근현대사의 기념비적인 건축물로 기록될 이름임에 틀림없습니다.

"형님, 어린것 화신 구경이나 한번 시키세요. 제가 약속했었는데." 영화로도 걸작이 만들어진 바 있는 이범선의 소설 「오발탄」에 나오는 대사입니다. 권총 강도를 저질러 수감되는 주인공의 동생이 형에게 하는 부탁의 말이지요. 죄인의 입에서 나오는 지독히 인간적인 대사지요.

그랬습니다. 그곳은 분명 많은 아이들이 누군가 한번 데려가주길 바라는 곳 중의 하나였습니다. 아이들뿐입니까. 아들딸네를 찾아 상경하신 부모님들을 모시고 가서 당신의 자식이 사는 서울이 이런 데란 것을 짐짓 뽐내기도 하던 곳이었습니다. 서울에 다니러 온 사람들이 시골에 돌아가서 구경 한번 잘하고 왔다는 말을 하려면 남산 팔각정을 보고, 창경원도 봐야 했지만 화신백화점을 빼놓을 수 없었던 것입니다.

반공일半空日(토요일) 오후쯤에 아내나 연인을 불러내 데이트라도 하려는 사람들에게는 화신만큼 훌륭한 약속 장소도 드물었지요. 손 붙잡고 함께 화신 구경을 했다는 것만으로도 자랑스러운 화제가 될 수 있었던 것입니다. 그런 날에 사서 건네는 선물이라면 손수건 한 장이나 브로치 하나라도 억만금의 정표가 될 수 있었음은 물론입니다. '이거, 아무개씨가 화신에서 사준 것'이란 꼬리표와 함께.

3

장충동에 있는 광고회사 웰콤 사옥을 설계한 건축가 승효상씨는 건축이 건축으로서의 제값을 하려면 다음 세 가지 요소를 갖추어야 한다고 말합니다. 합목적성, 장소성, 시대성이 그것이지요. 합목적성이야 프랑스 건축가 르 코르뷔지에의 말처럼 '건축은 생활을 위한 기계'여야 한다는 점에서 의심의 여지가 없는 기준입니다.

화신백화점을 밀어내고 그 자리에 선 건물 역시 첨단 테크놀로지가 두루 동원된 건물답게 편리한 기계일 것 같습니다. 그러나 장소성과 시대성이란 조건의 잣대로 보면 후한 점수를 받기는 아무래도 좀 어려워 보입니다.

승효상씨의 설명에 따르면 장소성이란 '토지 속에 담겨진 흔적을 발견하고 그것들과의 관계를 규명하고 그 속에서 새로운 질서를 창조하는 것'이라고 합니다. 그렇게 해야 '침묵하는 토지로 하여금 말하게 하고 생명을 갖게' 만들 수 있다는 것이지요. 그렇다면 화신의 대지 위에 세워진 저 건물이 우리에게 들려주는 이야기는 뭘까요. 불행히도 제 귀에는 아무 이야기도 들려오지 않습니다.

시대성이란 말할 것도 없이 '시대와의 조화'를 의미하는 것일 테지요. 백년 이백 년 묵은 것들은 묵은 것들대로 어울려 조화를 이루게 하고, 하늘을 찌를 듯한 초고층 빌딩들은 그것들대로 외곽에서 국력을 자랑하게 하는 저 프랑스 파리의 평화로운 도시 풍경이 새삼스레 부러워집니다. 고가도로에 짓눌려 고개도 못 들고 서 있는 독립문의 모습도 함께 떠오릅니다.

건축물은 저 혼자서 아름다울 수 없습니다. 하루아침에 아름다워지는 것도 아닙니다. 거기 사는 사람들은 물론 드나드는 사람들이 엮어내는 인생의 구체적 장면들이 고운 먼지로 쌓여갈 때 그 건물은 비로소 빛나게 되는 것이지요. 승효상씨 말이 나왔으니 말입니다만, 웰콤 건물은 퍽 많은 것을 생각하게 합니다. 그의 건축 철학인 '빈자貧者의 미학'을 유감없이 보여주고 있다는 생각이 듭니다. 벌겋게 녹이 슨 철판을 두르고 서 있는 그

건물이 초라해 보인다거나 그로테스크하게 느껴지기는커녕 편안하게 다가오는 까닭은 무엇일까요.

그 물음에 대한 답은 집의 아름다움이 첨단의 재료나 공법에 있지 않다는 것을 깨닫는 데서 발견될 것입니다. 그 답 속에는 그 집에 사는 광고인들이 새겨야 할 가르침도 함께 들어 있습니다. 모든 창조물의 감동적 요소는 허장성세의 껍데기가 아니라 실사구시의 알맹이에 있다는 것 말입니다.

또 있습니다. 지난 세월에 대한 반성이나 성찰 없이 그저 시간의 진행 방향에만 온 정성을 쏟는다는 것이 얼마나 위험부담이 큰 선택인가 하는 것입니다. 전후좌우를 살피고 짚어보지 않고 혼자서만 우뚝 선다고 해서 그것이 과연 행복한 일등일 수 있는가, 진정한 일류일 수 있는가 하는 것도 생각해볼 만한 문제입니다.

이제는 흔적도 없이 사라져버린 한 백화점이 여러 가지 생각을 일으키게 해줍니다. 시골 사람인 제가 그런데 서울 사람들은 얼마나 더 많은 그리움과 회한을 느끼게 될까요. 그 사람들 가운데 또 누군가는 바로 화신백화점 언저리에 본적을 두고 있는 사람도 있을 것입니다. 그 사람들의 마음은 또 어떨까요?

고물과 보물

ⓒ 윤준호 2015

초판 1쇄 인쇄 2015년 3월 27일
초판 1쇄 발행 2015년 4월 10일

지은이   윤준호
펴낸이   강병선
편집인   김민정
디자인   최윤미
마케팅   정민호 나해진 이동엽 김철민
온라인마케팅   김희숙 김상만 한수진 이천희
제작   강신은 김동욱 임현식
제작처   영신사

펴낸곳   (주)문학동네
임프린트   난다
출판등록   1993년 10월 22일 제406-2003-000045호
주소   413-120 경기도 파주시 회동길 210
전자우편   blackinana@hanmail.net 트위터 @blackinana
문의전화   031-955-2656(편집) 031-955-8890(마케팅) 031-955-8855(팩스)
문학동네카페   http://cafe.naver.com/mhdn

ISBN 978-89-546-3402-1 03810

www.munhak.com